Beltz & Gelberg Taschenbuch 649

Tonke Dragt, geboren 1930 in Batavia (dem heutigen Djakarta) in Indonesien. Dort verbrachte sie den größten Teil ihrer Kindheit. Während des Zweiten Weltkriegs wurde sie mit ihren Angehörigen in einem japanischen Gefangenenlager interniert; es war die Zeit zwischen ihrem zwölften und fünfzehnten Lebensjahr. *»Ständig eingeschlossen hinter Stacheldraht; Hunger und Elend, wohin man nur sah – und das gerade in diesem Alter. Es war dieselbe Altersgruppe, für die ich nun schreibe. Uns war dort alles verwehrt, und so erfand ich in meiner Phantasie Geschichten, die in weiter Ferne spielen – Geschichten voller Abenteuer und ohne Stacheldraht.«* Nach dem Krieg kam Tonke Dragt nach Holland. Sie machte Abitur, besuchte anschließend die Akademie für Bildende Künste in Den Haag und war als Zeichenlehrerin an verschiedenen Schulen tätig. Heute lebt sie als freie Schriftstellerin in Den Haag. Sie hat zahlreiche Bücher geschrieben; bei Beltz & Gelberg sind bisher erschienen: *Der Brief für den König*, *Der Wilde Wald*, *Das Geheimnis des siebten Weges* (als 13-teilige Fernsehserie verfilmt), *Die Türme des Februar*, *Der Goldschmied und der Dieb* sowie *Das unheimliche Fenster*.

Tonke Dragt

Das Geheimnis des siebten Weges

Abenteuer-Roman

Aus dem Niederländischen
von Liesel Linn

Mit Bildern von Tonke Dragt

BELTZ
& Gelberg

Für Cornelijne – die ich nie vergessen werde

Das Geheimnis des siebten Weges wurde als 13-teilige Fernsehserie verfilmt und bereits mehrmals ausgestrahlt.

www.beltz.de
Beltz & Gelberg Taschenbuch 649
Einmalige Sonderausgabe

Die niederländische Originalausgabe erschien u.d.T.
De Zevensprong bei Uitgeverij Leopold, Amsterdam

Aus dem Niederländischen von Liesel Linn
Neue Rechtschreibung
Einbandgestaltung: Max Bartholl
Einbandbild: Dieter Wiesmüller
Gesamtherstellung: Druckhaus Beltz, Hemsbach
Printed in Germany
ISBN 3 407 78649 2

Inhaltsverzeichnis

1
Franz bekommt einen geheimnisvollen Brief

Und damit beginnt die ganze Geschichte Nummer eins

Es war drückend heiß, obwohl die Fenster und auch die Tür zum Gang offen standen. Die Kinder waren eine Stunde lang mäuschenstill gewesen; wahrscheinlich war eher die Hitze daran schuld als die Moralpredigt, die der Lehrer ihnen zu Beginn des Nachmittagsunterrichts gehalten hatte. Jetzt waren sie fast alle mit dem langen Text fertig, den sie aus der Grammatik hatten abschreiben müssen. Die Ruhe begann allmählich zu schwinden – man hörte Flüstern, Hüsteln, unterdrücktes Gekicher, das Scharren von Füßen, das Knarren der Bänke und Papiergeraschel.

Franz van der Steg, der an seinem Tisch auf dem Podium saß, schaute verstört auf. Sein strenger Blick machte jedoch wenig Eindruck – vielleicht lag das auch daran, dass seine Brille bis auf die Nasenspitze heruntergerutscht war. Er sagte aber nichts; er hatte einfach keine Lust dazu.

Im ersten Schuljahr, am Ende des Ganges, wurde gerade gesungen.

»Habt ihr schon gehört
von dem Sieben-, dem Sieben-
Habt ihr schon gehört von dem Siebensprung?
Man sagt, dass ich nicht tanzen kann;

Ich kann tanzen wie ein Edelmann!
Nummer eins …«

»Also, *ich* könnte zu diesem Tempo jedenfalls nicht tanzen«, sagte er laut vor sich hin. »In der Zeit, in der sie bei Nummer sieben angelangt sind, habe ich längst bis hundert gezählt. Das klingt ja wie Leierkastenmusik!«

Die Unruhe unter seinen Schülern breitete sich weiter aus; bevor sie jedoch in Lärm ausartete, machte er ihr ein Ende, indem er laut mit der Faust auf den Tisch schlug.

Fünfundzwanzig Augenpaare blickten ihn an. Franz tat so, als ob er mit dem Nachsehen der Hefte fortfahren würde, die vor ihm lagen. Er starrte auf den roten Strich, den er unter den Titel von Mariannes Aufsatz gemalt hatte – *Der geheime Schads* –, und überlegte verzweifelt, warum er sich eigentlich solche Mühe gab, seinen Schülern die Rechtschreibung beizubringen. Er warf einen Blick auf seine Uhr und hörte die Stimme von Martin, der in fragendem Ton »Herr Lehrer?« sagte.

Franz van der Steg schaute erneut auf. Er hatte sich noch nicht ganz daran gewöhnt, »Herr Lehrer« genannt zu werden. Er unterrichtete erst seit kurzem in diesem Dorf und in der Stadt war er einfach der Herr van der Steg gewesen.

Von neuem begann es zu rumoren. Die Kinder merkten, dass der Lehrer nicht mehr böse war, und außerdem …

»Es ist fünf vor halb vier«, sagte Martin.

Fünf vor halb vier – das war die Zeit zum Aufräumen und damit wurde keine einzige Klasse so schnell fertig wie die fünfte. Das war nun schon so seit dem ersten Schultag nach den großen Ferien. Damals war es um fünf vor halb vier ganz besonders laut geworden, aber das hatte nicht lange gedauert. Kees, einer von den wildesten Jungen, hatte eine große Schachtel Buntstifte auf den Boden fallen lassen – angeblich ohne Absicht –, zum heimlichen Vergnügen seiner Klassenkameraden.

Lehrer van der Steg hatte den Kopf geschüttelt und mit ernster Miene gesagt: »Kees, Kees, du meinst wahrscheinlich, das ist doch nicht so schlimm und die Stifte sind schnell wieder aufgesammelt – aber ich habe am eigenen Leibe erfahren, welch schreckliche Folgen eine solche Ungeschicklichkeit haben kann. Einer meiner Freunde hat einmal dasselbe gemacht; nur waren es damals keine Buntstifte, die er fallen ließ, sondern zwei Hände voll Lanzen und Speere.«

Kees hatte den Lehrer dumm angeschaut; aber Martin, der immer schon losredete, bevor er gefragt wurde, hatte in die Klasse gekräht: »Was, Lanzen und Speere? Wieso?«

»Lanzen und Speere«, hatte der Lehrer wiederholt, »und zwar mit Eisenspitzen, die nicht so schnell abbrechen wie Bleistiftspitzen. Das machte natürlich einen Riesenlärm! Und das ausgerechnet damals, als wir mitten in der Nacht durch das Schloss schlichen …«

»Durch welches Schloss?«

»Das Schloss des Königs von Torelore. Wir waren dort eingeschlossen wie Ratten in einer Falle. Unter größten Schwierigkeiten hatten wir die Speere aus dem Waffensaal gestohlen. Und da ließ dieser Dummkopf sie auf den Boden prasseln! Natürlich wurde das ganze Schloss wach: der König von Torelore, die Königin von Torelore und alle Kriegsleute mit ihren Krummsäbeln. Und damit begann der Zirkus erst richtig ...«

In der Klasse war es mäuschenstill geworden, während der Lehrer weitererzählte. Erst nachdem es schon geschellt hatte, platzten die Kinder mit ihren Fragen heraus: »Und dann? Was passierte dann?«

Der Lehrer konnte sie doch nicht nach Hause schicken, ehe sie erfahren hatten, wie er es fertig gebracht hatte, aus dem tiefsten Kerker des königlichen Schlosses zu fliehen – obwohl er mit Stricken gefesselt und von einem hungrigen Löwen bewacht worden war. Franz van der Steg hatte jedoch nur ganz trocken bemerkt, dass Kees die Buntstifte noch aufheben müsse; dann hatte er sie heimgeschickt und ihnen versprochen, ein andermal weiterzuerzählen.

Das hatte er auch getan. Er stand nun seit drei Wochen vor der fünften Klasse und an jedem Unterrichtstag hatte er erzählt. Er tat es während des Aufräumens, von fünf vor halb vier bis halb vier, und samstags viel länger – manchmal eine Dreiviertelstunde hintereinander.

Seine Schüler hatten dem Bericht über seine Abenteuer im Reich Torelore gelauscht und dann der Geschichte seiner Heimreise – komplett mit Schiffbruch und einer unbewohnten Insel. Sie wussten inzwischen alles über seinen Aufenthalt in einem finsteren Schloss, in dem es spukte, und über seinen Kampf mit dem Schrecklichen Schneemenschen im Himalaya-Gebirge.

»Es ist natürlich nicht wirklich passiert«, sagte Martin ab und zu. »Sie denken sich das einfach nur so aus.«

Das war den anderen Kindern auch klar, aber ihr Interesse an den Abenteuern ihres Lehrers wurde dadurch keineswegs geringer. Vielleicht bestand er in ihrer Phantasie aus zwei Personen – die eine Person war ganz normal ihr Lehrer, Herr van der Steg; die andere dagegen eine Art Ritter ohne Furcht und Tadel, mit einem flammend roten Haarschopf – FRANZ DER ROTE, der es mit jedem aufnehmen konnte.

Jetzt aber war nur noch ein neues Abenteuer imstande, diesen drückend heißen Nachmittag zu retten. Gestern war Franz der Rote mit heiler Haut von einer Expedition in die Regenwälder von Urozawa zurückgekehrt – nun blieben ihm noch ein paar Minuten Zeit für den Anfang eines neuen Unternehmens.

Lehrer van der Steg rückte seine Brille zurecht, fuhr sich mit der Hand durchs Haar und schüttelte dann bedächtig den Kopf.

»Jungens«, sagte er (das sagte er immer, obwohl auch Mädchen in der Klasse waren), »ich bin müde.« Er wusste, dass er seine Schüler enttäuschte; aber er hätte in diesem Augenblick wirklich nicht gewusst, was er ihnen erzählen sollte. »Es hängt damit zusammen«, fuhr er fort, »dass ich noch warte ...«

»Auf was denn, Herr Lehrer?« (Von wem diese Frage stammte, ist wohl klar und muss nicht erst gesagt werden.)

»Auf einen Brief«, sagte der Lehrer. Es war die erstbeste Antwort, die ihm einfiel. »Auf einen sehr wichtigen Brief«, fügte er hinzu. »Vielleicht kommt er heute Abend noch. Der Absender ist ... unbekannt und unbeliebt ... Und ich hoffe«, sagte er abschließend, »dass damit ein neues Abenteuer beginnt, mit einem geheimnisvollen und gefährlichen Auftrag.«

Damit mussten sie sich für heute zufrieden geben, fand er. Wenn die Hefte und Bücher eingesammelt waren, würde es sowieso Zeit sein. Er lehnte sich in seinem Armstuhl zurück, unterdrückte ein Gähnen und trällerte gedankenabwesend die Melodie mit, die die Kinder des ersten Schuljahres noch einmal sangen: das Lied vom Siebensprung.

Was für ein Wetter!, dachte Franz van der Steg, als er nach Hause radelte. Während der ganzen Ferien ist es nicht so heiß gewesen. Eigentlich hätte ich mit den Kindern an die frische Luft gehen sollen, anstatt böse auf sie zu sein, weil sie nicht ordentlich arbeiteten.

In dem Haus, in dem er ein möbliertes Zimmer bewohnte, saß seine Wirtin mit einer großen Kanne voll Tee im Wintergarten. »So, da bist du ja«, begrüßte sie ihn. »Du hast bestimmt Lust auf ein Tässchen Tee.«

»Und ob, Frau Backer!«, sagte er. »Sie wissen, was ein Mensch nach einem schweren Arbeitstag nötig hat. Soll ich die Gartenstühle aus dem Schuppen holen? Dann können wir draußen sitzen.«

»Ach nein, mach dir keine Mühe«, sagte seine Wirtin. »Gleich gibt es ein Gewitter und dann müssen wir alles wieder hineintragen.«

Franz öffnete schon den Mund, um ihr zu erklären, dass draußen strahlender Sonnenschein sei, aber da hörte er es in der Ferne donnern und so schwieg er.

»Wenn es erst einmal anfängt zu regnen, ist es mit dem Sommer vorbei«, sagte seine Wirtin.

Franz schaute hinaus und sah, dass sich dicke schwarze Wolken auf die Sonne zuschoben. Er seufzte.

»Möchtest du ein Stückchen Kuchen, Franz?«, fragte die Wirtin. Sie nannte ihn beim Vornamen, und das fand er gut so, denn sie war alt genug, um seine Mutter sein zu können.

Er sagte immer korrekt »Frau Backer« zu ihr; aber im Stillen nannte er sie »Tante Wilhelmine«. Er kannte ihren Vornamen und fand, dass der Titel »Tante« zu ihr passte. Sie war rotwangig, untersetzt und beherzt und sie kochte phantastisch.

»Ich bin heute Abend nicht da«, berichtete sie. »Die Nachbarn haben mich gefragt, ob ich zum Fernsehen herüberkommen möchte. Es soll ein schönes Theaterstück auf dem Programm stehen. Du kannst ruhig am großen Tisch im Esszimmer arbeiten, wenn du viel Papierkram hast.«

»Gerne, vielen Dank«, sagte Franz. Er setzte sich hin, rührte in seinem Tee und seufzte erneut. »Ich muss noch neunzehn Aufsätze nachsehen«, fügte er hinzu, »und fünfundzwanzig Diktate. Außerdem muss ich noch meine eigenen Hausaufgaben für morgen machen.«

»Das ist der größte Blödsinn, den ich je gehört habe! Lehrer haben Hausaufgaben aufzugeben und nicht zu machen.«

»Ich möchte aber weiterkommen«, sagte Franz, »und deshalb lerne ich eben für ein Zusatzexamen.«

Seine Wirtin sah ihn missbilligend an. »Sei doch zufrieden mit der Stelle, die du nun einmal hast! Mein Sohn wollte auch immer weiterkommen, und wohin hat ihn das gebracht? Auf die andere Hälfte des Erdballs! Jetzt steckt er in Australien – mein einziger Junge, der alles ist, was ich habe.«

»Aber er schreibt Ihnen doch sehr viele Briefe«, sagte Franz, um sie zu trösten, »und er schickt Ihnen Fotos von Ihren Enkelkindern.«

»Ja, das stimmt«, sagte sie. »Ich erwarte heute wieder einen Brief. Na ja, ein wenig ist immer noch besser als gar nichts. Der Briefträger ist heute spät dran.«

»Ich erwarte auch einen Brief«, sagte Franz lachend. »Sogar einen besonders wichtigen; das habe ich mir jedenfalls ausgedacht.«

»Hast du dir wieder was ausgedacht? Ich habe gehört, dass du den Kindern total den Kopf verdrehst, indem du ihnen die verrücktesten Geschichten erzählst. Pass nur auf, dass die Rollen nicht eines Tages vertauscht werden! Möchtest du noch eine Tasse Tee? Sieh nur, wie sich der Himmel zuzieht! Ich bin froh, dass ich heute Abend nur nach nebenan brauche; es gibt bestimmt ein schreckliches Gewitter.«

Frau Wilhelmine Backer behielt Recht: Abends nach dem Essen prasselte der Regen gegen die Scheiben. Franz saß am großen Tisch; er hatte all seine Schriftsachen auf der roten Plüschdecke ausgebreitet. Es stürmte so stark, dass die Gardinen sich bewegten, obwohl die Fenster geschlossen waren. Überall im Haus knackte es, und manchmal schien es, als liefe jemand seufzend und stöhnend durch den Flur. Das war natürlich nur Einbildung, denn Franz war allein zu Hause. Er versuchte, sich ganz auf seine Arbeit zu konzentrieren, aber nach einer Weile erhob er sich. Er schob einen Vorhang zur Seite und schaute nach draußen. Ein Blitz blendete seine Augen und einen Augenblick später dröhnte ein gewaltiger Donnerschlag.

Hoffentlich hat es nirgendwo eingeschlagen, dachte er.

Unmittelbar danach klangen andere Geräusche durchs Haus – Fenster klirrten, Türen rappelten und sprangen auf.

»Was ist denn jetzt los?«, rief Franz und sauste in den Flur.

Ein Windstoß kam ihm entgegen; die Haustür war vom Sturm aufgedrückt worden. Die kupferne Laterne in der Diele schaukelte hin und her und auf den Wänden tanzten bizarre Schatten. Der Regen klatschte Franz ins Gesicht, während er sich bemühte, die Tür wieder zu schließen. Erst jetzt sah er, dass ein Brief auf der Fußbodenmatte lag. Er hob ihn auf; der Umschlag war feucht und die Schrift darauf fleckig. Trotzdem konnte er deutlich seinen eigenen Namen und seine Anschrift entziffern.

»Du liebe Zeit«, murmelte er vor sich hin, »jetzt wird aus meiner Phantasie Wirklichkeit – ein Brief für mich, einfach so hereingeweht.« Er sah nach, ob die anderen

Türen und Fenster gut verschlossen waren; dann ging er ins Zimmer zurück und machte, am großen Tisch sitzend, den Umschlag auf. Er las den Brief und starrte eine Weile erstaunt darauf nieder. Mit fester Handschrift geschrieben, stand dort:

Dienstag, den 22. September

Sehr geehrter Herr van der Steg!

Bezug nehmend auf Ihr Schreiben vom 18. dieses Monats möchte ich gerne ein persönliches Gespräch mit Ihnen vereinbaren.

Da ich etwas abgelegen wohne, werde ich meinen Wagen schicken, um Sie abzuholen, und zwar am kommenden Freitag, den 25. September, pünktlich abends um halb acht Uhr.

Mit vorzüglicher Hochachtung

Die Unterschrift war unlesbar; das Einzige, was Franz deutlich entziffern konnte, waren zwei große *G*s und hinter jedem *G* ein *r*. *Gr… Gr…*

Aber das war nicht der Grund, weshalb er verwundert die Stirn kraus zog. Er war höchst erstaunt, weil er am achtzehnten gar keinen Brief geschrieben hatte.

Dann musste er plötzlich lachen. Das waren natürlich die Kinder, die ihm einen Streich gespielt hatten!

Andererseits: Wer von seinen Schülern konnte so schreiben? Das musste dann schon ein Vater, ein Onkel oder ein älterer Bruder getan haben.

Kenne ich jemand, der *Gr… Gr…* und so weiter heißt?, überlegte er. Nein, diesen Jemand gibt es nicht; die Unterschrift ist absichtlich so unlesbar gemacht worden.

Er betrachtete den Brief und anschließend den Umschlag sehr genau – beides war aus erlesenem Büttenpapier, mit einem kleinen Wappen in der Ecke, in dem er ebenfalls ein *G* entdeckte – ein *G* mit einem Katzenkopf darin.

Er legte beides beiseite und schlug ein Lehrbuch auf. Nach wenigen Minuten jedoch ertappte er sich dabei, dass seine Gedanken mit dem Brief beschäftigt waren. »So ein Unsinn«, ermahnte er sich selbst. »Ein Streich meiner Schüler, sonst nichts. Morgen werde ich allerdings etwas unternehmen müssen, denn schließlich erfinde ich meine Abenteuer und sie sollen gefälligst ihre Finger davon lassen. *Bezug nehmend auf Ihr Schreiben vom 18.* … Wie sind sie nur darauf gekommen? Welchen Tag haben wir heute? Donnerstag, den 24. Auf dem Brief steht das Datum von vorgestern … Sie hätten besser den *1. April* geschrieben! Natürlich ist keine Briefmarke … o ja, es klebt *doch* eine Briefmarke auf dem Umschlag …«

Er sah sich den Umschlag noch einmal an und wunderte sich von neuem. Die Briefmarke war in Langelaan abgestempelt – einem Dorf, das in der Nachbarschaft lag –, und zwar am 23. September!

»Wie ist das nur möglich …«, murmelte er. »Das war gestern und ich habe ihnen doch erst heute etwas von einem Brief erzählt. Sie müssen den Stempel gefälscht haben, aber so raffiniert sind sie doch eigentlich nicht … Und wie sollten sie das auch gemacht haben? Der Umschlag ist zwar fleckig, aber er sieht nicht so aus, als ob jemand daran herumgefummelt hätte.«

Er nahm seine Brille ab und putzte nachdenklich die Gläser blank. Wie stark es draußen regnete und wie laut der Wind heulte!

»Das ist ein hübscher Beginn für eine Gespenstergeschichte«, sagte er spöttisch zu sich selbst. »Ein Brief, der zu einem Zeitpunkt aufgegeben worden ist, an dem er nicht abgeschickt worden sein kann. Der Absender trägt den grimmigen und gruseligen Namen *Gr… Gr…* Und morgen lässt er mich in seinem Wagen abholen, pünktlich um halb acht. Bildet der sich vielleicht ein, ich ließe alles mit mir machen?«

DAS WAR NUMMER EINS –

und nun folgt das zweite Kapitel.

2
Franz macht eine Fahrt durch die Dunkelheit

In einem Fahrzeug durch den Regen NUMMER EINS

Diesmal war es nicht Martin, der sich als Erster erkundigte, ob das neue Abenteuer ihres Lehrers schon begonnen habe. Marianne war ihm zuvorgekommen, als sie um Viertel vor drei beim Zeichnen saßen.

»Herr Lehrer«, sagte sie, »was stand in dem Brief?«

Franz schaute sie mit durchdringendem Blick an. Marianne sah aus wie ein Engelchen – allerdings mit einem B davor – und sie schrieb Aufsätze voller Phantasie, über geheime Schätze in noch geheimeren Gängen. Ihre Schrift und ihre Rechtschreibung waren jedoch derart schlecht, dass der Brief unmöglich von ihr stammen konnte.

»Wovon redest du, Marianne?«, fragte er.

»Von dem Brief, der gestern ankommen sollte«, sagte sie. »Sie haben doch erzählt, dass ...« Sie schwieg und bekam einen roten Kopf.

Lehrer van der Steg ließ seine Blicke durch die Klasse schweifen. Alle Kinder starrten ihn an. Richtige Verschwörer sind sie, dachte er. Sie wissen mehr darüber als ich selbst – ganz bestimmt! Langsam und feierlich sagte er: »Gestern Abend kam der Brief hereingeweht – mit Blitz und Donnerschlag. Er lag auf der Fußmatte.«

Die Kinder sahen ihn an, als ob sie wirklich neugierig wären, wie es weiterging. »Ich war sehr erstaunt«, fuhr er fort, »denn der Absender ist mir unbekannt, während er meinen Namen und meine Adresse wusste …«

»Aber Sie sagten doch, dass er Ihnen schreiben würde«, fiel Martin ihm ins Wort. »Also müssen Sie ihn doch kennen! Ich meine …«

»Unterbrich mich nicht, Martin«, sagte Franz van der Steg. »Ich erwartete einen Brief, das ist wahr, aber nicht diesen …« Er schwieg, weil er nicht recht wusste, was er jetzt weiter erzählen sollte. Bisher hatte er seine erfundenen Abenteuergeschichten immer selbst in der Hand gehabt. Es wäre aber nicht nett von ihm gewesen, den echten Brief zu verheimlichen, ganz egal ob die Kinder mit der Sache etwas zu tun hatten oder nicht. Deshalb sagte er: »Wenn ich dem Absender dieses Briefes Glauben schenken soll, so habe ich ihm ebenfalls geschrieben, und zwar in der vorigen Woche. Aber genau das habe ich nicht getan.«

»Wie geheimnisvoll«, flüsterte Marianne. Ihre Augen funkelten und auf ihrer Nase saß ein Klecks grüner Farbe.

»Wer …«, begann Martin. Er streckte schnell den Finger in die Höhe und fragte höflich: »Wer ist der Absender, Herr Lehrer?«

»Das weiß ich nicht. Er nennt sich *Gr… Gr…*« Franz drehte sich um und schrieb es mit großen Buchstaben auf die Tafel. Die Sache begann ihn zu amüsieren. »Es klingt wie *grimmig* oder *gruselig* – findet ihr nicht auch?«, sagte er. »Ich stelle mir vor, dass er ein *großer, grimmiger* Mann ist. Oder vielleicht ein *grinsender Greis*? *Gr… Gr…* ein richtiger Isegrimm.«

»Ein Gräuel«, sagte Kees.

»Ein Griesgram«, rief Martin.

»Er möchte, dass ich ihn heute Abend besuche«, fuhr Franz fort. »Er schickt seinen Wagen, um mich abzuholen – zu seinem Haus, das irgendwo im Wald liegt ... Dieser Wagen wird jedoch vergebens kommen«, fügte er in einem anderen Ton hinzu, »ich werde nämlich nicht zu Hause sein.«

Das entsprach der Wahrheit, denn freitagabends fuhr er immer in die Stadt, um Fortbildungskurse für sein Studium zu besuchen.

Aber die Kinder fanden das total verkehrt. Einfach nicht zu Hause sein, wenn man von einem grimmigen Griesgram abgeholt werden sollte, um ihm einen Besuch abzustatten – das konnte ihr Lehrer doch wohl nicht ernst meinen!

Es kostete Franz ziemliche Mühe, die Ruhe wiederherzustellen.

»Dieser Herr *Gr... Gr...* muss sich nicht einbilden, dass er mich herumkommandieren kann!«, sagte er fest entschlossen. »Wenn er mich so gerne sprechen möchte, kann er ja zu mir kommen. Dann werde ich ihm schon unter die Nase reiben, was ich von ihm halte.«

An diesem Abend steckte Franz um fünf vor halb acht seine Bücher in die Aktentasche. Kurz darauf schlang er sich den Schal um den Hals und überlegte, ob er mit dem Rad oder mit dem Bus in die Stadt fahren sollte. Es regnete immer noch und so entschied er sich für den Bus.

Dann muss ich mich aber beeilen, dachte er, sonst fährt er mir vor der Nase weg.

Als er im Flur seinen Mantel anzog, schellte es. »Ich mache schon auf!«, rief er Frau Backer zu, die in der Küche beim Spülen war. »Und dann bin ich weg.«

Vor der Haustür stand ein großer Mann in einer dunklen Jacke; er hatte den Kragen hochgeschlagen und seine Schirmmütze tief über die Augen gezogen. Von seinem ganzen Gesicht war nicht viel mehr zu erkennen als eine dicke, rote Nase. Er stand da in Sturm, Regen und Hagel und fragte kurz und bündig: »Sind Sie Herr van der Steg?«

»Ja, der bin ich«, antwortete Franz und dann sah er auf der Straße vor dem Haus ein Fahrzeug stehen – eine altertümliche Kutsche mit einem schwarzen Pferd davor.

»Es ist halb acht«, sagte der Unbekannte. »Ich komme Sie abholen.«

»Ja aber …«, begann Franz.

Seine Wirtin rief aus der Küche: »Mach doch endlich die Tür zu! Ich werde hier weggeweht!«

»Steigen Sie ein«, sagte der Mann, drehte sich um und ging zu der Kutsche.

Franz trat nach draußen und zog die Tür hinter sich ins Schloss. Er wollte dem Unbekannten erklären, dass er schon eine andere Verabredung hatte und daher nicht mitfahren konnte. Doch der Mann gab ihm gar nicht erst die Gelegenheit dazu; er kletterte auf den Bock und zeigte mit dem langen Peitschenstiel auf die Tür des Fahrzeugs.

»Einsteigen!« Das klang wie ein Befehl.

»Ich bin doch nicht blöd!«, sagte Franz van der Steg. Aber plötzlich erwachte in ihm wieder die abenteuerliche Ader aus seinen selbst erfundenen Geschichten. Warum sollte er eigentlich nicht?

Er stieg ein und zog die Tür hinter sich zu – und da saß er nun, mit der Aktentasche voller Lehrbücher neben sich. Die Kutsche setzte sich in Bewegung – die Räder ratterten, die Pferdehufe klapperten auf dem Asphalt, der Wind pfiff durch die Fensterritzen und der Regen prasselte auf das Verdeck. Das Fahrzeug schien immer schneller zu werden; es schaukelte und wackelte hin und her und innen war es stockdunkel.

»Ich bin tatsächlich von allen guten Geistern verlassen«, sagte Franz zu sich selbst. »Jetzt schwänze ich meinen Kursus und weiß nicht mal, wohin mich dieser unfreundliche Kutscher bringt.«

Durch die Fenster konnte man nicht hindurchsehen. Er versuchte, eines zu öffnen, aber es gelang ihm nicht. Eine Zeit lang blieb er still sitzen. Dann erhob er seine Stimme und rief: »He, Sie, Kutscher! Kutscher, wohin fahren wir eigentlich?«

Keine Antwort. Nur die Geräusche von Regen und Wind, von Rädern und Pferdehufen. Er begann noch einmal, an den Fenstern zu rütteln und dagegen zu schlagen. Während er sich (vergeblich) bemühte, sie zu öffnen, wurde ihm klar, dass er seine Lage keineswegs angenehm fand. Die Kutsche ging unerwartet in eine Kurve, so dass er von der Bank rutschte. Als er wieder hochgekrabbelt war, merkte er, dass die Pferdehufe nun viel gedämpfter klangen. Sie fuhren jetzt sicher über einen unbefestigten Weg und mussten also das Dorf hinter sich gelassen haben. *Da ich etwas abgelegen wohne …* Er hatte doch nicht etwa Angst? Natürlich nicht – er, Franz der Rote, der Held von Torelore und der Sieger über den Schrecklichen Schneemenschen!

Aber es wäre mir doch lieb, wenn ich etwas sehen könnte, dachte er. Er machte erneut den Versuch, eines der Fenster zu öffnen. Erst jetzt kam er dahinter, dass er es nach unten schieben musste; es ging schwer, aber schließlich hatte er doch Erfolg. Der Wind blies ihm um die Ohren, aber er konnte wenigstens hinaussehen.

Jawohl, sie fuhren über einen Feldweg. An der Außenseite der Kutsche hing eine Laterne, aber sie gab nur ein schwaches Licht und war in ständiger Bewegung, so dass er nicht viel erkennen konnte. Ganz deutlich sah er Felder und darüber den dunklen Himmel. Vom Dorf war nichts mehr zu sehen – kein Haus, keine Scheune, kein Bauernhof. Er lehnte sich aus dem Fenster und schrie dem Kutscher zu: »He, du da – wo fährst du mich eigentlich hin?«

Der Kutscher schien nichts zu hören; er ließ seine Peitsche knallen und das Fahrzeug fuhr noch schneller.

Franz setzte sich wieder hin. Er wurde tüchtig durcheinander geschüttelt und außerdem begann er zu frieren. Er bekam das Fenster nicht wieder zu, und so blieb ihm nichts anderes übrig, als weiter hinauszuschauen.

»Eine nette Spazierfahrt«, warf er sich im Stillen vor, »in einer Kutsche, die sicher hundert Jahre alt ist. Jedenfalls sind die Federn nicht mehr die besten, und es würde mich nicht wundern, wenn wir gleich ein Rad verlieren würden. Und das alles bei Nacht und Nebel … Ach nein, es kann eigentlich nicht viel später sein als acht Uhr …« Er versuchte sich zu erinnern, ob ihm diese Kutsche schon früher einmal aufgefallen war – aber soweit er wusste, gab es solch ein Exemplar im ganzen Dorf nicht. Sie fuhren jetzt durch ein Waldstück. In dieser Gegend gab es viel Wald; er hatte dort schon einige Radtouren gemacht. Aber es war zu dunkel, um irgendetwas wiederzuerkennen.

Das Fahrzeug fuhr nun langsamer. Er lehnte sich wieder aus dem Fenster und hatte den Eindruck, zwischen Bäumen Licht zu sehen. Sie fuhren erneut in eine Kurve, polterten durch ein Loch im Weg und kamen mit einem Ruck zum Stehen.

Totenstille ringsum, außer dem Geräusch des Regens.

»Sind wir da?«, rief Franz dem Kutscher zu.

»Noch nicht«, erklang ziemlich barsch dessen Stimme. »Wir sind erst am Siebensprung.«

»Wo fahren wir denn eigentlich hin?«, erkundigte sich Franz.

Die Kutsche rollte überraschend noch ein Stückchen weiter und blieb dann wieder stehen. Sie hatten eine Lichtung erreicht; Franz sah dicht neben sich einen Wegweiser. »Wohin fahren wir?«, fragte er nochmals.

»Das brauche ich *Ihnen* doch nicht zu erzählen!«, gab der Kutscher unwillig zur Antwort.

Jetzt wurde Franz ernstlich böse. Er drehte am Knauf der Tür, die sich zu seiner Verwunderung sofort öffnen ließ; dann sprang er aus der Kutsche, lief zum Kutschbock und rief: »Was ist denn das für eine Art und Weise, mich zu behandeln? Ich fahre keinen Schritt weiter mit, solange ich das Ziel dieser Fahrt nicht kenne.«

»Aber mein Herr!«, platzte der Kutscher los. »Jetzt machen Sie mir gefälligst nicht weis, dass Sie von nichts etwas wissen!« Er hieb mit der Peitsche durch die Luft.

Franz schaute sich um. Sie standen an einer Stelle, an der sich mehrere Wege kreuzten, und ganz in der Nähe erkannte er die Umrisse eines Hauses. Hinter einem Fenster brannte Licht.

»Wenn Sie nicht schleunigst wieder einsteigen«, sagte der Kutscher, »werden Sie klitschnass.« Das sagte er jedoch nicht aus echter Sorge, denn seine Stimme klang drohend, als er hinzufügte: »Los – ein bisschen dalli bitte, sonst kommen wir zu spät.«

Franz trat einen Schritt zurück und patschte mit dem Fuß in eine Pfütze. Zum zweiten Mal beschlich ihn ein Gefühl, das gewisse Ähnlichkeit mit Angst hatte. Er warf noch einmal einen Blick auf das Haus und sah über der Tür ein Schild aufleuchten. Es handelte sich offenbar um ein Wirtshaus; er konnte also nicht allzu weit von der bewohnten Welt entfernt sein. So sagte er entschlossen: »Ich fahre nicht weiter mit, solange ich nicht weiß, wer Sie sind und welchem Ziel wir entgegenfahren.«

»Wie Sie wünschen, mein Herr!«, rief der Kutscher. »Wenn Sie nicht weiter möchten als zum Siebensprung, dann bleiben Sie eben am Siebensprung! Guten Abend.«

Er knallte mit der Peitsche und zog an den Zügeln. Die Kutsche fuhr dicht an Franz vorbei, so dass der

Schlamm an ihm hochspritzte, und bog dann in einen der Wege ein.

»Falls dies ein Scherz sein soll, finde ich, das geht zu weit!«, sagte Franz verärgert und starrte dem Fahrzeug nach, bis es aus seinem Blickfeld verschwand. »Mich einfach im strömenden Regen stehen zu lassen, hier am Siebensprung! Siebensprung! Ich hatte gedacht, das wäre nur ein Lied oder ein Tanz …«

Aber zum Glück war ja das Wirtshaus da, wo er vor dem Regen unterkriechen und etwas Warmes trinken konnte. Danach musste er wohl oder übel zu Fuß nach Hause zurückgehen – aber in dieses Problem wollte er sich lieber noch nicht vertiefen.

Das Licht hinter den Fenstern bewegte sich, und während er auf das Gebäude zuging, verschwand es plötzlich. Er blieb einen Moment lang stehen; wie dunkel es auf einmal war! Das Gasthaus würde doch hoffentlich nicht geschlossen sein … Tastend suchte er seinen Weg zur Eingangstür. Sie stand offen und er konnte ohne weiteres eintreten. Drinnen war es noch dunkler, aber wenigstens trocken.

»Hallo!«, rief er. Seine Stimme klang fremd und hohl. »Hallo!«, rief er nochmals. »Ist hier jemand?«

Niemand antwortete.

Franz fühlte, wie ihm ein Schauer über den Rücken lief. Es wurde ihm plötzlich klar, dass er sich in einem leeren Zimmer befand, in einem Raum ohne Möbel oder Menschen. Er konnte nicht die Hand vor den Augen sehen, aber gerade eben hatte hier doch Licht gebrannt …

Nein, es war nicht der Schein einer Lampe gewesen – das wurde ihm jetzt bewusst –, sondern eher einer Taschenlampe oder einer ähnlichen Lichtquelle. Also musste sich doch irgendjemand in diesem Haus aufhalten! Er spitzte die Ohren, aber das Rauschen des Regens übertönte alle anderen Geräusche.

Zögernd tastete er sich ein paar Schritte vorwärts. Er stieß an eine weitere Tür und ging in ein anderes Zimmer. Sofort stand er wieder im Regen. Nein, dieses Gebäude konnte nicht bewohnt sein; es hatte nicht einmal ein vollständiges Dach. Er ging wieder zurück in das erste Zimmer, lehnte sich an eine Wand und ballte seine Hände in den Manteltaschen zu Fäusten. Wenn dies in einer seiner Geschichten passiert wäre, hätte jetzt in irgendeiner Tasche bestimmt eine Waffe gesteckt!

Dann stockte ihm plötzlich der Atem. Über sich sah er Licht; es fiel durch die Ritzen in der Decke und schien sich auf dem Speicher zu befinden. Es bewegte sich, verschwand wieder … und leuchtete ihm einen Augenblick später grell ins Gesicht. Er blinzelte. Gerade vor ihm befand sich eine Treppe, und dort kam jemand herunter, der eine brennende Taschenlampe in der Hand hielt.

Mit einem Mopro auf dem Mofa NUMMER ZWEI

»Was machst du denn hier?«, fragte der Unbekannte, während er näher kam. Er war ziemlich klein und schmächtig und er hatte einen Sturzhelm auf dem Kopf. Seine Stimme klang jung und nicht im Geringsten überrascht. Franz wusste jedoch mit Sicherheit, dass er ihm noch nie begegnet war.

»Ich stelle mich unter«, sagte er kurz angebunden.

»Ja, es regnet Backsteine«, sagte der andere. Er stellte sich neben Franz und schlug einige Male gegen die Wand. Ein paar Ziegelsteine rollten zu Boden.

Franz sprang zur Seite. »Pass doch auf!«, sagte er ärgerlich.

»Es wird nicht mehr lange dauern, bis der ganze Kram zusammenfällt«, sagte der junge Mann fröhlich. »He, Jan!«, rief er und formte mit der Hand einen Trichter vor dem Mund. »Bring uns was zu trinken!« Dann wandte er sich wieder zu Franz und fragte: »Du hast doch wohl nicht geglaubt, dass dies ein Wirtshaus sei?« Dabei leuchtete er ihm erneut mit der Taschenlampe ins Gesicht.

Franz fand dies äußerst unangenehm – nicht nur deswegen, weil er jetzt nichts mehr sehen konnte, sondern auch, weil er sich lächerlich vorkam. »Es ist auf jeden Fall ein Wirtshaus gewesen«, sagte er unfreundlich.

»Gewesen, ja. Die Kneipe von Turelur.«

»Von Torelore?«, fragte Franz erstaunt.

»Turelur, Jan Turelur – der Teufel und seine Hur«, reimte die junge Stimme in der Dunkelheit. »Aber jetzt ist er weg und dies ist ein Spukhaus … eine Spukkneipe«, verbesserte er sich.

Franz trat ein wenig zur Seite, um dem lästigen Lichtstrahl auszuweichen. Der Schein der Lampe folgte ihm jedoch und die Stimme fragte: »Wer bist du eigentlich und was tust du hier?«

»Mein Name ist van der Steg«, antwortete Franz steif. »Könntest du vielleicht mal aufhören, mir dauernd in die Augen zu leuchten? Und wer bist du, wenn ich fragen darf?«

Der andere richtete die Taschenlampe auf sich selbst. Franz sah nun, dass er noch ein Junge war, ungefähr sechzehn Jahre alt. Außer dem Sturzhelm trug er eine schwarze Lederjacke.

»Und Jeans und Stiefel mit hohen Hacken«, sagte der Junge und ließ das Licht darauf fallen. Danach hielt er die Taschenlampe wieder so, dass Franz sein Gesicht sehen konnte; die Augen blickten ihn spöttisch und unverfroren an.

»Ich bin ein Mopro«, sagte er. »Ein Provo mit einem Mofa.«

»Aha«, sagte Franz. »Und wie heißt du?«

»Ich bin ein Mopro und nenne mich auch so«, antwortete der Junge. »Mein Mofa steht draußen.«

»Und was machst du hier?«

»Jetzt hast du mir meine Frage geklaut«, sagte der Mopro. »Ich hab dich zuerst gefragt. Weshalb bist du mit dieser idiotischen alten Kutsche hierher gekommen? Hast du vielleicht ein Rendezvous?« Er grinste und fügte hinzu: »Bilde dir bloß nicht ein, dass sie in diese gruselige Höhle kommen wird. Wenn die Sonne untergegangen ist, spukt es hier.«

»Mach keinen Quatsch«, sagte Franz gereizt. »Genau genommen gehen dich meine Angelegenheiten überhaupt nichts an. Aber möglicherweise gehen mich deine was an.«

»So, meinst du?«, sagte der Mopro. »Von mir aus! Du kommst mir zufällig gerade recht. Ich habe wie verrückt nach einer Schachtel Zigaretten gesucht, die ich hier liegen gelassen hatte …«

»Und ich darf dir wahrscheinlich beim Suchen helfen?«, sagte Franz ironisch. Er glaubte kein Wort.

»Du kannst es ja mal versuchen«, sagte der Mopro. Er ließ das Licht seiner Taschenlampe durch den Raum schweifen. Dies war früher einmal die Wirtsstube gewesen, aber jetzt war alles kahl und leer, schmutzig und verfallen. »Du wirst sie doch nicht finden«, fuhr der Mopro fort. »Es sind noch drei Zigaretten drin und meine Freunde haben einen Totenkopf darauf gemalt und ihre Unterschrift dazugeschrieben.«

Der Lichtkegel hielt bei einem Loch in der Decke inne und schien auf ein Spinngewebe, in dem eine große Spinne saß. »Ich bin wegen einer Wette hier«, erzählte der Mopro weiter. »Wir waren heute Mittag hier, ich und meine Freunde, und da haben sie gesagt, dass ich bestimmt nicht den Mut hätte, nach Sonnenuntergang hierher zu kommen. Ich habe mit ihnen gewettet, dass ich es doch tun würde. Zum Beweis muss ich das Päckchen Zigaretten mitbringen, das sie hier versteckt haben … Sag mal, du hast es doch wohl nicht, oder?«

»Natürlich nicht«, sagte Franz. »Ich bin doch erst nach dir hierher gekommen.«

Über seinem Kopf tat es plötzlich einen heftigen Schlag, als ob etwas herunterfiele. Er fuhr erschrocken zusammen.

»Mensch, bist du eine Bangbüx!«, sagte der Mopro

verächtlich. »Der Sturm hat wieder mal eine Dachpfanne heruntergefegt. Musst du denn deswegen so bibbern wie ein Kaninchen?«

Franz schaute zur Decke empor. Hörte er dort Fußtritte?

Der Mopro griff nach seinem Arm. »Hör mal zu«, sagte er. »Ich muss zurück sein, ehe die zweite Vorstellung beginnt ...«

»Welche Vorstellung?«, fragte Franz.

Der Mopro sah ihn mit großen, dunklen Augen an. »Wir wollten ins Kino gehen«, sagte er, »und wenn ich gewinne, halten sie mich frei. Du kannst beweisen, dass ich hier gewesen bin; darum musst du als Zeuge mit mir gehen.«

»Warum sollte ich ...?«, begann Franz.

»Ich nehme dich mit, hinten auf meinem Mofa. So kommst du bequem per Anhalter in die Stadt. Oder hast du etwa vor, zu Fuß nach Hause zu gehen?«

»Du weißt ja nicht mal, wo ich wohne!«

»Das ist mir auch scheißegal«, sagte der Mopro. »Komm, fahr mit; wir sind in zwanzig Minuten da.«

Dieser Vorschlag war vielleicht gar nicht so dumm, dachte Franz.

Er traute dem Mopro zwar nicht so ganz, aber wenn er erst einmal in der Stadt war, konnte er bequem nach Hause kommen. Für seinen Kursus war es nun doch zu spät. Er fluchte halblaut vor sich hin.

»Was ist los?«, fragte der Mopro.

»Ich hab meine Aktentasche mit Büchern in der Kutsche liegen lassen«, sagte Franz, »nun ist dieser elende

Schuft von Kutscher damit durchgebrannt. Weißt du, wer das ist?«

»Das darfst du mich nicht fragen«, sagte der Mopro. »Du bist doch in dem Ding gefahren – nicht ich! Du bist vielleicht ein komischer Typ.«

Recht hat er, dachte Franz. Laut aber sagte er: »Wenn du möchtest, dass ich für dich den Zeugen spiele, solltest du dich mir gegenüber ein bisschen besser benehmen.«

»Okay, okay«, rief der Mopro und stieg auf sein Mofa. »Komm schon!«

Er ließ den Motor aufheulen und der grelle Lichtschein der Vorderlampe glitzerte auf dem Schleier der Regentropfen.

Franz kletterte auf den Rücksitz. Sieben Wege musste es hier geben – aber er hatte nicht die geringste Ahnung, welcher davon in die Stadt führte. Eigentlich war es ein glücklicher Zufall, dass er den Mopro getroffen hatte – wie hätte er sonst nach Hause zurückfinden sollen?

Als sie jedoch mit lautem Geknatter davonbrausten, begann er die Sache mit anderen Augen zu sehen. Und zwar nicht nur deshalb, weil er immer nasser und kälter wurde, sondern vor allem, weil er jeden Augenblick fürchtete, es könnte sein letzter sein. Der Mopro hatte einen Fahrstil … Er raste immer schneller und schneller und schnitt sämtliche Kurven.

»Unverantwortlich«, sagte Franz vor sich hin, während er die Baumstämme an sich vorbeiflitzen sah und der Wind ihm um die Ohren pfiff. Da hatte er doch in der Kutsche eine gemütlichere Fahrt gehabt! Manchmal glaubte er, den Mopro durch das Motorengeräusch hin singen zu hören; dem schien es also Spaß zu machen. Das sieht ihm ähnlich – er will mir Angst einjagen, dachte Franz van der Steg. Doch der Held von Torelore biss die Zähne zusammen und murmelte grimmig und entschlossen: »Aber das wird ihm nicht glücken!«

Trotzdem atmete er erleichtert auf, als sie einen asphaltierten Weg erreichten, an dessen Rand ein Schild stand, das die Höchstgeschwindigkeit anzeigte. Der Mopro gab nun weniger Gas (obwohl er zweifellos über der Höchstgeschwindigkeit blieb) und rief über die Schulter hinweg: »Noch nicht mal zehn vor neun auf der Kirchturmuhr! Ich habe meinen Rekord gebrochen!«

»Und dabei nicht mal den Hals mitgebrochen!«, rief Franz zurück. »Herzlichen Glückwunsch!«

Kurze Zeit darauf fuhren sie in die Stadt hinein und gegen neun Uhr stoppten sie vor einer Frittenbude. Gegenüber, auf der anderen Straßenseite, befand sich ein Kino; dort standen ein paar andere Mopros herum. Einer von ihnen sah den Mopro und ließ einen schrillen Pfiff hören.

»Sind das deine Freunde?«, fragte Franz.

»Der Hauptfilm hat noch nicht angefangen«, sagte der Mopro abwesend. »Ich esse jetzt erst mal eine Portion Fritten. So ein Sauwetter! Komm mit.«

Jeder von ihnen nahm eine Portion Pommes frites. Franz wischte seine Brille sauber; dann setzte er sie wieder auf und betrachtete den Mopro aufmerksam. Jetzt konnte er ihn zum ersten Mal richtig sehen. Auch der Mopro sah ihn forschend an. Dann sagte er: »Wart mal eben hier auf mich«, und ging weg.

Franz sah, dass er die Straße überquerte und mit den Mopros sprach, die vor dem Kino standen.

»Zwei Portionen«, sagte der Inhaber der Frittenbude, »das macht zwei Mark sechzig.«

Franz bezahlte, und als er wieder aufblickte, war vor dem Kino kein Mensch mehr zu sehen. Er wartete ein paar Minuten, dann ging er ebenfalls auf die andere Straßenseite und betrat den Kassenraum des Kinos.

Der Mopro und seine Freunde waren nicht mehr da. Nur der Kassierer schaute ihn erwartungsvoll an und fragte: »Eine Karte gefällig, junger Mann?«

»Nein, vielen Dank«, sagte Franz. »Ich warte nur auf jemand.« Er stellte sich so hin, dass er die Frittenbude im Auge behalten konnte, und blieb eine Weile dort stehen. Das Mofa stand noch da, aber der Mopro tauchte nicht wieder auf. Aus dem Kinosaal kamen nun die eindrucksvollen Klänge eines Orchesterstückes herübergeweht; zweifellos ein Zeichen, dass jetzt der Hauptfilm begann.

Franz ging zum Kassierer und fragte: »Sind hier eben vielleicht ein paar Jungen hereingegangen, die … eh … wie Mopros aussehen?«

»Das ganze Kino sitzt zurzeit voll mit Mopros«, sagte der Kassierer traurig. »Ich bin selbst Vater, junger Mann – aber ich werde meinen Kindern niemals erlauben, dass sie an einem normalen Abend in die zweite Vorstellung gehen. Und wenn sie jemals ein Mofa oder ein Motorrad kriegen sollten, will ich nicht, dass sie ziellos damit durch die Gegend knattern. So ein Ding ist doch dazu da, um einen irgendwohin zu befördern; finden Sie nicht auch?« Seine Miene hellte sich auf, weil er nun einen Gesprächspartner hatte. »Ich hab hier zwar meinen Job«, sagte er, »aber glauben Sie, ich sähe mir jemals einen Film an? O nein! Ich bin für eine gesunde Entspannung. Für Camping zum Beispiel. Ein Zelt mitten im Wald, weit entfernt von der bewohnten Welt, das ist das Richtige! Aber dazu ist die Jugend von heute zu lahm und bequem ...«

Franz hörte ihm eine Zeit lang zu und hielt währenddessen Ausschau nach dem Mopro, obwohl er mit Sicherheit annahm, dass dieser nicht wieder auftauchen würde. Vermutlich saß er mit seinen Freunden im Kino und sah sich den Film an.

Du glaubst doch nicht etwa, dass ich so lange auf dich warten werde!, sagte Franz in Gedanken; er war sehr verärgert. Die Tüte Fritten sei dir gegönnt, als Gegengabe fürs Mitnehmen. Aber im Übrigen kann ich gut darauf verzichten, dich wieder zu sehen – du unverschämter Flegel!

Er sagte dem Kassierer Auf Wiedersehen und ging zu der nächstgelegenen Haltestelle seines Busses. Er war durch und durch kalt und nass und außerdem sehr unzufrieden mit sich. In seinen selbst erfundenen Geschichten wäre dieser Abend völlig anders verlaufen. Nur könnte ich mir nicht vorstellen, wie!, dachte er.

Das war Nummer zwei –

und nun folgt das dritte Kapitel.

3
Franz erfährt, wer Gr… Gr… ist

Er folgt der Spur der Kutsche
und landet im »Durstigen Hirschen« NUMMER EINS

Am nächsten Morgen hatte der Wind alle Regenwolken fortgeblasen. Das Wetter war kühl, aber schön, und die Sonne schien, als wollte sie beweisen, dass der Sommer noch lange nicht vorbei sei. Trotzdem radelte Franz van der Steg mit düsterer Miene zur Schule.

Er fühlte immer deutlicher, dass er sich am Abend zuvor anders hätte verhalten müssen. Die Kinder würden wahrscheinlich von seinen Abenteuern hören wollen, und darin hatte er eine Rolle gespielt, die alles andere als klug oder heldenhaft war. Ich hätte nicht in die Kutsche einsteigen sollen, dachte er, oder nein – ich hätte nicht wieder aussteigen sollen. Ich hätte den Kutscher zwingen müssen, mir zu antworten, und dem Mopro hätte ich ein paar Ohrfeigen geben sollen … Ach, wäre ich nur nie auf die Idee gekommen, dass ich einen geheimnisvollen Brief erhalten würde!

Heute war Samstag; das bedeutete, dass er mindestens eine halbe Stunde lang erzählen musste. Franz hatte ein Geschichtenbuch mitgenommen, und als es so weit war, las er eine Geschichte daraus vor. Als er bei der letzten Seite angekommen war, schaute er immer wieder auf die Uhr und las so langsam wie irgend möglich. Und doch war die Geschichte vor zwölf Uhr zu Ende. Erst in drei Minuten würde es klingeln … und natürlich, da stellten die Kinder auch schon die gefürchtete Frage: »Herr Lehrer, sind Sie gestern bei Gr… Gr… gewesen?«

»Nein«, antwortete Franz wahrheitsgemäß. Er stellte sich zum soundsovielten Mal die Frage, ob solch eine Person überhaupt existierte. Er hob die Hand, um weitere Fragen abzuwehren. »Hört mal«, sagte er in ernstem Ton, »ich fürchte, dass ich einem merkwürdigen und gefährlichen Geheimnis auf die Spur gekommen bin. Mehr kann und darf ich euch zurzeit nicht darüber sagen. Und jetzt möchte ich euch etwas fragen, meine Lieben. *Ist irgendjemand unter euch, der weiß oder vermutet, wer Gr… Gr… in Wirklichkeit ist?* Denn ihr müsst wissen, er hat einen richtigen Namen!«

Es war mäuschenstill in der Klasse. Einige Kinder sahen ihn mit großen Augen an; andere wandten ihre Blicke absichtlich ab. Marianne, die immer schnell errötete, bekam prompt einen roten Kopf.

Franz van der Steg räusperte sich. Es war ihm nicht recht wohl in seiner Haut – gerade so, als handelte es sich tatsächlich um ein gefährliches Geheimnis. Oder kam das nur, weil er auf dem besten Wege war, seine Schüler an der Nase herumzuführen? Aber jetzt gab es kein Zurück mehr – nun musste er das peinliche Schweigen brechen.

»Vielleicht ist es besser, dass derjenige, der etwas weiß, unter vier Augen mit mir spricht«, sagte er. »Ihr könnt es mir nach Schulschluss jederzeit erzählen.«

Jetzt wurde überall getuschelt und auch das klang irgendwie anders als gewöhnlich … Mach dir jetzt bloß keinen blauen Dunst vor, las Franz sich selbst die Leviten. Du hast dir gestern den Kopf erkältet – das ist alles.

Zum Glück schellte es gerade, so dass er die Kinder wegschicken konnte.

Als er im leeren Klassenzimmer noch rasch ein paar Bücher durchsah, stand plötzlich Marianne neben ihm am Tisch.

»Herr Lehrer …«, begann sie schüchtern.

Im Türrahmen erschienen drei Jungen – Martin, Kees und Arie.

»Na, was gibt's?«, erkundigte sich Franz.

Die Jungen kamen zu ihm an den Tisch. »Herr Lehrer«, sagte Martin, der natürlich wieder der Wortführer war, »es handelt sich um das, was Sie eben in der Klasse gesagt haben …«

»Gr… Gr…«, knurrte Kees leise.

»Wisst ihr denn, wer *Gr… Gr…* ist?«

»O nein«, sagten die Kinder wie aus einem Munde.

»Nein, Herr Lehrer«, sagte Martin. »Aber wir möchten Ihnen helfen, wenn es geht. Sollen wir vielleicht … dürfen wir vielleicht … Wir würden so gerne einmal den Brief sehen!«

»Ja«, rief Marianne dazwischen. »Vielleicht können wir dann etwas herausfinden. Was halten Sie davon?«

Franz zog den Brief aus der Tasche; er hatte ihn am Morgen eingesteckt. Wortlos legte er ihn auf den Tisch und schaute zu, wie die Kinder sich darüber beugten. Er konnte ihre Gesichter nicht sehen, aber sie schienen mit großem Ernst bei der Sache zu sein. Marianne war die

Erste, die aufschaute; sie hatte schon wieder einen roten Kopf, aber das besagte nicht viel.

»Ich weiß es nicht«, sagte sie atemlos.

»Ich auch nicht«, sagten Kees und Arie. Martin schüttelte lediglich den Kopf.

»Schade!«, sagte Franz so leichthin wie möglich. »Auf jeden Fall vielen Dank.«

Die Kinder scharrten mit den Füßen und machten einen ziemlich verlegenen Eindruck.

»Kennt einer von euch eventuell einen Mopro mit einem Mofa?«

Jetzt machten die Kinder erstaunte Augen. »Einen Mopro?«, wiederholte Marianne. »Was ist das?«

»Ein Junge mit komischen Haaren und schwarzer Lederjacke, mit einem Totenkopf hintendrauf«, sagte Martin. »Und der Motorrad fährt. Stimmt das, Herr Lehrer?«

»Mein Bruder hat auch ein Motorrad und eine schwarze Lederjacke«, sagte Kees, »aber er ist kein Mopro.«

»Das sagst *du*!«, sagte Arie.

Aber Martin fragte: »Gehört zu dem Geheimnis auch ein Mopro?«

»Möglicherweise«, antwortete Franz. »Er fährt abends bei Dunkelheit mit seinem Mofa herum, spricht über Gespenster und verschwindet plötzlich, ohne sich zu verabschieden.«

»Und dann?«, fragte Marianne, als ginge es um eine Geschichte.

»Das weiß ich noch nicht«, sagte Franz. »Nun, vielleicht werdet ihr noch etwas darüber hören, vielleicht auch nicht. Wir müssen es einfach abwarten. Wenn ihr was zu berichten habt, könnt ihr jederzeit zu mir kommen. Auf Wiedersehen.«

Die Kinder gingen, aber Martin kam schnell noch einmal zurück und flüsterte: »Das ist eine wahre Geschichte, nicht wahr, Herr Lehrer?«

»Jawohl«, nickte Franz. »Diesmal ist sie echt.« Und während er das sagte, war er auch fest davon überzeugt.

Einen Augenblick später dachte er jedoch anders darüber. *Falls* die Geschichte echt war, müsste es eine logische Erklärung dafür geben, und eine solche konnte er nicht finden. »Es ist bestimmt ein Komplott«, sagte er zu sich selbst, »und die vier Kinder stecken unter einer Decke – vielleicht sogar die ganze Klasse!«

Aber als er dann nach Hause radelte, pfiff er ein lustiges Lied. Jetzt wusste er, was er zu tun hatte! Heute Nachmittag hatte er frei; er würde gleich noch einmal zum Siebensprung fahren und sich dort bei Tageslicht gründlich umschauen. Er würde einfach der Spur der Kutsche folgen und so des Rätsels Lösung entdecken. Am Montag würde er den Kindern den Schluss der Geschichte erzählen – und zwar so, dass ihnen der Mund vor Staunen offen stehen würde.

Nach dem Essen fragte er seine Wirtin: »Haben Sie schon mal vom Siebensprung gehört?«

Sie sah ihn ziemlich erstaunt an – jedenfalls schien es ihm so. »Vom Siebensprung?«, wiederholte sie. »›Man sagt, dass ich nicht tanzen kann …‹«

»Nein, diesen Siebensprung meine ich nicht«, sagte Franz. »Hier in der Gegend gibt es doch eine Stelle, an der sich sieben Wege kreuzen …«

»Stimmt – jedenfalls wenn man nicht richtig zählen kann«, sagte seine Wirtin. »Aber wie kommst du jetzt auf den Siebensprung?«

»Ich möchte dorthin«, sagte Franz. »Einfach nur so, eine kleine Radtour machen.«

»Das ist eine gute Idee«, meinte seine Wirtin. »Es wird langsam Zeit, dass du mal was unternimmst. Du kannst den Siebensprung sehr leicht finden: wenn du die Dorfstraße hinausfährst, dann an der Tankstelle links abbiegst und später den ersten Seitenweg bis zum Hof von Dijkhof nimmst. Ich wünsche dir viel Vergnügen!«

Kurz darauf fuhr Franz dieselbe Strecke mit dem Rad, die er am vergangenen Abend in der Kutsche zurückgelegt hatte. Hinter dem Bauernhof wurde der Weg immer schlechter; er war matschig und voller Pfützen. Aber Franz ließ sich dadurch nicht entmutigen. Das Wetter war nach wie vor gut und neben sich sah er die Spur der Kutsche. Die Gegend hier war ihm unbekannt – es war eine schöne, sehr stille Landschaft, in der kein einziges Haus stand.

Nachdem er eine halbe Stunde lang geradelt war, erreichte er den Siebensprung, dort kreuzten sich mitten im Wald eine Reihe von Wegen.

Er stieg vom Rad. Rechts von ihm stand das leere Haus – die Spukkneipe, wie der Mopro sie genannt hatte. Sie war tatsächlich nicht viel mehr als eine Ruine; jetzt, am hellen Mittag, war das nicht zu übersehen.

Unmittelbar vor ihm stand der Wegweiser; die Schilder zeigten in sieben verschiedene Richtungen. Einer der Wege hatte ihn hierher geführt, ein zweiter ging in Richtung Stadt. Den war er gestern mit dem Mopro gefahren – die Spur des Mofas war deutlich zu sehen. Die Radspuren der Kutsche hatten sich noch viel tiefer eingedrückt; das Gefährt hatte den dritten Weg genommen, der laut Wegweiser zum Dorf Roskam führte. Der vierte Weg ging nach Langelaan; der fünfte war nur ein schmaler Pfad und der entsprechende Arm des Wegweisers war blutrot gestrichen. Der sechste Weg führte zum »Kräuterhof« und einen siebten Weg gab es nicht.

Franz zählte noch einmal nach – es stimmte, es waren nur sechs Wege. Der siebte Arm des Wegweisers zeigte auf die Ruine. Es hatte einmal ein Wort darauf gestanden, aber die meisten Buchstaben waren verwischt. Der erste war ein T … nein, nicht Turelur, hinter dem T las er ein R und dann konnte er noch zwei Ps und am Ende ein S entziffern.

»Ich verstehe nicht, warum man eine Kreuzung von sechs Wegen ›Siebensprung‹ nennt«, sagte er vor sich hin.

Er lehnte sein Fahrrad an den Wegweiser und ging

auf das Gebäude zu. Dieses bestand aus zwei Teilen. Der eine Teil hatte früher als Wirtschaft gedient; über der Tür, die noch immer offen stand, klapperte das Gasthausschild an einem letzten, übrig gebliebenen Nagel. Den anderen Teil hatte man vermutlich entweder als Garage oder als Stall benutzt; es stellte sich jedoch heraus, dass die großen Tore verschlossen waren.

Er ging durch die erste Tür hinein und stieg die knarrende Treppe hinauf in das Obergeschoss. Dort sah alles so baufällig aus, dass er sich nicht weiterwagte. Spinnweben berührten sein Gesicht und auf dem staubigen Boden sah er Fußspuren – die stammten natürlich von dem Mopro. Dann entdeckte er, dass auch noch jemand anderes hier hergegangen sein musste; die Spuren verrieten zwei Paar Schuhe, die einen etwas spitzer als die anderen. Der Schlag fiel ihm wieder ein, den er am vergangenen Abend gehört hatte … War da eventuell noch jemand in diesem Haus gewesen?

»Jetzt tu bloß nicht so, als ob du ein Detektiv seist«, sagte Franz van der Steg zu Franz dem Roten.

Er ging wieder nach unten; es fiel ihm weiter nichts Besonderes auf. Auch die Zigarettenschachtel des Mopros war nicht zu sehen.

Dann ging er hinaus und sah sich das Wirtshausschild an. Man konnte noch ganz schwach eine menschliche Gestalt darauf erkennen, mit roter Farbe gemalt; aber quer darüber hinweg war mit ein paar kräftigen schwarzen Strichen ein Totenkopf gezeichnet. Spukhaus hin, Spukhaus her – es war auf jeden Fall ein trübsinniger Ort.

Kurz darauf saß er wieder auf seinem Rad und schlug den Weg nach Roskam ein, den Spuren der Kutsche folgend.

Zuerst fuhr er durch ein dunkles Waldstück, das schon nach Herbst roch, und anschließend durch Felder und Wiesen, bis er das Dorf vor sich liegen sah. Es war sehr klein; in der Mitte stand eine wuchtige Kirche. Der schlammige Weg ging in eine gepflasterte Straße über, die in einer Kurve ins Dorf hineinführte. An dieser Kurve stand ein Gasthaus – diesmal aber keine Spukkneipe; es glich eher einer altertümlichen Herberge. Der Name passte ausgezeichnet dazu: »Zum Durstigen Hirschen«.

Durstig bin ich tatsächlich!, dachte Franz. Ich werde hier etwas trinken.

Er stellte sein Fahrrad ab; ehe er jedoch hineinging, schaute er sich kurz um. Auf der anderen Straßenseite prunkte ein fürstlicher Kastanienbaum und dahinter lagen Ställe. In diesem Augenblick wurden die Stalltore geöffnet und eine Kutsche ratterte hinaus.

Es war das Fahrzeug, das er suchte!

Der Kutscher auf dem Bock war zweifellos der gleiche. Er sah diesmal weniger geheimnisvoll aus, aber noch genauso unfreundlich. Um den Kopf hatte er ein Taschentuch geknüpft, das noch röter war als seine Nase; irgendwie erinnerte er dadurch an einen Räuberhauptmann.

Er hielt kurz an und sah Franz, der auf ihn zulief. Dann knallte er mit der Peitsche und setzte sein Pferd in Trab.

»Hallo – Moment mal!«, rief Franz. Aber die Kutsche

fuhr weiter, und er musste zurückspringen, damit die Räder ihm nicht über die Zehen fuhren. Er rannte ein Stück hinterher.

»Halt, stopp!«, rief er wütend.

Der Kutscher stellte sich taub. Und die Kutsche fuhr schneller und schneller ins Dorf hinein, bis sie schließlich aus seinem Blickfeld verschwand.

Franz ging zurück zum »Durstigen Hirschen«. Er war außer sich. Ob er das Fahrzeug mit dem Rad wohl noch einholen könnte? Er konnte es versuchen; aber wenn es ihm dann nicht glückte, würde er sich erst richtig genarrt fühlen. Hinter dem Fenster des Wirtshauses glaubte er viele Leute zu sehen, die ihn alle neugierig anstarrten. Er beschloss, sich daran nicht zu stören und einfach hineinzugehen.

Innen sah es haargenau so aus, wie das Äußere des Hauses vermuten ließ: altmodisch und recht gemütlich. Die Wirtsstube hatte einen Boden aus Steinfliesen und eine dunkle Balkendecke. Auf den vielen kleinen Tischen lagen rot karierte Tischdecken; außerdem war noch ein großer Tisch vorhanden, auf dem zerlesene Zeitungen herumlagen und Gläser ihre Kringel hinterlassen hatten. Überall blinkten kupferne Gefäße, und in einer Ecke befand sich ein Billardtisch, an dem ein paar Männer gerade spielten. Hinter der Theke stand ein gemütlich aussehender Wirt, der damit beschäftigt war, Tassen mit einem bunten Tuch abzutrocknen.

Es war weder ein Radio noch ein Fernsehapparat vorhanden; die einzigen Geräusche kamen vom Klicken der Billardkugeln, dem leisen Gläserklirren und dem

Gemurmel der Gäste. Es waren ziemlich viele Leute da, aber ausschließlich Männer. Einige hoben kurz den Kopf, als Franz hereinkam; die meisten achteten jedoch nicht auf ihn.

»Was darf ich Ihnen bringen, mein Herr?«, fragte der Wirt gut gelaunt.

»Ein großes Bier, bitte«, sagte Franz. Dann fügte er hinzu: »Ich habe eben hier gegenüber ein Fahrzeug wegfahren sehen. Ich wollte eigentlich den Kutscher sprechen, aber er fuhr mir davon. Wissen Sie vielleicht, wo dieser Mann hingehört?«

»Oh, das wird sicher der Jan gewesen sein«, antwortete der Wirt, »der Kutscher von Graf Griesenstein.«

»Graf Griesenstein?«, wiederholte Franz.

Im selben Augenblick verstummte jedes Geräusch. Die plötzliche Stille kam so unvermutet, dass Franz sich verwundert umsah. Alle Gäste, die an den kleinen Tischen saßen, starrten ihn an. Die Männer am Billardtisch kehrten ihren Kugeln den Rücken zu. Nur ein Herr mit grauem Haar und Bart, der an dem großen Tisch saß, fuhr in aller Ruhe fort, Patiencen zu legen.

Franz wusste vor Verlegenheit nicht, was für ein Gesicht er machen sollte. Aber da wandten sich auch schon wieder alle Blicke von ihm ab und jeder benahm sich völlig normal. Franz fragte sich, ob er sich die Reaktion der Gäste vielleicht nur eingebildet hatte, und deshalb sagte er noch einmal mit etwas lauterer Stimme: »Der Kutscher von Graf Griesenstein!«

Niemand reagierte. Die Billardbälle klickten wieder leise gegeneinander, und die Gäste fuhren ruhig fort zu spielen, zu trinken, zu rauchen und sich zu unterhalten, ohne ihn weiter zu beachten.

»Bitte sehr, mein Herr«, sagte der Wirt, während er einen Stuhl herbeizog. »Ich zapfe Ihnen eben Ihr Bier.« Er entfernte sich eilig, so als wollte er weiteren Fragen aus dem Weg gehen.

Franz setzte sich; er hatte sich von seiner Überraschung noch nicht wieder erholt. Der Kutscher von Graf Griesenstein. *Gr*af *Gr*iesenstein ... *Gr*... *Gr*...! Er holte den Brief zum Vorschein, faltete ihn auseinander und sah sich die Unterschrift an.

Ja – jetzt, da er den Namen kannte, war sie deutlich zu entziffern – da stand *Graf Griesenstein*!

Er spürte plötzlich, dass er von hinten beobachtet wurde, und sah sich um. Es war ein Junge, der ganz dreist zu lesen versuchte, was in dem Brief stand.

Als Franz ihn sprachlos vor Wut anblickte, lachte er freundlich und sagte, kein bisschen aus der Fassung gebracht: »Guten Tag!« Er hatte ein sympathisches Gesicht, obwohl er das glatte braune Haar viel zu lang trug. Seine runden, dunklen Augen betrachteten Franz mit unverhohlenem Interesse. »Möchten Sie eine Zigarette?«, fragte er und hielt ihm das Päckchen hin.

Franz war dermaßen verblüfft, dass er eine Zigarette herauszog. Der Junge selbst nahm keine; er schob seinen Stuhl näher heran, warf das Päckchen auf Franz' Tisch und suchte nach Streichhölzern.

»Hier ist Feuer«, sagte eine höflich klingende Stimme. Der Herr mit dem grau melierten Bart stand plötzlich neben ihm; in der einen Hand hatte er ein Päckchen

Spielkarten und in der anderen einen Zigarettenanzünder mit riesengroßer blauer Flamme.

»Ich danke Ihnen«, sagte Franz. Er rauchte schweigend ein paar Züge. Der Junge saß da, als ob er etwas von ihm erwartete. Wer war es nur? Er kam ihm so bekannt vor …

Auf einmal wusste er es. Es war der Mopro. Er sah völlig verändert aus, ohne seinen Schutzhelm und in Hemdsärmeln – aber er war es zweifellos. »Wir kennen einander bereits«, sagte er.

Der Junge runzelte die Stirn. »Sie irren sich«, gab er zur Antwort. »Ich kenne Sie jedenfalls nicht.«

»O doch!«, sagte Franz. »Wir sind uns gestern Abend begegnet.« Dabei schaute er den Mopro mit strengem Blick an, als sei dieser einer von seinen ungezogensten Schülern.

»Gestern Abend?«, fragte der Junge und machte ein erstauntes Gesicht. »Wo denn?«

»Am Siebensprung«, antwortete Franz.

»Gestern Abend war ich hier im ›Durstigen Hirschen‹«, sagte der Junge so bestimmt, dass Franz wieder unsicher wurde. »Das kann jeder hier bezeugen.«

Aber gerade dieses Wort ›bezeugen‹ erinnerte Franz wieder lebhaft an den Mopro und dessen Wette. »Das ist nicht wahr!«, sagte er in scharfem Ton.

Der Junge blieb jedoch so unbefangen wie zuvor. »Es kann ja sein, dass Sie glauben, mir begegnet zu sein«, sagte er, »aber *ich* hab Sie jedenfalls noch nie gesehen. Wirklich nicht. Und ich möchte dies bei allen sechs Wegen des Siebensprungs schwören.«

Jetzt mengte sich der Herr mit dem Bart ins Gespräch. »Daraus können wir den Schluss ziehen, Roberto«, sagte er, »dass du einen Doppelgänger hast.« Er hatte sich ebenfalls zu Franz an den Tisch gesetzt, blickte beide freundlich an und mischte die abgegriffenen Karten mit seinen gepflegten, weißen Händen. »Roberto!«, rief einer der Männer vom Billardtisch. »Machst du noch mit? Du bist an der Reihe!«

Der Junge lächelte Franz zu, sprang auf und begab sich zu den Spielern. Franz blickte ihm nach, bis der Wirt mit seinem Bier kam. Er steckte den Brief wieder in die Tasche und fragte: »Wer ist Graf Griesenstein und wo wohnt er?«

»Man ruft gerade nach mir«, sagte der Wirt. »Ich komme gleich wieder zurück.« Er verschwand schleunigst.

Das ist ein Komplott, dachte Franz. Das Ganze gleicht mehr und mehr einem Komplott. Was nun?

»Ziehen Sie eine Karte«, sagte der Herr mit dem grauen Bart. Er hatte aus den Karten einen Fächer geformt und hielt ihn Franz vor die Nase. »Bitte nehmen Sie eine heraus«, befahl er, »und merken Sie sich, welche es ist.«

Franz gehorchte. Es war Herz sieben.

»Halten Sie sie verdeckt, dass ich sie nicht sehen kann«, sagte der Herr, »und stecken Sie sie wieder in das Päckchen zurück. Ja, so ist es richtig.« Nun mischte er die Karten aufs Neue, legte sie vor sich auf den Tisch und tippte mit dem Zeigefinger darauf. »Fühlen Sie jetzt bitte in Ihre rechte Hosentasche«, sagte er.

Franz tat es und holte eine Spielkarte heraus. »Herz sieben!«, rief er überrascht.

»Wir wollen es noch einmal wiederholen«, sagte der Herr fröhlich. »Passen Sie diesmal ein wenig besser auf. Nein, Sie brauchen nicht zu zögern.«

Nun wiederholte sich dasselbe Ritual. Diesmal holte Franz den Pik-Buben aus seiner linken Brusttasche.

»In der Spielkartenwahrscheinlichkeitslehre ist der Pik-Bube der Schurke«, erklärte sein eigenartiger Tischgenosse. »Das stimmt nachdenklich, nicht wahr?« Er erhob sich und machte eine Verbeugung. »Es war mir ein Vergnügen«, sagte er. Und etwas leiser fügte er hinzu: »Es steckt noch etwas anderes in Ihrer linken Brusttasche.«

Dann entfernte er sich mit gemächlichen Schritten, wechselte ein paar Worte mit dem Wirt an der Theke und verschwand durch die Tür nach draußen. Franz starrte ihm nach und tastete währenddessen in seiner Brusttasche herum, in der tatsächlich noch etwas steckte. Es stellte sich heraus, dass es diesmal keine Spielkarte war, sondern ein rechteckiges weißes Kärtchen, auf dem in ordentlicher Druckschrift stand:

J. THOMTIDOM
Magier

Während er das Kärtchen ansah, begannen sich unter dem Namen andere Buchstaben zu bilden – handgeschriebene Buchstaben. Zuerst waren sie blassrot, dann verwandelten sie sich in leuchtendes Grasgrün und zum Schluss standen sie pechschwarz vor seinen ungläubigen Augen. Sie bildeten drei Sätze:

Es ist besser, wenn Sie den Namen Griesenstein nicht laut aussprechen.

Wenn Sie mehr über ihn wissen möchten, kommen Sie mich morgen nach dem Hochamt besuchen.

Meine Wohnung »Schein und Wesen« liegt an dem Weg, der vom Siebensprung aus nach Langelaan führt.

»Das ist zu viel auf einmal!«, sagte Franz in Gedanken und er steckte das Kärtchen mit zitternder Hand wieder in die Tasche. »Erst ein Doppelgänger und dann ein Magier ...«

Er fuhr erschreckt zusammen, weil ihm jemand auf die Schulter tippte. Es war Roberto.

»Vergessen Sie Ihr Bier nicht«, sagte er. »Auf Wiedersehen.«

»Gehst du schon?«, fragte Franz. »Warte doch noch einen Moment ...«

»Ich habe das Gefühl, dass wir beide uns bald wieder sehen werden«, sagte der Junge, »zum zweiten Mal.« Er wartete die Antwort nicht ab, sondern verließ mit schnellem Schritt die Wirtsstube.

Verschiedene Gäste riefen ihm noch einen Gruß nach. »Tschüs, Roberto! Auf Wiedersehen!«

Nein, dieser freundliche Junge konnte unmöglich der Mopro sein.

Nachdenklich trank Franz sein Bier. Ob *Gr... Gr...* vielleicht wirklich ein gräulicher und gruseliger Mann ist, überlegte er, weil man seinen Namen nicht laut aussprechen darf? Wahrscheinlich werde ich doch den Magier besuchen müssen. Hoffentlich führt er mich nicht an der Nase herum …

Geistesabwesend nahm er eine Zigarette aus der Schachtel, die auf dem Tisch lag; dann erst merkte er, dass sie ihm nicht gehörte. Roberto hatte sie liegen lassen. Ja, es war Robertos Päckchen. Mit Kugelschreiber war ein Totenkopf darauf gezeichnet und drum herum standen drei krakelige Unterschriften.

Also war die Doppelgängergeschichte frei erfunden. Roberto und der Mopro waren *doch* ein und derselbe!

Und jetzt war ihm der Knabe zum zweiten Mal entwischt.

Franz stand auf und setzte sich dann wieder hin. Ich kann mir sicher die Mühe sparen, ihm zu folgen, dachte er missmutig. Er ist bestimmt nicht wieder aufzufinden. Alle Leute, denen ich begegne, tauchen auf und verschwinden dann wieder – wie Figuren in einem Kasperletheater! Und sie benehmen sich auch so, genauso merkwürdig.

Er ließ seine Blicke durch die Gaststube schweifen und fühlte sich dort plötzlich nicht mehr so recht zu Hause, so gemütlich es auch war.

Er bildete sich ein, dass die anderen Gäste ihn heimlich mit schrägen Blicken beobachteten und dass sie sich hinter seinem Rücken anstießen und über ihn tuschelten. Der Wirt war noch immer am Schanktisch; seine Zutraulichkeit schien verschwunden zu sein; er wirkte undurchschaubar.

Wenn ich ihm weitere Fragen stellen würde, dachte

Franz, so würde er mich vermutlich nur geheimnisvoll ansehen und mir eine unwahre oder ausweichende Antwort geben.

Er trank sein Glas aus, bezahlte und ging nach Hause.

Franz besucht einen Magier und entdeckt, dass der Schein trügt NUMMER ZWEI

»Rrr… Rrr…!«, rasselte der Wecker.

»Grr… Grr…!«, gurrte es in Franz' Gedanken. »Graf Griesenstein – sprich es nicht laut aus … Grr… Rrr…!«

Er streckte seine Hand aus und stellte den Wecker ab.

»*Gr… Gr…* Grilliger Greis … ach nein, das ist der Magier … Magier? Sicher einfach ein Zauberer …« Franz blieb mit halb geschlossenen Augen liegen. »Unsichtbare Tinte, das ist der Trick!«, sagte er vor sich hin. »Die wird erst lesbar, wenn sie warm wird. Darüber habe ich mal was gelesen. Die Wärme meiner linken Brusttasche …«

Er warf die Bettdecke beiseite. Er hatte sich nicht umsonst den Wecker gestellt; er musste aufstehen und sich anziehen, denn er wollte dem Herrn Thomtidom, dem Magier, Zauberer oder Spaßvogel, einen Besuch abstatten.

Eine Viertelstunde später war er unten.

»Guten Morgen«, sagte seine Wirtin, die vor dem Garderobenspiegel stand und abwechselnd verschiedene Hüte auf ihre grau melierten Locken drückte. »Du bist ja heute so früh dran!«

»Ich gehe aus«, sagte Franz. Er ging in die Küche und

nahm sich Brot aus dem Schrank. Sonntags bereitete er sich das Frühstück immer selbst.

»Das ist gut«, sagte seine Wirtin. »Ich bin froh, dass du endlich einsiehst, dass du deine Nase nicht ständig nur in Bücher stecken kannst.«

»Ich habe keine Bücher mehr«, murmelte Franz, während er seine Butterbrote schmierte. »Und darum muss ich meine Nase wohl oder übel in andere Sachen stecken.« Nachdenklich aß er ein Stückchen Käse. Ob überhaupt ein Graf Griesenstein existiert?, überlegte er. Das muss ich doch wirklich wissen. Moment mal ...

Mit einem Butterbrot in der Hand ging er zum Telefon. Der Apparat stand im Flur, unter der Treppe. Wie jedes Mal stieß er sich auch diesmal wieder den Kopf. »Au!«, rief er ärgerlich.

»Ich finde, dass der Apparat im Treppenhaus so praktisch untergebracht ist«, sagte seine Wirtin. »Aber du bist so schusselig; du stößt dich jedes Mal. Was meinst du, welcher Hut steht mir besser: der schwarze oder der violette?«

»Der schwarze«, sagte Franz, obwohl er beide gleich hässlich fand. »Außerdem bin ich nicht schusselig, Frau Backer, sondern einfach zu groß.« Er nahm auf dem Stuhl neben dem Telefon Platz und begann im Telefonbuch zu blättern.

F... G... Ga... Go... Gr... Graf... Graf mit einem *f* und *Graff* mit zwei *ff ... Grafenstein ... Griesenberg ...* aber kein Griesenstein.

»Ich ziehe doch den violetten Hut an«, entschied sich Frau Backer. »Ich sehe nicht ein, weshalb ich immer mit einem schwarzen Hut in die Kirche gehen soll. Übrigens, Franz – ich möchte heute Mittag um Punkt halb zwei essen. Bist du dann da?«

Franz nickte bestätigend.

»Sorge dann bitte dafür, dass du zeitig zurück bist«, sagte sie. »Ich möchte um zwei Uhr aus dem Haus. Ich will meine Schwester besuchen und das ist ein ziemlich weiter Weg.«

»Ich werde pünktlich hier sein«, sagte Franz abwesend. Nein, er stand nicht im Telefonbuch. »Wo in aller Welt wohnt Graf Griesenstein?«, fragte er sich und sprach es unbewusst laut aus.

»Im Treppenhaus«, antwortete seine Wirtin. »Bis gleich.«

Die Haustür fiel hinter ihr ins Schloss.

Franz blieb sitzen. »Graf Griesenstein wohnt also im Treppenhaus«, sagte er und es klang wie ein Stöhnen. »Und wo genau? Vielleicht unter dem Telefontischchen? In der Drehscheibe oder in der Hörmuschel? Graf Griesenstein existiert gar nicht – jedenfalls nicht wirklich. Aber wieso weiß sie davon?«

Er stand auf, stieß sich erneut den Kopf und sprach sich beruhigend zu: »Ich denke einfach nicht mehr darüber nach. Erst mal frühstücken und anschließend zum Herrn Magier. Hoffen wir, dass ich in seiner Wohnung Schein und Wesen unterscheiden lerne.«

Es war sonnig und windstill und in der Ferne läuteten Kirchenglocken. Zum zweiten Mal radelte Franz zum Siebensprung. Er sang dabei ein Lied aus früheren Zeiten:

»Als ich gestern einsam ging
über die grüne, grüne Heid',
kam ein junger Jägersmann –
trug ein grünes, grünes Kleid.
Ja, grün ist die Heide,
die Heide ist grün –
aber rot sind die Rosen,
eh sie verblühn!«

Am Wegweiser stieg er ab und ging ein wenig umher. Es war noch früh und er war erst nach der Messe eingeladen.

Sechs Wege, dachte er. Von dreien weiß ich jetzt, wohin sie führen; den vierten werde ich gleich ausprobieren. Wer weiß, ob ich mir nicht den fünften und sechsten auch einmal ansehen werde. Aber ein siebter Weg besteht überhaupt nicht – das ist doch eigenartig.

Er begann wieder zu singen:

»Als ich gestern einsam ging
über die grüne, grüne Heid',
kam der Graf mir in den Sinn –
trug ein griesegraues Kleid!«

Dann fing er ein anderes Liedchen an:

»Machet auf das Tor, machet auf das Tor,
es kommt ein goldner Wagen!
Wer sitzet denn darin, wer sitzet denn darin?
Ein Graf mit grauen Haaren!«

Er stockte plötzlich und starrte auf den siebten Arm des Wegweisers. War das ein Zufall? Dort las er jetzt in aller Deutlichkeit: das T, das R, die beiden Ps und das S, die bereits da standen; und die übrigen Buchstaben konnte er sich ausdenken. Es kam genau hin!

Er betrachtete das baufällige Haus und schüttelte den Kopf. Vielleicht hieß die Kneipe früher einmal »Treppenhaus«, überlegte er, obwohl ich diesen Namen nicht sehr treffend finde, denn ich habe in dem ganzen Gebäude nur eine einzige Treppe entdeckt. Aber eines weiß ich sicher: dass dort kein Graf wohnt!

Er stieg wieder auf sein Rad und bog in den Weg nach Langelaan ein. Der war ziemlich breit und eben; mit den hohen Bäumen zu beiden Seiten sah er recht gepflegt aus. Es war eine richtige Allee, an der man stattliche Landhäuser erwarten würde – aber nach einer halben Stunde Radfahren hatte er noch kein einziges gesehen. Zehn Minuten später jedoch erreichte er das Ziel seiner Fahrt.

Zu seiner Linken, ein Stück vom Weg entfernt, stand ein großes Haus – der Inschrift am Giebel zufolge hieß es »Schein und Wesen«. Ein Kiesweg, von Geranientöpfen flankiert, führte auf die Haustür zu.

Franz lehnte sein Rad an einen Baum und schaute auf die Uhr. Es war genau Viertel nach elf. Die Behausung des Magiers sah ganz anders aus, als er erwartet hatte; in seiner Phantasie hatte er sich etwas Altes und Geheimnisvolles darunter vorgestellt. Dieses Haus war jedoch neu – funkelnagelneu. Er sah nicht mehr als die verklinkerte Vorderseite, die streng und regelmäßig wirkte. Sämtliche Fenster waren mit gelben Läden verschlossen, die so intensiv glänzten, als sei der Lack noch nass.

Er ging auf die Haustür zu, las das Namensschild – *J. Thomtidom, Magier* – und drückte auf die Klingel.

Nach ein paar Sekunden hörte er ein Klicken und eine metallische Stimme sprach: »Drücken Sie die Tür auf und treten Sie ein.«

Franz tat, wie ihm geheißen wurde; die Tür gab nach innen nach. Er machte zwei Schritte und blieb dann mit offenem Mund stehen. Was er da sah, hätte er nie im Leben vermutet! Da war kein Flur, keine Diele, keine Garderobe … die Tür führte geradewegs hinaus auf eine Wiese unter freiem Himmel, mit Baumgruppen an beiden Seiten. Und am Ende der Wiese, am Fuß eines Hügels, stand ein altes Militärzelt.

Franz blickte kurz zurück, aber die Tür war noch da. Das Haus bestand nur aus einer Fassade! »Ein echtes Beispiel für das Sprichwort, dass der Schein trügt«, sagte er laut.

»Eine sehr scharfsinnige Bemerkung!«, rief eine Stimme quer über die Wiese. Und da kam Herr Thomtidom auch schon aus dem Zelt zum Vorschein.

Sie gingen aufeinander zu und blieben dann stehen.

Der Herr, der sich Magier nannte, betrachtete Franz wohlwollend. »Willkommen«, sagte er. »Wir kennen uns ja bereits – also erübrigen sich alle Formalitäten.«

»Ich weiß zwar Ihren Namen«, begann Franz, »aber Sie kennen mich …«

»Ich weiß, dass Sie Franz van der Steg heißen«, fiel ihm Herr Thomtidom ins Wort. »Sie sind von Beruf Lehrer, vierundzwanzig Jahre alt, ein Meter sechsundachtzig groß und haben rotes Haar.«

»Letzteres lässt sich leicht erraten«, sagte Franz trocken. Er fasste den Entschluss, sich über nichts mehr zu wundern.

»Jemand, der farbenblind ist, könnte Ihr Haar geradeso gut für grün halten«, sagte Herr Thomtidom. »Aber ich finde, es ist ein schönes Rot. Richtig dunkelrot, nicht so eine Mohrrübenfarbe. Kommen Sie, ich habe den Kaffee fertig.«

»Ist dies nun Ihr wesentliches Zuhause?«, erkundigte sich Franz, als sie vor dem Zelt standen.

»Es stimmt, dass die hässliche Fassade nur Schein ist«, antwortete Herr Thomtidom, »und dass dieser Unterschlupf besser zu meinem Wesen passt. Aber ehrlich gesagt, kenne ich mein Wesen noch nicht so ganz, obwohl ich Philosophie und Psychologie studiert habe.«

»Das klingt sehr gelehrt«, sagte Franz. »Ich dachte, Sie seien Magier.«

»Jawohl, das ist mein wesentlicher Beruf«, sagte Herr Thomtidom. »Vor allem weiße Magie – obwohl ich mich manchmal gezwungen sehe, mich auch in die schwarze Kunst zu vertiefen.« Er blickte Franz von unten herauf lächelnd an. Seine Augen waren von einem ganz hellen Blau, man konnte nicht genau sagen, ob ihr Blick verschwommen oder scharf war.

»Lassen Sie sich dadurch nicht ins Bockshorn jagen, Herr van der Steg«, fügte er hinzu. »Gehen Sie nur hinein; Sie müssen sich bücken. Ach ja – ich werde die vordere Zeltbahn ganz öffnen; dann haben wir auch besseres Licht.«

Franz schaute sich um. Er sah eine Luftmatratze mit ein paar Decken darauf, einen Spirituskocher, eine Stielpfanne und ein Klapptischchen, auf dem zwei Tassen standen, und außerdem eine Kaffeekanne und eine Zuckerdose. Weiter nichts.

»Nehmen Sie bitte Platz«, sagte der Magier.

Franz ließ sich auf der Matratze nieder und dachte: Dieser Mann muss wie ein Einsiedler leben! Das Äußere des Herrn Thomtidom stand jedoch in krassem Gegensatz dazu. Er sah viel zu gepflegt aus; der makellose schwarze Anzug ließ nur noch einen Zylinder vermissen.

»Woran denken Sie?«, fragte der Magier unerwartet.

»Ich versuche noch immer, Schein und Wesen zu unterscheiden«, antwortete Franz.

»Aha«, sagte Herr Thomtidom, »ich glaube, hier macht sich der Einfluss des Siebensprungs bemerkbar.«

»Auch in diesem Zusammenhang kann man von Schein und Wesen sprechen«, sagte Franz. »Weshalb heißt der Siebensprung Siebensprung? Es sind doch nur sechs Wege da!«

»Das ist eine tiefsinnige Frage«, sagte der Magier,

während er sich neben ihn setzte. »Nehmen Sie Zucker? Sie wohnen erst seit kurzem in dieser Gegend und sind natürlich mit ihrer Geschichte noch nicht vertraut. An der Stelle, an der jetzt der Wegweiser steht, stand zum Beispiel vor Jahrhunderten die Hütte eines Einsiedlers …«

»Gab es denn damals tatsächlich sieben Wege?«, fragte Franz, der an einer historischen Erklärung kein großes Interesse hatte.

Herr Thomtidom beantwortete diese Frage mit einer Gegenfrage: »Sagen Sie mal, wie viele Wege münden in einen Zweisprung?«

Franz überlegte einen Augenblick. »Drei«, antwortete er. »Wenn ein Weg sich irgendwo in zwei Wege teilt, sind es insgesamt drei.«

»Richtig! Und wie viele sind es dann bei einem Dreisprung?«

»Bei einem Dreisprung … drei«, antwortete Franz. »Komisch, auch nur drei Wege«, fügte er überrascht hinzu.

»Und was kann man daraus folgern?«, sagte der Magier belehrend. »Ein Zweisprung ist dasselbe wie ein Dreisprung. Also kann ein Sechssprung auch das Gleiche sein wie ein Siebensprung.«

Franz zog die Stirn kraus und sagte nichts.

»Denken Sie nur ein wenig nach«, fuhr der Magier fort. »Man erhält einen Sechssprung, indem man einen Viersprung und einen Zweisprung zusammenzählt. Ein Siebensprung ist dasselbe wie ein Viersprung plus einem Dreisprung. Und da ein Dreisprung und ein Zweisprung dasselbe ist, ist hiermit bewiesen, dass ein Siebensprung genauso viele Wege hat wie ein Sechssprung.«

Franz verschluckte sich fast an seinem Kaffee, als er versuchte, dieser Beweisführung zu folgen. All das klang sehr spitzfindig, aber er wusste mit Sicherheit, dass irgendetwas nicht stimmte. Er ärgerte sich darüber, dass er nicht schnell genug dahinter kam. Ein wenig bissig bemerkte er: »Auf diese Art und Weise können Sie die gesamte Mathematik in Frage stellen.«

»Meinen Sie?«, sagte der Magier lachend. »Das freut mich sehr. Ich gehöre nämlich nicht zu den Menschen, die eins-zwei-drei mit allem fertig sind oder die fünf gerade sein lassen oder bei denen es dauernd dreizehn schlägt. Das ist so sicher wie das Amen in der Kirche oder wie zwei mal zwei nicht immer vier ergibt.«

Aber auch an einer mathematischen Abhandlung war Franz nicht interessiert. »Herr Thomtidom …«, begann er.

»THomtidom«, verbesserte der Magier. Er sprach auch das H in seinem Namen deutlich aus.

»Herr THomtidom«, sagte Franz, »Sie haben mich eingeladen, um ..«

»Ihnen die Gelegenheit zu geben, mich etwas zu fragen«, ergänzte der Magier. »Oder besser gesagt, um mir die Gelegenheit zu geben, Ihnen etwas zu erzählen.«

»Über Graf Griesenstein«, sagte Franz, »der im Treppenhaus wohnt.«

»Das Treppenhaus«, wiederholte der Magier, »davon wissen Sie also schon!«

»Ich weiß überhaupt nichts!«, rief Franz. »Was für ein Treppenhaus meinen Sie denn? Das beim Siebensprung ist nicht bewohnt …«

»Sprechen Sie bitte nicht so laut, Herr van der Steg«, sagte der Magier. »Die Ruine am Siebensprung ist nicht das Treppenhaus, sondern die Ruine von Jan Turelurs Gastwirtschaft.«

»Aber auf dem Wegweiser steht doch …«

»Ja, früher, vor vielen Jahren, stand die Wirtschaft am Weg zum Treppenhaus.«

»Oh«, sagte Franz. »Es gibt also tatsächlich ein Haus, das so heißt?«

»Daran haben Sie doch wohl nicht gezweifelt, Herr van der Steg? Sonst wären Sie doch bestimmt nicht hierher gekommen, um mich nach dem Grafen Griesenstein zu fragen!«

»Ehrlich gesagt bin ich von dessen Existenz auch nicht so ganz überzeugt«, sagte Franz. »Ich habe einen Brief von ihm bekommen …«

»Nicht bestehende Personen pflegen doch keine Briefe zu schreiben, oder?«

»Dieser Brief war eine Antwort auf einen Brief von mir, den ich nie geschrieben habe!«

»Eine Antwort auf einen Brief von Ihnen? Was stand denn in Ihrem Brief?«

»Ich sagte Ihnen doch, dass ich nie einen solchen Brief geschrieben habe!«

»Nur mit der Ruhe, Herr van der Steg«, sagte der Magier beschwichtigend. »Vielleicht haben Sie den Brief vergessen. Es gibt vergessliche Leute.«

»Dazu gehöre ich nicht«, sagte Franz böse.

Der Magier trank seinen Kaffee aus und stand auf. »Dies sind Rätsel, die gelöst werden wollen, und Geheimnisse, die ergründet werden müssen«, sagte er. »Und da wir nun mit dem Kaffeetrinken fertig sind, ist es Zeit, damit anzufangen. Folgen Sie mir bitte zu meinem Haus.«

»Ihrem … *Haus*?«

»Ja«, sagte der Magier. »Weil sich die Fassade als bloßer Schein herausgestellt hat, dachten Sie, dass dieses Zelt das Wesentliche sei. In Wirklichkeit halte ich mich hier nur auf, wenn ich meditieren will. Mein richtiges Haus ist erheblich bequemer. Kommen Sie nur mit; dann werde ich Sie über den Kern der Sache informieren.«

Franz erfährt von einem verborgenen Schatz und von einem in Stein gemeißelten Vers NUMMER DREI

Jenseits der Anhöhe, zwischen einer Buchengruppe und einem Tannenwäldchen, stand ein kleiner hölzerner Bungalow mit einem riesengroßen Kamin. Dies sei seine wesentliche Behausung, sagte der Magier.

Falls nicht ein Stückchen weiter noch ein Haus steht, dachte Franz. Als er jedoch das Innere des Bungalows betrat, verschwanden seine Zweifel, denn es sah dort so aus, wie es sich gehörte.

Er sah Schränke voller Bücher und außerdem noch viele weitere Bücher, die in Stapeln auf dem Fußboden und auf den Stühlen herumlagen. An den Wänden hingen – neben Thermometern und Barometern – alte Stiche und vergilbte Landkarten; auf einer Reihe von Regalen standen die seltsamsten Gegenstände, die man sich denken konnte. Ein erster flüchtiger Blick zeigte Franz unzählige Flaschen, die mit verschiedenfarbigen Flüssigkeiten gefüllt waren, ferner vier oder fünf Sanduhren, eine gläserne Kugel, einen Oktaeder, einen Bunsenbrenner, einen Ständer mit Reagenzgläsern, einen schwarzen Hut, drei Tannenzapfen, einen Vogelschädel und ein Terrarium mit Salamandern. Das Zimmer war ein wenig voll gestopft, sah aber im Übrigen ziemlich ordentlich aus. In der Mitte stand ein runder Tisch mit einer bunten Tischdecke, in deren Rand die Zeichen des Tierkreises eingewebt waren.

»Nehmen Sie bitte dort Platz«, sagte der Magier.

Franz fahndete nach einem Stuhl, auf dem zufällig

nichts lag, und sein Gastherr machte rasch einen frei, indem er den Bücherstapel davon wegnahm.

»Das hier sind Ihre eigenen Bücher«, sagte er, während er sie auf den Tisch legte. »Ich habe sie Ihnen aufbewahrt.«

»Wie sind *Sie* denn daran gekommen?«, fragte Franz. »Ach so«, fuhr er fort, »das brauche ich Sie wohl nicht zu fragen. Sie kennen wahrscheinlich den unverschämten Kutscher und auch den Jungen, der sich Mopro nennt.«

»Mopro?«, wiederholte der Magier, während er einen weiteren Stuhl frei machte und sich zu ihm an den Tisch setzte. »Ist das einer von diesen neuen, modernen Ausdrücken?«

»Ich meine Roberto«, sagte Franz. »Hat er ein Mofa?«

»Roberto? Nein, der besitzt mit Sicherheit kein Mofa«, antwortete der Magier.

»Ich weiß nicht, ob ich das glauben soll, Herr THomtidom«, sagte Franz. »Ich danke Ihnen für das Aufbewahren meiner Bücher – aber ich möchte nun wirklich gerne wissen, weshalb der Kutscher geflüchtet ist und mich im Dunkeln am Siebensprung stehen ließ.«

»Das dürfen Sie ihm nicht allzu übel nehmen«, sagte der Magier beschwichtigend. »Der arme Jan hat es im Leben nicht gerade leicht gehabt und darum ist er manchmal etwas schwierig im Umgang mit anderen Menschen. Außerdem sind Sie ja selbst ausgestiegen. Ich glaube, Sie haben sich sogar geweigert, weiter mitzufahren.«

»Ja, aber ...«, begann Franz.

»Oh, das verzeihe ich Ihnen von Herzen«, fiel der Magier ihm ins Wort. »Wie Sie sagten, war es schon dunkel, und dann passiert es schon mal, dass einen der Mut verlässt.«

»Sie beurteilen mich völlig falsch«, sagte Franz kühl. »Ich bin von Natur aus absolut nicht ängstlich, aber ich sehe nicht ein, weshalb ich gehorsam nach – ja, wohin eigentlich? – mitfahren sollte.«

»Sie kennen das Ziel sehr wohl«, sagte der Magier, »es war das Treppenhaus. Und das bringt uns zum Kern der ganzen Angelegenheit. Ich werde mit dem Treppenhaus beginnen. Zuerst möchte ich Sie jedoch etwas fragen. Warum sind Sie so interessiert daran, etwas über Graf Griesenstein zu erfahren?«

»Warum?«, sagte Franz. »Sie fragen mich ... also, das ist doch der Gipfel! Es sieht tatsächlich so aus, als hätten sich alle gegen mich verschworen!«

»Werden Sie bitte nicht böse, Herr van der Steg«, sagte der Magier. »Sie sind in dieser Gegend ein Fremder – daher wissen Sie nicht, dass es hier Dinge gibt, über die man nur im Flüsterton spricht. Eines dieser Dinge ist das Problem mit dem Treppenhaus. Bevor ich Sie ins Vertrauen ziehe, möchte ich zuerst wissen, weshalb Sie die Einladung des Grafen Griesenstein annahmen; zweitens, warum Sie Ihre Meinung änderten, als Sie den Siebensprung erreicht hatten, und drittens, weshalb Sie dann später doch auf Entdeckungsfahrt gingen und nach Roskam kamen.«

Franz schwieg.

»Und um Sie zu überzeugen, dass das Treppenhaus kein Phantasiegebäude ist, möchte ich Ihnen das hier überreichen«, fuhr der Magier fort. Er hielt Franz ein abgegriffenes Büchlein hin. »Siehe Seite 77«, fügte er hinzu.

Das Büchlein trug den Titel HISTORISCHE GEBÄUDE und der Text auf Seite 77 begann folgendermaßen:

> *Das Treppenhaus ist eins der ältesten und merkwürdigsten Gebäude in dieser Gegend. Es verdankt seinen Namen der großen Anzahl von Treppenstufen, die es besitzt …*

»Selbst wenn man die Feuerleitern nicht mitrechnet«, sagte der Magier. »Nicht einmal zwei Zimmer befinden sich auf derselben Ebene … Also«, fuhr er fort, »würden Sie jetzt bitte meine Fragen beantworten?«

Franz zögerte nicht länger; er sah ein, dass dies die einzige Möglichkeit war, ein wenig schlauer zu werden.

Und darum erzählte er alles, angefangen mit dem Brief. Er sprach sogar von den Kindern, die er in Verdacht gehabt hatte.

Als er mit seinem Bericht zu Ende war, nickte der Magier zufrieden und sagte: »Jetzt bin ich an der Reihe, Herr van der Steg. Machen Sie das Büchlein nur wieder zu; das können Sie später zu Hause lesen. Ich werde Ihnen die Geschichte des Treppenhauses in kurzen Zügen erzählen.«

Franz nahm ergeben die Haltung eines Zuhörers an.

Kurz würde der Magier es bestimmt nicht machen; er würde mit Sicherheit viel gelehrtes Zeug reden.

»Das Treppenhaus«, sagte Herr THomtidom, »hat seit vielen Jahrhunderten der Familie Griesenstein gehört, und auch jetzt noch wird es von Angehörigen dieses ruhmreichen Geschlechtes bewohnt, wenn diese auch nicht mehr so mächtig und angesehen sind wie früher ... Früher«, sagte der Magier und setzte sich aufrecht hin, »spitzte jeder die Ohren, wenn er diesen Namen hörte. Da gab es zum Beispiel den Grafen Gregorius, der den Spitznamen *der Tolle Griesenstein* trug – der ließ sein Haus von neun Katzen bewachen und stob mitten in der Nacht auf seinem Pferd durch die Wälder, während er lauthals sang. Seine Tochter Griselda war ... aber nun schweife ich ab. Es ist besser, wenn ich in die Zeit des Mittelalters zurückgehe, als Graf Grimbold lebte – ein Ritter, der ...«

»Müssen Sie so weit zurückgehen?«, fragte Franz. »Ich bin schließlich wegen des Grafen Griesenstein von heute gekommen! Die Vorväter mögen ja höchst interessant sein, aber ich habe nicht viel Zeit ...«

In diesem Augenblick begann die Uhr auf dem Kaminsims zu rasseln, als ob sie seinen Worten Nachdruck verleihen wollte. Franz warf einen Blick darauf; er hatte noch nie eine so merkwürdige Uhr gesehen. Sie glich noch am ehesten einem turmbewehrten Schloss; in jedem Turm befanden sich ein oder zwei kleine Fenster, wie bei einer Kuckucksuhr. An der Stelle des Portals war das Zifferblatt befestigt – die Zeiger standen auf zwölf Uhr. Das Fensterchen im höchsten Turm öffnete sich, und anstelle eines Kuckucks kam eine holzgeschnitzte Eule heraus, die sie mit starren gelben Augen ansah und zwölf Mal mit dunkler Stimme »Uhuu« rief.

»Diese Uhr habe ich selbst gemacht«, sagte der Magier, als die Eule wieder im Turm verschwunden war.

»Eine großartige Arbeit, Donnerwetter!«, sagte Franz.

»Finden Sie?«, sagte der Magier geschmeichelt. »Sie ist noch nicht ganz fertig. Die Eule darf eigentlich nur um zwölf Uhr mitternachts zum Vorschein kommen. Für die Mittagszeit schwebt mir ein anderer Vogel vor Augen – was würden Sie von einer Lerche halten? Um ein Uhr summt ein Kolibri und um zwei Uhr ein Pärchen Turteltauben … Oh, es war eine Menge Arbeit, all diese Vögel auszusägen! Erst wollte ich nur Fabel-Vögel nehmen; aber das war insofern schwierig, als ich nicht weiß, wie deren Gesang klingt. Der Phönix zum Beispiel, und der Garuda, der Vogel Rock und der Vogel Greif … Kennen Sie vielleicht zufällig deren Ruf?«

Franz sagte, dass er das leider auch nicht wüsste.

»Schade«, meinte der Magier. »Nun ja, vielleicht kann ich sie auch schweigend gebrauchen – zum Beispiel für die halben Stunden. Aber lassen Sie mich aufs Treppenhaus zurückkommen. Wo war ich stehen geblieben? Ach ja, bei Ritter Grimbold. Es ist unbedingt notwendig, dass ich Ihnen von ihm erzähle. Ritter Grimbold nahm an einem der Kreuzzüge teil und blieb sieben Jahre lang weg. Als er zurückkehrte, brachte er viele Geschichten von gefährlichen Abenteuern mit – und eine große Kiste aus Ebenholz. In dieser Kiste lag ein Schatz von unermesslichem Wert; wie er daran gekommen war, wollte er jedoch niemandem erzählen und es durfte auch niemand hineinschauen. Die Familie dieses Ritters Grimbold wohnte hier ganz in der Nähe, in einem Haus aus grauem Stein. Daher kommt auch der Name Griesenstein; gries gleich greis gleich grau. Für sich selbst jedoch baute er eine armselige Hütte auf einer Kreuzung von sieben Wegen. Bis zu seinem Tode lebte er dort als Klausner. Die Kiste behielt er bei sich; nachdem er gestorben war, schien sie jedoch verschwunden zu sein ...« Der Magier blickte Franz an und wiederholte: »Verschwunden!«

Dann stand er auf und sagte: »Sie haben bis jetzt nur eine Tasse Kaffee bekommen; ich werde Ihnen nun etwas anderes anbieten.«

»Machen Sie sich bitte keine Umstände«, sagte Franz.

»Aber Sie trinken doch sicher ein Gläschen Portwein mit mir? Es ist ein besonders guter Tropfen, der dunkelrot funkelt wie das Blut der Rubinen.« Der Magier stellte zwei Kristallgläser auf den Tisch und holte eine verstaubte Flasche hervor. Während er einschenkte, fuhr er mit seiner Erzählung fort.

»Ein paar hundert Jahre später ließ der Ururenkel des Ritters Grimbold, Gregorius mit Namen, das Haus aus grauem Stein vergrößern und verschönern und er gab ihm den Namen ›Treppenhaus‹. Während der Umbauarbeiten im Kellergeschoss entdeckte man einen geheimen Gang, der zu der Stelle führte, an der einst die Hütte des Klausners gestanden hatte ...« Der Magier hob sein Glas und sprach: »Auf Ihre Gesundheit und das gute Gelingen Ihrer Unternehmung.«

Welcher Unternehmung?, dachte Franz, aber er sagte nur »Vielen Dank« und trank einen Schluck. Der Portwein war tatsächlich gut.

Auch der Magier nahm ein Schlückchen. »In der Bibliothek des Treppenhauses«, sagte er, »befindet sich auch heute noch ein Dokument, das vom Grafen Gregorius Griesenstein verfasst und unterschrieben ist. Er macht darin die Mitteilung, dass er Grimbolds Kiste gefunden habe, mitsamt dem Schatz – ›von köstlicher Schönheit‹. Den Gang hatte er zuwerfen lassen und den Schatz aufs Neue versteckt, diesmal im Treppenhaus selbst. Er berichtet jedoch nicht, wo – und er schließt seine Niederschrift mit den Zeilen:

Worte, die in Stein gegeben,
dauern länger als mein Leben.«

Der Magier leerte sein Glas. »Nun, was sagen Sie dazu?«, fragte er.

»Ein geheimer Gang und ein verborgener Schatz«, sagte Franz. »Das ist fast zu schön, um wahr zu sein.« Er merkte, dass sein Glas wieder voll war; sein Gastgeber hatte ihm noch einmal eingeschenkt, ohne dass ihm dies aufgefallen war. Er trank einen Schluck, schaute auf die Uhr – es war Viertel nach zwölf – und fragte: »Und wie geht es weiter?«

»Den Schatz hat man nie gefunden«, sagte der Magier mit gedämpfter Stimme. »Alle Griesensteins haben danach gesucht; vielleicht ist das einer der Gründe, weshalb man am Treppenhaus so oft Teile abgerissen oder umgebaut hat. Es ist wirklich ein ganz absonderliches Gebäude! Im steinernen Türbalken am Hintereingang sind die folgenden Worte eingemeißelt. Hören Sie gut zu, Herr van der Steg!

Der Schatz sei verborgen, solang bis ein Kind,
Dem rechtens er zukommt, ihn suchet und findt.
Der grimmige Feind, der dort wartet und wacht,
Wird durch ein Lied zu Fall gebracht.«

Es blieb eine Weile still.

Franz trank sein Glas aus und dankte, als der Magier es von neuem füllen wollte. Dann fragte er: »Warum erzählen Sie mir das alles?«

»Dies ist die Inschrift, die Graf Gregorius in seinem Dokument meinte«, sagte der Magier, »die in Stein gegebenen Worte. Graf Gregorius hat den Schatz verborgen. Er war kein anderer als der *Tolle Griesenstein* und der pflegte jedermann mit irgendwelchen mysteriösen Andeutungen und unverständlichen Reimen auf die Nerven zu gehen; er nannte sie *Prophezeiungen* …«

Franz warf wiederum einen Blick auf die Uhr. Es war schon fast fünf vor halb eins und er musste sich um halb auf den Weg machen. Schließlich hatte seine Wirtin ihn darum gebeten, rechtzeitig zum Essen zu Hause zu sein. Die Erzählung des Magiers zog sich doch zu sehr in die Länge. Oder war es dessen Stimme, die ihn so schläfrig machte?

»Und deshalb«, fuhr der Magier fort, »gibt es Leute, die behaupten, dass überhaupt nie ein Schatz existiert habe, sondern dass sich der Tolle Griesenstein alles nur ausgedacht habe! Es gibt jedoch noch eine andere Überlieferung …« Seine Stimme wurde leiser und leiser, bis sie schließlich in ein unverständliches Gesumm überging.

Von da an hörte Franz nichts mehr.

»Der geheime Schads« … so hieß Mariannes Aufsatz. Nein, es war der Magier, der darüber sprach.

Franz öffnete ein Auge und merkte, dass sein Kopf auf der Tischplatte lag.

Du liebe Zeit, er war eingenickt!

Mit einem Ruck setzte er sich auf; er blinzelte mit den Augen und fühlte, dass er rot wurde. Der Magier saß ihm gegenüber und schaute ihn mit teilnahmsvollem Lächeln an. »Haben Sie mich verstanden?«, fragte er.

»N… nein … ja …«, stotterte Franz.

»Sie sind doch nicht etwa müde?«, fragte der Magier. »Ich hoffe, dass meine Geschichte Sie nicht gelangweilt hat. Ich weiß – ich schweife schon mal vom Thema ab.«

Franz sah, dass es erst eine Minute vor halb eins war; er hatte also glücklicherweise nur ganz kurz geschlafen. Wie ihm das hatte passieren können, verstand er allerdings immer noch nicht. Er holte tief Luft und roch den Duft von Tannengrün und frisch gemähtem Gras, in den sich flüchtig noch ein anderer Geruch mischte: Pfeffer und Pfefferminze … Plötzlich spürte er, dass er Hunger hatte. »Ich bin absolut nicht müde«, sagte er und nieste.

»Gesundheit«, sagte der Magier. Er hatte seinen schwarzen Rock ausgezogen und sah in einem grünen Hemd mit Hosenträgern bei weitem nicht mehr so vornehm aus.

Franz rückte seine Brille zurecht und sagte: »Es war sehr interessant – fahren Sie nur fort. Sie haben nun von dem Schatz erzählt, aber noch nicht von Graf Griesenstein … ich meine jetzt den Mann, der mir geschrieben hat.« Dabei dachte er: Wie komisch, dass ich solchen Hunger habe!

»Dieser Mann nennt sich Graf Griesenstein und er *ist* auch zweifellos ein Griesenstein«, sagte der Magier. »Sein Vorname lautet Gradus. Aber der wirkliche und rechtmäßige Graf ist Gerd-Jan, auch wenn er erst zehn Jahre alt ist. Er ist der Erbe des Treppenhauses und der Eigentümer des Schatzes, falls dieser gefunden wird. Und wenn in der alten Überlieferung, von der ich Ihnen eben erzählt habe, ein wahrer Gehalt steckt, so ist er der Einzige, der den Schlüssel zu dem Geheimnis besitzt …«

Was der Magier von der alten Überlieferung erzählt hatte, hatte Franz nicht gehört. Das wollte er jedoch nicht zugeben und bemühte sich deshalb, den Magier so intelligent wie möglich anzusehen. Sein Magen begann zu knurren; er errötete schon wieder und hoffte, dass sein Gastgeber das Geräusch nicht hören würde.

Dieser erhob sich und schritt hin und her. Ab und zu musste er über einen Stapel Bücher hinwegsteigen, aber er stolperte kein einziges Mal. Währenddessen fuhr er fort: »Der Herr … beziehungsweise Graf Gradus Griesenstein ist der Onkel und Vormund des kleinen Gerd-

Jan, der ein Vollwaise ist. Die beiden wohnen im Treppenhaus, zusammen mit ein paar unfreundlichen Angestellten und einer säuerlichen Haushälterin. Wie man sagt, hat Gerd-Jan eine etwas anfällige Gesundheit, so dass er fast nie herauskommt. Aber das ist purer Unsinn! Die Griesensteins sind seit jeher – ohne Ausnahme – kerngesund gewesen. Warum sollte Gerd-Jan es dann nicht auch sein? Er darf nicht zur Schule gehen, sagt sein Onkel … Aber er soll trotzdem etwas lernen.« Er blieb stehen und fragte: »Können Sie jetzt erraten, warum Graf Griesenstein Sie sprechen wollte?«

Franz schüttelte langsam den Kopf.

»Natürlich können Sie es«, sagte der Magier. »Graf Griesenstein sucht einen Erzieher für seinen Neffen – einen Lehrer, der ihn unterrichten soll. Und der sind Sie!«

»Wie kommen Sie darauf …«, begann Franz.

»Sie haben die Anzeige gelesen, die er in den Tageszeitungen von Roskam und Langelaan aufgegeben hat …«

»Nein, das stimmt nicht …«

»… worin er jemanden suchte, der bereit wäre, Privatunterricht zu erteilen«, fuhr der Magier unbeirrt fort. »Und auf diese Anzeige haben Sie geschrieben.«

»Ach ja?«, sagte Franz ärgerlich. »Das habe ich dann sicher nur getan, um nach dem Schatz suchen zu können.«

»Nein, Schätze suchen, das passt nicht zu Ihnen. Im Übrigen wussten Sie ja gar nichts davon.«

»Ich weiß von allen möglichen Dingen nichts!«, rief

Franz. »Hätten Sie jetzt wohl die Güte, mir endlich einmal zu verraten, weshalb Sie mich hierher bestellt haben?«

»Um Sie zu warnen«, sagte der Magier ruhig. »Graf Griesenstein ist ein gefährlicher Typ – aber das sollte Sie nicht davon abhalten, ins Treppenhaus zu gehen, um Gerd-Jans Hauslehrer zu werden.«

»Ich denke nicht daran!«, rief Franz. »Ich habe bereits eine Stelle, an einer Dorfschule hier in der Nähe.«

»Aber mittwoch- und samstagnachmittags haben Sie doch frei!«, sagte der Magier. »Und im Übrigen tun Sie es ja dem kleinen Gerd-Jan zuliebe. Der arme Junge – er darf nie mit anderen Kindern spielen …« Er ging einen Schritt auf Franz zu und machte plötzlich einen sehr ernsten Eindruck. »Denken Sie an den Reim«, sagte er, »den in Stein gehauenen Reim.

Der Schatz sei verborgen, solang bis ein Kind,
Dem rechtens er zukommt, ihn suchet und findt.

Dieses Kind ist Gerd-Jan. Zum ersten Mal seit Jahrhunderten sind die Bedingungen erfüllt, an welche die Prophezeiung geknüpft ist.

Der grimmige Feind, der dort wartet und wacht,
Wird durch ein Lied zu Fall gebracht.

Dieser Feind ist Graf Gradus Griesenstein, mit seinem habgierigen Herzen und seinen grausamen Plänen. Aber er soll das, worauf er lauert, nicht bekommen!«

Franz sprang auf. Er versuchte, ein unbestimmtes Angstgefühl durch Stimmgewalt zu verjagen. »Jetzt reicht es mir aber!«, sagte er laut. »Prophezeiungen, Überlieferungen, Mysterien und Geheimnisse! Solch eine Wahnsinnsgeschichte würde ich den Kindern aus meiner Klasse nicht mal als Märchen anbieten ...«

»Ach ja, die Kinder!«, nickte der Magier. »Am besten fragen Sie die Kinder um Rat. Die werden Ihnen sagen, dass Sie Graf Griesenstein einen Brief schreiben müssen, in dem Sie Ihr Bedauern darüber ausdrücken, dass sein Kutscher Sie am Freitagabend nicht zu Hause antraf und dass Sie gerne einen neuen Termin vereinbaren möchten. Dank Ihrer guten Zeugnisse haben Sie eine echte Chance, die Stelle zu erhalten.«

Franz war sprachlos.

»Unser Gespräch bleibt natürlich unter uns«, fügte der Magier hinzu. »Und ich beschwöre Sie bei allen guten Geistern, niemals den Siebensprung zu erwähnen. Der Graf darf nicht ahnen, dass Sie je einen Fuß an diese Stelle gesetzt haben.«

»Wenn das doch wahr wäre!«, murmelte Franz.

»Sagen Sie das lieber nicht«, sagte der Magier. »Wie könnten Sie sonst den Drachen besiegen?«

Diese Bemerkung schlug dem Fass den Boden aus. Franz fühlte, dass er keine Minute länger bleiben konnte.

Er trat einen Schritt zurück, machte eine reservierte Verbeugung und sagte: »Ich danke Ihnen sehr für Ihre weisen Ratschläge und erklärenden Worte. Aber jetzt muss ich wirklich gehen.«

Die Art und Weise, in der er das Haus verließ, glich einer Flucht. Er glaubte zu hören, dass der Magier ihm noch etwas nachrief; aber er sah sich nicht mehr um. Mit raschen Schritten bestieg er die Anhöhe, lief auf der anderen Seite hinunter und rannte am Zelt vorbei, quer über die Wiese, zur Eingangstür.

Er stieg auf sein Fahrrad, fuhr weg und trat so wütend in die Pedalen, dass er davonflog, als säße er auf einem Motorrad.

DAS WAR NUMMER DREI –

und nun folgt das vierte Kapitel.

4
Franz merkt, dass ein Komplott besteht

Er schließt Freundschaft mit Roberto NUMMER EINS

Nach einer Weile fuhr Franz etwas langsamer, um besser nachdenken zu können. Alles gut und schön, dachte er, ich könnte jetzt sagen, dass der Magier verrückt ist, total übergeschnappt – genauso verrückt wie dieser Graf Gregorius, von dem er erzählt hat. Oder dass ich selber verrückt bin – aber das bringt mich keinen Schritt weiter! Was steckt wohl dahinter?

Sein Besuch bei Herrn Thomtidom kam ihm auf einmal unwahrscheinlich vor. Selbst die Allee, durch die er fuhr, wirkte plötzlich fremd – warum das so war, wusste er nicht, aber irgendwas war anders, als es sich gehörte.

»Bleib jetzt bloß nüchtern und sachlich«, redete er sich selbst zu. »Nachher, wenn du gegessen hast, wirst du dich bestimmt besser fühlen.«

Da war auch schon der Siebensprung; nun war es nicht mehr weit bis nach Hause. Er warf einen Blick auf seine Armbanduhr und bekam einen solchen Schock, dass er beinahe die Gewalt über sein Lenkrad verlor. Er sah noch einmal nach ... und stand gleich darauf am Wegweiser, während sein Rad neben ihm auf dem Boden lag. Er hielt die Uhr an sein Ohr; sie tickte. Er hatte sie heute Morgen richtig gestellt und aufgezogen und jetzt war es Viertel vor fünf!

Nicht *ein* Uhr, sondern Viertel vor fünf!

Es gab keinen Zweifel – und jetzt verstand er auch, weshalb ihm die Allee so fremd vorgekommen war: Die Beleuchtung hatte sich verändert, denn die Sonne stand schon tief am Himmel.

Er hatte also ungefähr um Viertel nach vier den Magier verlassen ... das bedeutete, dass er nicht nur ein paar Minuten, sondern fast vier Stunden geschlafen hatte!

Der Magier hatte die Zeiger seiner Vogeluhr zurückgedreht und so getan, als sei nichts gewesen. Es war natürlich irgendetwas in dem Portwein, dachte Franz. Aber weshalb? Weshalb?

Er hatte jedoch keine Gelegenheit mehr, sich mit dieser Frage zu beschäftigen, denn jemand rief laut und unangenehm überrascht seinen Namen: »Franz van der Steg!«

Den Weg vom Dorf herauf kam seine Wirtin anmarschiert. Sie hatte ihren violetten Hut auf dem Kopf und einen Mantel mit Pelzkragen an; in der einen Hand trug sie einen Schirm und in der anderen eine Tasche. Ihr Gesicht sah zornrot und sehr böse aus. »Du bist vielleicht ein Früchtchen!«, sagte sie. »Ich habe mindestens eine Stunde mit dem Essen auf dich gewartet. Und nun steht der gnädige Herr in aller Seelenruhe am Siebensprung.«

»Tante Wilhelmine ...«, begann Franz. »Ich meine Frau Backer ... es tut mir entsetzlich Leid, aber ich ...«

»Bitte keine dummen Ausreden«, fiel sie ihm ins Wort. »Jetzt musst du dir dein Essen selbst aufwärmen, und ich hoffe in deinem Interesse, dass du einen Hausschlüssel bei dir hast. Meinen bekommst du nämlich nicht und die Haustür ist abgeschlossen.«

Sie drehte sich um und ging weg, ohne sich noch einmal umzusehen; sie wählte den Weg, der zum »Kräuterhof« führte. Franz schaute ihr geknickt nach; er wusste mit Sicherheit, dass er keinen Hausschlüssel bei sich hatte.

»Uff!«, sagte eine Stimme hinter ihm. »Das ist zu viel auf einen leeren Magen. Am besten, du kommst zu mir zum Essen.«

Franz wandte sich mit einem Ruck um. Da stand Roberto, beziehungsweise der Mopro.

Heute glich er wieder dem Jungen, dem Franz im »Durstigen Hirschen« begegnet war. Er sah malerisch aus mit seinem bunt karierten Hemd und einer schmuddeligen khakifarbenen Hose, ein rotes Taschentuch locker um den Hals geknüpft und einen breitkrempigen Strohhut auf dem Kopf. Breitbeinig stand er da, die Hände in die Seiten gestemmt – seine Füße steckten in hohen, schlammbedeckten Stiefeln, und die rechte Hand lag auf einem riesengroßen Fahrtenmesser, das vom Gürtel herabbaumelte.

Er sah Franz mit einem strahlenden und zugleich herausfordernden Lächeln an. »Na und?«, sagte er. »Sag endlich was! Hast du Lust dazu?«

»Wozu?«, fragte Franz kühl. Er ging auf ihn zu und erkundigte sich: »Was bist du denn diesmal? Ein Cowboy?«

Der Junge zog die Stirn kraus. »Ich bin Roberto«, antwortete er, »und das weißt du sehr gut. Außerdem hab ich dich freundlich zum Essen eingeladen.«

»Sehr freundlich, ja, das stimmt«, sagte Franz ironisch. »Aber du brauchst dich wahrhaftig nicht verpflichtet zu fühlen, dich für die Portion Fritten zu revanchieren. Die war dir von Herzen gegönnt.«

»Von was redest du denn jetzt?«, fragte Roberto mit erstaunter Miene.

»Nun halte mich aber nicht länger zum Narren«, sagte Franz. »Ich weiß sehr wohl, wer du bist.«

»Genau das habe ich dir ja auch schon gesagt«, erwiderte der Junge. »Ich bin Roberto – ein Freibeuter und Tagedieb.«

»Und ein Mopro«, ergänzte Franz.

»Erst Cowboy, dann Mopro«, sagte Roberto ein wenig verärgert. »Hör mal, ich lass mich von dir nicht in jede Rolle stecken! Was hast du eigentlich gegen mich, du Schulmeister?«

»Mich stört deine ständige Geheimniskrämerei ... und auch die deiner Freunde – dagegen habe ich allerdings etwas!«, sagte Franz. »Warum tust du so, als hätte ich nie auf dem Rücksitz deines Mofas gesessen?« Mit theatralischer Gebärde wies er zu dem verfallenen Wirtshaus hinüber. »Dort sind wir uns begegnet, in dem Schuppen von Torelore ... ich meine natürlich Turelur.«

»Geheimniskrämerei?«, fragte Roberto. »Hat Herr Thomtidom dir denn nichts erzählt?« (Er sprach den Namen des Magiers richtig aus).

»Herr Thomtidom«, wiederholte Franz. »Ihr beiden steckt doch im selben Komplott!«

»Richtig«, nickte Roberto. »Im Siebensprungkomplott. Und du bist einer von uns …«

Er hob die Hand und fuhr fort: »Jetzt unterbrich mich doch nicht gleich! Du wirst einer der unseren sein, sobald du richtig eingeweiht bist. Aber dann darfst du auch nicht so misstrauisch sein! Und du solltest endlich mit dem Gequatsche über Mofas und Fritten aufhören. Ich weiß nichts davon und hab auch keine Ahnung, was du meinst.«

»Was soll *ich* denn erst sagen?«, fragte Franz kläglich. »Ich verstehe überhaupt nichts mehr! Was soll ich denn zum Beispiel von dir halten? Komm mir bitte nicht mit irgendeiner abgeleierten Ausrede – etwa, dass du einen Zwillingsbruder hast, der dein genaues Ebenbild ist.«

»Ich habe überhaupt keinen Bruder«, sagte Roberto. »Lass uns nun endlich mit dem Quatsch aufhören. Gehst du mit? Ich wohne hier in der Nähe, und vielleicht darf ich dich kurz daran erinnern, dass ich dich zum Essen eingeladen habe.«

Franz fühlte nun wieder, dass er große Lust auf etwas Essbares hatte; trotzdem sagte er: »Willst du mir vielleicht auch ein Schlafmittel geben, damit ich erst nach Stunden wach werde – ohne zu wissen, was in der Zwischenzeit alles passiert ist?«

»Für was hältst du mich eigentlich?«, rief Roberto und sah ihn mit großen, unschuldigen Augen an.

»Genau das hat nämlich dein Freund, der Magier Thomtidom, mit mir gemacht.«

»Oh, der!«, sagte Roberto achselzuckend. »Vielleicht war das gar kein Schlafmittel, sondern Hypnose. Er behauptet, dass er hypnotisch begabt sei, und macht gerne entsprechende Experimente.«

»Du scheinst das ganz normal zu finden«, sagte Franz. »Ich aber nicht! Ich habe keine Lust, Versuchskaninchen zu spielen.«

»Auf jeden Fall besitze *ich* keine hypnotische Begabung«, sagte Roberto. Er nahm seinen Hut ab, stülpte den Rand nach außen, setzte ihn wieder auf und fügte hinzu: »Und wenn du mich mit deinem Besuch beehrst, bekommst du auch warme Würstchen!«

Franz runzelte nachdenklich die Stirn. Es wurde ihm plötzlich klar, dass ihm dieser Roberto eigentlich ganz sympathisch war, obwohl er ihm nicht über den Weg traute.

»Warme Würstchen mit Senf«, sagte der Junge.

Das gab den Ausschlag. »Gut«, sagte Franz. »Ich nehme deine Einladung an.«

»Lass dein Fahrrad lieber hier stehen«, sagte Roberto. »Auf dem Weg zu meinem Haus würde es dir nur lästig sein. Es ist dieser Weg hier.« Er zeigte auf den blutroten Arm des Wegweisers.

»Der Weg zur Räuberhöhle«, murmelte Franz. Er hob sein Rad vom Boden auf, lehnte es gegen die Wirtshauswand und folgte dann seinem neuen Bekannten. Dabei überlegte er, ob er jetzt wohl etwas mehr über das Komplott vom Siebensprung erfahren würde.

Roberto ging vor ihm her über den matschigen Pfad, der so schmal war, dass sie hintereinander laufen mussten. Er machte immer neue Windungen und führte durch ein hügeliges Waldgebiet. Roberto, mit seinen hohen Stiefeln, stapfte unbekümmert weiter und pfiff leise vor sich hin. Für Franz war der Spaziergang weniger angenehm; er hatte ja keine Stiefel an. Sie überquerten mehrere Gräben, die mit Wasser gefüllt waren, und kleine Bäche, über die sich Brücken aus morschen Holzplanken wölbten. Franz zählte sie; es waren insgesamt fünf. Zweimal standen sie vor einem Graben, über den sie hinwegspringen mussten. Nein, das war tatsächlich kein Weg für ein Fahrrad und erst recht nicht für ein Mofa.

Ab und zu schaute sich Roberto um und einmal sagte er: »Es ist übrigens gar nicht weit.«

Das schien jedoch nicht zu stimmen, denn sie gingen schon eine ganze Weile, ohne viel miteinander zu reden. Franz wunderte sich über sich selbst. Eigentlich hätte er Grund gehabt, ein paar Fragen zu stellen. Aber ich wüsste doch nicht, wo ich anfangen sollte, dachte er. Ich warte einfach mal ab. Hoffentlich stimmt das mit den Würstchen!

»Jetzt sind wir da«, sagte Roberto auf einmal. »Bleib stehen und warte, bis ich dich rufe.« Er beschleunigte seine Schritte, rannte plötzlich los und war nicht mehr zu sehen.

»Ja, ja, kommandier du nur lustig herum!«, sagte Franz halblaut. »Ich bin natürlich dein gehorsamer Diener.« Er trat von einem Bein aufs andere und merkte, dass er nasse Füße bekommen hatte. Er sah ein paar Mal auf seine Uhr (es war schon halb sechs durch), und als zwei volle Minuten verstrichen waren, wurde er ungeduldig.

»He, Roberto!«, rief er. »Wo steckst du? Ich komme jetzt einfach nach!«

»Noch einen Augenblick«, klang Robertos Antwort ganz nah und deutlich. Er war also nicht weggelaufen.

Franz wartete noch eine Minute lang; dann hatte er es satt und ging fest entschlossen weiter.

Plötzlich dröhnte ein lauter Knall, der die Erde erbeben ließ. Franz blieb vor Schreck stehen. Dann rannte er los. »Roberto!«, rief er.

Er roch etwas – es schien tatsächlich Pulverdampf zu sein!

Und als er um die nächste Biegung kam, sah er als Erstes eine Kanone.

Es war eine echte Kanone; Roberto stand triumphierend daneben.

»Das war ein Salutschuss für dich!«, rief er.

Franz kam langsam näher und sagte: »Solche Spielchen sind ganz schön gefährlich!«

»Es waren nur Platzpatronen«, sagte Roberto. »Wie gefällt dir die Kanone? Ein Superding, nicht wahr?«

Das musste Franz allerdings zugeben; er war wirklich beeindruckt, als er die Kanone näher in Augenschein nahm. Sie war bestimmt über hundert Jahre alt und in gutem Zustand. »Ein schönes Exemplar«, sagte er. »Wie bist du denn daran gekommen?«

»Och, gefunden«, antwortete Roberto lässig.

Franz erkundigte sich nicht weiter. Er war offensichtlich in einer Gegend gelandet, wo man genauso selbstverständlich antike Kanonen finden konnte wie anderswo Knöpfe oder Murmeln – an einem Ort, wo Magier einen in Schlaf zaubern konnten und exzentrische Grafen in Treppenhäusern voller Schätze wohnten.

Er merkte erst jetzt, dass sie sich auf einer Lichtung befanden.

Dicht neben der Kanone stand ein ebensolches Zelt, wie es Herr Thomtidom besaß. Dahinter, halb versteckt zwischen den Bäumen, entdeckte er ein kleines rundes Gebäude mit einem Kuppeldach, wie man sie manchmal in Parks sieht. Es war offensichtlich noch mehr verfallen als das Wirtshaus am Siebensprung.

Roberto holte einen Spirituskocher aus dem Zelt, zündete die Flamme an und stellte einen Kessel mit Wasser darauf. Er legte ein Stück Segeltuch auf den Boden und lud Franz ein, sich darauf niederzulassen. Anschließend begann er mit den Vorbereitungen zum Essen. Allerlei Dinge wurden neben Franz zurechtgestellt: feuerrote Plastikbecher und ein gesprungener Teller, Beutelchen mit Zucker und Tee, ein Stück Brot, ein Töpfchen mit Senf und zwei Dosen Knackwürstchen.

»Machst du die eben auf?«, sagte Roberto, während er Franz sein Taschenmesser in die Hand gab. Er selbst verschwand in der Kuppel und kam kurz darauf mit einem Arm voller Zweige zurück.

»Ich hoffe, dass sie nicht zu nass sind«, sagte er und begann liebevoll, einen Holzstoß aufzurichten.

Ein Lagerfeuer im Wald … dort, wo ein Weg endete, der durch den blutroten Arm eines Wegweisers markiert wurde, und wo ein Zelt stand, das von einer hundertjährigen Kanone bewacht wurde …

Franz und Roberto saßen wie alte Kameraden beisammen und ließen sich das Essen schmecken, das aus den heiß gemachten Würstchen bestand. Dazu aßen sie Brot, das sie auf Zweige spießten und über dem Feuer rösteten, und sie tranken süßen, starken Tee.

Inzwischen verbreitete der Abendhimmel ein goldrotes Licht, während die Schatten unter den Bäumen dunkel und geheimnisvoll wurden.

»Bin ich jetzt eigentlich in euer Komplott eingeweiht?«, fragte Franz, als er das letzte Würstchen verspeist hatte. Er sagte es halb im Spaß und halb im Ernst. Wäre er ein paar Jahre jünger gewesen, hätte er vielleicht völlig ernsthaft gesprochen – selbst wenn er gewusst hätte, dass das Ganze nur ein Spiel war.

»Nein, noch nicht«, antwortete Roberto, und seine Stimme klang nicht nach Spaß, obwohl er keineswegs mit Nachdruck sprach.

»Zuerst muss ich wissen, ob du bereit bist, deine Aufgabe innerhalb des Komplotts auszuführen, und ob du das Ziel vor Feinden und Unbefugten geheim halten wirst.«

»Und welches Ziel ist das?«, fragte Franz.

»Pssst!«, sagte Roberto. »Sprich nicht so laut; wir sind hier ganz dicht am Gebiet des Gräulichen Grafen.«

»Am Gebiet des … Gräulichen Grafen?«, wiederholte Franz. »Wer? Wo?«

»Ich meine das Landgut von Graf Griesenstein«, flüsterte Roberto. Er sah Franz von der Seite an und fuhr fort: »Warum fragst du lauter Dinge, die du schon weißt? Herr Thomtidom hat dir das alles doch bestimmt erzählt! Von Ritter Grimbold, der den Schatz mitbrachte, von Graf Gregorius, der den Schatz versteckte, von Graf Gradus, der den Schatz haben will, und von Graf Gerd-Jan, dem der Schatz gehört … Gerd-Jan, der gefangen gehalten wird …«

»Gefangen?«, sagte Franz. »Von wem denn?«

»Von seinem Onkel natürlich, du Idiot! Von Graf Gradus Griesenstein.«

»Die klassische Geschichte – bereits tausendmal erzählt«, murmelte Franz, ohne sich den »Idioten« zu Herzen zu nehmen. »Der Onkel als Bösewicht und das arme unschuldige Kind – und beide zusammen in einem Haus voller Treppen und Familiengeheimnisse …«

»Ich erzähle dir keine Märchen«, sagte Roberto und seine Stimme überschlug sich vor Empörung. »Oder würdest du es schön finden, wenn du in solch einem Haus gefangen säßest und noch nicht einmal die Nase aus der Tür stecken dürftest?« Er beugte sich zu Franz hinüber und fügte im Flüsterton hinzu: »Stell dir mal vor, Gerd-Jan würde den Schatz finden – er wäre ja seines Lebens nicht mehr sicher! Dann hätte Graf Griesenstein es nicht mehr nötig, den besorgten Onkel zu spielen …«

Franz setzte sich mit einem Ruck auf. »Was sagst du da?«, fragte er, halb ungläubig, halb entsetzt.

»Du brauchst nicht zu erschrecken; Gerd-Jan wird den Schatz nicht finden, jedenfalls nicht allein – falls die Prophezeiung stimmt.«

»Die Prophezeiung?«, fragte Franz.

»Weißt du denn nichts davon?«

»Ja, ich habe etwas darüber gehört … Worte, in Stein gehauen …«

»Nein, das ist der Reim auf dem Türbalken«, sagte Roberto. »Ich meine die andere Überlieferung – die von der Versiegelten Schrift.«

»Die Versiegelte Schrift? Davon weiß ich nichts; da hab ich wohl geschlafen … Aber das ist doch alles Unsinn!«

»Unsinn?«, sagte Roberto leise. »Was glaubst du, weshalb der Graf plötzlich ins Treppenhaus umgezogen ist? Was glaubst du, warum er Gerd-Jan wie ein Kerkermeister bewacht und belauert? Es geht ihm um den Schatz! Nur der Junge kann ihn finden und das weiß der Graf geradeso gut wie wir …«

»Ich weiß überhaupt nichts …«, begann Franz.

»Graf Griesenstein ist ein Schurke«, fuhr Roberto fort. »Sein Landgut ist nicht weit von hier entfernt; er hat rundherum einen Stacheldrahtzaun ziehen lassen und überall Schilder mit der Aufschrift ZUGANG VERBOTEN aufgestellt. Außerdem sind Waldaufseher mit geladenen Gewehren unterwegs. Glaub nur ja nicht, dass man ohne weiteres ins Treppenhaus hineinkommt! Es ist ein großes widerliches Haus, mit kalten, altertümlichen Zimmern und Gängen …«

»Und Treppen«, nickte Franz, »und voll finsterer Kerker. Richtig schaurig, aber doch auch schön …« Er fröstelte, denn es wurde langsam kühl.

Roberto schaute ihn an; seine Augen leuchteten und sein Gesicht spiegelte die Glut der Flammen. »Trotzdem muss irgendjemand versuchen, durch eine List ins Treppenhaus einzudringen«, sagte er mit gedämpfter Stimme. »Bevor es zu spät ist.«

Franz van der Steg fühlte, dass er wider Willen ein wenig beunruhigt war. »Aber das sind doch Sachen«, murmelte er, »die heutzutage nicht mehr passieren.«

»Ach nein?«, flüsterte Roberto ironisch.

Wieder überlief Franz ein Frösteln.

»Ist dir kalt?«, fragte Roberto. Er sprang auf und kroch ins Zelt.

Einen Moment später legte er Franz einen Regenmantel um die Schultern.

Dann setzte er sich wieder neben ihn und fragte: »Du hast doch wohl keine Angst?«

»Nein«, antwortete Franz. »Wovor sollte ich denn Angst haben?«

»Ich meine nur – weil du immer noch zögerst. Erst bist du in die Kutsche eingestiegen und dann wieder ausgestiegen. Manchmal nickst du mit dem Kopf und dann schüttelst du ihn wieder ablehnend … Machst du nun mit oder nicht?«

»Wobei?«

»Bei unserem Komplott.«

»Jetzt hör mir mal gut zu«, sagte Franz, diesmal mit lauter Stimme. »Bevor ich ›ja‹ nicke oder ›nein‹ schüttele, möchte ich endlich erfahren, aus wem oder was dieses Komplott besteht …«

»Schrei doch nicht so!«, sagte Roberto. »Ich werde es dir sagen – aber dann musst du dir darüber im Klaren sein, dass du nicht mehr zurückkannst! Dann musst du weitermachen … auf deinem Weg.«

»Auf welchem Weg?«

»Tja – sagen wir mal: auf dem siebten Weg. Auf dem siebten Weg des Siebensprungs.«

Franz hört von den sieben Verschworenen NUMMER ZWEI

Franz und Roberto schwiegen eine Zeit lang. Über ihren Köpfen rief ein Vogel klagend seinen eigenen Namen. Ein kleines Tier mit langen Ohren sprang aus den Büschen hervor, schreckte zusammen und verschwand wieder.

Dann sagte Franz leise: »Am Siebensprung gehen nur sechs Wege ab.«

Roberto stocherte mit einem Ast im Feuer. »Ja, nur sechs Wege«, sagte er, »und das Komplott vom Siebensprung hat auch nur sechs Verschworene. Es müssen jedoch sieben sein – und das ist möglich, wenn du mitmachst. Unser Ziel ist es, Gerd-Jan aus den Klauen von Graf Griesenstein zu befreien. Und außerdem muss er natürlich den Schatz finden. Das eine kann nicht geschehen ohne das andere; das steht in der Versiegelten Schrift.«

»In der Versiegelten Schrift?«, wiederholte Franz. »Was ist das denn eigentlich?«

»Wenn Herr Thomtidom dir nichts davon erzählt hat, sage ich auch nichts«, sagte Roberto.

»Das ist der Gipfel!«, rief Franz empört. »Es ist schließlich nicht meine Schuld gewesen, dass ich eingeschlafen bin.«

»Vielleicht hat er dich deshalb einschlafen lassen«, meinte Roberto, »weil du noch nicht hören solltest, dass es eine Versiegelte Schrift gibt.«

»Wenn ich davon nichts erfahren sollte, hätte er ja gar nicht erst damit anzufangen brauchen«, sagte Franz. »*Warum* hat er mich wohl in Schlaf versetzt?«

»Du schweifst vom Thema ab«, sagte Roberto. »Ich war gerade dabei, dir vom Siebensprung-Komplott zu erzählen. Herr Thomtidom und ich möchten dich gerne als Mitglied vorschlagen …«

»Dies ist eine Gunst, durch die ich mich ganz besonders geehrt fühle«, sagte Franz.

»Aber beschließen muss das unsere Vorsitzende; sie wird entscheiden, ob du eingeweiht werden wirst«, fuhr Roberto unbeirrt fort.

»Eine Vorsitzende! Und wer ist das?«

»Die Kräuterfrau – Jungfer Rosmarie.«

»Doch wohl keine Zauberhexe?«

»Sei nicht so beleidigend«, sagte Roberto. »Sie ist die jüngste von drei Schwestern …«

»Rosmarie, die jüngste von drei Schwestern«, sprach Franz vor sich hin.

Plötzlich schwebte ihm die Vision eines bildschönen Mädchens vor Augen, das ein wenig Romantik in diese geheimnisvolle Geschichte bringen würde … Ach nein, es war ja gar keine Geschichte, sondern raue Wirklichkeit. Er schaute sich um; das Licht der Sonne war verschwunden und die Dämmerung würde nun der Finsternis weichen.

Das Feuer brannte nicht mehr so hell. »Vielleicht ist

es besser, wenn wir es ausgehen lassen«, sagte Roberto. »Sonst könnten sich Spione heranschleichen.« Er umschlang seine Knie mit den Armen und fuhr fort, über das Komplott zu berichten. »Wenn man die jüngste von drei Schwestern ist, besitzt man häufig irgendeine besondere Macht oder Kraft; jedenfalls behauptet das Herr Thomtidom. Jungfer Rosmarie züchtet Kräuter, sie wohnt im Kräuterhof. Am besten gehst du morgen mal zu ihr – du hast den Weg, der am Siebensprung abzweigt, sicher gesehen. Herr Thomtidom ist unser Sekretär und Allgemeiner Berater …«

»Und du?«, fragte Franz. »Bist du der Schatzmeister?«

»Nein, wir haben kein Geld. Ich bin der erste Verbindungsmann. Der zweite Verbindungsmann ist Jan Turelur.«

»Jan … Turelur? Gibt es den tatsächlich? Wer ist das denn eigentlich? Ach ja, der Wirt von der leer stehenden Kneipe …«

»Der war er früher. Jetzt ist er der Kutscher von Graf Griesenstein.«

»Dieser miese Bursche?«, rief Franz. »Ein netter Verbindungsmann, der seine Fahrgäste in Regen und Sturm unterwegs im Stich lässt!«

»Nun fang doch nicht immer wieder davon an! Du wolltest doch selber aussteigen!«

»Woher weißt du das überhaupt?«, fragte Franz. »Warst du wirklich nicht in dem Wirtshaus, als Mopro verkleidet?«

Roberto überhörte diese Frage. »Die beiden anderen

Verschwörer sind Spione«, fuhr er fort. »Infolgedessen muss ich dir ihre Namen vorläufig verschweigen.«

»Ich werde nicht Mitglied eines Komplotts, wenn ich nicht in sämtliche Geheimnisse eingeweiht werde«, sagte Franz entschlossen.

»Das kann nur die Vorsitzende tun«, sagte Roberto in ebenso entschiedenem Ton. »Tante Rosmarie.«

»Tante??«

»Ja, sie ist meine Tante. Ist das denn so komisch?«

Franz trennte sich mit einigem Bedauern von der Vision des bildhübschen Mädchens. Stattdessen erschien nun eine etwas ältere Dame vor seinem geistigen Auge. Sie trug genauso einen Strohhut wie Roberto und starrte andächtig in das Kristall einer Wahrsagerkugel.

Dann schüttelte er dieses Phantasiebild wieder ab und fragte: »Und welche Rolle ist mir persönlich zugedacht?«

»Vielleicht könnte man dich einen Geheimagenten nennen«, antwortete Roberto. »Du musst nämlich ins Treppenhaus eindringen.«

»Oho«, sagte Franz. »Und was muss ich dort tun?«

»Du sollst Hauslehrer von Gerd-Jan werden …«

»Dasselbe hat mit Herr Thomtidom auch schon gesagt. Aha – *er* hat natürlich diesen Brief geschrieben! Schließlich ist er ja der Sekretär.«

»Welchen Brief?«

»Den Brief, den ich nicht geschrieben habe«, sagte Franz. »Ich soll also Hauslehrer von Gerd-Jan werden, aber Graf Griesenstein darf nicht wissen, dass ich ein bestimmtes Ziel verfolge, wenn ich ins Treppenhaus eindringe … dass ich Mitglied des Siebensprung-Komplotts bin.«

»Endlich mal eine vernünftige Bemerkung«, sagte Roberto. »Jetzt wollen wir nur noch hoffen, dass du die Stelle bekommst!«

»Und dass ich sie auch haben will!«

»Und dass du den Mut dazu hast«, fügte Roberto hinzu.

»Viel Mut ist dazu nicht nötig«, sagte Franz. »Ich brauche nur einen Brief an Graf Gradus Griesenstein zu schreiben und ihn um eine Unterredung zu bitten. Ich meine fast, ich sollte dies tun, bevor euer Sekretär einen schreibt. Ich erledige meine Sachen lieber selbst – damit du es weißt.«

»Gut, erledige sie nur«, sagte Roberto. »Wenn du dir nur das eine merken würdest: Wir haben zusammen Würstchen gegessen, und darum verlasse ich mich darauf, dass du über alles schweigst, was ich dir erzählt habe.« Sein Gesicht wirkte sehr ernst über der sterbenden Glut des Feuers. »Versprich es mir!«, sagte er feierlich.

»Bei allen Würstchen, ich verspreche es«, sagte Franz.

Roberto stand auf. »Es ist dunkel«, sagte er. »Du musst nun gehen.«

»Ist das denn schon alles, was du mir erzählen wolltest?«, fragte Franz.

»Ja. Aber du solltest öfter hierher zu Besuch kommen. Und du darfst dieses Zelt immer als Versteck benutzen, auch wenn ich nicht zu Hause bin.« Roberto stapelte das Essgeschirr aufeinander und brachte es in sein Zelt. Auch das Segeltuch und der Mantel, den er Franz geliehen hatte, wurden dort verstaut. Ein paar Minuten danach stand er wieder neben dem schwelenden Feuer – diesmal ohne Hut und mit einer brennenden Taschenlampe in der Hand. »Ich werde dich zum Siebensprung bringen«, sagte er, während er das Feuer sorgfältig mit dem Fuß austrampelte.

»Und dann?«

»Dann kannst du mit dem Fahrrad nach Hause fahren.«

»Und du ... was machst du?«, fragte Franz. »Wo wohnst du eigentlich?«

»Hier!«, antwortete Roberto, und seinem Ton war deutlich anzuhören, dass er die Frage ziemlich lächerlich fand.

»Hier in diesem Zelt? Ganz allein? In deinem Alter?«, sagte Franz. »Und damit sind deine Eltern einverstanden?«

»Red nicht so daher wie ein Schulmeister«, sagte Roberto.

»Wenn ich kein Schulmeister wäre«, sagte Franz, »könnte ich nicht ins Treppenhaus eindringen, was ihr doch so liebend gern möchtet!«

»Geh dicht hinter mir her«, sagte Roberto. »Diese Taschenlampe gibt nicht viel Licht. Wenn ich allein wäre, würde ich den Weg im Dunkeln laufen und kein Spion würde mir entgehen.«

»Sind denn ...«, begann Franz, aber Roberto unterbrach ihn.

»Psst!«, kommandierte er. »Wir sind jetzt nicht mehr bei mir zu Hause; also müssen wir den Mund halten.«

Schweigend setzten sie ihren Weg fort. Franz sah nicht mehr als das, was zufällig in den Schein der Taschenlampe geriet, aber die Dunkelheit um sie herum schien voller Leben zu sein. Angst hatte er wirklich nicht, wenn er auch mehr als einmal an die Spione denken musste, die durchaus irgendwo stecken und sie belauern konnten …

Spione! Im Komplott waren zwei Spione, deren Namen er nicht wissen durfte …

»Und ich weiß es doch!«, flüsterte er plötzlich.

»Was denn?«, fragte Roberto, ebenfalls im Flüsterton.

»Wo sie sind … eure Spione!«

»Hüte dich lieber vor *seinen* Spionen!«, zischte Roberto.

Franz fragte nicht, wer mit dem ›seinen‹ gemeint war – natürlich war es Graf Griesenstein. Eine Zeit lang sagte er nichts; er benötigte all seine Aufmerksamkeit, um auf den Weg zu achten. Aber dann flüsterte er: »Es sind die Kinder! Zwei von den Kindern aus meiner Klasse.«

Roberto ließ ein unterdrücktes Kichern hören.

»Nein – auf was für verrückte Ideen so ein Schulmeister doch kommen kann«, sagte er.

»Sind die Kinder denn *nicht* im Komplott?«

»Natürlich nicht! Du kannst ihnen aber ruhig davon erzählen.«

»Ich dachte, es wäre ein Geheimnis!«

»Aber nicht den Kindern gegenüber«, sagte Roberto. »Erzähle es ihnen ruhig.«

»Ach komm«, sagte Franz, »sie wissen es doch schon lange!«

»Pass auf«, sagte Roberto, »jetzt kommt ein Graben.«

Auf dem letzten Stück des Weges sprachen sie nicht mehr über das Komplott. Erst als sie am Siebensprung ankamen, machte Roberto ein paar abschließende Bemerkungen zu diesem Thema.

»Schreib den Brief an den Grafen«, sagte er, »und melde dich möglichst bald bei Jungfer Rosmarie. Ich glaube bestimmt, dass Gerd-Jan dich mögen wird.« Er richtete den Lichtkegel seiner Taschenlampe auf das Wirtshaus. »Da steht dein Rad«, fügte er hinzu. »Gute Heimfahrt und bis bald.«

Er wandte sich um, und während er wegging, machte er die Taschenlampe aus. In wenigen Augenblicken hatte die Finsternis ihn verschluckt.

»He, Roberto!«, rief Franz mit gedämpfter Stimme.

»Tschüs!«, klang es aus Robertos Richtung. »Ich hoffe für dich, dass Tante Wilhelmine bald nach Hause kommt.«

Franz hörte Blätter rascheln, aber in dem dunklen Wald konnte er niemanden mehr sehen. »Er benimmt sich wie ein echter Verschwörer«, murmelte er. Dann ging er langsam zu seinem Fahrrad hinüber und dachte: Tante Wilhelmine – wieso weiß er das? Oder ob Frau Backer auch eine Tante von ihm ist?

Kurz darauf radelte er nach Hause. »Was war das für ein bewegter Sonntag«, sagte er zu sich selbst. »Ich hatte mich aufgemacht, um ein Komplott zu entschleiern – und jetzt bin ich fast schon ein Mitglied dieses Komplotts!«

Er bremste kurz, weil er ein Geräusch hörte, das nicht hierher passte. Das Knattern eines Motorrads. Er schaute sich um. Schoss da nicht ein Lichtkegel über einen der Wege beim Siebensprung?

Geheimagent!, dachte er, während er weiterfuhr. Nein, ich bleibe bei meinem ursprünglichen Plan. Ich will Mitglied dieses Komplotts werden – schon allein deshalb, um die Verschworenen zu entlarven!

Ja, Franz der Rote ließ nicht mit sich spaßen und er war immer und überall Herr der Situation.

Auch Tante Wilhelmine hat ein Wörtchen mitzureden — Nummer drei

Eine halbe Stunde später stand Franz van der Steg vor dem Haus, in dem er wohnte. Er war jedoch in keiner Weise Herr der Situation – es sei denn, er würde eine Scheibe einschlagen und hineinklettern. Franz der Rote hätte das vielleicht getan … nein, der würde überhaupt nicht erst in die Verlegenheit kommen, vor einer verschlossenen Haustür zu stehen; der ließ sich nicht von Zimmerwirtinnen maßregeln, auch wenn sie noch so lecker kochen konnten! Franz warf einen Blick in die Runde; er hatte das Gefühl, dass sämtliche Dorfbewohner hinter den Ritzen der Läden und Gardinen standen und ihn beobachteten und dass sie sich über ihn lustig machten. Das war wirklich zu dumm; er konnte sich doch nicht auf die Haustürstufen setzen und warten, nur weil er so blöd gewesen war, ohne Hausschlüssel loszufahren!

Wiederum hallte das Geräusch eines Motorrads in seinen Ohren. Ein Lichtstrahl tauchte auf und verschwand dann wieder am Ende der dunklen Straße. Ein paar Augenblicke später hörte er beherzte Schritte und da kam endlich seine Wirtin.

»Warum stehst du hier herum?«, fragte sie, als sie bei ihm angelangt war. »Du wartest doch nicht etwa auf mich?«

»Ich habe keinen Schlüssel bei mir, Frau Backer«, sagte Franz kühl. »Ich überlegte gerade, was ich tun sollte – eine Fensterscheibe einschlagen oder die Nacht auf dem Polizeirevier verbringen.«

»Völlig unnötige Überlegungen«, sagte Frau Backer, während sie ihren eigenen Schlüssel ins Schloss steckte und umdrehte. »Ich habe die Hintertür offen gelassen.«

»Das haben Sie mir aber nicht gesagt!«, rief Franz.

»Ich darf doch wohl auch ein einziges Mal böse sein, oder?«, sagte seine Wirtin. »Auf jeden Fall brauchtest du ja nicht lange zu warten. Ich kam direkt hinter dir her; mein Neffe hat mich an der Ecke abgesetzt.«

Sie ging ins Haus und Franz folgte ihr. Im Flur knipste sie das Licht an und blickte kopfschüttelnd in den Spiegel. Ihr Hut saß ganz schief und die grauen Löckchen lagen nicht mehr richtig in der Form. »Das liegt daran, dass es zu Fuß so weit ist«, sagte sie zu ihrem Spiegelbild. »Sonst würde ich niemals so ein Ding besteigen.«

»Was für ein Ding?«, fragte Franz.

»Ein Mofa.«

»Ein Mofa?«, wiederholte Franz ziemlich erstaunt.

»Ja, mein Neffe hat mich bis ins Dorf gefahren; das tut er öfters. Aber dann weht einem der Wind um die Ohren und man sitzt auch nicht sehr gut. Am hellen Tag würde ich so was niemals tun.« Frau Backer nahm ihren Hut ab und fuhr fort: »Jetzt hab ich doch meinen Regenschirm dagelassen! Und du guck mich nicht so an, als wäre ich das achte Weltwunder! Hast du noch nie auf dem Rücksitz eines Mofas gesessen?«

»Nein, ja, doch, natürlich«, sagte Franz und half ihr aus dem Mantel.

»Rob fährt sehr gut«, fuhr sie fort, »aber ich muss ihn immer wieder daran erinnern, dass er meinetwegen nicht so schnell zu fahren braucht.«

»Rob?«, wiederholte Franz. »Ist das Ihr Neffe? Hat er Sie vom Siebensprung aus nach Hause gebracht?«

»Vom Haus meiner Schwester aus«, sagte seine Wirtin, während sie sich nochmals im Spiegel betrachtete. »Das ist dort ganz in der Nähe.«

»Rob … Roberto … und ein Mofa«, murmelte Franz vor sich hin. »Ist er ein Mopro? Ich meine … heißt Rob in Wirklichkeit Roberto und hat er ein Mofa und sieht so aus wie …«

»Ja, manchmal sieht er tatsächlich so aus wie ein Mopro oder wie ihr das nennt«, antwortete seine Wirtin. »Aber er ist trotzdem ein prima Kerl. Er ist jetzt halt in den schwierigsten Jahren, aber das wird schon wieder vorbeigehen.«

Sie fing an, sich die Haare zu kämmen.

»Wohnt er in einem Zelt mitten im Wald?«, fragte Franz. »Als Roberto, der Freibeuter, mit einem Cowboyhut auf dem Kopf?«

»Das könnte schon sein«, antwortete seine Wirtin. »In Wirklichkeit wohnt er aber in der Stadt. Er ist der einzige Sohn meiner anderen Schwester. Kennst du ihn denn?«

»Und ob!«, sagte Franz. »Ich bin ihm begegnet, als er Mopro war – und als er Roberto hieß. Roberto behauptet jedoch, den Mopro nicht zu kennen.«

»Nun ja, was soll's?«, sagte Frau Backer. Sie wandte sich vom Spiegel ab und sah Franz an. »Weshalb darf der Junge nicht zwei Personen gleichzeitig sein? Das ist doch ganz normal! Jeder vernunftbegabte Mensch besteht doch aus mehr als nur einer Person – du als Schulmeister müsstest das doch eigentlich wissen!«

»Ja, aber ...«, sagte Franz ziemlich verblüfft.

»Wenn Rob Spaß daran hat, ein paar verschiedene Leben zu führen, dann lass ihn doch«, fuhr seine Wirtin fort. »Nach einer Weile wird er schon lernen, all diese Typen – die Mopros, Freibeuter und Schuljungen – in einem einzigen Leben unterzubringen. Und du selbst – bist du denn nicht ebenfalls mehr als nur der Franz van der Steg? Auch ich bestehe übrigens aus verschiedenen Menschen – aus mehr als nur zwei.«

»Frau Backer ... Tante Wilhelmine ...«, sagte Franz.

»Für dich bin ich ganz gerne die Tante Wilhelmine«, sagte seine Wirtin. »Komm, mach schon mal die Lampen im Esszimmer an; ich schütte inzwischen den Tee auf und schneide den Kuchen an.«

Franz folgte ihr in die Küche. »Tante Wilhelmine!«, rief er. »Jetzt weiß ich es. Sie sind einer von den Spionen!«

»Ich? Einer von den Spionen? Das ist nun ausgerechnet etwas, was ich niemals sein möchte ...«

»Sie gehören zum Komplott. Zum Siebensprung-Komplott!«

Tante Wilhelmine stellte den Kessel aufs Gas und spülte die Teekanne aus.

»Also, wenn du *das* meinst, dann hast du Recht«, sagte sie. »Aber mich deswegen einen Spion zu nennen … das hat sich wahrscheinlich Rob ausgedacht. Er sieht zu viele Krimis!«

»Aber warum haben Sie nie etwas davon erzählt?«, rief Franz.

»Mein lieber Junge, Komplotte sind schließlich immer geheim.«

»Sogar vorhin, als Sie mir am Siebensprung entgegenkamen, waren Sie böse auf mich«, fuhr Franz fort. »Sie hätten doch wissen müssen, dass Ihr komischer Magier mich in einen Tiefschlaf versetzt hatte.«

»Dieser Magier ist erstens nicht mein persönlicher Magier«, sagte Tante Wilhelmine, »und zweitens behagt mir seine Magie auch nicht besonders. Weshalb musste er dich unbedingt in Schlaf versetzen? Ein Komplott ist schließlich keine Entschuldigung, um zu spät zum Essen zu kommen. All dieser Firlefanz verwischt nur das eine, um das es geht: die Befreiung des kleinen Gerd-Jan Griesenstein. Und da schienst du mir genau die richtige Person zu sein! Das habe ich meiner Schwester erzählt, und das ist alles, was ich in dieser Sache getan habe.«

»Ihre Schwester … ist das die Jungfer Rosmarie?«, erkundigte sich Franz.

»Ja, sie ist die Jüngste von uns dreien und sie war immer die Hübscheste. Ich bin die Älteste und meine andere Schwester Cornelia ist Robertos Mutter. Soll ich dir noch etwas zum Essen aufwärmen?«

»Nein … ja, nein, vielen Dank«, sagte Franz. »Aber ist denn das alles ERNST? Und warum ist es dann so merkwürdig und kompliziert, mit Prophezeiungen und Familiengeheimnissen?«

»Daran ist der Graf Gregorius schuld … Gott hab ihn selig«, sagte Tante Wilhelmine. »Ich meine den Tollen Griesenstein. Er hat damit angefangen, indem er ständig Rätsel aufgab. Und Jan Thomtidom ist nicht viel besser. (Auch sie sprach diesen Namen richtig aus.) Ich persönlich finde das ganze magische Brimborium ganz überflüssig und gefährlich; es wäre besser, sich an die Wirklichkeit zu halten.«

»Hat Herr Thomtidom vielleicht den Brief geschrieben?«, fragte Franz. »Ich meine den Brief auf die Anzeige, auf den hin Graf Griesenstein mir eine Antwort schickte.«

»Wovon redest du denn jetzt wieder?«, fragte seine Wirtin.

»Jetzt tun Sie aber nicht so, als wüssten Sie davon nichts, Tante Wilhelmine! Sie haben der Vorsitzenden des Komplotts nahe gelegt, dass ich die geeignete Person bin, um als Hauslehrer von Graf Griesensteins Neffen ins Treppenhaus einzudringen. Also müssen Sie auch über den Brief Bescheid wissen.«

»Oh, du meinst den Brief, auf den du am Donnerstag gewartet hast! Also, davon weißt du mehr als ich – du wusstest ja sogar schon vorher, dass er kommen würde.«

»Tante Wilhelmine!«, rief Franz. »Ich habe Ihnen aber

auch erzählt, dass ich mir diese Geschichte nur ausgedacht hatte!«

Seine Wirtin drehte sich zu ihm um und stemmte ihre Hände in die Hüften. »Mein lieber Freund«, sagte sie streng, »wenn es dir Spaß macht, Ereignisse und Vorfälle zu erfinden und sie dann anderen vorzusetzen, als ob sie wahr seien, dann musst du gefälligst damit rechnen, dass sie eines Tages auch wahr werden können! Vielleicht ist dir das eine Lehre, um in Zukunft Phantasie und Wirklichkeit auseinander zu halten.«

»Jetzt drehen Sie die ganze Sache um«, begann Franz ziemlich bestürzt.

»Dreh du dich lieber um«, sagte seine Wirtin. »Mach die Lampe an und stell die Tassen auf den Tisch. Ich bringe gleich den Tee mit.«

Wenig später schenkte Tante Wilhelmine am großen Tisch den Tee ein und stellte Franz einen Teller voll dicker Honigkuchenscheiben hin, die sie mit Butter bestrichen hatte.

Franz bedankte sich und begann zu essen. Zwischen den einzelnen Happen, die er in den Mund schob, murmelte er: »Roberto und seine Tanten, das sind drei … und der Herr Magier ist Nummer vier und Jan Turelur fünf …«

»Sagst du das Lied vom Siebensprung auf?«, fragte seine Wirtin.

»Ich zähle die Verschworenen«, sagte Franz. »Es müssen insgesamt sieben sein, und wenn ich mich selbst mitzähle, sind es nur sechs. Wer ist die Nummer sieben? Ich meine den zweiten Spion; Roberto sagte, es seien zwei.«

»Ich kann mich noch immer nicht mit dem Gedanken anfreunden, ein Spion zu sein«, sagte Tante Wilhelmine.

»Oh, im Gegenteil, Sie sind ganz besonders geeignet dazu«, fand Franz. »Kein Mensch würde Ihnen so etwas zutrauen und das gehört sich so in einem guten Geheimbund. Wer aber ist Ihr Kollege?«

Tante Wilhelmine machte ein nachdenkliches Gesicht. Dann begann sie zu lachen und sagte: »Das ist wieder echt Rob! Er hat darauf bestanden, dass das Komplott aus sieben Verschwörern bestehen müsse. Dann sitzt der zweite Spion im Treppenhaus selbst.«

»Im Treppenhaus? Ich habe Jan Turelur doch schon mitgezählt.«

»Du meinst Jan, den Kutscher? O nein, der ist kein Spion.«

»Nein, richtig – der ist ja Verbindungsmann. Und was für einer! Aber wer ist denn sonst der Spion?«

»Das wirst du selbst herauskriegen müssen«, sagte Tante Wilhelmine. »Man wird ihm Spionage ebenso wenig zutrauen wie mir.«

Franz schob seinen Teller zurück. »Aber warum muss ich denn eigentlich ins Treppenhaus eindringen, wenn sich dort schon ein Spion befindet?«, rief er.

Tante Wilhelmine sah ihn mit einem seltsamen Blick an. »Er ist nicht in der Lage, das zu tun, was du tun kannst«, sagte sie, »und du kannst wiederum nicht dasselbe, was Iwan kann.«

»Iwan? Heißt er Iwan?«

»So ist es. Du wirst ihn sicher kennen lernen, wenn du ins Treppenhaus kommst.«

»Iwan«, murmelte Franz. »Iwan, der Spion ... das klingt richtig nach einem Spionagefilm. Ist er vielleicht auch noch ein Russe?«

»Soweit ich weiß, hat er holländische Eltern«, sagte seine Wirtin.

»Erzählen Sie weiter«, bat Franz.

»Ich denke nicht daran.«

»Ich glaube, dass die Spione nur dazu da sind, um mich zu belauern!«, rief Franz und schlug mit der Faust auf den Tisch. »Aber das lasse ich mir nicht gefallen! Ich werde kein Mitglied in einem solchen Komplott.«

»Reg dich doch nicht so auf«, sagte Tante Wilhelmine. »Es ist doch etwas Wahres daran, wenn man behauptet, dass rothaarige Menschen besonders aufbrausend sind. Iwan ist dunkel und schweigsam und er versteht sich aufs Schleichen.«

»Natürlich. Ein schleichender Spion«, sagte Franz. »Und Iwan ist selbstverständlich sein Deckname – stimmt's?«

»Ich erzähle nicht mehr weiter«, sagte Tante Wilhelmine. »Rede lieber mit meiner Schwester. Rosmarie hält fast alle Fäden in der Hand, obwohl Jan Thomtidom glaubt, er täte das.«

»Also zum Kräuterhof«, murmelte Franz. »Der sechste Weg, der vom Siebensprung abgeht, und auch der letzte. Aber warum sind es sechs Wege und nicht sieben? Los, Tante Wilhelmine – jetzt erzählen Sie mir bitte, dass es noch einen siebten Weg gibt, der unsichtbar ist und vergessen.«

»Deine Phantasie ist wirklich erstaunlich«, sagte Tante Wilhelmine. Sie stand auf und kramte in einer der Buffetschubladen. »Sieh mal, hier ist eine Karte von der Umgebung«, sagte sie. »Der Siebensprung ist auch eingezeichnet.«

Franz sah sich die Karte an. »Sechs Wege«, sagte er, »und nicht einer mehr.«

»Über diese Gegend ist einmal ein Büchlein geschrieben worden«, sagte Tante Wilhelmine. »Darin kann man nachlesen, wie es früher war und wie es jetzt ist. Ich glaube, dass Jan Thomtidom es hat.«

»Ein Büchlein – o je!«, rief Franz. »Ich habe das Büchlein von Herrn Thomtidom vergessen und meine eigenen Bücher liegen auch noch bei ihm!«

»Lass sie nur da liegen«, meinte Tante Wilhelmine. »Ein Buch mehr oder weniger wird Jan Thomtidom überhaupt nicht auffallen.«

»Aber ich brauche sie für mein Studium!«, sagte Franz.

»Ich glaube, du hast jetzt andere Dinge zu tun«, sagte seine Wirtin.

»Wahrscheinlich treppauf, treppab laufen«, murmelte Franz, während er wieder auf die Karte schaute. »Ja, da ist das Treppenhaus – ganz in der Nähe von Langelaan. Ich verstehe nicht, weshalb Jan Turelur am Siebensprung vorbeifuhr – das ist mit Sicherheit ein Umweg. Tante Wilhelmine, welches Geheimnis verbirgt sich hinter dem Siebensprung?«

»Jetzt lass dich bloß nicht verrückt machen vor lauter Geheimniskrämerei«, sagte seine Wirtin. »Auf diese Art und Weise könntest du einmal dem Grafen Griesenstein als leichte Beute ins Netz gehen.«

Franz seufzte tief und sprach mit Grabesstimme: »Graf Griesenstein, der gräuliche, gruselige, grimmige Grizzlybär ...« In Gedanken sah er einen rohen Wüstling vor sich, noch beängstigender als der Schreckliche Schneemensch.

»Er ist ein Schurke«, sagte Tante Wilhelmine, »aber er ist auch ein Herr, um der Wahrheit die Ehre zu geben.«

Vor Franz' geistigem Auge verwandelte sich der Wüstling in einen Herrn im Abendanzug. Er hatte kohlrabenschwarze Locken, einen finsteren Blick und ein falsches Lächeln in seinem dunklen Gesicht. Um die Schultern hatte er einen blutroten Umhang gelegt und in seiner Hand blitzte ein Degen.

»Es heißt, dass er so kalt ist wie ein Frosch«, ergänzte seine Wirtin. »Möchtest du noch eine Tasse Tee?«

Das kaltherzige Gesicht von Franz' Phantasiegrafen erstarrte zu Eis und der rote Umhang musste einem Pelzmantel weichen.

»Wenn du keinen Tee mehr willst, solltest du lieber schlafen gehen«, sagte Tante Wilhelmine. »Morgen ist Montag und das ist ein anstrengender Tag.«

»Ich habe heute genug geschlafen«, sagte Franz. »Aber gut, ich werde Ihren Rat befolgen. Ich hab nämlich ein paar Träume nötig, um in die Wirklichkeit zurückzukehren. Darf ich mir diese Karte für eine Weile ausleihen?«

»Du kannst sie behalten«, sagte Tante Wilhelmine. »Aber zerbrich dir nicht zu sehr den Kopf darüber. Denk lieber an das unschuldige Kind. Gute Nacht!«

Als Franz schon an der Tür war, rief sie ihn noch einmal zurück. »Falls ich es morgen vergessen sollte«, sagte sie, »würdest du mir bitte meinen Regenschirm mitbringen, wenn du zu Rosmarie gehst?«

»Wenn ich hingehe, bringe ich ihn mit«, antwortete Franz. »Und ich *werde* hingehen; daran führt wohl kein Weg vorbei. Gute Nacht, Tante.«

Er legte sich jedoch nicht sofort zur Ruhe; zuerst betrachtete er noch einmal die Karte und zeichnete sogar etwas hinein: Robertos Zelt und das Haus ›Schein und Wesen‹. »Früher hat es mal sieben Wege gegeben«, murmelte er vor sich hin. Und er zeichnete eine punktierte Linie vom Siebensprung zum Treppenhaus. Danach sah die Karte folgendermaßen aus:

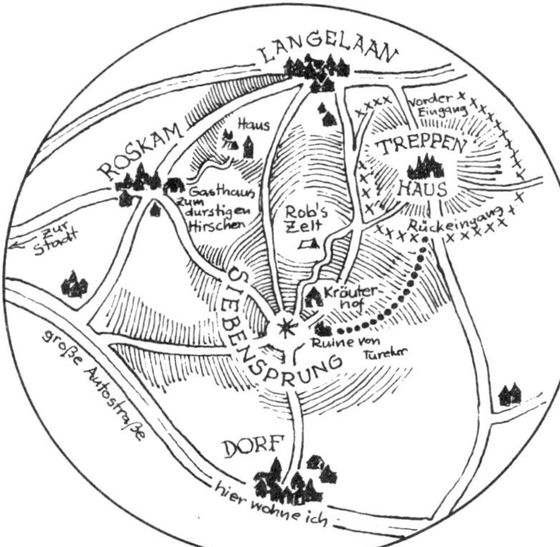

An diesem Montag erwachte Franz früher als gewöhnlich und war schon lange vor Schulbeginn in seiner Klasse.

Als er gerade dabei war, ein paar Rechenaufgaben an die Tafel zu schreiben, kam Marianne herein, zusammen mit ihrer Freundin Joke. Wie sie sagten, wollten sie den Geranien Wasser geben.

Obwohl die beiden Mädchen voll Eifer mit der Gießkanne hantierten, war es Franz völlig klar, dass ihr frühes Auftauchen einen ganz anderen Grund hatte. Nach einem Weilchen kehrte er den Rechenaufgaben den Rücken zu und sagte: »Na, Marianne, bist du schon dahinter gekommen, wer *Gr… Gr…* ist?«

»N… nein, Herr Lehrer«, sagte Marianne und bekam einen roten Kopf.

»Aber ich!«

»Ja, Herr Lehrer? Wirklich?«, rief Marianne.

Joke sagte nichts, aber sie verschüttete vor Aufregung einen ganzen Schwapp Wasser auf den Fußboden.

»Wer ist es denn?«, fragte Marianne.

Franz kreuzte seine Arme vor der Brust und sagte mit ernster Stimme: »Das weißt du ganz genau!«

Marianne wurde noch röter. »J… ja, Herr Lehrer«, bekannte sie. »Aber ich durfte es nicht verraten. Das sagte …«

»So, so«, sagte Franz. »Du durftest es also nicht verraten! Und wer hat dir das gesagt?«

»Ein Herr mit einem Bart – er kam am Samstagmorgen auf den Schulhof, bevor die Schule anfing. Stimmt's, Joke?«

Joke nickte.

»Ein Herr mit einem grauen Bart«, fügte sie mit leiser Stimme hinzu.

»Er sagte, Sie würden uns vielleicht etwas fragen wegen einem Brief«, fuhr Marianne fort. »Er sagte, dass wir Ihnen nichts erzählen dürften, Herr Lehrer, auch nicht, wenn wir es wüssten. Sie müssten selbst dahinter kommen, sagte er. Wir fanden das ziemlich komisch, aber wir haben es allesamt versprochen. Wir wussten ja auch nicht, von wem dieser Brief war …«

»Du hast doch gerade gesagt, dass du es wohl gewusst hast!«

»Das war erst, nachdem Sie uns den Brief gezeigt hatten«, sagte Marianne. »Wenigstens ich und Martin wussten Bescheid. Das Wappen war doch auf dem Brief.«

»Welches Wappen?«

»Die Treppe und der Katzenkopf … das Wappen von Graf Griesenstein.«

»Aha«, sagte Franz. »Es scheint, dass hier jeder besser über die Herrschaften Bescheid weiß als ich … Graf Gradus Griesenstein. Und dieser Herr mit dem grauen Bart war natürlich ebenfalls ein guter Bekannter von euch …«

Marianne und Joke schüttelten den Kopf.

»Er ist ein Zauberer«, klang plötzlich Martins Stimme durch das Klassenzimmer.

»Du liebe Zeit, Martin, du jagst einem aber einen Schrecken ein!«, sagte Franz. »Du bist genauso unbemerkt hereingekommen, als wärst du Iwan höchstpersönlich.«

»Wer ist denn Iwan?«, fragte Martin wie aus der Pistole geschossen.

»Kennst du Herrn Thomtidom?«, erkundigte sich Franz, ohne Martins Frage zu beachten.

»Heißt er Thomtidom?«, sagte Martin. »Das wusste ich nicht. Aber er ist früher einmal zu uns in die Schule gekommen, um Zauberkunststücke vorzuführen. Er kennt tolle Tricks mit Spielkarten.«

»Er kennt noch viel tollere Zauberkunststücke«, sagte Franz. »Ihr wusstet also alle, dass *Gr… Gr…* Graf Griesenstein bedeutet, und ihr habt es mir nicht gesagt.«

»Wir wussten es nicht alle«, sagte Martin. »Kees und Arie wissen es natürlich, und Marianne und Joke.«

»Ich hab es auch Christine und Lisbeth erzählt«, flüsterte Marianne.

»Und Kees hat es bestimmt Hanno und Hans gesagt«, meinte Martin.

»Natürlich im Geheimen«, sagte Marianne.

»Mit anderen Worten«, sagte Franz, »weiß es inzwischen die ganze Klasse.«

»Aber wieso wissen Sie es denn, Herr Lehrer?«, fragte Marianne.

»Das ist eine lange Geschichte«, sagte Franz.

»Erzählen Sie sie uns?«, bat Martin erwartungsvoll.

»Das weiß ich noch nicht«, antwortete Franz. »Ihr habt mir ja auch nichts erzählt.«

»He, das ist gem… das ist aber nicht nett von Ihnen«, sagte Martin und schwieg dann, weil es schellte.

Kurze Zeit später saßen alle Kinder auf ihren Plätzen. Sie wussten zwar, dass sie Rechnen hatten, wie immer montagmorgens – aber sie schauten Franz an, als ob sie etwas ganz anderes erwarteten.

Martin streckte seinen Finger in die Luft und fragte: »Herr Lehrer, wer ist Iwan?«

»Diese Frage tut nichts zur Sache, Martin«, sagte Franz.

»Aber Sie haben eben gesagt, dass ich ihm gleiche, Herr Lehrer!«

»Du gleichst ihm überhaupt nicht«, sagte Franz. »Du bist nur genauso heimlich hereingeschlichen, wie er es tun würde. Iwan ist ein Spion; er ist ein dunkler Typ, raffiniert und schlau, und außerordentlich durchtrieben … Er wird manchmal auch der *Schreckliche* genannt«, fügte er hinzu. »Und niemand vermutet, dass er ein Spion ist, und das ist natürlich sehr gefährlich für seine Feinde.«

»Und wer sind seine Feinde?«, fragte Martin im Flüsterton.

»Das weiß ich noch nicht genau«, antwortete Franz. »Und jetzt wird gerechnet.«

Er überhörte das enttäuschte Geflüster und ließ die Rechenhefte aufschlagen. Dann sagte er – und es klang wie eine Drohung –, dass sie eine Dreiviertelstunde Zeit hätten und keine Sekunde länger, um alle Aufgaben zu rechnen, und zwar ohne Geschmier und mit der richtigen Lösung.

Inzwischen dachte er an den Magier und dessen eigenartige Auffassung von Mathematik. Er musste im

Stillen herzhaft lachen, als er überlegte, was seine Schüler wohl sagen würden, wenn er ihnen als Aufgabe einen Sechssprung vorsetzen würde, der genauso viele Wege hatte wie ein Siebensprung. Er sprach jedoch nicht über den Herrn Thomtidom; ja er versuchte sogar, jeden Gedanken an seine Erlebnisse aus seinem Kopf zu verbannen. Dies war vermutlich auch der Grund, weshalb er an diesem Montagmorgen besonders streng war. Und er ließ die Kinder arbeiten, arbeiten und nochmals arbeiten! Nach dem Rechnen gab er ihnen ein Diktat und anschließend eine Stunde Leseübungen, wobei jeder, der einen Moment lang nicht aufpasste, ungnädig verdonnert wurde. Nach der Pause fuhr er in derselben Weise fort, ohne sich die vorwurfsvollen Blicke zu Herzen zu nehmen, die seine Schüler ihm zuwarfen – sie trauten sich nicht mehr, etwas zu sagen. Sie mussten in einem Tempo kopfrechnen, das fast nicht mehr zu schaffen war, und als sie das glücklich hinter sich hatten, teilte er ihnen mit, dass sie jetzt Sätze gliedern würden.

Franz schrieb den erstbesten Satz, der ihm einfiel, an die Tafel.

Der böse Onkel nahm das unschuldige Kind in seinem Haus gefangen.

Sobald er diese Worte weiß auf schwarz vor sich stehen sah, bereute er sie schon, aber er sagte in aller Ruhe: »Kees, bestimme bitte die Satzglieder in diesem Satz.«

Kees schob die Unterlippe ein wenig vor und sagte nach heftigem Nachdenken: »*Nahm* ist das Prädikat, *Der böse Onkel* das Subjekt …« Er schwieg; Grammatik war nicht gerade seine Stärke.

Es kostete ein paar Minuten, bevor sie herausgefunden hatten, dass »nahm gefangen« das Prädikat war. Sowohl der Lehrer als auch sein Schüler waren bereits der Verzweiflung nahe. Trotzdem fuhr der Lehrer unbarmherzig fort: »Und was ist das Objekt?«

Kees schwieg; er lauschte angestrengt auf ein leises Flüstern hinter ihm.

»Martin!«, brüllte der Lehrer. »Sag es gefälligst laut, wenn du es so gut weißt!«

»*Das K… Kind … das unschuldige Kind* ist das Objekt, Herr Lehrer«, antwortete Martin, der vor Schreck stotterte.

Franz blickte wieder auf die Tafel. Zum ersten Mal wurde ihm deutlich bewusst, dass *das unschuldige Kind* viel wichtiger war als der böse Onkel. Denn das unschuldige Kind wurde gefangen gehalten – und wenn Graf Griesenstein tatsächlich so gefährlich war, musste dieser Zustand unverzüglich beendet werden.

»Gut«, sagte er langsam. »Der arme Gerd-Jan ist das Objekt …«

Er wandte sich der Klasse zu und sah auf allen Gesichter neugieriges Erstaunen. »Gerd-Jan …«, wiederholte er.

Und dann vergaß er sämtliche Satzgliederungen und grammatikalische Finessen. Er musste einfach erzählen, was er erlebt hatte.

Es stellte sich heraus, dass es bei dieser Geschichte ein Problem gab: Waren es nun eigentlich die Abenteuer von Franz dem Roten oder die des Lehrers van der Steg?

Franz der Rote hatte behauptet, dass er auf einen

wichtigen Brief wartete; aber es war der Lehrer van der Steg gewesen, der höchst erstaunt diesen wichtigen Brief empfangen hatte. Franz der Rote hatte erzählt, dass *Gr... Gr...* ihm unbekannt war, ein grimmiger Griesgram, der im Wald wohnte. Doch Lehrer van der Steg wusste, dass er Graf Griesenstein hieß, und der war jemand, dessen Namen überall bekannt war.

Alle Kinder aus der Klasse hatten schon vom Treppenhaus gehört und sogar die Geschichte vom Schatz schien ihnen nicht neu zu sein. Dagegen wussten sie nichts von einem Komplott (oder sie taten jedenfalls so), und es gab niemanden, der in die anderen Geheimnisse eingeweiht war, die Graf Griesensteins Behausung betrafen. Saß das Kind dort wirklich gefangen? War dort außer dem Schatz ein versiegeltes Schriftstück verborgen? Schlich dort ein schwarzer Spion umher, treppauf, treppab?

Franz erzählte drauflos und selbst das Zwölfuhrklingeln brachte ihn nicht zum Schweigen.

Erst eine Viertelstunde danach konnte er seinen Schülern feierlich versichern, dass er ihnen all seine Erlebnisse wahrheitsgemäß berichtet hatte.

Und dann dauerte es noch eine Weile, bis sie alle – aufgeregt miteinander tuschelnd – nach draußen gingen.

»Soso, habt ihr euch so benommen, dass ihr nachsitzen musstet?«, fragte der Rektor, der zufällig in der Tür stand. »Das ist aber nicht nett von euch. Herr van der Steg gibt sich wahrhaftig genug Mühe, um euch etwas beizubringen.«

Franz fühlte sich schuldig, als er diese Worte hörte. Anstatt den Kindern etwas beizubringen, hatte er eine Dreiviertelstunde lang pausenlos erzählt – und dabei war nicht einmal Samstag.

Aber seine Schüler verrieten ihn nicht; sie machten Gesichter, als hätten sie während der ganzen Zeit nichts anderes getan als Sätze gegliedert. O ja, seine Kinder waren in Ordnung und das Komplott-Geheimnis war bei ihnen sicher aufgehoben.

An diesem Montagnachmittag um fünf vor halb vier meldete sich die Hälfte der Klasse gleichzeitig, während die andere Hälfte zu flüstern begann.

»Ich weiß, wie spät es ist«, sagte Franz, der aus dem Fenster blickte, die Hände in den Hosentaschen. »Und ihr arbeitet gefälligst weiter bis Punkt halb vier.«

»Ja, Herr Lehrer«, sagte Martin. »Aber … aber könnten Sie nicht jetzt gleich den Brief schreiben? Das wollten Sie doch tun! Den Brief an«, er ließ seine Stimme sinken, »Graf Griesenstein.«

Sein Vorschlag wurde von allen Kindern mehr oder minder lautstark unterstützt.

»Gerd-Jan muss doch bald befreit werden«, sagte Marianne.

»Der Schatz muss doch bald gefunden werden«, sagte Kees.

Franz ging langsam zu seinem Tisch, setzte sich hin, nahm ein Blatt Papier und sagte: »Also gut, ich werde es tun. Jetzt haltet aber auch den Mund, alle miteinander.«

Die Kinder gehorchten sofort. Und Franz schrieb:

An Graf Griesenstein
Treppenhaus
(bei Langelaan)

Montag, den 28. September

Durchlaucht!

Ich bedaure es außerordentlich, dass ich Ihren Brief vom 22.9. zu spät erhielt und dass Ihr Kutscher mich infolgedessen nicht zu Hause antraf. (Hoffentlich hat Jan Turelur dem Grafen nicht irgendetwas anderes erzählt, dachte er. Aber er gehört schließlich zum Komplott und wird daher schon richtig gehandelt haben.)

Ich hoffe, Sie haben mir das nicht übel genommen, schrieb er weiter, *ich würde mich jedenfalls freuen, wenn Sie mir doch noch Gelegenheit zu einem Gespräch geben würden. Ich stehe in dieser Woche jeden Abend zu Ihrer Verfügung.*

(›Jeden Abend‹, dachte er, da könnte es passieren, dass ich am kommenden Freitag wieder auf meinen Kursus verzichten muss. Aber was soll's – falls ich diese Stelle bekomme, wird aus dem Studium ohnehin nichts mehr werden!) *Ihrer geschätzten Antwort sehe ich mit Interesse entgegen.*

Hochachtungsvoll …

Dann war es halb vier, und alle Kinder drängelten sich um seinen Tisch, um den Brief zu lesen und ihr Urteil darüber abzugeben. Dabei schnatterten alle durcheinander und zwischendurch wurde immer wieder dieselbe

Frage laut: »Gehn Sie jetzt gleich zu Jungfer Rosmarie?«

»Jetzt verschwindet aber auf der Stelle!«, rief Franz, dem es plötzlich zu Bewusstsein kam, dass dies eigentlich eine recht merkwürdige Situation war. Wer war hier denn der Herr im Haus, er oder die Kinder?

Als er endlich allein in der Klasse saß, las er den Brief noch einmal durch und stellte fest, dass er mit FRANZ DER ROTE unterschrieben hatte. Das war natürlich unmöglich; seufzend nahm er ein neues Blatt Papier und schrieb den Brief noch einmal ab. In der Tischschublade fand er einen Umschlag; er schrieb die Adresse und sagte dann: »So, das wäre erledigt.«

Es war ungefähr vier Uhr, als er mit dem Brief in der Tasche das Schulgebäude verließ.

Er hatte erwartet, draußen noch Schüler vorzufinden; aber der Schulhof lag einsam und verlassen da und kein Kind war zu sehen.

»Das ist auch gut so«, sagte er zu sich selbst. »Ich schwätze viel zu viel mit den Kindern – es sieht beinahe so aus, als ob ich ihr Kasperle wäre, und zwar in einem Stück, das *sie* sich ausgedacht haben. Und was den Brief betrifft – den hab ich nun zwar geschrieben, aber ich werfe ihn noch nicht ein. Erst will ich … ja, was will ich eigentlich? Ich will zuerst mit Jungfer Rosmarie sprechen … ach nein, ich weiß nicht mal, ob ich das wirklich will; ich kann Frauen, die alle Fäden in der Hand halten, nicht leiden. Aber es bleibt mir wohl nichts anderes übrig! Also gehe ich am besten jetzt sofort zu ihr; zum Abendessen bin ich dann wieder zu Hause.«

Der Weg zum Siebensprung war so ruhig und still wie sonst; als Franz sich jedoch seinem Ziel näherte, hörte er Geräusche, die er dort noch nicht vernommen hatte – viele helle Stimmen durcheinander.

Die Kinder! Er hätte es wissen müssen; sie wollten sich natürlich den Ort ansehen, an dem diese merkwürdigen Abenteuer ihren Anfang genommen hatten.

Dort, wo die Waldlichtung begann, musste Franz vor einem Berg achtlos hingeworfener Räder bremsen. Alle Kinder waren da, die ganze Klasse.

Sie schwätzten und schrien um die Wette und ein paar sangen:

»Habt ihr schon gehört
von dem Sieben-, dem Sieben-
Habt ihr schon gehört
von dem Siebensprung?«

Die meisten Kinder hatten sich als Grüppchen um den Wegweiser geschart; andere starrten gebannt auf den Pfad, der zu Robertos Zelt und der Kanone führte, und wieder andere untersuchten das verfallene Wirtshaus. Zwei Jungen versuchten vergeblich, die großen Doppeltore zu öffnen, und Kees hing in lebensgefährlicher Haltung aus einem der Fenster im Obergeschoss.

»Heda!«, rief Franz, während er abstieg. »Kees, geh schleunigst nach drinnen und komm herunter!«

Die Kinder, die am Wegweiser standen, begrüßten ihn ausgelassen. Die Mädchen begannen im Kreis zu tanzen und zu singen:

»Nummer eins, Nummer zwei, Nummer drei …«

Kees schrie irgendetwas Unverständliches und winkte mit den Armen. Martin kam triumphierend angerannt; er hielt das Wirtshausschild in der Hand.

»Nun seid doch mal endlich still!«, rief Franz. »Alle herkommen! Du auch, Kees!«

Kurz danach standen sie um ihn herum, aber sie redeten alle durcheinander, und es war Franz unmöglich, etwas Vernünftiges zu sagen oder zu verstehen.

Doch plötzlich war alles still – und diese Stille wurde nur von Rädergerassel und dem Knallen einer Peitsche unterbrochen.

Den Weg von Roskam herab rollte die alte Kutsche auf sie zu und auf dem Bock saß Jan Turelur.

DAS WAR NUMMER VIER –

und nun folgt das fünfte Kapitel.

5
Franz wird in das Komplott hineingezogen

Jungfer Rosmarie weiht ihn ein NUMMER EINS

Direkt neben dem Wegweiser brachte der Kutscher das Fahrzeug zum Stehen. Franz und die Kinder starrten ihn an und er beantwortete ihre Blicke mit einer verächtlichen Grimasse. Dann sprang er rasch vom Bock und öffnete die Kutschentür.

Franz und die Kinder bekamen immer größere Augen, wenn auch diejenige, die ausstieg, nicht die Person war, die sie erwartet hatten. Es war eine Frau, klein von Gestalt und so zierlich wie eine Porzellanfigur. Ihr Gesicht war glatt und rosig und sie hatte große, dunkle Augen. Sie trug ein bunt geblümtes Tuch, das sie elegant um ihren Kopf geknüpft hatte; daraus stahl sich eine schneeweiße Locke hervor, dicht über der linken Augenbraue. Sie trug einen schwarzen Mantel mit weißen Tupfen und an ihrem Arm hing ein großer Korb. Der Kutscher nahm ihn ihr schnell ab; er konnte sich also auch höflich benehmen.

Sie dankte ihm mit einem strahlenden Lächeln und sagte: »Es war sehr freundlich von dir, Jan, dass du mich hierher gefahren hast.« Dann nahm sie aus einer ihrer Manteltaschen ein Stück Würfelzucker und reichte es dem Pferd.

»Ich würde Sie gerne bis zu Ihrem Haus bringen, Jungfer Rosmarie«, sagte der Kutscher. »Und was die

Zustände hier angeht …« Er sah Franz und die Kinder mit bösen Augen an.

»Um die Zustände hier brauchst du dir keine Sorgen zu machen«, sagte Jungfer Rosmarie und ließ ihre Blicke über die Kinder schweifen. »Stell meinen Korb nur hin, Jan. Ich werde …« Sie sprach den Satz nicht zu Ende.

Als der Kutscher den Korb auf den Boden gestellt hatte, sprang er plötzlich auf Martin zu und riss ihm das Gasthausschild aus der Hand.

»Wie kannst du das wagen!«, rief er wütend. »Mein Eigentum zu vernichten!«

Martin sah ihn zu Tode erschrocken an.

»Beruhige dich doch, Jan«, sagte Jungfer Rosmarie. Sie ging zu ihm hin und legte eine Hand auf seinen Arm.

Der Kutscher kam zur Besinnung. »Aber nur, weil *Sie* mich darum bitten«, sagte er mürrisch. »Sonst würde ich …«

»Ich werde dafür sorgen, dass so etwas nicht mehr vorkommt«, fiel Jungfer Rosmarie ihm ins Wort. Sie stellte sich auf die Zehenspitzen und flüsterte ihm etwas ins Ohr.

Der Kutscher legte die Hand an die Mütze; dann ging er, ohne sich noch einmal umzusehen, zu seinem Fahrzeug und stieg auf den Bock – das Wirtshausschild fest unter den Arm geklemmt. Wenige Augenblicke später fuhr er ab, Richtung Langelaan.

Nun wandte sich Jungfer Rosmarie an Franz. »Sie sind Herr van der Steg, der Lehrer, nicht wahr?«, sagte sie und reichte ihm ihre Hand. Das tat sie auf eine Art und Weise, dass Franz versucht war, einen Kuss darauf zu drücken. Angesichts all der Kinder fand er einen Handkuss jedoch etwas albern, deshalb gab er ihr einfach die Hand. »Und ihr seid sicher seine Schüler«, sagte Jungfer Rosmarie zu den Kindern. »Ein Glück, dass ihr auch still sein könnt. Der Krach, den ihr eben fabriziert habt, war fast bis ins Treppenhaus zu hören. Stellt euch nur mal vor, er wäre Graf Griesenstein zu Ohren gekommen!«

Nun war es so mäuschenstill, dass Franz das Summen eines Insektes hören konnte und das leise Rascheln des Windes in den Bäumen.

»Stellt jetzt eure Räder schön ordentlich beim ROTEN MANN auf«, sagte Jungfer Rosmarie.

»Beim ROTEN MANN?«, fragte Martin im Flüsterton.

»Ja, so hieß dieses Wirtshaus früher: ZUM ROTEN MANN, die Herberge von Turelur. Habt ihr es denn nicht auf dem Schild gelesen? Stellt eure Fahrräder hin und kommt allesamt mit. Ich möchte ein Wörtchen mit euch reden. Sie bitte auch, Herr van der Steg.«

Kurz darauf schritt Jungfer Rosmarie leichtfüßig über den Weg, der zum Kräuterhof führte, und die Kinder folgten ihr. Unaufgefordert gingen sie brav in Zweierreihen, und Franz, der hinterherlief, merkte, dass jedes Geflüster sofort verstummte, wenn Jungfer Rosmarie den Finger auf die Lippen legte.

Sie reicht mir gerade bis zur Taille, aber sie hat meine ganze Klasse fest im Griff, dachte er fast ein wenig neidisch.

Zuerst gingen sie ein Stückchen durch den Wald, und danach führte der Weg sie durch ein Feld, wo noch ein paar Büschel Heidekraut blühten. Nach ungefähr zehn Minuten erreichten sie Jungfer Rosmaries Zuhause; der Weg endete dort nicht, sondern ging noch weiter. Es war ein kleines, weißes Haus mit einem strohgedeckten Dach. An den Wänden rankten Kletterrosen und wilder Wein, und unter den Fenstern, die von rosa Läden flankiert waren, hingen Kästen mit Geranien. Rundherum erstreckte sich ein großer Garten, der durch niedrige, exakt beschnittene Hecken in einzelne Stücke unterteilt war. Vor dem Haus war ein Rasen, der von einer wahren Blumenpracht in allen Farben umsäumt wurde: von späten Rosen und Herbstastern, Chrysanthemen und Dahlien. Ein Plattenweg führte auf die Haustür zu.

Jungfer Rosmarie öffnete das Holztörchen, auf dem das Wort KRÄUTERHOF stand. »Dies hier ist mein Blumengarten«, sagte sie. »Neben und hinter dem Haus wachsen die Kräuter. Riecht ihr sie nicht schon?«

Tatsächlich, es schwebten allerlei unbestimmbare, aber recht betörende Düfte durch die Luft.

Ein großer Schäferhund kam bellend angerannt. »Ruhig, Luck«, sagte sie. »Das hier sind alles Freunde.« Der Hund wedelte mit dem Schwanz und sprang an ihr hoch. »Seid willkommen, meine Lieben – kommt nur herein«, sagte Jungfer Rosmarie. Dann stieß sie plötzlich einen leisen Schrei aus. »Ach du liebe Zeit, wie dumm von mir!«, sagte sie. »Jetzt habe ich doch meinen Einkaufskorb am Wegweiser stehen gelassen!«

»Soll ich …«, begannen drei Jungen gleichzeitig.

Jungfer Rosmarie blickte jedoch über ihre Köpfe hinweg zu Franz hinüber. »Herr van der Steg, würden Sie bitte so nett sein und ihn holen? Sie haben von uns allen die längsten Beine.«

Franz war natürlich sofort dazu bereit. Aber als er dann mit großen Schritten zum Siebensprung zurückging, kam ihm plötzlich der Gedanke, dass sie ihn keineswegs seiner langen Beine wegen darum gebeten hatte.

Dieser Gedanke verstärkte sich noch, als er das Haus im Kräutergarten betrat. Es war noch keine Viertelstunde vergangen; er hatte auf dem Rückweg sein Fahrrad benutzt. Jungfer Rosmarie nahm den Korb dankend entgegen und führte ihn in ein Zimmer, das zwar nicht groß war, in dem aber doch alle Kinder ein Plätzchen gefunden hatten. Sie saßen teils auf Stühlen, teils auf dem Fußboden und hatten Limonadengläser und Zimtsterne neben sich. Als Franz hereinkam, schien es so, als sei plötzlich ein Gespräch abgebrochen worden. Aber dann wurde er sehr freundlich begrüßt.

Sie hat ihnen bestimmt etwas erzählt, was ich nicht wissen darf, dachte er. Vielleicht hat sie den Korb sogar absichtlich stehen lassen! Das gehört sich doch eigentlich nicht; bin *ich* nun ein Komplottmitglied oder sind es die Kinder?

Er sah seine Gastgeberin an, die mitten im Zimmer stand. Sie hatte ihren Mantel ausgezogen und trug nun ein graues Seidenkleid mit einem großen weißen Spitzenkragen. Ihr Alter war schwer zu schätzen; sie war viel jünger als ihre Schwester Wilhelmine, aber ihr Haar war schon schneeweiß. Sie erinnerte ihn an eine Dame aus der Rokokozeit; eigentlich hätte sie einen Reifrock tragen müssen – umgeben von Höflingen in Bundhosen und Samtwesten. Aber sie schien sich auch inmitten der Kinder recht wohl zu fühlen.

»Jetzt trinkt eure Limonade aus, meine Lieben«, sagte sie mit ihrer wohl klingenden Stimme, »denn ihr müsst nun gehen. Ihr müsst vor Einbruch der Dunkelheit zu Hause sein und habt noch einen weiten Weg vor euch.«

Franz wunderte sich nun nicht mehr, dass seine Schüler ihr sofort gehorchten. Ohne allzu viel Radau standen sie auf und zerbrachen kein einziges Glas. Sie folgten Jungfer Rosmarie zur Haustür und gaben ihr der Reihe nach die Hand.

»Euer Lehrer bleibt noch ein Weilchen hier«, sagte Jungfer Rosmarie. »Er wird euch über die Angelegenheit auf dem Laufenden halten. Und ihr könnt jetzt schon etwas für ihn tun.« Sie sah Franz an und fragte: »Haben Sie den Brief bei sich? Dann können ihn die Kinder einwerfen.«

Unter den Kindern wurde Gemurmel laut: »Darf ich es tun? … Darf ich, Herr Lehrer? … Nein, lass mich!«

»Sie meinen den Brief an Graf Griesenstein«, sagte Franz. »Hier ist er. Aber er ist noch nicht frankiert.«

»Ich klebe rasch eine Marke drauf«, sagte Jungfer Rosmarie. Sie nahm ihm den Brief aus der Hand und verschwand.

Einen Augenblick später war sie wieder da. Sie warf einen Blick auf die Kinderschar und gab Joke den Brief.

»Du wirfst ihn in den Briefkasten«, sagte sie, »und die anderen werden dafür sorgen, dass du es nicht vergisst.«

»Als ob sie das vergessen könnte«, sagte Martin ein bisschen verächtlich.

»Und jetzt ab mit euch nach Hause«, sagte Jungfer Rosmarie. »Vergesst nicht, was ich euch gesagt habe.«

Die Kinder sagten ihr nochmals Auf Wiedersehen, grüßten Franz und stürmten davon.

Franz erkundigte sich: »Was haben Sie ihnen denn gesagt, Frau … Fräulein … eh …«

»Mein Name ist Rosemarie Grisenstein«, sagte sie, »aber Sie dürfen mich ruhig Jungfer Rosmarie nennen, wie alle Leute hier.«

Franz starrte sie an. »Sie heißen Griesenstein?!«, rief er.

»Grisenstein ohne e«, sagte Jungfer Rosmarie. »Ich bin nicht mit dem Grafen verwandt; es ist Zufall, dass unsere Namen genauso klingen … oder vielleicht doch kein Zufall. Mein Vater sagte immer, dass wir ganz weitläufig doch miteinander verwandt seien, die Griesensteins mit dem langen ie und die Grisensteins mit dem kurzen i, und zwar durch unsere Ururgroßmutter Rosemarie, die Scherenschleiferstochter.«

Franz fielen plötzlich die Zeilen eines Liedes ein:

Rosemarie, Rosemarie
Sieben Jahre mein Herz nach dir schrie …

Er sang sie natürlich nicht laut, sondern sagte nur: »Oh!«

»Aber diese Geschichten tun jetzt nichts zur Sache«, sagte Jungfer Rosmarie. »Lassen Sie uns hineingehen.« Sie ging ihm voraus ins Zimmer, wo sie schnell die Gläser auf ein Tablett stellte. »Aber ich kenne sie trotzdem, die Griesensteins mit ie«, fuhr sie fort. »Als Kind habe ich oft mit dem vorigen Grafen gespielt – in den Gärten und Wäldern rund um das Treppenhaus. Und ich habe ihm geholfen, nach dem Schatz zu suchen.«

»Dem vorigen Grafen?«, fragte Franz.

»Ja, Gerd-Jans Vater, Gilbert Griesenstein. Wir waren im gleichen Alter, und als ich zehn, elf Jahre alt war – und das ist länger her, als Sie vielleicht denken –, war er mein bester Freund.« Jungfer Rosmarie hob das Tablett hoch und sagte: »Nehmen Sie bitte Platz; ich gieße uns schnell einen Tee auf.«

Franz tat, was sie gesagt hatte, und für kurze Zeit befand er sich nun allein in dem Raum. Der war altmodisch eingerichtet, mit etwas verschlissenen, aber bequemen Sesseln, mehreren blank gewienerten Tischen, einer bauchigen Kommode und einem antiken Schrank. Auf dem Fußboden lag ein Teppich mit Vögeln und Blumen; die Tapete hatte ein Streifenmuster und an den Gardinen waren Volants. Die Wände waren mit Bildern in ovalen Rahmen geschmückt; überall sah man Töpfe und Pflanzen und auf der Kommode standen unzählige kleine Nippsachen. Das Zimmer wirkte sehr freundlich und es passte gut zum Äußeren seiner Gastgeberin.

Aber so freundlich sie auch aussieht, dachte Franz, ich zweifle nicht daran, dass sie tatsächlich imstande ist, alle Fäden in der Hand zu haben und auch festzuhalten!

Der Hund kam plötzlich unter dem Tisch hervor, streckte sich und setzte sich dann ihm gegenüber hin, um ihn forschend zu betrachten.

»Luck möchte Sie besser kennen lernen«, sagte Jungfer Rosmarie, die gerade mit dem Tee hereinkam. »Er bewacht mein Haus.«

»Wohnen Sie allein hier?«, fragte Franz.

»Nicht ganz allein«, antwortete seine Gastgeberin. »Ich habe ja Luck bei mir.« Sie nahm ebenfalls Platz und der Hund legte sich ihr zu Füßen. »Morgens kommt ab und zu ein Mann, um die schweren Arbeiten zu erledigen«, fügte sie hinzu. »Alles Übrige mache ich selbst.«

»Sie züchten Kräuter, habe ich gehört«, sagte Franz.

»Ja, ich habe einen gut gehenden Betrieb«, sagte sie mit sichtlichem Stolz. »Ich verkaufe in sämtlichen Dörfern der Umgebung, und auch in der Stadt. Ich arbeite jeden Tag auf meinem Hof; dann trage ich natürlich andere Kleidung und ziehe Stiefel an.«

Franz versuchte, sie sich mit Stiefeln an den Füßen und einem Spaten in der Hand vorzustellen. Das glückte ihm jedoch nicht.

»Aber Sie sind doch bestimmt nicht wegen meiner Kräuter gekommen«, fuhr Jungfer Rosmarie fort.

»Nein«, sagte Franz. »Ihr Neffe Roberto und Tante Wilhelmine haben mich zu Ihnen geschickt, um … ich glaube, um aufgenommen zu werden.«

»Das ist bereits geschehen«, erklärte Jungfer Rosmarie.

»Schon geschehen? Wieso? Wann denn?«

»Als ich die Kinder beauftragte, Ihren Bewerbungsbrief einzuwerfen. Damit sind Sie jetzt einer der Verschworenen.« Jungfer Rosmarie bot Franz eine Praline aus einem silbernen Schälchen an, nahm selbst auch eine und begann, vom Treppenhaus und dem vorigen Grafen Griesenstein zu erzählen.

»Als wir erwachsen wurden, blieben wir miteinander befreundet, Gilbert und ich«, sagte sie. »Aber während des Krieges verloren wir einander aus den Augen und danach sahen wir uns nur noch selten. Gilbert war ziemlich abenteuerlich veranlagt, genauso wie sein Vorfahre Ritter Grimbold. Er war fast immer auf Reisen – ab und zu bekam ich Ansichtskarten von ihm, aus den merkwürdigsten Gegenden der Welt ...« Sie schwieg und schaute gedankenverloren vor sich hin.

Sie war früher bestimmt ein bildhübsches Mädchen, dachte Franz. Dieser Gilbert war ein Schafskopf – ständig zu verreisen und ihr nur Ansichtskarten zu schicken!

Er fragte: »Wer wohnte denn damals im Treppenhaus?«

»Das Treppenhaus hat eine Zeit lang leer gestanden«, antwortete Jungfer Rosmarie. »Das klingt sicher merkwürdig angesichts der allgemeinen Wohnungsnot; aber man muss entweder ein Griesenstein oder ein bisschen verrückt sein, um dort zu wohnen. Für eine normale Familie ist es zu groß und für irgendeinen anderen Zweck – etwa ein Hotel oder Bürogebäude – ist es nicht zu gebrauchen. All die vielen Treppen, das ist viel zu unpraktisch. Aber dann schrieb Graf Gilbert, dass er zurückkommen würde. Er hatte sich in ein Mädchen aus

Honolulu oder Rio de Janeiro verliebt, vielleicht auch aus Torelore ...« Sie lächelte kurz und erläuterte dann: »Er hatte jedenfalls ein Mädchen lieb gewonnen, das er auf einer seiner Reisen kennen gelernt hatte, und er wollte sie als Braut in das Haus seiner Ahnen heimführen. Es stellte sich jedoch heraus, dass das Treppenhaus in sehr verwahrlostem Zustand war und dass es eine Zeit lang dauern würde, bis es renoviert war. Darum blieb er im Ausland und heiratete sie dort.«

Ob Rosmarie wohl sehr darunter gelitten hat?, überlegte Franz.

»Aber Gilberts Frau hat nie im Treppenhaus gewohnt«, fuhr Jungfer Rosmarie fort. »Sie starb bereits ein Jahr nach der Geburt ihres Sohnes, Gerd-Jan – des Jungen, für den Sie sich interessieren. Das arme mutterlose Kind, der arme Gilbert ...« Jungfer Rosmarie seufzte. »Graf Gilbert kam zurück«, sagte sie leise, »aber nur, um Gerd-Jan meiner Obhut anzuvertrauen. Danach ging er wieder auf Reisen, ruheloser als je zuvor. Ich kümmerte mich um seinen Sohn – er war ein sehr liebes Kind.«

Sie ließ ihre Blicke durchs Zimmer schweifen, als sähe sie dort einen kleinen Jungen herumlaufen. Franz folgte ihrem Blick und sah die zerbrechlichen Kleinigkeiten auf der Kommode: grüne und weiße Pferdchen, getupfte Hunde, regenbogenfarbene Vögel und Tiere, deren Namen er nicht kannte. Die meisten waren jedoch beschädigt; es fehlten Ohren oder Pfötchen. Dazwischen standen auch einige Zinnsoldaten. Gerd-Jan Griesenstein hatte es hier bestimmt gut gehabt.

»Sie haben für ihn gesorgt?«, fragte er. »Aber warum wohnt er denn jetzt bei seinem Onkel im Treppenhaus?«

»Sein Vater hatte vor, eines Tages zurückzukommen«, sagte Jungfer Rosmarie. »Es ist Tradition, dass ein Erbe des Griesenstein'schen Namens im Hause seiner Väter wohnt. Doch Gilbert kehrte nicht zurück. Er verunglückte bei einem Flugzeugabsturz.«

Beide schwiegen eine Weile. Jungfer Rosmarie streichelte ihren Hund. »Das ist nun gut fünf Jahre her«, sagte sie. »Nehmen Sie noch eine Praline; in der hier steckt eine Nuss … Nein, Luck darf keine haben.« Sie richtete sich auf und fuhr fort: »Gradus Griesenstein, ein Vetter von Gilbert, wurde Vormund von Gerd Jan. Und laut Gesetz hat er nun zu bestimmen. Gradus Griesenstein nahm mir Gerd-Jan weg und ich konnte nichts dagegen tun.« Sie sah Franz an, mit leicht zusammengezogenen Augenbrauen. »Damals war der Junge sechs Jahre alt«, sagte sie, »er ging gerade zur Schule. Aber Gradus war ja sein Vormund und der nahm ihn mit nach Den Haag.«

»Nach Den Haag? Nicht ins Treppenhaus?«

»Nein, Gradus wohnte in Den Haag; er fand, dass dies für einen Grafen der geeignete Wohnort wäre. Er hat das Treppenhaus nie gemocht, schon als Kind nicht. Ich kenne ihn nämlich auch von früher her! Er kam schon mal zu Gilbert auf Besuch und er hat natürlich mit uns nach dem Schatz gesucht. Aber Gilbert hat ihm nie erzählt, was in der Versiegelten Schrift stand …«

Aha, dachte Franz, da sind wir schon wieder bei der Versiegelten Schrift!

Jungfer Rosmarie fuhr jedoch fort: »Ich habe Gradus nie getraut. Nun ja, er hat Gerd-Jan eine gute Betreuung angedeihen lassen – mit Kindermädchen und allem Drum und Dran. Aber *ich* hätte den Jungen lieber hier großgezogen, und zwar umsonst! Ja, ich wäre seinetwegen sogar nach Den Haag gegangen. Aber Gradus wollte das nicht. Erstens, weil er mich nicht leiden konnte, und zweitens … aber das begriff ich erst später.«

Sie stellte die leeren Tassen ineinander und stand auf. »Sie bleiben doch sicher zum Abendessen?«, fragte sie.

»Das ist sehr freundlich von Ihnen«, sagte Franz. »Ich fürchte jedoch, dass ich Ihnen einen Korb geben muss. Tante Wilhelmine rechnet damit, dass ich zur Zeit daheim bin.«

»Meine Schwester rechnet bestimmt damit, dass Sie bei mir essen«, sagte sie. »Ich kann sie aber auch noch anrufen, um ihr zu sagen, dass Sie hier bleiben.«

»Haben Sie denn Telefon?«, fragte Franz ziemlich erstaunt. Ein so modernes Gerät hatte er in diesem Haus nicht erwartet.

»Natürlich«, sagte Jungfer Rosmarie. »Ohne Telefon käme ich überhaupt nicht zurecht.« Sie verließ das Zimmer, und Franz hörte, wie sie im Flur ein kurzes Gespräch führte.

»So, das ist in Ordnung«, sagte sie, als sie wieder hereinkam. Sie begann den runden Tisch zu decken, der in einer Ecke des Zimmers stand.

»Graf Griesenstein – ich meine Graf Gradus – wohnt aber jetzt doch im Treppenhaus!«, sagte Franz.

»Das stimmt«, antwortete Jungfer Rosmarie. »Aber

erst seit dem vorigen Jahr. Kurz vor Gerd-Jans zehntem Geburtstag ist er umgezogen … Vor seinem zehnten Geburtstag!«, wiederholte sie. »Das gibt zu denken, nicht wahr?«

Franz hatte nicht die blasseste Ahnung, was es da zu bedenken gab.

»Ich habe sie natürlich sofort besucht«, fuhr seine Gastgeberin fort. »Gerd-Jan freute sich sehr, mich wieder zu sehen, aber Graf Gradus ekelte mich hinaus. Und jetzt weigert er sich sogar, mich überhaupt zu empfangen. Er behauptet, dass ich auf seinen Neffen einen schlechten Einfluss hätte.« Sie machte ein böses Gesicht, als sie hinzufügte: »Nun, *sein* Einfluss gefällt mir noch viel weniger! Was ich mittlerweile gesehen und gehört habe …«

»Was denn?«, fragte Franz.

»Das wissen Sie doch!« Jungfer Rosmaries Gesichtsausdruck änderte sich; ihre Augen waren voller Sorge. »Ich hoffe von Herzen, dass Sie Gerd-Jans Hauslehrer werden«, sagte sie leise. »Manchmal habe ich Angst, dass …«

Franz erhob sich und ging zu ihr hinüber. »Angst wovor?«, fragte er.

Jungfer Rosmarie rückte die Bestecke ein wenig zurecht. »Graf Gradus mag keine Kinder«, sagte sie. »Wenn er nach dem Schatz sucht, so tut er das nur, um reich zu werden – und nicht etwa, weil das Suchen selbst Spaß macht … Aber kommen Sie«, fuhr sie fort, »wir wollen uns nicht den Appetit verderben, indem wir Schatten von Dingen an die Wand malen, die noch gar nicht da sind und vielleicht auch niemals kommen werden.«

Franz bemerkte erst jetzt, dass sie für drei Personen gedeckt hatte.

»Ja, ich erwarte noch einen Gast«, sagte sie, seinem Blick folgend. »Wir werden aber trotzdem frei reden können, denn er ist auch einer von den Verschworenen.«

»Ist es vielleicht Iwan?«, fragte Franz und sah sie erwartungsvoll an.

»Nein, Iwan ist sehr hausgebunden«, antwortete Jungfer Rosmarie. »Außerdem verträgt er sich nicht gut mit Luck.«

»Wer ist es denn sonst?«, fragte Franz. »Roberto?«

Luck ließ plötzlich ein kurzes Bellen hören und trottete zur Haustür. Diese öffnete sich und auf der Schwelle erschien Herr Thomtidom.

»Nein, ich bin es«, sagte er, indem er sich verbeugte, »der Sekretär des Komplotts. Obwohl ich mich persönlich lieber Magier nenne.«

Franz hört von der Versiegelten Schrift NUMMER ZWEI

Der Magier kam ins Zimmer und ging auf sie zu. Er nahm seinen hohen Hut ab und holte einen Strauß roter Rosen daraus hervor.

»Schöne Rosemarie«, sagte er, »ich weiß, dass Blumen zum Kräuterhof zu bringen genauso dumm ist, wie Eulen nach Athen zu tragen oder Wasser zum Meer, aber es ist mir leider nichts Besseres eingefallen, um dir zu huldigen.«

Jungfer Rosmarie bedankte sich herzlich, und Franz tat es in diesem Augenblick Leid, dass er nicht ebenfalls daran gedacht hatte, ihr Blumen mitzubringen.

Jetzt wandte sich der Magier an ihn. »Nett, Sie wieder zu sehen, Herr van der Steg.« Er setzte seinen Hut wieder auf, nahm ihn dann wieder ab – und diesmal holte er einen kleinen Stoß Bücher heraus, den er Franz überreichte. »Bitte sehr«, sagte er, »die haben Sie gestern bei mir liegen lassen, als Sie so überstürzt meine Wohnung verließen.«

»Vielen Dank«, sagte Franz kühl. »Ihre Zauberkunststückchen sind wirklich erstaunlich.«

»Können Sie das nicht anders ausdrücken?«, sagte Herr Thomtidom. »Zum Beispiel so: ›Ihr Zaubertalent ist wahrhaft phantastisch.‹ Ihre Flucht aus meinem Haus, lieber Herr van der Steg, verschaffte mir den Eindruck, dass Sie aus einem meiner magischen Zirkel ausbrechen wollten. Sie dürfen jedoch beruhigt sein: Der größte Teil der Zauberei ist nur Schein und jegliche Magie gehorcht den Gesetzen der Logik.«

»Ihr Männer könnt euch jetzt ein Weilchen unterhalten«, sagte Jungfer Rosmarie. »Dann kann ich in die Küche gehen.«

»Sie wird sich jetzt mit viel tolleren Zauberkunststücken beschäftigen als ich«, sagte Herr Thomtidom, als Jungfer Rosmarie verschwunden war. »Nämlich mit der Zubereitung einer wahrhaft köstlich schmeckenden Mahlzeit.«

»Ihre Zauberkraft ist im Übrigen auch nicht gerade gering«, sagte Franz, immer noch in kühlem Ton. »Oder war es vielleicht ein gewöhnliches Schlafmittel, das mich gestern vier Stunden lang schachmatt gesetzt hat?«

»Ja, das war eine merkwürdige Sache«, sagte Herr Thomtidom. Er setzte sich und fuhr fort: »Ich war sehr erstaunt, als Sie so plötzlich wegtauchten; ich habe versucht, Sie wachzurütteln, aber vergebens!«

»Es tut mir Leid, aber das kann ich nicht glauben«, sagte Franz, während er ihm gegenüber Platz nahm.

»Meinen Sie vielleicht, *ich* hätte Sie in Schlaf fallen lassen?«, rief Herr Thomtidom. »Warum in drei Teufels Namen sollte ich das denn tun? Vielleicht, um Ihnen heimlich eine Locke von Ihrem Haar abzuschneiden? Oder fällt Ihnen was Besseres ein?«

»Dazu reicht meine Phantasie nicht aus«, sagte Franz. »Ich warte ab, was Sie mir erzählen werden. Warum haben Sie denn die Zeiger Ihrer Uhr zurückgestellt?«

»Das habe ich getan, um Sie nicht in Verlegenheit zu bringen«, antwortete Herr Thomtidom. »Ich wollte Ihnen die Blamage ersparen«, fügte er erklärend hinzu. »Es ist nämlich ziemlich unhöflich, wissen Sie, wenn man einschläft, während man irgendwo zu Besuch ist – auch wenn das Gespräch nicht besonders interessant ist.«

Er schaute Franz mit liebenswürdiger Miene an.

»Das Gespräch war im Gegenteil außerordentlich interessant«, sagte Franz mit gespielter Freundlichkeit. »Zum Beispiel die Überlieferung der Versiegelten Schrift – darüber hätte ich gerne mehr gehört.«

»Tatsächlich?«, sagte Herr Thomtidom. »Nun, es heißt, dass Graf Gregorius vor fast zweihundert Jahren seinem Enkel an dessen zehntem Geburtstag einen Brief übergab, der mit vielen Siegeln verschlossen war. Das ist die so genannte Versiegelte Schrift, die Anweisungen über den Ort enthält, an dem der Schatz verborgen ist. Graf Gregorius gab diesem Enkelsohn bis zu seinem achtzehnten Lebensjahr Zeit, nach dem Schatz zu suchen; falls er ihn bis dahin nicht gefunden hatte, würde er kein Anrecht mehr auf ihn haben. Er musste die Schrift dann aufs Neue versiegeln und sie so lange aufbewahren, bis sein ältester Sohn ebenfalls zehn Jahre alt sein würde. Dann durfte dieser versuchen, den Schatz zu finden, ebenfalls bis er achtzehn würde – um sie danach wieder an seinen ältesten Sohn weiterzureichen. Denn Graf Gregorius hat gesagt: *Nur ein Kind hat Anrecht auf den Schatz*. So ist die alte Schrift immer von neuem geöffnet und wieder versiegelt worden und stets vom Vater auf den Sohn übergegangen. Niemand anderes als der älteste Sohn eines Griesensteins hat sie jemals lesen dürfen.«

»Und wo ist sie jetzt?«, fragte Franz.

»Wenn alles der Tradition entsprechend verlaufen ist, müsste Gerd-Jan sie jetzt besitzen«, antwortete Herr Thomtidom. »Wenn es auch leider nicht sein Vater war, der sie ihm aushändigen konnte.«

Er beugte sich zu Luck hinunter, der sich neben ihn gestellt hatte, und begann, auf ihn einzureden – so leise und fast mit geschlossenen Lippen, dass Franz kein Wort verstehen konnte. Der Hund spitzte die Ohren und wedelte mit dem Schwanz, als hörte er eine besonders nette Geschichte.

»Sie sprechen sicher die Hundesprache«, sagte Franz ironisch.

»Aber nicht besonders fließend«, antwortete der Magier bescheiden. »Die Sprache der Katzen liegt mir mehr. Glücklicherweise braucht man für ein gutes Verständnis nur wenige Worte.«

Kurz darauf gingen sie zu Tisch. Jungfer Rosmarie teilte die Suppe aus, die vortrefflich duftete und noch besser schmeckte.

Anschließend stellte sie Schüsseln mit mehligen Kartoffeln auf den Tisch sowie einen zarten Braten in würziger Soße und dazu Erbsen und Salat. Für Luck wurde eine Extramahlzeit in einem tiefen Teller auf dem Boden serviert.

Herr Thomtidom sagte zufrieden: »Ach Rosmarie – ich würde gerne sechs Tage in der Woche fasten, um am siebten Tag bei dir essen zu dürfen.« Und er fügte hinzu: »Wenn Gerd-Jan nur eine Woche bei dir wohnen dürfte, so wäre er der gesündeste Junge zwischen Treppenhaus und Stadt.«

Franz hielt den Augenblick für günstig, um das Gespräch nochmals auf die Versiegelte Schrift zu lenken.

»Niemand weiß, was darin steht«, sagte der Magier. »Aber die Überlieferung sagt, dass der Schatz nur mit Hilfe der Prophezeiungen gefunden werden kann, die in diesem Dokument aufgezeichnet sind.«

»Schon wieder Prophezeiungen?«, rief Franz.

»Ja, die Prophezeiungen des Tollen Gregorius«, sagte Jungfer Rosmarie. »Meine Schwester Wilhelmine nennt sie Rätsel ohne Lösung. Aber Jan Thomtidom hält sie für interessante Aufgaben, die sich auf logische Art und Weise lösen lassen. Nehmen Sie doch mehr Soße, Herr van der Steg!«

»*Ein* Problem lässt sich jedenfalls logisch lösen, wenn man vernünftig überlegt«, sagte Herr Thomtidom. Er steckte einen Bissen in den Mund, wartete, bis er ihn hinuntergeschluckt hatte, und fuhr fort: »Ich meine das folgende Problem: weshalb Graf Griesenstein im vorigen Jahr plötzlich ins Treppenhaus zog und Den Haag verließ, wo es ihm viel besser gefiel.«

»Weshalb denn?«, fragte Franz.

Herr Thomtidom sah ihn an, wie ein gutmütiger Lehrer einen besonders dummen Schüler anschauen würde. »Graf Gradus ist Gerd-Jans Vormund«, sagte er. »Er verwaltet das gesamte Griesenstein'sche Vermögen, bis der Junge volljährig ist. Als Testamentsvollstrecker hat er natürlich auch die Versiegelte Schrift in Händen gehabt, um sie – anstelle von Gerd-Jans Vater – seinem Neffen zu überreichen, an dessen zehntem Geburtstag … ohne die Siegel aufzubrechen.«

»Glauben Sie denn, dass er das wirklich nicht getan hat?«, fragte Franz.

»Es ist absolut sicher, dass Graf Gradus die Siegel aufgebrochen und die Schrift gelesen hat, bevor er sie dann wieder neu versiegelte.«

»Neu versiegelte? Warum denn das?«, fragte Franz.

Herr Thomtidom schüttelte den Kopf über so viel Unverstand. »Damit Gerd-Jan nicht merken sollte, dass sein Onkel die Schrift gelesen hat«, sagte er.

»Der Graf hat also das Dokument doch seinem Neffen gegeben!«, rief Franz.

»Natürlich«, sagte Herr Thomtidom. »Und zwar an dessen zehntem Geburtstag, wie ich bereits sagte. Deshalb ist dieser Schelm von einem Gradus ins Treppenhaus gezogen: um Gerd-Jan Gelegenheit zu geben, nach dem Schatz zu suchen.«

Franz legte Messer und Gabel nieder und sagte, halb erstaunt, halb ärgerlich: »Wollen Sie mir nun etwa erzählen, dass dieser Schelm, wie Sie ihn nennen, ins Treppenhaus gezogen ist, um seinem Neffen *behilflich zu sein, den Schatz zu finden*?«

»Richtig«, nickte Herr Thomtidom.

»Ich kann Ihren Gedankengang nicht besonders logisch finden«, sagte Franz. »Wenn der Graf den Schatz so gerne haben möchte, würde er ihn doch selber suchen.«

»Jetzt sind Sie es, Herr van der Steg, der unlogisch argumentiert«, entgegnete Herr Thomtidom. »Der *Junge* muss den Schatz suchen, denn *er* hat die Versiegelte Schrift.«

»Wenn der Graf wirklich ein Schelm und ein Schurke wäre, so hätte er die Schrift niemals an seinen Neffen weitergegeben!«, sagte Franz. »Oder aber seine Dummheit muss noch größer sein als seine Durchtriebenheit.«

»O nein, dumm ist Gradus bestimmt nicht«, mischte sich Jungfer Rosmarie ins Gespräch. »Ich muss jedoch eingestehen, dass Jan Thomtidoms Beweisführung tatsächlich unlogisch klingt, wenn man den Inhalt der Versiegelten Schrift nicht kennt.«

»Den kennt doch niemand!«, sagte Franz.

»Möchten Sie noch etwas Salat?«, fragte Herr Thomtidom. »Nach Ihnen, bitte. Du machst die besten Salate, die es gibt, Rosmarie – ja, ich wage zu behaupten, die es in der ganzen Welt gibt. Finden Sie nicht auch, Herr van der Steg?«

»Darin muss ich Ihnen zustimmen«, sagte Franz. Aber während er sich noch einmal bediente, war er mit seinen Gedanken nicht dabei. Erst nachdem er die Schüssel an Herrn Thomtidom weitergegeben hatte, merkte er, dass er ihm nur sehr wenig übrig gelassen hatte.

Der Magier zog ein Gesicht, als ob er eine entsprechende Bemerkung machen wollte, aber Jungfer Rosmarie gab ihm keine Gelegenheit dazu.

»Niemand anders als ein Kind, und zwar der jeweils älteste Sohn eines Griesensteins, hat die Versiegelte Schrift jemals gesehen«, sagte sie.

»Außer Graf Gradus«, bemerkte Herr Thomtidom. »Obwohl er in keiner Weise dazu berechtigt war!« Er blickte Franz missbilligend an. »Wozu Habsucht einen Menschen doch verleiten kann«, murmelte er.

»Das Kind, das die Versiegelte Schrift aufbewahrt, darf sie niemandem zu lesen geben«, fuhr Jungfer Rosmarie fort. »Aber es kann natürlich jemandem *erzählen*, was darin steht … Gerd-Jans Vater hat es mir einst erzählt, im strengsten Vertrauen, als wir beide zehn Jahre alt waren.«

»Sie wissen also, was darin steht«, sagte Franz flüsternd.

»Sie hat es gewusst«, sagte Herr Thomtidom. »Vielleicht hat sie es inzwischen wieder vergessen.« Er blickte Jungfer Rosmarie hilfesuchend an, als hoffte er, dass sie seine Worte bestätigen würde.

Doch Jungfer Rosmarie sagte: »Nein, ich habe es nicht vergessen, Jan Thomtidom, und das weißt du sehr wohl! Und was noch schlimmer ist, ich habe das Geheimnis nicht für mich behalten. Herr van der Steg könnte dies an der Farbe deines Oberhemdes erkennen.«

Der Magier legte die Hand auf seine Brust, als wollte er sein Hemd darunter verbergen (es war grün), und er sagte ein wenig steif: »Liebe Rosmarie, darf ich dich bitten, heute Abend nicht zu meinen Untersuchungen auf dem Gebiet der Farbenlehre abzuschweifen. Dieses Thema tut im Augenblick nichts zur Sache, es ist vollkommen irrelevant und für Herrn van der Steg sogar irrational und irreal.«

Franz starrte ihn an. Das Gespräch hatte eine Wendung genommen, die für ihn nicht nur irrational und irreal, sondern auch vollkommen unbegreiflich war.

Jungfer Rosmarie lachte hellauf. »Du brauchst keine Angst zu haben, mein lieber Jan«, sagte sie. »Ich werde auf keinen Fall versuchen, deine magischen Zirkel zu durchkreuzen; ich denke gar nicht daran, das Gespinst deiner vorausschauenden Pläne durcheinander zu bringen. Aber du musst doch merken, dass der arme Franz der Rote überhaupt nichts mehr versteht!«

»Er heißt immer noch van der Steg«, sagte Herr Thomtidom. »Und er denkt vermutlich, dass er bereits in solch einen magischen Zirkel eingetreten ist oder dass er sich in den Spinnfäden verstrickt hat … Das ist nicht richtig. Ich möchte, dass er unbesorgt loszieht, ohne sich von Zauberkreisen umzingelt zu fühlen.«

»Ehrlich gesagt«, meinte Franz und ließ seine Augen von einem zum anderen wandern, »fühle ich mich bereits umzingelt, oder vielleicht sollte ich besser ›verstrickt‹ sagen? Wie kann ich unbesorgt dieses Abenteuer beginnen, wenn ich nicht weiß, welche Konsequenzen ich aus den Zirkeln ziehen soll, die Sie fabrizieren? Ich meine, aus diesem Gespräch … *Worum geht es eigentlich*?«

»Das Gespräch dreht sich ausschließlich um die Versiegelte Schrift«, sagte Jungfer Rosmarie.

»Ein Thema, das offensichtlich zu schwierig ist«, murmelte Herr Thomtidom, »und infolgedessen ungünstig für die Verdauung.«

Franz sah seinen Teller an, auf dem ein ganzer Berg Salat lag, und begann wieder zu essen. Es fiel ihm nichts Besseres ein und es schmeckte ihm ja auch ausgezeichnet.

»Es ist trotzdem nötig, Jan, dass wir ihm darüber berichten«, sagte Jungfer Rosmarie. »Er weiß zwar vieles, aber nicht genug. Ich bin nach wie vor der Meinung, dass du ihn sofort hättest informieren sollen.«

»Ich nicht«, sagte Herr Thomtidom. »Außerdem, man kann gewisse Dinge nicht mehr ungeschehen machen. Es ist mir auch egal, was er weiß oder nicht weiß; er ist auf jeden Fall ein *Fremder* … und das ist das A und O der ganzen Geschichte.«

»Meine Geduld ist allmählich zu Ende!«, sagte Franz

mit erhobener Stimme. »Würden Sie beide vielleicht die Güte haben, sich so auszudrücken, als ob ich ebenfalls dabei wäre?«

»Aber Sie sind doch dabei!«, sagte Jungfer Rosmarie freundlich.

»Und sogar als Ehrengast«, sagte Herr Thomtidom. »Essen Sie doch Ihren Teller leer. Eine gute Mahlzeit ist die beste Medizin, wenn man vergesslich und ein wenig durcheinander ist.«

»Dann mach du gefälligst auch deinen Teller leer, Jan«, sagte Jungfer Rosmarie zurechtweisend.

Herr Thomtidom schwieg und widmete sich nun andächtig seiner Mahlzeit. Franz aß ebenfalls, aber er schaute währenddessen immer wieder zu seiner Gastgeberin hinüber.

Jungfer Rosmarie spielte mit ihrer Serviette und sagte nachdenklich: »Gilbert hat mir die Prophezeiung aus der Versiegelten Schrift ins Ohr geflüstert. Er hat sämtliche Reime für mich aufgesagt. Und ich habe sie bis heute behalten! Vielleicht habe ich hier und da ein Wort vergessen, aber den Inhalt nicht. Es war ein Geheimnis; aber als Gilberts Sohn im Treppenhaus eingeschlossen wurde, wusste ich, dass ich es seinen Freunden offenbaren durfte … dir, Jan Thomtidom, und allen Verschworenen.«

Der Magier blickte mit gerunzelter Stirn von seinem Teller auf, der inzwischen geleert war. Franz vergaß seinen Salat und wartete gespannt.

Jungfer Rosmarie faltete ihre Serviette zusammen und zitierte langsam:

»Könnt' der Schatz uns Worte reichen,
Trachtet, Kind und Kindeskinder,
Diese Reime zu verstehn:

Diese Worte sind das Zeichen:
Niemand wird allein der Finder,
Ohne Leiter wird's nicht gehn.«

Der Magier hob einen belehrenden Zeigefinger. »Könnt' der Schatz uns Worte reichen«, sagte er. »Und wie lauten diese Worte? ›*Niemand wird allein der Finder.*‹ Verstehn Sie nun, weshalb Gradus Griesenstein wohl oder übel seinem Neffen das Dokument geben musste?«

»Er weiß, dass er den Schatz allein doch nicht finden kann«, sagte Jungfer Rosmarie.

»Außerdem dürfen wir die Prophezeiung auf dem Türbalken nicht vergessen«, fügte der Magier hinzu. »Der Schatz wird von einem *Kind* gefunden werden.«

»Jetzt verstehe ich«, sagte Franz. »Aber was bedeutet die Leiter?«

»Das ist natürlich ein Hinweis, *wo* das Kind den Schatz suchen soll«, antwortete der Magier. »In der Nähe einer Leiter ... oder einer Treppe, denn auch eine Treppe kann man ja irgendwie als Leiter betrachten, nicht wahr?«

»Ein sehr brauchbarer Hinweis«, meinte Franz, »wenn der Schatz in einem Haus verborgen liegt, in dem etwa hundert Treppen existieren. Kein Wunder, dass man ihn noch immer nicht gefunden hat!«

»Die Schrift enthält noch mehr Hinweise«, sagte

Jungfer Rosmarie und faltete die Serviettenecken nach außen. Dann sagte sie:

»Diese Worte sind das Zeichen:
Kleine Freunde wirst du finden;
Sollst dem Feinde widerstehn.«

»Und damit wäre auch das folgende Rätsel gelöst«, sagte der Magier. »Warum behauptet Graf Gradus Griesenstein, dass sein Neffe eine angegriffene Gesundheit habe, so dass er ihn im Hause halten müsse? Weil der Junge dann nicht in die Schule braucht! Wenn er nämlich mit anderen Kindern in Kontakt käme, würde er sich mit diesen anfreunden. Und davor hat der Graf Angst.«

»Denn *er* ist der Feind«, sagte Jungfer Rosmarie.

»Der Feind, vor dem auch in anderen Prophezeiungen gewarnt wird«, sagte der Magier mit gedämpfter Stimme. »Ja, Graf Gradus Griesenstein ist der Drache, der besiegt werden muss …«

Jungfer Rosmarie zitierte weiter:

»Diese Worte sind das Zeichen:
Fremdling, der den Drachen bindet,
Muss am Siebensprung vorbei.«

»Und damit sind wir bei des Pudels Kern angelangt«, sagte der Magier. Er nahm die Serviette, die Jungfer Rosmarie auf den Tisch gelegt hatte, und schwenkte sie triumphierend. »Der Drache ist der Feind und nur ein Fremder kann ihn unschädlich machen. Sie, lieber Herr van der Steg, sind ein Fremder! Sie wohnen erst seit kurzem hier und vorgestern hatten Sie noch nie etwas vom Treppenhaus gehört. Sie sind derjenige, der Graf Griesenstein ›binden‹ wird.« Er schlug mit der Serviette nach Franz, so dass dieser zurückfuhr und mit den Augen blinzelte. »Deshalb hat Jan Turelur Sie über den Siebensprung zum Treppenhaus gefahren«, fuhr er fort. »Das heißt, wenn Sie nicht ausgestiegen wären, würden Sie über den Siebensprung zu Graf Griesenstein gelangt sein – genau auf dem Weg, den die Prophezeiung vorschreibt.« Herr Thomtidom hob seine Hände empor; sie waren leer. »Die Serviette liegt unter Ihrem Teller«, beschloss er seine Ausführungen.

Aber dieser Zaubertrick ließ Franz kalt. »Wie die Prophezeiung es vorschreibt?«, wiederholte er. »Ich soll also zum Treppenhaus gehn, weil dies Ihrer Ansicht nach vorhergesagt und prophezeit worden ist?«

»Ja, weil der Tolle Gregorius es vorhergesagt und prophezeit hat«, sagte der Magier.

Der *Tolle* Gregorius, dachte Franz. Und wie soll ich die Leute bezeichnen, die an die Wahrheit seiner Reime glauben? Und wie bezeichne ich mich selbst, wenn ich tue, was sie sagen?

Er hatte keine Lust, diese Fragen zu beantworten; also aß er schweigend seinen Teller leer.

»Ihr Brief an Graf Griesenstein ist geschrieben und abgeschickt«, sagte Jungfer Rosmarie, als ob sie seine Gedanken erraten hätte. »Falls er Sie jetzt zu sich bittet, können Sie das nicht abschlagen. Sie können nun nicht mehr zurück!«

Sie stand auf. Und plötzlich glich sie wirklich ein wenig der guten Fee aus einem Märchen, mit ihren geheimnisvollen Augen und ihrem Silberhaar. Sie lächelte ihn an und fügte hinzu: »Haben Sie Ihren Schülern nicht erzählt, dass Sie auf ein neues Abenteuer mit einem wichtigen Auftrag warten?«

Nun musste Franz ebenfalls lachen. »Ich stehe Ihnen zu Diensten«, sagte er. »Franz der Rote ist bereit.«

»Sehr gut«, sagte der Magier. »Dann ist diese Angelegenheit also erledigt.«

»Erledigt?«, sagte Jungfer Rosmarie. »Na ja, wie du meinst … Dann werde ich jetzt den Nachtisch holen; es ist Grießpudding, mit Himbeersaft – so rot wie das Haar unseres Helden.« Sie warf dem Magier einen belustigten und viel sagenden Blick zu und verließ das Zimmer.

Sie verheimlichen mir noch irgendetwas, dachte Franz. Er wandte sich an den Magier und sagte: »Es gibt noch einen Punkt, der mir nicht klar ist.«

Herr Thomtidom sah ihn stirnrunzelnd an und strich sich über den Bart. »Wieso?«, fragte er.

»Was hat die Versiegelte Schrift mit der Farbe Ihres Oberhemdes zu tun?«, fragte Franz.

Franz wagt sich auf verbotenes Gebiet NUMMER DREI

»Auf diese Frage werde ich wohl keine Antwort erhalten«, sagte Lehrer van der Steg.

Es war am folgenden Tag; es hatte schon zum Schulschluss geläutet, aber alle seine Schüler waren dageblieben, um nur ja nichts von seiner Geschichte über den Besuch bei Jungfer Rosmarie zu versäumen.

»Statt darauf zu antworten«, fuhr Franz fort, »fing Herr Thomtidom an, mir umständlich zu schildern, wie schwierig es sei, eine passende Krawatte zu einem grünen Oberhemd zu finden. Anschließend zauberte er meinen Schlips und auch seine Krawatte weg und ließ sie dann wieder zum Vorschein kommen. Dann kam Jungfer Rosmarie mit dem Pudding herein, und der war so lecker, dass wir mit all den problematischen Gesprächen aufhörten.«

Franz stand von seinem Tisch auf und ging zwischen den Bänken auf und ab.

»Nach dem Essen spülte Jungfer Rosmarie das Geschirr«, fuhr er etwas leiser fort. »Herr Thomtidom trocknete ab und ich stellte die Teller und Schüsseln auf ein Tablett und brachte sie ins Zimmer. Als ich in die Küche ging, hörte ich, wie der Magier flüsterte: ›Es ist gut, dass wir ihm nicht alles erzählt haben. Sonst würde er vielleicht doch noch kopfscheu werden.‹ Dann hielt er seinen Mund; ich nehme an, weil er mich kommen hörte …«

Die Kinder sahen ihn mit fragenden Augen an.

»Und dann?«, flüsterte Martin.

»Ich gehöre nun zwar zum Komplott«, sagte Franz, »aber meiner Meinung nach steckt in diesem Komplott noch eine andere Verschwörung, von der ich ausgeschlossen bin. Und ich bin fest entschlossen, diese Verschwörung aufzudecken. Keinerlei Prophezeiung, und wenn sie auch noch so unheilverkündend klingt, wird mich kopfscheu machen!« Er stemmte die Arme in die Seiten und sah seine Schüler herausfordernd an.

Die Schüler waren stark beeindruckt; ja, so gehörte es sich – so musste Franz der Rote auftreten! Nur Marianne erkundigte sich: »Und wie wollen Sie das anfangen, Herr Lehrer?«

Franz der Rote verschwand und Franz van der Steg ließ einen tiefen Seufzer hören. »Das weiß ich noch nicht«, sagte er. »Erst hatte ich vor, Jungfer Rosmarie noch einmal zu besuchen, ohne dass dieser lästige Magier dabei ist, der sich überall einmischt und unverständliches Zeug redet.«

Marianne nickte.

»Ja, gehen Sie diesem Herrn Thomtidom lieber aus dem Weg«, sagte sie. »Es könnte gut sein, dass er Sie eines Tages verzaubert, Herr Lehrer.«

Martin ließ ein verächtliches Schniefen hören, aber Franz sagte: »Ich glaube, du hast Recht, Marianne. Ich habe nämlich schon wieder meine Bücher vergessen – wenn das nicht an seiner Zauberkunst liegt …! Und den Schirm von Tante Wilhelmine habe ich auch stehen lassen. Den wird sie nun selbst holen müssen, denn Jungfer Rosmarie hat mir gesagt, dass ich erst wieder zu ihr kommen darf, wenn sie mich rufen lässt.«

Als Franz an diesem Mittag aus der Schule nach Hause kam, saß seine Wirtin wie immer mit ihrem Tee auf der Veranda. Diesmal war jemand bei ihr, ein Junge mit einer Lederjacke und mit einem Sturzhelm.

»Roberto!«, rief Franz überrascht.

»Meinst du mich?«, sagte der Junge. »Ich heiße übrigens Rob. So rufen mich jedenfalls meine Eltern und auch meine Tante Wilhelmine.«

Franz sah ihn ein wenig erstaunt an. Dieser Junge glich eher dem Mopro als Roberto, mit dem er Würstchen gegessen hatte.

»Willst du wirklich keinen Tee, Rob?«, fragte Tante Wilhelmine.

»Nein, wirklich nicht, Tante; ich muss weg«, sagte der Neffe.

»Warum denn so eilig?«, fragte Tante Wilhelmine.

»Ich hab eine Verabredung«, sagte Rob. »Ich muss mit meinen Freunden üben.«

»Für eine Klassenarbeit?«, fragte seine Tante.

»Nein, wir haben eine Band gegründet. Ich spiele Gitarre, das weißt du doch!«

»Gut, aber bitte nicht zu schnell und zu laut«, sagte Tante Wilhelmine.

»Das sagst du besser den Schlagzeugern«, sagte Rob lachend. »Die hört man überall durch; manchmal klopfen die Nachbarn an die Wand. Aber was soll's? Schließlich müssen wir uns ja auch mal ausleben können!«

»Ich meinte nicht: zu laut *spielen*, sondern mit solchem Krach fahren«, sagte Tante Wilhelmine. »Und mit dem, was du vorhin gesagt hast, muss ich dir Recht geben: Die Musik, die ihr fabriziert, ist tatsächlich imstande, Tote zum Leben zu erwecken! Ich habe neulich so eine Band, oder wie ihr das nennt, im Fernsehen gesehen: ein paar langhaarige Irre, die einen ganzen Saal voll junger Leute begeisterten. Die Zuhörer fanden es so schön, dass sie zum Dank den halben Saal demolierten und alles kurz und klein schlugen. Meiner Meinung nach ein Skandal … Zum Glück gibt es solche Festivitäten hier in unserem Dorf noch nicht. Deine Schüler würden sich doch bestimmt nicht so benehmen, nicht wahr, Franz?«

»Ich will es nicht hoffen«, sagte Franz.

Rob sah ihn spöttisch an. »Soso, du bist also Lehrer?«, fragte er.

»Ich dachte, das wüsstest du bereits«, antwortete Franz.

»Also, dann gehe ich jetzt«, sagte Rob, »bevor ich mir eine Moralpredigt über die Jugend von heute anhören muss. Tschüs, Tante.«

»Ich kann dir nur das eine sagen: nämlich dass ich die Jugend von heute überhaupt nicht mehr verstehe«, sagte sie. »Stell dir mal vor, das würde mir gelingen! Auf Wiedersehen, Rob – grüß mir deine Mutter.«

Der Junge nickte Franz flüchtig zu und verließ die Veranda. Franz folgte ihm bis zur Haustür. »Hör mal«, sagte er, »ich bin gestern bei deiner Tante Rosmarie gewesen …«

Rob runzelte die Stirn. »Du scheinst ja mit meinen Tanten auf gutem Fuß zu stehen«, sagte er. »Worüber habt ihr euch denn unterhalten? Doch hoffentlich nicht über mein gutes Benehmen?«

»Stell dich doch nicht so an«, sagte Franz. »Ich wollte dir nur eben sagen, dass mein Brief geschrieben und bereits abgeschickt ist.«

»Na und?«, sagte der Junge gelangweilt.

»Ich dachte, das würde dich interessieren«, sagte Franz pikiert. »Ich meine den Brief an Graf Griesenstein!«

»Ja und?«, antwortete Rob nochmals. »Was hab *ich* denn damit zu tun?«

Jetzt begriff Franz: Das war nicht Roberto, sondern der Mopro!

»Sei nicht so kindisch«, sagte er. »Du gehörst ja schließlich auch zum Komplott.«

»Ach was, das war doch bloß Spaß«, sagte der Mopro verächtlich. »Ich bin doch nur wegen der Wette zu Turelurs Schuppen gegangen. Frag lieber die Kinder aus deiner Klasse, ob sie bei deinen Spielchen mitmachen. Ich hab keine Zeit für diesen Quatsch!« Er ging hinaus und stieg auf sein Mofa, das vor dem Haus stand. Einen Augenblick später knatterte er davon, ohne sich noch einmal nach Franz umzusehen, der ihm verblüfft nachblickte.

»Ich finde, Ihr Neffe übertreibt es mit seinem Doppelleben!«, sagte er verärgert, als er bei Tante Wilhelmine auf der Veranda saß. »Jetzt sagt er, dass er bei unserem Komplott nicht mitmacht.«

»Du solltest auch gar nicht so viel davon reden«, sagte seine Wirtin. »Ich habe dir schon mal gesagt, dass Verschwörungen geheim bleiben müssen. Und was Rob betrifft: Der Junge war schlecht gelaunt, weil seine Mutter ihn zu mir geschickt hat, um etwas zu bestellen.«

»Nein, es liegt am Mofa«, sagte Franz. »Rob mit Mofa ist ein Mopro und Rob im Wald ist der Freibeuter Roberto.«

»So einfach ist das nun auch wieder nicht«, sagte Tante Wilhelmine. »Auch der Rob fährt mit seinem Mofa durch den Wald. Ich befürchte nur, dass er im nächsten Jahr sitzen bleibt, wenn er so weitermacht. Er ist diesmal mit Ach und Krach versetzt worden und er hält viel mehr vom Spielen als vom Lernen.«

Den Kindern aus Franz' Schulklasse schien es genauso zu gehen. Am nächsten Morgen waren sie sehr unaufmerksam; dauernd wurde getuschelt, als ob sie Komplotte schmiedeten oder Verschwörungen ausheckten.

Das ist meine eigene Schuld, dachte Franz. Ich habe ihnen zu viele sensationelle Geschichten erzählt. Von jetzt an werde ich mich pädagogischer verhalten.

Er rückte die Brille zurecht und ließ seine Blicke aufmerksam durch die Klasse schweifen. In der letzten Bank zeigte Arie seinem Nachbarn irgendeinen Gegenstand.

»Arie«, sagte der Lehrer streng, »was hast du da? Bring es mir her.«

Der Junge wollte zuerst protestieren, besann sich dann aber und gehorchte. Schweigend überreichte er Franz eine Spielzeugpistole.

»Spielen während des Unterrichts, das haben wir gern!«, sagte Franz. Er steckte die Pistole in seine Tasche und fügte hinzu: »Geh, setz dich wieder hin.«

Arie sah ihn unglücklich an. Er wusste nur allzu gut, dass es sinnlos war, den Lehrer zu bitten, ihm sein Eigentum zurückzugeben. Herr van der Steg würde die

Pistole so lange behalten, bis ein gutes Benehmen sein Herz erweichen würde. Aber bis dahin konnte noch eine gute Weile vergehen, und Arie musste tief aufseufzen, als er sich wieder auf seinen Platz setzte.

Franz blickte auf die Uhr und sagte: »Fangt schon mal an aufzuräumen ... Ich habe nichts Neues zu erzählen«, fuhr er fort, als sich erwartungsvolle Stille ausbreitete. »Bis jetzt ist noch keine Antwort von *Gr... Gr...* gekommen; ich bezweifle, ob ich von diesem Herrn überhaupt noch etwas hören werde. Und das Komplott beginnt abzubröckeln. Roberto ist verschwunden und der Mopro hält die ganze Sache für ein lächerliches Spielchen.«

»Aber Roberto und der Mopro sind doch dieselben?«, rief Kees, noch bevor Martin den Mund auftun konnte.

»Ja. Aber Roberto hat sich in den Mopro verwandelt«, antwortete Franz.

»Ob er wohl verhext ist?«, fragte Marianne.

»So was gibt es nicht«, sagte Martin. »Unser Lehrer erzählt doch keine Märchen!«

»Vielleicht doch«, sagte Franz langsam. »Ich bin keineswegs mehr sicher, dass die Geschichte vom Siebensprung tatsächlich passiert ist ...«

»Aber Herr Lehrer!«, rief Martin entsetzt. »Sie haben sich das alles doch nicht nur ausgedacht? Von *Gr... Gr...* und dem Schatz ... Von Roberto und seiner Kanone und ...«

Franz zuckte mit den Schultern. »Kein Kommentar«, sagte er. Und gleichzeitig dachte er: Falls diese Geschichte zusammenphantasiert ist, dann doch bestimmt nicht von mir! Ich könnte mir wahrhaftig was Besseres ausdenken. Aber wer hat sie sich dann ausgedacht? Und wie ist es dann möglich, dass *ich* es erlebt habe?

Es war Mittwoch; vor ihm lag ein langer, freier Nachmittag. »Es wird Zeit, wieder mal an mein Studium zu denken«, sagte Franz zu sich selbst. »Aber ich habe meine Bücher bei Jungfer Rosmarie liegen gelassen … Sie hat mir zwar verboten, sie zu besuchen – aber meine eigenen Sachen darf ich doch wohl bei ihr abholen!«

Er stieg also nach dem Essen auf sein Rad und fuhr los, ohne die guten Ratschläge von Tante Wilhelmine zu befolgen, die ihm nahe legte, einen Regenmantel mitzunehmen. »Die Sonne scheint doch!«, rief er ihr im Wegfahren zu. »Und wenn es wirklich Regen geben sollte, darf ich doch sicher Ihren Schirm benutzen. Den werde ich diesmal nicht vergessen.«

Als er am Siebensprung angekommen war, tat es ihm schon Leid, dass er nicht auf seine Wirtin gehört hatte. Hoch über seinem Kopf zogen sich bleigraue, unheilverkündende Wolken zusammen. Der Wald, der den Wegweiser umgab, wirkte traurig und düster – ja, er sah beinahe bedrohlich aus. Die sechs Wege lagen ganz verlassen da.

Aber es regnet immerhin noch nicht, dachte Franz. Er schaute zum alten Gasthaus hinüber, das jetzt wirklich wie ein Gespensterhaus aussah, und überlegte, was Jan Turelur wohl mit dem Schild gemacht hatte. Ach nein, Jan heißt bestimmt nicht Turelur, dachte er. Es kann überhaupt niemanden geben, der einen solchen Namen hat.

Anschließend sah er sich den einen blutroten Arm des Wegweisers an. In Gedanken hörte er Martins Stimme sagen: *Sie haben sich das alles doch nicht nur ausgedacht? … Von Roberto und seiner Kanone …*

Franz ließ sein Fahrrad stehen und betrat den Waldpfad, der zu Robertos Heiligtum führte. »Ich will mit eigenen Augen sehen, dass ich es mir nicht nur ausgedacht habe!«, sagte er laut.

Es wurde immer dunkler unter den Bäumen, aber er ging trotzdem weiter. Als er drei Brückchen und den ersten Graben hinter sich hatte, fing es zu tropfen an. Jetzt habe ich doch schon die Hälfte des Weges hinter mir, dachte er und ging weiter. Nach dem zweiten Graben und dem fünften Brückchen wurden die einzelnen Tropfen zu einem leichten Regen. Er beschleunigte seinen Schritt und kurz darauf erreichte er sein Ziel.

Das Zelt war verschwunden, aber die Kanone stand noch da. Franz stellte fest, dass sie lange nicht so schön war, wie er zuerst geglaubt hatte. Alt war sie auf jeden Fall – aber sie war durch ihr Alter so mitgenommen, dass man unmöglich damit hätte schießen können, nicht mal mit Platzpatronen.

»Die Kanone habe ich also nicht phantasiert«, sagte er sich. »Aber was ist mit dem Schuss? Hab ich mir den nur eingebildet? Und wo ist Robertos Zelt?«

Der leichte Regen verwandelte sich plötzlich in einen Wolkenbruch. Franz flüchtete eilig in das Kuppelhäuschen, das glücklicherweise immer noch zwischen den Bäumen stand. Es war ein grün verkleideter kleiner Rundbau. In der Türöffnung hing keine Tür; stattdessen war eine Schnur davor gespannt, an der ein ziemlich zerfledderter Zettel befestigt war. ZUTRITT VERBOTEN stand in großen Buchstaben darauf; daneben hatte jemand einen Totenkopf gezeichnet. Franz wischte seine Brille ab und las den kleinen Zusatz, der darunter gekritzelt war: *Mit Ausnahme der Sieben.*

»Das ist aber nett«, sagte er, knüpfte die Schnur los und ging hinein. Unter der Kuppel war es dunkel und ungemütlich. Das Dach leckte an mehreren Stellen; er fand jedoch ein trockenes Fleckchen und schaute sich um.

Das Erste, was er sah, war das Zelt – ordentlich zusammengefaltet. Ferner sah er einen Haufen Äste, einen Spirituskocher, ein paar leere Dosen und einige Schachteln. Er öffnete eine; es lagen Kanonenschläge darin, wie sie beim Karneval benutzt werden.

»Auf jeden Fall ist damit das Rätsel des Kanonenschusses gelöst«, sagte er halblaut.

Roberto hatte also tatsächlich existiert. An einem Haken an der Wand hingen sein großer Strohhut und ein alter Regenmantel.

Franz fuhr mit seinen Händen in die Hosentaschen, um nach einer Schachtel Zigaretten zu suchen, aber er fand nur Aries Pistole. Hoffentlich hört der Regen bald auf, dachte er. Ich habe keine Lust, mich hier den ganzen Nachmittag unterzustellen … Aber das ist ja auch gar nicht nötig, fiel ihm ein. Da hängt ja ein Regenmantel – den kann ich mir gut ausleihen. Und falls Roberto was dagegen haben sollte, ist das auf jeden Fall eine verdiente Strafe für den Mopro.

Er zog den Mantel an und setzte nach kurzem Zögern auch den Hut auf. In dieser Aufmachung verließ er die Kuppel. Erst jetzt entdeckte er, dass der Pfad hier nicht aufhörte, sondern sich weiter in den Wald hineinschlängelte.

Nun, jetzt konnte er dem Regen die Stirn bieten; er bekam plötzlich Lust, die Umgebung ein wenig näher zu erforschen. Er wanderte also weiter den sich windenden Pfad entlang. Und nach einer Viertelstunde erreichte er einen breiten Sandweg.

Er blieb stehen und schaute nach rechts und links. Schade, dass er Tante Wilhelmines Karte nicht bei sich hatte. Wenn er sich recht erinnerte, konnte dies der Weg sein, der vom Siebensprung zum Kräuterhof führte, daran vorbeilief und in der Gegend von Langelaan endete. Wenn er sich nun nach rechts wandte, würde er also zu Jungfer Rosmaries Haus kommen. Er beschloss, es so zu machen; dann konnte er dort seine Bücher abholen und anschließend zum Siebensprung zurückgehen, um von dort aus nach Hause zu radeln.

Unterwegs machte er sich Gedanken darüber, was Jungfer Rosmarie wohl sagen würde, wenn er in diesem alten Mantel und mit dem verrückten Hut auf dem Kopf bei ihr auftauchte – dazu mit ganz schlammigen und nassen Schuhen. Aber er sagte sich, dass es Unsinn wäre, jetzt nicht weiterzugehen, wo er schon einmal so weit war.

Der Regen hörte auf, aber er nahm den Hut nicht ab, weil das Wasser noch von den Zweigen tropfte. Beiderseits des Weges standen Bäume; auf der linken Seite neigten sie sich über einen Stacheldrahtzaun. Kurz darauf entdeckte er dort auch einen schmalen Pfad, der jedoch durch ein Törchen verschlossen war; außerdem stand ein Schild daneben. ZUTRITT VERBOTEN las er schon wieder; aber diesmal stand etwas ganz anderes darunter: *Zuwiderhandlung wird nach § 123 des Strafgesetzbuches bestraft!*

Franz blieb erneut stehen. Robertos Worte fielen ihm ein: *Er hat rundherum Stacheldraht ziehen und Schilder mit Zutritt verboten aufstellen lassen …*

Dies musste das Landgut von Graf Griesenstein sein!

Franz ging weiter; er hätte es sich gerne ein wenig näher angesehen, aber der Eingang war zu gut abgesichert. Ein Stückchen weiter sah er ein Loch im Zaun; dort war der Stacheldraht verbogen und zerrissen.

Er schaute sich um – weit und breit war kein Mensch zu sehen.

Es begann wieder zu regnen. Aber er dachte, dass er gerade bei solchem Wetter das Landgut unbemerkt betreten könnte. Und er wollte das Treppenhaus doch wenigstens einmal sehen!

Er blickte noch einmal in die Runde und schlüpfte dann schnell durch das Loch hindurch. Ein Zipfel von Robertos Regenmantel blieb am Zaun hängen; zum Glück gab es nur einen kleinen Riss. Dann suchte er sich den Eingangspfad und ging parallel dazu weiter; in dieser Richtung musste das Treppenhaus stehen. Sein Mantel wurde vom strömenden Regen immer mehr durchnässt; auch die nassen Sträucher, durch die er seinen Weg bahnen musste, trugen dazu bei. Von einem Haus war nichts zu sehen und das Waldstück sah genauso aus wie jeder andere Wald.

Dieser Besitz ist anscheinend sehr ausgedehnt, dachte er, während er stehen blieb und zögernd überlegte, ob er noch weitergehen sollte. Franz der Rote wäre wahrscheinlich auf einen Baum geklettert, um wenigstens die Schornsteine des Treppenhauses zu sehen. Franz der Rote bestieg die Berge des Himalaya und die Türme von Torelore. Franz van der Steg jedoch litt an Schwindelzuständen, wenn er sich in größerer Höhe befand. Und es war auch der arme Franz van der Steg, der sich furchtbar erschreckte.

Er hörte nämlich plötzlich Stimmen, und einen Moment später sah er, dass sich zwischen den Bäumen direkt vor ihm jemand bewegte. Ein großer Mann kam auf ihn zu … und da hinten war noch einer! Wahrscheinlich die Waldaufseher, die hier mit geladenen Gewehren ihre Runden drehten …

Franz wandte sich um; die Sträucher raschelten, als er auf der Stelle kehrtmachte.

Hinter sich hörte er den Ruf: »He da!«

Er warf einen Blick über die Schulter; einer der Männer hatte ihn gesehen und winkte ihm.

Franz suchte sein Heil in der Flucht. Beim Laufen hörte er die Männer hinter sich herschreien: »Da, ein Einbrecher!« – »Ich kriege ihn schon!« – »Stehen bleiben!«

Franz rannte nur noch schneller; er jagte durch das Gehölz und die Männer folgten ihm.

Da war schon der Stacheldrahtzaun; jetzt musste er

nur noch schnell das Loch finden, durch das er vorhin gekrochen war. Musste er sich nun nach links oder nach rechts wenden? Er schaute sich nochmals um, konnte aber niemanden mehr entdecken. Dann sauste er am Zaun entlang, um nach der kaputten Stelle Ausschau zu halten … Da war sie!

Völlig außer Atem ließ er sich auf die Knie fallen und kroch hastig durch das Loch. Wie mochte sein geliehener Mantel jetzt wohl aussehen! Aber er war heil und sicher aus dem Gebiet des Landgutes herausgekommen; und falls die Waldaufseher hinter ihm herkamen, mussten sie erst einmal beweisen, dass er es je betreten hatte. Es schien jedoch so, als hätten sie die Verfolgung aufgegeben, denn er sah oder hörte niemanden mehr.

Franz hob den Hut auf, der neben ihm auf dem Boden lag; es war ein Wunder, dass er ihn nicht schon vorher verloren hatte. Ein Glück, dass die Kinder mich vorhin nicht gesehen haben, dachte er. Franz der Rote – flüchtend wie ein Hasenfuß! Er setzte den Hut wieder auf und marschierte weiter.

Er hatte erst eine kurze Strecke zurückgelegt, als er hinter sich schnelle Schritte hörte. Unmittelbar darauf sagte eine wütende Stimme dicht neben seinem Ohr: »Bleib stehen, du Schuft!«

Ehe Franz sich entscheiden konnte, ob er gehorchen sollte oder nicht, sprang ihn plötzlich von hinten jemand an. Er drehte sich um und versuchte, den Angreifer von sich abzuschütteln. Doch der schien außer sich zu sein vor Wut und ließ nicht locker.

Franz bekam einen Schlag gegen den Unterkiefer,

dass die Zähne klapperten, und dann einen Fausthieb auf den Hinterkopf, dass er nur noch tanzende Sterne sah. Nicht nur sein Hut, sondern auch seine Brille fielen herunter, und er fühlte bereits den nächsten Schlag, ohne seinen Angreifer sehen zu können. Er riss sich aus dem eisernen Griff los und schlug blindlings zurück.

Danach stolperte er – oder hatte man ihm ein Bein gestellt? – und fiel hin …

Franz wird im Kampf verwundet NUMMER VIER

Als Franz wieder zu sich kam, lag er der Länge nach auf dem Boden; er japste nach Luft und sah immer noch Sterne. Über sich hörte er Stimmen – sie schienen von weit her zu kommen. Dann entdeckte er zwei Paar Beine; die Füße steckten in Stiefeln. Die Stimmen wurden lauter und böser … Vorsichtig versuchte er sich aufzurichten.

Ein Paar Beine kniete sich neben ihn … und auf einmal war es Roberto – Roberto, der ihn stützte und besorgt fragte: »Wie geht es, Franz?«

Franz setzte sich auf; er strich sich über seinen dröhnenden Schädel und sagte mit schwacher Stimme: »Ich glaube, ich lebe noch.«

Roberto wandte sich an den zweiten Mann, von dem Franz noch immer nur die Beine sah. »Du Idiot!«, rief er zornig. »Das wirst du noch bereuen!«

Franz hob den Kopf. »Wo ist meine Brille?«, fragte er. Er wusste nicht, ob er seinen Augen trauen durfte.

Eine verwitterte Hand hielt ihm die Brille hin; die Gläser waren sogar noch heil, nur einer der Bügel war zerbrochen. Franz setzte sie auf, aber er sah nichts als Schmutzflecken; deshalb nahm er sie wieder ab und begann sie zu säubern. Dabei hörte er, wie Roberto seinen Angreifer ausschimpfte.

»Wenn du es unabsichtlich getan hast, dann bist du ein dreifacher Idiot, du … du Blödmann, du! Und wenn es Absicht war, so bist du ein gemeiner Heuchler, ein falscher Verräter, ein Schuft, ein Schurke …«

Robertos Schimpfregister wurde immer ungebräuchlicher und interessanter.

Inzwischen hatte Franz seine Brille wieder aufgesetzt und warf einen Blick auf seinen Angreifer, der die Schimpfkanonade mit schuldbewusstem Gesicht über sich ergehen ließ. Dieses Gesicht machte ihn völlig sprachlos. Es war Jan Turelur, der Kutscher von Graf Griesenstein!

Er sah verwirrt und ratlos aus. »Es tut mir wirklich Leid, Roberto«, sagte er, als der Junge schwieg. »Ich sah ihn mit *deinem* Hut auf dem Kopf und mit *deinem* Mantel weglaufen; aber ich habe auch sofort gesehen, dass *du* es *nicht* warst. Ich dachte, dass er deinen Hut und Mantel gestohlen hätte, und darum bin ich hinter ihm her, um ihn zu verprügeln …«

»Ein Überfall ohne vorherige Warnung«, brachte Franz zwischen zusammengebissenen Zähnen hervor.

»Aber ich wusste doch nicht, dass *Sie* es waren!«, rief Jan Turelur. »Erst als Ihr Hut herunterflog, erkannte ich Sie an Ihren roten Haaren.«

»Du hättest ihn dir besser erst ansehen sollen, bevor du drauflosschlugst«, sagte Roberto und legte seine Hand auf Franz' Schulter.

»Ich hab es doch deinetwegen getan, Junge!«, sagte Jan Turelur. »Und ich hab *dir* doch nichts getan – während du dich wie ein Wilder auf mich gestürzt hast! Dabei hab ich ihn nicht mal sehr fest geschlagen ...«

Roberto sprang auf, und es sah so aus, als wollte er dem Kutscher noch einmal an die Gurgel springen, obwohl dieser doppelt so groß war wie er selbst. »Man müsste dich halb tot prügeln!«, begann er hitzig.

»Moment mal!«, sagte Franz. »Wenn irgendjemand das Recht dazu hat, dann bin ich es.« Er wollte aufstehen, aber ein plötzlicher Schmerz sorgte dafür, dass er wieder zusammensackte. Er blieb sitzen und griff nach seinem Fußgelenk.

Sowohl Roberto als auch der Kutscher wandten nun ihre Blicke ihm zu.

»Ich fürchte nur«, fuhr Franz fort und schnitt eine Grimasse, »dass ich damit noch ein bisschen warten muss.«

Roberto kniete sich wieder neben ihn, doch Jan Turelur sagte, halb herausfordernd, halb beunruhigt: »An einer Beule auf dem Kopf und einer Schramme im Gesicht stirbt kein Mensch.«

Franz holte tief Luft und sagte: »Ich hoffe, dass ich dir beides noch mal zurückzahlen kann! Aber jetzt geht es um mein Bein.«

»Das ist nicht meine Schuld«, brummte Turelur. Er ließ sich nun ebenfalls auf die Knie nieder und betrachtete Franz' Bein mit düsterem Blick. »Bloß verrenkt oder verstaucht«, sagte er kurz. Er knüpfte sein rotes Kopftuch los und machte Anstalten, es um den Knöchel zu binden.

»Lass die Finger davon!«, rief Franz. Er wollte sein Bein wegziehen, aber diese Bewegung nahm ihm jegliche Lust, sich noch einmal zu wehren.

Kurz darauf versuchte er mit Robertos Hilfe nochmals aufzustehen. Diesmal glückte es, aber er konnte nur auf einem Fuß stehen. Der andere, jetzt ohne Schuh und fest mit dem roten Tuch umwickelt, war nicht zu gebrauchen.

»Er kann nicht laufen«, sagte Roberto. »Jan, du musst ihn huckepack nehmen. Wir gehen zu Tante Rosmarie; das ist nur ein kleines Stück.«

»Kommt nicht in Frage!«, sagte Franz. »So kann ich mich nicht bei ihr sehen lassen. Außerdem … es wird schon gleich besser gehen.« Die letzten Worte klangen nicht sehr überzeugend, obwohl er verschwieg, dass sein Kopf jetzt zu hämmern begann und ihm richtig schwindelig wurde. Jan und Roberto schienen es aber doch zu merken, denn sie achteten gar nicht auf seinen Protest. Bevor es ihm überhaupt zum Bewusstsein kam, war er schon auf Jans breiten Rücken gehievt worden.

»Leg deine Arme fest um seinen Hals«, befahl Roberto. »Und dann vorwärts, hopp!«

»Vergiss deinen Hut nicht«, murmelte Franz. »Es tut mir Leid, dass ich mir deine Sachen geliehen habe.«

»Das tut dir nicht nur aus einem Grund Leid – wetten?«, sagte Roberto.

»Mir tut das ebenfalls Leid«, brummte Jan Turelur, während er sich langsam und schwankend in Bewegung setzte. »Er ist nämlich verflixt schwer.«

»Für dich müsste er zehnmal so schwer sein«, sagte Roberto zurechtweisend. »Du müsstest tief gebückt unter deiner Reue gehen.« Aber seine Stimme klang fast wie unterdrücktes Lachen, als er hinzufügte: »Wenn es nicht so traurig wäre, könnte man es direkt lustig finden!«

Ja, das stimmt, dachte Franz, der auf Turelurs Rücken hing – er bot zweifellos einen komischen Anblick. Zum Glück war es diesmal Roberto, der ihn begleitete, und nicht der Mopro.

Das kleine Stückchen schien endlos lang, aber irgendwann erreichten sie dann doch den Kräuterhof. Im Garten sah Franz das Bild, das er sich nicht hatte vorstellen können: Jungfer Rosmarie in Stiefeln, den Spaten in der Hand. Diesen Spaten ließ sie sofort fallen, und kurz darauf war sie bereits damit beschäftigt, Franz' Verletzungen mit ihren »Kräutern, Pflastern und Päppchen« zu versorgen – wie Roberto es ausdrückte.

Die Arbeit ging ihr schnell und geschickt von der Hand; währenddessen machte sie ihnen allen Vorwürfe – Jan Turelur, Roberto und Franz. Ihr Neffe war der Einzige, der sich zur Wehr setzte; er begann, die Ereignisse in allen Einzelheiten zu schildern, aber Jungfer Rosmarie schnitt ihm das Wort ab. »Setz lieber Teewasser auf«, sagte sie bissig, »und hol ein paar Kissen von oben herunter … O nein, Jan, du gehst nicht weg, bevor ich nicht ein Wörtchen mit dir geredet habe … So, das wär's«, sagte sie, als sie fertig war, und dann sah sie sich Franz noch einmal genau an.

Der saß nun in einem bequemen Sessel, das Bein auf einen Stuhl gebettet. Er hatte den Eindruck, ihr Gesicht durch Nebelschwaden zu sehen, die nach prickelnden und betäubenden Kräutern dufteten. »Hast du Kopfschmerzen?«, fragte sie.

»Es geht«, antwortete er und versuchte zu lächeln, was aber nicht so recht gelang. »Es tut mir besonders Leid, dass ich Ihnen so viel Mühe mache …«

»Wenn du ruhig sitzen bleibst, machst du mir überhaupt keine Mühe«, sagte sie. »Mach jetzt ruhig mal ein Weilchen die Augen zu und lehne dich zurück.«

Franz gehorchte. Er fühlte etwas Kühles auf seiner Stirn und kurz darauf schob jemand ein Kissen unter seinen Fuß. Er machte die Augen wieder auf und sah Roberto, der ihm zunickte. Jungfer Rosmarie und der Kutscher waren verschwunden; er hörte ihre Stimmen im Flur.

»Ich war nie dafür, einen Fremden mit hineinzuziehen!«, brummte der Kutscher. »Und erst recht nicht so einen Schlappschwanz aus der Stadt, der von nichts was weiß – so einen Bücherwurm ohne Mumm …«

Franz schoss in die Höhe, so dass ihm der nasse Lappen von der Stirn fiel.

»Reg dich nicht auf«, sagte Roberto und schob ihn zurück in den Sessel. »Warte erst mal ab, was Tante Rosmarie sagt!« Er legte das nasse Tuch vorsichtig auf Franz' Beule.

Was Jungfer Rosmarie sagte, war jedoch nicht zu verstehen und danach hörte man wieder Jans Brummbass: »Was soll er im Treppenhaus – er mit seinem roten Haar? Ja, wenn *ich* es wäre, oder Roberto ...«

Jungfer Rosmarie unterbrach ihn; ihr Ton klang ausgesprochen streng.

Aber dann entfernten sich die beiden anscheinend, denn ihre Stimmen wurden leiser und schließlich unhörbar.

»Jetzt geht es ihm an den Kragen!«, flüsterte Roberto.

»Ich verstehe einfach nicht«, sagte Franz matt, »dass man diesen unzuverlässigen Kerl mit ins Komplott genommen hat.«

»Wir können ihn nicht ausschließen«, sagte Roberto. »Das Komplott vom Siebensprung, das Geheimnis des Siebensprungs und Jan Turelur, die gehören zusammen.«

»Geheimnis?«, wiederholte Franz. »Ein Geheimnis? Schon wieder?«

»Aber du hast Recht; unzuverlässig ist er wirklich«, fuhr Roberto fort. »Ich glaube, er hat was gegen dich; ich würde ihn jedenfalls nicht aus den Augen lassen.«

»Vielen Dank für die Warnung«, sagte Franz, während er den feuchten Lappen auffing, der erneut von seiner Stirn rutschte. »Aber weshalb gehört Jan Turelur zum Siebensprung und was ist sein Geheimnis?«

»Nenne den Namen *Turelur* in Zukunft lieber nicht mehr«, riet Roberto. »Diesen Namen hat er versteckt und verborgen. Ich meine damit, dass er jetzt anders heißt ...«

»Ich habe mir schon gedacht, dass dieser Name nicht echt ist«, murmelte Franz.

»Nein, so meine ich es nicht«, sagte Roberto. »Jan Turelur war der Wirt vom ROTEN MANN. Jetzt ist er Kutscher beim Gräulichen Grafen und …«

»Ich werde Wilhelmine anrufen«, sagte Jungfer Rosmarie, die plötzlich hereingekommen war. »Ich sage ihr, dass du heute hier bleibst, Franz.«

»Ach nein, tun Sie das bitte nicht«, sagte Franz. »Ich kann bestimmt nach Hause gehen.«

»Das kannst du nicht!«, sagte Jungfer Rosmarie entschieden. »Du darfst dein Bein heute nicht belasten und morgen sehen wir dann weiter.«

»Ja aber …«, begann Franz.

»Ich habe ein Gästezimmer«, sagte sie fröhlich. »Roberto, komm mal eben mit.« Und sie verschwand wieder, so dass Franz keine Gelegenheit hatte, ihr zu widersprechen. Der Neffe folgte ihr.

Auf diese Art und Weise war Franz zum zweiten Mal bei Jungfer Rosmarie zu Besuch. Er saß an ihrem Tisch, diesmal in Robertos Gesellschaft. Er hatte jedoch nicht viel Hunger, und Jungfer Rosmarie sagte, es wäre das Beste, wenn er früh zu Bett ginge.

Nach dem Essen erschien Herr Thomtidom; er brachte einen seiner Schlafanzüge mit, um ihn Franz zu leihen, sowie ein Döschen mit Salbe, die, wie er sagte, die beste Medizin für verstauchte und verrenkte Gliedmaßen sei. Franz musste zugeben, dass ihm die meisten Verschworenen wohl gesonnen waren – aber er fand doch, dass sie ihn wie einen unmündigen Jungen behandelten. Jungfer Rosmarie brachte ihm ein großes Glas voll dampfendem Kräutertee und befahl ihm, es ganz auszutrinken. Der Magier nahm ihm heimlich die Brille von der Nase, um sie zu reparieren. Kurz darauf half Roberto ihm die Treppe hinauf zum Gästezimmer.

»Soll ich dir mal was anvertrauen?«, sagte Franz mit schwerer Zunge. »Ich bin kein *Mitglied* in eurem Komplott, sondern ich bin darin verstrickt!«

In dem Kräutertee war höchstwahrscheinlich ein starkes Schlafmittel aufgelöst worden, denn an den Rest des Abends hatte er später keinerlei Erinnerung.

Als er wach wurde, brauchte er eine Zeit lang, um wieder zu wissen, wo er war. Er hatte noch nie in einem Zimmer mit einer blassblau getupften Tapete geschlafen – in einem grünseidenen Schlafanzug, dessen Ärmel gerade über seine Ellenbogen reichten. Es war heller Tag; die Sonne schien durch das offene Fenster.

Jungfer Rosmarie stand plötzlich neben seinem Bett und stellte ihm ein voll beladenes Tablett hin. »Guten Morgen«, sagte sie fröhlich.

»Guten Morgen«, sagte auch Franz, während er sich aufsetzte und sich die Augen rieb.

»Ich bringe dir dein Frühstück«, sagte Jungfer Rosmarie, »und deine Brille.«

Franz bedankte sich und erkundigte sich, wie spät es sei.

»Halb elf«, antwortete seine Gastgeberin.

»Du liebe Zeit!«, rief Franz erschrocken. »Mein Unterricht! Die Vormittagspause ist schon vorbei!«

»Wilhelmine hat deinen Rektor schon angerufen und ihm gesagt, dass du krank bist«, sagte Jungfer Rosmarie.

»Aber ich bin ja gar nicht krank!«, sagte Franz. Er setzte seine Brille auf und sah sie schuldbewusst an.

»Was hätte sie dem Rektor denn sonst sagen sollen? Dass sein lieber Lehrer van der Steg verbotenes Gebiet betreten hat und anschließend in eine Schlägerei verwickelt worden ist?«

Franz senkte seine Augen; darauf wusste er keine Antwort. Er sah jetzt, dass die Tapete nicht getupft, sondern mit blauen Rosen und Vergissmeinnicht bemalt war.

»Ich werde mir gleich noch mal deinen Knöchel ansehen«, fuhr Jungfer Rosmarie fort. »Wenn du ihn heute noch schonst, kannst du vielleicht morgen wieder ein wenig laufen. Jetzt iss mal erst dein Frühstück auf; danach kannst du dann herunterkommen. Ich habe deinen Anzug aufgebügelt; er hängt im Schrank.«

Franz überlegte, was seine Schüler wohl sagen würden, wenn sie ihn jetzt sehen könnten, wie er da im Liegestuhl im Kräutergarten lag, als ob er Ferien hätte. Er lag wohl behütet zwischen den hohen Hecken, die mit kunstfertig konstruierten Spinnweben geschmückt waren; viele Tröpfchen hingen daran, die in der Sonne glitzerten.

Der Sommer schien auf diesem Fleckchen Erde noch zu verweilen – hier, wo Lavendel und Thymian wuchsen, Schnittlauch, Fenchel und Sellerie und natürlich auch die Pflanze, die fast so hieß wie seine Gastgeberin: Rosmarin.

»Heute Mittag nach der Schule kommt Roberto«, berichtete Jungfer Rosmarie. »Er hat gesagt, er wolle dich gern nach Hause bringen. Dein Rad hat Jan Turelur gestern schon ins Dorf gebracht, weil du es ja doch nicht benutzen kannst.«

»Ich muss also wieder beim Mopro hinten auf dem Mofa sitzen«, brummte Franz.

»Nein, *Roberto* wird dich nach Hause bringen«, sagte Jungfer Rosmarie. »Aber man weiß es natürlich nie, er kann sich auch plötzlich verwandeln ... das geht einem manchmal ganz schön auf die Nerven. Er kommt fast nie mit dem Mofa hierher; das lässt er meistens am Siebensprung stehen. Diesmal muss er aber wohl oder übel hierher fahren ... Hoffen wir das Beste.«

Mittags wurde es kalt und so musste Franz drinnen sitzen – das Bein immer noch auf einem Sessel hoch gelagert. Jungfer Rosmarie sah er nur ab und zu; sie war emsig beschäftigt, teils im Haus, teils draußen. Er beschloss, seine Zeit ebenfalls sinnvoll zu nutzen; er nahm seine Bücher zur Hand und versuchte, ein wenig zu lernen. Aber davon bekam er nur wieder Kopfschmerzen.

»Vielleicht hilfst du mir besser beim Gemüseputzen«, sagte Jungfer Rosmarie, als sie ins Zimmer kam, um nach ihm zu sehen.

Sie stellte ein Körbchen voll Bohnen und eine Schüssel neben ihn und verschwand wieder, ohne eine Antwort abzuwarten.

»Sie nennen mich ›Geheimagent in einer wichtigen Angelegenheit‹«, murmelte Franz. »Und was tue ich in Wirklichkeit? Bohnen schnippeln – und nicht mal meine eigenen!«

Im Laufe des Nachmittags kam Herr Thomtidom mit einer großen Schachtel unter dem Arm. Er besah sich Franz' Knöchel und nickte zufrieden, als ob er derjenige wäre, der ihn wieder in Ordnung gebracht hatte.

»Ich habe mein Trick-Track-Spiel mitgebracht«, sagte er und öffnete die Schachtel. »Wollen wir ein Spielchen miteinander spielen? Beschäftigung ist die beste Therapie.«

Franz freute sich, dass er Gesellschaft bekam; aber es stellte sich heraus, dass das Trick-Track-Spiel kein ungetrübtes Vergnügen war. Der Magier musste die Würfel verhext haben, denn bei zehn Würfen warf er neunmal Trick-Track und gewann ständig. Danach begann er einen Vortrag über das Trick-Track-Spiel von heute und von früher, im Nahen und im Fernen Osten; er schilderte ausführlich, wie es die Sarazenen in der Zeit der Kreuzzüge gespielt hatten, und schweifte schließlich zu den Spielregeln ab, die bei Tourneen und Zweikämpfen üblich gewesen waren. Er hatte gerade angefangen, sich über alte Waffen auszulassen, als Jungfer Rosmarie sich zu ihnen gesellte. Sie überreichte Franz eine Pistole und sagte: »Die habe ich in deinem Jackett gefunden.«

»Sie ist doch hoffentlich nicht geladen?«, fragte der Magier einigermaßen besorgt.

Franz lachte. »Es ist eine Spielzeugpistole, die einem meiner Schüler gehört«, sagte er und steckte das Ding wieder in seine Tasche.

Herr Thomtidom hüstelte verlegen und sagte dann rasch: »Was höre ich denn da für ein Geräusch? Ich dachte, dieser Weg sei für Motorräder verboten!«

»Nicht verboten, nur noch nicht entdeckt«, sagte Jungfer Rosmarie. »Ich nehme an, es ist Roberto.«

»Ja, da kommt er tatsächlich«, sagte Herr Thomtidom, während er aus dem Fenster blickte. »Aber … ist das wirklich Roberto? Ich habe fast den Eindruck, dass es ein Unbekannter ist.«

»Ich bitte dich, Jan – begrüße ihn so, als ob es Roberto wäre«, sagte Jungfer Rosmarie. »Und falls er es nicht ist, dann gebrauche bitte deine magischen Gaben, um ihn wieder in Roberto zu verwandeln.«

»Ich fürchte, dass dieser junge Mann keine Ehrfurcht vor meinem grauen Bart haben wird«, sagte Herr Thomtidom, der immer noch hinausschaute. »Er ist jetzt abgestiegen und untersucht sein Zweirad.«

Franz erhob sich und hinkte zum Fenster. Vor dem Gartenzaun hockte der Mopro und bastelte an seinem Mofa herum.

Doch dann klingelte im Flur das Telefon.

Wenige Augenblicke später schaute Jungfer Rosmarie um die Ecke. »Franz!«, rief sie. »Hier ist Wilhelmine am Telefon. Der Briefträger hat gerade einen Brief für dich gebracht.«

Franz vergaß den Mopro. »Von Graf Griesenstein!«, sagte er und lief viel schneller zu ihr in den Flur, als es seinem Fuß zuträglich war.

Jungfer Rosmarie nickte und reichte ihm den Hörer.

»Hallo, Tante Wilhelmine«, sagte Franz. »Oh, mir geht es ausgezeichnet … Würden Sie den Brief bitte öffnen und ihn mir vorlesen? … Ja, ich warte …« Er sah die gespannten Gesichter von Jungfer Rosmarie und dem Magier, während er wartete, bis seine Wirtin den Brief geöffnet und ihre Lesebrille geholt hatte.

Plötzlich trabte Luck durch den Flur und lief bellend zur Haustür. Auf der Schwelle erschien der Mopro; er umfasste sie alle mit einem hochmütigen, sichtlich gelangweilten Blick. Der Hund blieb vor ihm stehen und wedelte mit dem Schwanz.

Dann klang Tante Wilhelmines Stimme wieder durchs Telefon. Franz lauschte andächtig und wiederholte laut jeden Satz, den sie ihm vorlas:

Mittwoch, den 30. September

Sehr geehrter Herr van der Steg!

Unter Bezugnahme auf Ihr Schreiben teile ich Ihnen mit, dass ich nach wie vor gerne bereit bin, Sie zu empfangen.

Ich werde Sie zu diesem Zweck am kommenden Donnerstag, dem 1. Oktober, von meinem Kutscher abholen lassen; wir können uns dann bei mir zu Hause unterhalten. Sie dürfen mein Fahrzeug um halb acht vor Ihrem Haus erwarten.

Mit vorzüglicher Hochachtung, Gr… Gr…

»Das bedeutet Graf Griesenstein«, fügte Tante Wilhelmine hinzu. »Seine Unterschrift ist genauso undeutlich wie der Grundriss des Treppenhauses.«

Der Mopro nahm seinen Sturzhelm ab und strich sich

über das lange Haar. Der Hund sprang schwanzwedelnd an ihm hoch.

»Donnerstag, der 1. Oktober!«, sagte Franz. »Das ist … du liebe Zeit, das ist ja heute! Wie spät ist es jetzt?«

»Es ist halb sechs«, sagte Herr Thomtidom. »Sie haben also noch zwei Stunden Zeit, um …«

»Jan der Kutscher fährt doch über den Siebensprung!«, fiel ihm Roberto ins Wort. Er wandte sich an Franz; der Mopro war verschwunden. »Er kann dich dort auflesen; du musst nur dafür sorgen, dass du um acht Uhr am Wegweiser bist.«

Franz sprach in den Telefonhörer: »Herzlichen Dank, Tante Wilhelmine! Würden Sie dem Kutscher bitte sagen, dass ich am Siebensprung auf ihn warte? … Ja … Gut … Ich werde daran denken. Bis bald.« Er legte den Hörer auf.

»Und jetzt«, sagte Roberto mit leuchtenden Augen, »jetzt kann das Abenteuer beginnen!«

Das Geheimnis des Siebensprungs wird gelüftet — Nummer fünf

»Aber jetzt werden wir nicht vom Komplott reden«, sagte Jungfer Rosmarie, als sie zu viert am Tisch saßen und sich die Böhnchen mit Frikadellen schmecken ließen. »Wir wissen ja nicht mal, ob Franz die Stelle bekommt, und man soll den Tag nicht vor dem Abend loben …«

»Oder die Haut verkaufen, bevor der Bär geschossen ist«, sagte Roberto.

»Oder das Treppenhaus betreten, bevor wir den siebten Weg gefunden haben«, sagte Herr Thomtidom.

Franz zog die Stirn kraus und sagte: »Es sind doch nur sechs Wege.«

»Gerade das ist ja das Geheimnis des Siebensprungs«, sagte Roberto.

»Also, was habe ich eben noch gesagt?«, fragte die Vorsitzende des Komplotts. »Wir sollten uns erst wieder zu einer Besprechung treffen, wenn unser Geheimagent uns Bericht erstatten kann. Dann werde ich alle Verschworenen zusammenrufen … alle, bis auf einen.«

Nach dem Essen wickelte sie eine neue elastische Binde fest um Franz' Fußgelenk und meinte, dass er jetzt laufen dürfe; er solle nur keine längeren Spaziergänge machen.

»Er braucht ja fast keinen Schritt zu tun«, sagte Roberto. »Ich bringe ihn bis zum Siebensprung und von dort aus fährt er mit der Kutsche.«

»Der Graf wird dich wahrscheinlich in seinem Fahrzeug nach Hause bringen lassen«, sagte Jungfer Rosmarie. »Wir werden uns jetzt also verabschieden. Vergiss nicht, dass wir uns noch nie im Leben begegnet sind!«

»Und vergessen Sie auch nicht, Ihre Bücher mitzunehmen«, sagte Herr Thomtidom.

Franz blieb vor dem Garderobenspiegel stehen, rückte seine Krawatte zurecht und betrachtete sein Gesicht. Die Beule auf seiner Stirn war nun violett und seine Wange war durch ein Pflaster verunziert. Er überlegte, welchen Eindruck er wohl auf den Grafen Griesenstein machen würde.

Das Telefon klingelte. Jungfer Rosmarie nahm den Hörer ab und sagte: »Wilhelmine!«

»Die will mich natürlich daran erinnern, dass ich diesmal ihren Schirm nicht vergesse«, sagte Franz.

Aber das stimmte nicht. Jungfer Rosmarie sagte ziemlich erstaunt: »Wie bitte?«, und dann etwas ärgerlich: »Was?«, und schließlich ganz empört: »Nein, das darf doch nicht wahr sein ...« Dann fügte sie hinzu: »Vielen Dank. Ja, es wird uns schon etwas einfallen.«

Sie legte den Hörer auf die Gabel. »Jetzt bin ich aber wirklich böse!«, sagte sie. »Jan Turelur ist bei Wilhelmine an der Haustür gewesen, aber als er dann hörte, dass Franz nicht zu Hause war, tat er, als fände er das unerhört. Er sagte, dass er den normalen Weg über die Landstraße zum Treppenhaus fahren und es dem Grafen erzählen werde. Er weigerte sich, am Siebensprung vorbeizufahren!«

Die drei anderen starrten sie entgeistert an.

»Das ist der Gipfel!«, rief Roberto. »Dieser Turelur hat immer wieder was anderes – man könnte glatt den Verstand verlieren. Dabei ist es seine eigene Schuld, dass Franz nicht daheim sein konnte!«

»Sehr unangenehm«, sagte Herr Thomtidom. »Die reinste Sabotage!«

»Ich habe Jan gestern ordentlich die Leviten gelesen«, sagte Jungfer Rosmarie leise.

»Das ist noch lange kein Grund zu Ungehorsam und Insubordination«, fand Herr Thomtidom.

»Aber was tun wir jetzt?«, fragte Roberto. »Franz muss zum Treppenhaus, und zwar über den Siebensprung und nicht anders.«

Franz nickte. Er war nun überzeugt, dass die Verschworenen Recht hatten und dass er nicht über einen anderen Weg fahren konnte. Fahren …! »Aber es ist doch nicht nötig, dass ich mit der Kutsche hinfahre, oder?«, sagte er und schaute dabei Roberto an.

»Natürlich nicht«, sagte Herr Thomtidom. »Und es steht ja ein schnelles Fahrzeug vor der Tür … man pflegt es Fahrrad mit Hilfsmotor zu nennen.«

Jungfer Rosmarie schüttelte den Kopf und sagte: »Ein Fahrzeug, das für meine Begriffe viel zu schnell ist.«

»Roberto kann doch langsam fahren«, sagte der Magier. »Obwohl es ein beängstigend lautes und gefährliches Vehikel ist und bleibt.«

»Nicht gefährlicher als die uralte Kutsche«, sagte Roberto ärgerlich. »Was spricht denn dagegen, dass ich Franz bringe? Sie müssen ein bisschen mehr mit der Zeit gehen; mein heißer Ofen ist schnell und sicher.«

»Nun ja, es bleibt uns gar nichts anderes übrig«, sagte Jungfer Rosmarie mit einem Seufzer. »Franz darf seine Verabredung nicht noch einmal versäumen; also muss Roberto ihn zum Treppenhaus bringen.«

»Wir sind wahrscheinlich noch vor Jan dort!«, sagte Roberto.

»Nein, nicht vor ihm«, sagte Franz. »Wir fahren zwar schneller, aber über den Siebensprung ist es auch weiter als über die Landstraße.«

»Nein, es ist näher«, sagte der Magier.

»Ich hab es auf der Karte gesehen ...«, begann Franz.

»Der Siebensprung-Weg ist der kürzeste«, fiel ihm der Magier ins Wort. »Ich meine natürlich den siebten Weg.«

»Den *siebten* Weg?«

»Ja, sicher – der Siebensprung würde doch nicht Siebensprung heißen, wenn es dort nicht sieben Wege gäbe! Das würde jeglicher Logik widersprechen«, sagte Herr Thomtidom.

Franz wusste darauf nichts zu entgegnen.

»Wir müssen dann aber sofort losfahren«, sagte Roberto. »Wenn ihr nicht wollt, dass ich zu viel Gas gebe ...«

»Du könntest da überhaupt nicht schnell fahren«, sagte der Magier, »selbst wenn du es wolltest. Du bist doch nicht lebensmüde!«

»Es ist ein ganz guter Weg«, sagte Roberto. »Ich hoffe, dass wir Jan noch sehen; dann werfen wir ihn aus dem Komplott hinaus!«

»Dazu bin nur ich befugt«, wies ihn seine Tante zurecht. Sie legte ihm ihre Hände auf die Schultern und fuhr fort: »Ich möchte nicht sagen ›Sei vorsichtig‹, sondern stattdessen ›Sei vernünftig‹, Roberto! Und bleib, der du bist!«

Dann reichte sie Franz die Hand – wie ein Ritterfräulein, das einen Ritter zu einem gefahrvollen Unternehmen aussendet.

»Ich würde am liebsten auch mitgehen«, sagte Herr Thomtidom.

»O nein – krempeln Sie lieber Ihre Ärmel hoch für

die Schwerarbeit«, sagte Roberto. »Zum Beispiel für ein paar Zaubersprüche.«

Dann drängte er zur Eile und keine drei Minuten später nahm Franz hinter ihm auf dem Mofa Platz. Es war ein bewölkter Abend mit ziemlich starkem Wind, aber es regnete nicht.

In ruhigem Tempo fuhren sie davon. Franz schaute noch einmal zurück zu den erleuchteten Fenstern des Wohnhauses im Kräuterhof. Ich habe mich nicht mal anständig bei Jungfer Rosmarie bedankt für all ihre Gastfreundschaft, dachte er. Und ich habe schon wieder meine Bücher liegen gelassen.

In wenigen Minuten waren sie am Siebensprung; Roberto fuhr bis ans Wirtshaus heran, stoppte vor dem Nebengebäude und machte den Motor aus.

»Dies ist das alte Kutscherhaus«, sagte er leise. »Und jetzt werde ich dir das Geheimnis verraten und dir den siebten Weg zeigen.«

Er holte einen Schlüssel aus der Tasche und steckte ihn ins Schloss des großen Tores. Er öffnete die beiden Torhälften und sagte: »Komm mit.« Als sie mitsamt dem Mofa hineingegangen waren, schloss er das Tor wieder hinter sich zu und knipste eine Taschenlampe an.

Franz blickte sich um. Der Raum, in dem sie sich befanden, war völlig leer; der Steinfußboden zeigte viele Unebenheiten. Dem Eingang genau gegenüber sah er ein weiteres Tor, das ebenfalls geschlossen war. Roberto ging hin und schloss auch dieses auf; er stieß die beiden Türhälften mit einer feierlichen Gebärde auf und ließ dann den Strahl seiner Taschenlampe nach draußen scheinen. »Guck mal«, sagte er, »hier ist der siebte Weg, das Geheimnis des Siebensprungs!«

Und tatsächlich, hinter diesem zweiten Tor begann ein Pfad, der sich in den Wald hineinschlängelte und dann in der Dunkelheit verschwand.

»Wenn ich das gewusst hätte …«, flüsterte Franz überrascht. »Dass ich das noch nie gesehen habe!«

»Ja, das ist wirklich seltsam«, sagte Roberto. »Dieser Weg führt unmittelbar zum Treppenhaus. Früher ging man um das Kutscherhaus herum, und jeder wusste, wo der Weg begann. Aber nun ist er verborgen und vergessen. Der Gräuliche Graf hat ihn von Brennnesseln überwuchern lassen; Jan und ich haben tagelang gearbeitet, um ihn wieder begehbar zu machen … Wie spät ist es?«

»Ungefähr acht Uhr«, antwortete Franz.

»Ich brauche kaum eine Viertelstunde für die Strecke«, sagte Roberto. »Jedenfalls, wenn ich schnell fahre.«

»Du hast versprochen, langsam zu fahren«, sagte Franz.

Roberto knipste seine Taschenlampe aus. »Das wäre noch viel gefährlicher«, sagte er. »Tante Rosmarie hat gesagt ›Sei vernünftig‹ und nicht ›Sei vorsichtig‹. Wenn wir langsam fahren würden, hätte uns sofort ein Aufseher am Kragen.«

»Ein Aufseher?«, wiederholte Franz.

»Ja, dies hier ist ebenfalls verbotenes Gebiet. Der siebte Weg ist Eigentum des Gräulichen Grafen, wie auch diese Ruine hier.«

»Der siebte Weg gehört also dem Grafen?«, sagte

Franz. »Und dieses Gasthaus auch? Ich dachte, Jan Turelur …«

»Klar denken ist offenbar nicht deine Stärke«, kam Robertos Stimme aus der Dunkelheit. »Hat vielleicht der Schlag auf den Kopf dein Gehirn beschädigt? Jan Turelur hatte dieses Wirtshaus früher nur gepachtet, von irgendeinem reichen Mann in Langelaan. Vor einigen Jahren kaufte es der Gräuliche Graf dem Besitzer ab und er setzte Jan auf die Straße … Warum? Damit es nicht benutzt würde und schließlich einstürzen sollte! Um zu erreichen, dass der siebte Weg vergessen und verschwinden würde … Solange kein siebter Weg vorhanden ist, kann ihn auch niemand benutzen. Denn derjenige, der über den siebten Weg kommt, würde imstande sein, den Grafen zu töten – und das weiß er genau.«

Franz' Augen begannen sich allmählich an die Dunkelheit zu gewöhnen; er konnte jetzt den Weg erkennen, auf dem unzählige Pfützen glänzten. Die Bäume bewegten sich raschelnd. »Ziemlich vorausschauend, dieser Graf«, murmelte er. »Vor mehreren Jahren, hast du gesagt?«

»Ja. Aber Herr Thomtidom sagt, dass er den Roten Mann – so hieß dieses Gasthaus früher – zunächst aus einem anderen Grund gekauft habe«, flüsterte Roberto. »An dieser Stelle begann früher der geheime Gang, wo der Tolle Gregorius den Schatz fand.« Er tippte vorsichtig mit der Fußspitze auf den Boden, und Franz bildete sich ein, darunter ein hohles Geräusch zu hören. »Graf Gradus hat hier den ganzen Kram aufbrechen lassen«, fuhr der Junge fort. »Er hat jedoch nichts gefunden. Der Tolle Gregorius hat den Gang nämlich zuwerfen lassen und der Schatz befindet sich jetzt im Treppenhaus selbst.«

»Schade«, sagte Franz. »Der vergessene siebte Weg ist natürlich toll; aber ich hatte gehofft, irgendwann auch einmal in einen unterirdischen Gang zu kommen – so einen, in dem es spukt.«

»Och, Geister gibt es hier satt und genug!«, sagte Roberto fröhlich.

»Ja, das hast du mir schon mal erzählt – damals, als ich dich hier zum ersten Mal traf.«

»Unsere erste Begegnung hat im ›Durstigen Hirschen‹ stattgefunden«, sagte Roberto.

Franz gab ihm keine Antwort darauf. Es war manchmal wirklich schwierig, dachte er, mit jemandem umzugehen, der aus zwei Personen bestand.

»Jan Turelur könnte dir eine Menge Gespenstergeschichten erzählen«, fügte Roberto hinzu. »Und ich selbst auch ... Aber jetzt hab ich keine Zeit dazu; wir müssen uns auf den Weg machen. Halte dich gut fest, ich will nämlich sehr schnell fahren.«

»Willst du wirklich ...«, begann Franz, aber seine Worte gingen im Motorenlärm unter.

Dann schossen sie wie ein Pfeil über den siebten Weg.

Der Pfad war voller Hubbel und Löcher, so dass es manchmal schien, als würden sie vorwärts springen und nicht fahren. Außerdem war er sehr kurvenreich – aber trotz all dieser Schwierigkeiten gab Roberto immer noch mehr Gas. Franz überlegte, ob es auch wirklich noch Roberto war, der vor ihm saß, oder ob nicht doch der Mopro das Mofa lenkte.

Es wurde eine verrückte Fahrt – beängstigend laut und gefährlich, um mit den Worten des Magiers zu sprechen.

Franz wurde förmlich durcheinander geschüttelt und gestoßen; immer wieder schlugen ihm Zweige gegen den Leib, und all diese Dinge zusammen sorgten dafür, dass er wieder heftige Kopfschmerzen bekam. Wenn er versuchte, rechts oder links etwas zu erkennen, sah er nichts anderes als vorbeisausende Baumstämme. Schließlich kniff er resigniert die Augen zusammen und öffnete sie erst wieder, als Roberto plötzlich bremste und anhielt.

Der Pfad mündete in einen Klinkerweg – oder besser gesagt: Er lief allmählich in einen Klinkerweg aus, der zu einem hohen Eisengitter führte, zwanzig, dreißig Meter entfernt.

Franz stieg vom Rücksitz herunter und ließ ein unterdrücktes »Au!« hören, weil er seinen Knöchel nun wieder spürte. Das Mofa knatterte weiter. »Sind wir da?«, versuchte er den Lärm zu überschreien.

Die einzige Antwort war, dass Roberto langsam auf das Gitter zufuhr. Franz folgte ihm hinkend. Durch die Gitterstäbe hindurch sah er einen breiten Zufahrtsweg, der ins Niemandsland zu fahren schien. Auf beiden Seiten standen Bäume, die sich im Wind hin und her bewegten.

»He!«, rief er Roberto zu. »Mach doch den Motor aus!«

Der Junge achtete nicht auf ihn; stattdessen begann er, Runden zu drehen.

»Hör doch endlich auf mit dem Quatsch!«, rief Franz wütend. »Du hast heute Abend wahrhaftig genug waghalsige Touren gefahren.« Während er das sagte, wurde seine Vermutung zur Sicherheit. Roberto hatte sich wieder in den Mopro verwandelt.

Der Mopro hielt plötzlich dicht vor ihm an, brachte den Motor zum Schweigen und machte die Lampen aus.

»Ich meine mich zu erinnern«, sagte Franz in kühlem Ton, »dass du mir was von Aufsehern erzählt hast. Wenn du so weitermachst, werden die uns wahrscheinlich bald am Schlafittchen haben.«

»Was willst du denn?«, sagte die Stimme des Mopro. »Wir sind jetzt auf einem öffentlichen Weg und ich darf mich hier geradeso gut aufhalten wie jeder andere. *Ich* habe keine Angst vor einem doofen Grafen – auch wenn er in einem klotzigen Haus wohnt.«

Franz versuchte, das Eisentor zu öffnen; es war jedoch abgeschlossen. Allmählich erkannte er die Umrisse des Hauses; es lag ein ganzes Stück vom Weg entfernt. Er sah, dass hinter einigen Fenstern Licht brannte. »Wie kommen wir nur hinein?«, murmelte er.

»Das ist doch kein Problem!«, sagte der Mopro. »Traust du dich, über das Tor zu klettern und über sein Grundstück zu gehen? Au ja, das ist eine gute Idee. Wir werden diesem Grafen mal einen tüchtigen Schrecken einjagen …«

»Ich denke nicht daran«, sagte Franz. »Schließlich bin ich zu einem Vorstellungsbesuch hierher gekommen, falls du dich noch erinnerst. Schlag dir das gefälligst aus dem Kopf – uns hier in ein schlechtes Licht zu bringen.«

Der Mopro pfiff durch die Zähne. »Er hat Angst um seinen Job!«, rief er den Bäumen und den Wolken am Himmel zu. »Pfui«, fuhr er in verächtlichem Ton fort, »du bist schon genauso ein Heuchler wie Graf Griesenstein selbst. Wenn du erst einmal in seinem Haus bist, wirst du, genau wie jeder andere auch, vor ihm Männchen machen und brav Pfötchen geben. Aber dann bitte ohne mich, dass du es weißt!«

»Halt deinen Mund«, sagte Franz böse. »Du selbst hast mich schließlich hierher gebracht und jetzt kannst du mich nicht einfach im Stich lassen.«

Beide schwiegen einen Moment. Der Mopro war von seinem Mofa gestiegen; er hielt es mit einer Hand fest und rappelte mit der anderen am Tor – es quietschte entsetzlich. Dann wandte er sich Franz zu und begann, ihn mit einem Lied zu ärgern:

»Machet auf das Tor, machet auf das Tor,
Es kommt ein goldner Wagen …
Wer sitzet denn darin? Wer sitzet denn darin?
Ein Mann mit roten Haaren!«

Unglücklicherweise – oder auch absichtlich – ließ er das Mofa los, so dass es umfiel und unsanft gegen Franz' Fußgelenk schlug.

Der plötzliche Schmerz brachte Franz endgültig auf; außer sich vor Wut holte er aus und gab dem Mopro eine kräftige Ohrfeige.

»Das wirst du noch bereuen!«, rief dieser fluchend. »Jetzt kannst du was erleben. Ich …« Er unterbrach sich.

Der Wind trieb plötzlich die finsteren Wolken auseinander und der Mond erschien am Himmel – ein gespenstisch weißer Vollmond.

In seinem Licht wirkte das Gesicht des Mopros sehr bleich; er sah Franz nicht an, sondern starrte durch das Gittertor. Franz folgte seinem Blick und hielt den Atem an.

Jetzt sah er das Treppenhaus ganz deutlich: ein Wahnsinnshaus, ein Gebäude aus einem Alptraum … voller Türme und Türmchen, mit eckigen Auswüchsen und höckerartigen Anbauten, mit windschiefen Schornsteinen und merkwürdigen Zinnen auf den Dächern. Es sah aus, als ob es aus dem Erdboden gewachsen sei und nicht von Menschenhand gebaut – so bizarr waren die Umrisse.

Und der Himmel darüber glich einer aufgewühlten See; Wolkenfetzen mit grell beleuchteten Rändern huschten am Mond vorbei.

»Jetzt siehst du es …«, sagte der Mopro; seine Stimme klang unsicher. »Du musst …«

»Halt den Mund!«, sagte Franz noch einmal. »Verschwinde lieber; du stiftest doch nur Durcheinander.«

»Still!«, sagte der Mopro. »Ich höre etwas.«

»Das interessiert mich nicht«, sagte Franz unfreundlich. »Mach, dass du wegkommst.«

Er drehte aber trotzdem dem Treppenhaus den Rücken zu. Das Geräusch kam von der anderen Seite –

Rädergerassel und das Klicken von Pferdehufen auf dem Klinkerweg.

Dann sah er wieder den Mopro an, der langsam sein Mofa aufrichtete.

»Mach, dass du wegkommst«, wiederholte er, aber er war nun doch ein wenig verunsichert. Welchen von beiden hatte er jetzt vor sich? War Roberto zurückgekehrt?

Der Junge saß jedoch schon auf seinem Zweirad, und seine Stimme klang unwirsch, als er sagte: »Ich gehe ja schon! Da kommt deine olle Kutsche; ich bin also überflüssig.«

»Roberto …«, begann Franz.

Aber der Junge hatte den Motor schon angelassen, und kurz darauf fuhr er weg, ohne sich noch einmal umzudrehen. Er lenkte sein Mofa in den siebten Weg, und Franz sah das Licht zwischen den Bäumen immer wieder aufblitzen, bis es schließlich verschwand. Auf einmal tat es ihm Leid, dass er den Jungen weggeschickt hatte.

Jetzt stand er ganz allein vor dem verschlossenen Tor, während sich von weitem die Kutsche näherte.

Das war Nummer fünf –

und nun folgt das sechste Kapitel.

6
Franz betritt das Treppenhaus

Franz macht Bekanntschaft mit Graf Griesenstein NUMMER EINS

Die Wolken stürzten sich von neuem auf den Mond, behielten aber ihre leuchtenden Ränder. Der Weg lag jedoch wieder im Schatten und Franz konnte die Kutsche nur noch hören. Er fragte sich, wie Jan Turelur ihn wohl begrüßen würde; dann trat er ein wenig zur Seite, so dass er neben dem Tor stand – beinahe unsichtbar für jemanden, der nicht genau hinschaute.

Jetzt sah er die Kutsche aus der Dunkelheit auftauchen – sie war völlig schwarz, die Lichter in den Seitenlaternen waren gelöscht. Der Kutscher fuhr schnell; er kannte den Weg offenbar recht gut. Genau zur rechten Zeit, unmittelbar vor dem Tor, hielt er sein Fahrzeug an.

Franz sah zu, wie Jan Turelur abstieg und sich am Tor zu schaffen machte. Er besaß wohl einen Schlüssel, denn kurz darauf ging es knirschend auf. Das Pferd scharrte mit einem der Hufe über den Boden, als ob es sagen wollte: ›Ich möchte weiter!‹ Turelur machte jedoch keinerlei Anstalten, wieder auf den Bock zu klettern. Er ließ ein ratloses Brummen hören und sagte: »Ja, wir sind da. Aber was machen wir jetzt?« Er nahm die Mütze ab, kratzte sich am Kopf und brummelte erneut vor sich hin. Dann drehte er sich um, schlenderte umher und blieb schließlich stehen. Er starrte zum siebten Weg hinüber, als erwarte er, dass aus dieser Richtung jemand kommen würde.

Vielleicht wartet er auf mich, ging es Franz plötzlich durch den Kopf. Aber es schien ihm nicht sinnvoll zu sein, seine Anwesenheit zu verraten. Doch dann kam ihm eine glänzende Idee: Wenn ich jetzt schnell einsteigen würde? So komme ich vielleicht an mein Ziel!

Ganz leise schlich er zur Kutsche, seinen schmerzenden Knöchel verwünschend.

Das Pferd hob den Kopf und schnaubte. Franz öffnete vorsichtig die Tür; er musste in der Kutsche sitzen, bevor Turelur es merkte. Es war ja durchaus möglich, dass dieser noch immer keine Lust hatte, ihn zum Treppenhaus zu befördern. Am besten war es, wenn er als blinder Passagier mitfuhr. Ganz behutsam und nicht ohne Mühe stieg er ein. Zufrieden verkroch er sich in den dunkelsten Winkel – genau zur rechten Zeit, denn der Kutscher kam zurück und bugsierte das Fahrzeug durch das Tor, das er anschließend wieder sorgfältig verschloss. Dann stieg er auf den Bock und ließ seine Peitsche knallen.

Du liebe Güte, sagte Franz im Stillen. Graf Griesenstein macht es den Leuten wahrhaftig nicht leicht, in seine Behausung einzudringen. Ob das Tor wohl immer abgeschlossen ist? Wie mag er das dann mit seinen Lieferanten machen?

Er schob das Fenster herunter, um hinausschauen zu können; er konnte jedoch das Treppenhaus nicht mehr sehen. Es fiel ihm auf, dass Jan Turelur sehr langsam fuhr – so als zögere er immer noch und als sei er mit sich selbst im Zwiespalt. Trotzdem waren sie bestimmt nicht länger als zehn Minuten gefahren, als sie eine große Kurve machten und anhielten.

Jan Turelur kletterte vom Bock herunter. Franz steckte seinen Kopf aus dem Fenster und fragte: »Sind wir da?«

Er hätte am liebsten laut losgeprustet vor Lachen, so verblüfft war der Kutscher. Er wich erschrocken zurück, und es war deutlich zu merken, dass ihm der Atem stockte. »D-du bist es?«, stammelte er.

»Jawohl, ich bin es«, antwortete Franz freundlich. »Du kannst mir wirklich dankbar sein, dass du deinen Fehler wieder gutmachen konntest und mich bis vors Treppenhaus fahren durftest.«

Jan Turelur murmelte einen unverständlichen Fluch. Aber dann sagte er in einem Ton, der beinahe höflich klang: »Ja, mein Herr.« Und er half Franz sogar beim Aussteigen. »Wie sind Sie denn hierher gekommen?«, erkundigte er sich.

»Roberto hat mich bis zum Eingangstor gebracht«, antwortete Franz. »Und zwar über den siebten Weg. Du bist nicht der Einzige, der das kann!«

»Psst!«, mahnte ihn der Kutscher. »Sag das nicht zu laut.« Er warf einen besorgten Blick zum Treppenhaus hinüber.

Franz schwieg. Irgendwo klapperte ein Fenster und eine Katze jammerte schwermütig und falsch.

Von nahem gesehen wirkte das Treppenhaus weniger bedrohlich, aber immer noch sehr eigenartig. Selbst im Dunkeln konnte er erkennen, wie kompliziert es gebaut war – voller Nischen und Vorbauten, vorspringenden Dächern und Balkonen, mit vielen Fenstern und Erkern, mit Schornsteinen, die wie Türme aussahen, und Türmen in der Form von Schornsteinen, und mit Wetterfahnen auf den Dächern. Vor dem Haus befand sich eine Freitreppe, die von zwei Laternen flankiert wurde; sie gaben ein schwaches, flackerndes Licht.

»Sie gehen am besten durch den Hintereingang hinein«, sagte der Kutscher.

»Ist dies denn die Rückseite?«, fragte Franz, während er mühsam die Stufen der Freitreppe hinaufging.

»Ja. Wie ich sehe, haben Sie noch etwas Schwierigkeiten beim Laufen«, sagte der Kutscher. Er machte eine Bewegung, als wolle er Franz helfen; aber der tat, als merke er es nicht.

Die erste Treppe des Treppenhauses besaß zum Glück nicht viele Stufen, und kurz darauf zog Jan Turelur an einem Strick, der neben der Hintertür hing. Der Klang einer Glocke schallte durch das Haus. Der Kutscher tippte an seine Mütze, brummte einen Gruß und ging dann zurück zu seiner Kutsche.

Franz wartete; er hörte das Geräusch von Schritten, aber es dauerte noch eine Zeit lang, bevor die Tür geöffnet wurde.

Eine magere Frau mit einem säuerlichen Gesicht bat ihn unfreundlich, einzutreten. Franz dachte plötzlich an die Schwelle, die er überschritt; er hatte jedoch keine Zeit, um nachzusehen, ob auf dem Türbalken eine Inschrift stand.

Die Frau machte ihn auf eine Stufe aufmerksam und ging dann schweigend voraus. Franz folgte ihr durch eine Halle mit Steinfußboden, ein kleines Treppchen hinauf, durch einen mit Eichenholz verkleideten Gang, ein schmales Treppchen hinab, durch einen zweiten holzgetäfelten Flur und dann eine breite Treppe hinauf, die in eine kalte, mit Fliesen belegte Diele führte. Sämtliche Räume waren schlecht beleuchtet. Sie kamen an vielen Türen vorbei; einige waren offen, und dahinter sah Franz noch weitere Treppen, die teils hinauf und teils hinab führten. Manchmal glaubte er, Schritte zu hören – andere als seine eigenen oder die der schweigenden Frau: Tritte hinter und vor ihnen, ein Trippeln über ihnen und Laufen unter ihnen. Er dachte kurz an Iwan, den Spion, der so gut schleichen konnte, und er überlegte, wo sich wohl das Kind befand, das in diesem Haus gefangen saß …

Am Ende der kahlen Diele musste er wieder neun Stufen hinaufsteigen (er war jetzt so weit, dass er sie zählte), und dann blieb er stehen, um sich auszuruhen.

Die magere Frau sah ihn missbilligend an; sie schob einen roten Samtvorhang beiseite und sagte: »Hier bitte; der Graf erwartet Sie.« Dann drehte sie sich um und verschwand.

»Und jetzt«, sagte Franz zu sich selbst, »begebe ich mich in die Macht des *Gr… Gr…*, der inmitten all dieser Treppen sitzt und wartet – wie eine Spinne zwischen den Fäden ihres Netzes. Ich fühle mich wie eine Fliege, die überlegt, wie sie wohl je wieder hinauskommen könnte.«

Nach ein paar Schritten blieb er nochmals stehen und machte große Augen.

Er war in einem riesigen Saal gelandet, der einen prachtvollen Parkettfußboden hatte. Rundum befanden sich Galerien, zu denen frei stehende Holztreppen hinaufführten. Dieser Raum war viel besser beleuchtet: Lange Kerzen brannten in hohen kupfernen Kandelabern. Rüstungen standen unbeweglich an ihrem Platz, und außerdem war da noch ein schlanker Herr im grauen Anzug, der auf ihn zukam und ihn mit einer Verbeugung begrüßte. Graf Griesenstein!

Er sah so völlig anders aus, als Franz ihn sich vorgestellt hatte, dass er im ersten Moment kaum glauben konnte, dass es wirklich der Gräuliche Graf war – wie Roberto ihn nannte.

Ein schlanker Herr in einem gut geschneiderten Anzug, mit einem etwas farblosen Gesicht, blondem Haar und grauen Augen. Er hatte nichts Geheimnisvolles oder Exzentrisches an sich und er passte absolut nicht zu diesem Haus – in Den Haag würde er viel eher am richtigen Platz sein.

»Herr van der Steg?«, sagte er, mit einer kühlen, aber doch angenehmen Stimme. »Mein Name ist Griesenstein. Willkommen hier im Hause.«

Franz empfand sich plötzlich als plump und unordentlich, obwohl der Graf viel zu vornehm war, um sein eventuelles Staunen über die Beule und das Pflaster merken zu lassen. Stattdessen äußerte er die Hoffnung, dass ihm die Fahrt zum Treppenhaus gefallen habe. »Mein Fahrzeug ist ein wenig altmodisch«, sagte er,

»aber man muss schließlich seinem Stil treu bleiben, nicht wahr?«

»Oh, es war eine ganz außergewöhnliche Fahrt«, sagte Franz und lachte im Stillen.

»Sie meinen das doch hoffentlich im positiven Sinn?«, fragte der Graf.

»Natürlich, Herr Graf«, sagte Franz. »Jan Turelur ist ein besonders guter Kutscher.«

»Jan Tu-re-lur?«, wiederholte der Graf langsam. Sein Gesicht war völlig ausdruckslos. Trotzdem hatte Franz den Eindruck, dass er sich aus irgendeinem Grund betroffen fühlte und über etwas nachdenken musste. »Turelur?«, sagte Graf Griesenstein nochmals. »Heißt mein Kutscher Turelur? Woher wissen Sie das?«

Auf einmal erinnerte sich Franz, dass Roberto ihm gesagt hatte, dass er diesen Namen in Zukunft nicht mehr aussprechen solle. »Ich weiß es nicht mehr genau«, antwortete er, und es war ihm dabei nicht ganz wohl in seiner Haut, »ich glaube, er hat es mir selbst gesagt … oder nein, vielleicht war es doch jemand anderes … Ich fand den Namen so komisch, dass ich ihn behalten habe. Ich habe ihn sicher falsch verstanden.«

»Ja, das glaube ich auch«, sagte der Graf und lächelte flüchtig. »Ich kann mir nicht vorstellen, dass dieser Name in irgendeinem Bevölkerungsregister zu finden ist.« Er wandte seine Augen von Franz ab und blickte durch den Saal.

Franz wollte noch etwas dazu sagen, beschloss aber dann doch, dieses Thema auf sich beruhen zu lassen. Ich wollte, die Verschworenen hätten sich ein bisschen deutlicher ausgedrückt!, dachte er. Was würde Graf Griesenstein wohl sagen, wenn er alles wüsste? Wahrscheinlich würde er die Augenbrauen hochziehen und sich in aller Ruhe nach der nächstgelegenen Nervenheilanstalt erkundigen.

Andererseits … jemand, der in einem solchen Haus wohnte, würde sich wahrscheinlich nicht so schnell über irgendetwas wundern … In diesem Saal zum Beispiel konnte einem regelrecht schwindelig werden!

Franz sah sich noch einmal um. Auf allen Seiten führten Holztreppen zu den Galerien hinauf, und von diesen Galerien aus gingen noch viel mehr hölzerne Treppen auf weitere Galerien, die sich darüber befanden, und vorn dort aus führten andere Treppen zu noch höher gelegenen Galerien, von denen wieder neue Treppen zu gewölbten Öffnungen in den Wänden führten. Ganz hoch über sich sah er die dunklen Dachsparren.

»Man nennt diesen Raum *Gregorius' Kleiner Festsaal*«, sagte Graf Griesenstein.

Franz überlegte, wie dann wohl der *Große* Festsaal aussehen mochte.

»Dieser Raum ist hübsch restauriert, nicht wahr?«, sagte der Graf. »Aber zu einem ruhigen Gespräch ist er ungeeignet. Kommen Sie bitte mit.«

Als sie quer durch den Saal gingen, hielt er kurz inne und sagte: »All die Stufen hier waren Ihnen doch hoffentlich nicht zu viel, Herr van der Steg?«

»Oh, machen Sie sich deswegen keine Gedanken«, sagte Franz. »Ich habe mir gestern den Fuß ein wenig verstaucht; das ist alles.«

»Doch hoffentlich nicht infolge eines ernsthaften Unfalls?«, fragte der Graf.

»O nein«, erwiderte Franz schnell. »Ich bin gefallen – die Treppe hinunter.« Er biss sich auf die Lippen. Das war bestimmt die dümmste Antwort, die ihm hätte einfallen können! »Sie brauchen aber nun nicht zu denken, dass mir so etwas öfter passiert«, fügte er hastig hinzu. »Es war das erste Mal in meinem Leben, dass ich eine Treppe hinuntergefallen bin.«

»Und nun muss ich Sie leider bitten, wieder eine hinaufzugehen«, sagte der Graf und öffnete eine Tür. »Gehen Sie bitte vor; es sind nur zweiundzwanzig Stufen.«

Franz stieg vorsichtig eine steinerne Wendeltreppe empor, die zu einem Zimmer führte, das ihm wie eine Oase vorkam – ein Raum in den Farben Blau und Weiß, geschmackvoll mit Rokoko-Stilmöbeln eingerichtet.

In einem kleinen offenen Kamin brannte ein einladendes Feuer, und nachdem der Graf die Tür geschlossen hatte, war keine Treppe mehr zu sehen.

Kurz darauf saßen sie in zierlichen Sesseln einander gegenüber – in der Mitte ein kleines Tischchen, auf dem eine Kaffeekanne über einem Wachslicht warm gehalten wurde.

»Ich werde uns selbst bedienen«, sagte der Graf. »Meine Haushälterin hat um acht Uhr Feierabend; sie ist dann müde, nach einem ganzen Tag treppauf, treppab.«

»Ihr Haus ist allerdings sehr sonderbar«, sagte Franz.

»Es ist genau genommen abscheulich«, sagte der Graf.

»Eine gräuliche Ansammlung von schlechtem Geschmack und unmöglicher Architektur, und zudem sehr unbequem. Aber es ist sehr gesund, hier ein Weilchen zu wohnen«, fuhr er fort. »In dieser unserer Stromlinienzeit mit lauter zweckmäßigen Gebäuden kommt die Seele viel zu kurz. Jeder Mensch braucht ein Stückchen Mysterium – sei es auch nur in Form von Treppen und Gängen, verborgenen Türen oder drehbarer Wandverkleidung.«

»Da ist was dran«, meinte Franz. Graf Griesenstein schien ein vernünftiger Mann zu sein … möglicherweise war er überhaupt die erste vernünftige Person, dachte er plötzlich, die ihm in dieser Woche begegnet war.

»Doch jetzt zur Sache«, sagte der Graf. »Sie bieten Ihre Dienste als Hauslehrer an – der Junge, den Sie eventuell unterrichten werden, ist mein Neffe und Schüler. Sie haben ja in meiner Anzeige gelesen, dass er zehn Jahre alt ist – nebenbei bemerkt, er wird demnächst elf. Sein Name ist Gerd-Jan Griesenstein; er ist Vollwaise und ich bin sein einziger Angehöriger.« Er presste die Fingerkuppen gegeneinander und betrachtete Franz mit forschendem Blick. »Weshalb haben Sie mir auf die Annonce hin geschrieben?«, fragte er.

»Ich …«, begann Franz. Wenn ich doch nur wüsste, was ich geschrieben habe!, dachte er. »Es schien mir eine verlockende Aufgabe zu sein«, sagte er, »und außerdem wollte ich gerne einen Nebenverdienst haben.«

Im selben Augenblick wünschte er, die letzte Bemerkung nicht gemacht zu haben; doch der Graf nickte zustimmend und sagte: »Ihre Zeugnisse sind ausgezeichnet; deshalb war ich zunächst etwas überrascht, dass Sie noch so jung sind.«

Zeugnisse!, dachte Franz. Auch das noch! Der Magier hat aber auch an alles gedacht! Habe ich mich nun an Urkundenfälschung mitschuldig gemacht?

»Sie unterrichten an einer Dorfschule hier in der Nähe«, fuhr der Graf fort. »Haben Sie denn nebenher noch Zeit, um den Posten des Hauslehrers auf sich zu nehmen?«

»O ja, Herr Graf«, sagte Franz. »Ich habe jeden Mittwoch- und Samstagnachmittag frei und außerdem sämtliche Abende bis auf den Freitag.«

»Die Abende scheinen mir nicht so sehr geeignet«, sagte der Graf. »Sie müssen wissen, dass die Gesundheit meines Neffen zu wünschen übrig lässt, deshalb darf er vorläufig keine Schule besuchen. Und er muss selbstverständlich früh zu Bett.«

»Wenn er gesundheitlich anfällig ist, scheint es mir sehr vernünftig, ihn nicht den ganzen Tag lang mit Unterrichtsstunden zu plagen«, sagte Franz. »Die Mittwoch- und Samstagnachmittage reichen dann sicher aus. Lassen Sie ihn im Übrigen viel draußen spielen, an der frischen Luft.«

»Gerd-Jan hält nicht viel von frischer Luft«, sagte der Graf gemessen. »Er spielt seine eigenartigen Spiele lieber drinnen.«

»Vielleicht könnten Sie einmal andere Kinder einladen«, begann Franz. »Wenn sie zusammen spielen …«

»Nein!«, fiel Graf Griesenstein ihm abrupt ins Wort. In milderem Ton fuhr er fort: »Gerd-Jan ist viel zu nervös! Er hat eine ruhige und behütete Umwelt nötig … Und jetzt überlege ich mir doch, ob Sie genügend Takt und Weisheit besitzen, um ihn zu unterrichten …«

Ein vages Gefühl des Misstrauens beschlich Franz. Die Verschworenen hatten vielleicht doch Recht! »Aber der Junge muss doch etwas lernen«, sagte er. »Ich weiß zwar nicht, ob ich über viel Weisheit oder Takt verfüge – aber auf jeden Fall bin ich Lehrer von Beruf.«

Graf Griesenstein lächelte freundlich. »Sie machen den Eindruck, als hätten Sie einen gesunden Menschenverstand«, sagte er. »Und wie ich schon sagte, Ihre Zeugnisse …« Er streckte die Hand nach der Kaffeekanne aus; ein großer Siegelring funkelte an einem seiner Finger. »Nun gut«, sagte er, während er zwei Tassen voll schenkte, »ich nehme Sie probeweise … sagen wir bis zu den Weihnachtsferien, mit beidseitiger Kündigungsmöglichkeit. Wenn wir einander gefallen, werden wir den Vertrag verlängern. Wären Sie damit einverstanden?«

»Ja sicher, Herr Griesenstein«, sagte Franz.

»Also vorläufig jeden Mittwoch und Samstag«, fuhr der Graf fort. »Und was halten Sie vom Sonntag? Oder sind Sie prinzipiell dagegen?«

»Nun ja … eigentlich finde ich, dass der Sonntag ein Ruhetag sein sollte«, meinte Franz zögernd.

»Sie könnten dann mit Gerd-Jan spielen«, sagte der Graf. »Sie haben ja selbst gesagt, dass Spielen gut wäre für seine Gesundheit. Es müsste natürlich nicht jeden Sonntag sein …«

Sie vereinbarten, dass Franz gleich am nächsten Samstagnachmittag beginnen sollte, um auf jeden Fall am Sonntag danach einmal zu Besuch zu kommen. Er würde jeweils mit der Kutsche abgeholt und wieder nach Hause gebracht werden.

Es ist gelungen!, dachte Franz. Obwohl er sich nie darum beworben hatte, war er nun doch sehr froh, die Stelle bekommen zu haben. Außerdem bekam er ein gutes

Gehalt dafür. Er hätte nur gerne Gerd-Jan einmal gesehen, aber der war natürlich längst im Bett.

Kurz darauf erhob er sich, um zu gehen, und Graf Griesenstein begleitete ihn bis in Gregorius' Kleinen Festsaal. Dort waren inzwischen die meisten Kerzen gelöscht.

»Ich werde meinen Kutscher rufen«, sagte der Graf. »Warten Sie hier einen Augenblick.«

Nun stand Franz ganz allein in dem halbdunklen Saal; doch nach wenigen Augenblicken kam es ihm vor, als sei er keineswegs allein ... Er blickte sich suchend um. Kein Fuß berührte die Treppen und trotzdem knarrten die Stufen – und ganz oben, in einer Nische, schien sich etwas zu bewegen. Iwan? Wer war er, der unbekannte Spion? Einer der Dienstboten, den er noch nicht gesehen hatte? Der Kutscher war es nicht und die Haushälterin konnte es auch nicht sein ...

Er hörte die Stimme des Grafen, irgendwo im Haus: »Jan! Jan Turelur ...«

Jetzt knarrte wieder etwas, ganz in der Nähe, über seinem Kopf. Er drehte sich um und diesmal sah er wirklich etwas!

Eine kleine Gestalt verschwand hinter der Balustrade der obersten Galerie. Sie war nicht schwarz, sondern weiß ... Auf jeden Fall war es nicht Iwan; es konnte ein Kind gewesen sein, ein Junge im Schlafanzug.

»Das Fahrzeug steht bereit«, sagte Graf Griesenstein unerwartet hinter seinem Rücken. Franz fuhr erschrocken zusammen.

»Ich danke Ihnen sehr«, sagte er rasch. Von der kleinen Gestalt an der Balustrade erwähnte er nichts; er konnte es gut verstehen, dass Gerd-Jan seinen Hauslehrer kurz in Augenschein nehmen wollte. Aber als er sich noch einmal umschaute, bevor er den Saal verließ, war auf der Galerie kein Mensch mehr zu sehen.

Franz bekommt Streit mit Jan Turelur NUMMER ZWEI

Franz verweilte einen Augenblick vor dem Türbalken des Hintereingangs; es stand tatsächlich eine Inschrift darauf, undeutlich und halb verwischt.

Der Schatz sei verborgen, solang bis ein Kind …

Dann ging er, oder besser gesagt, hinkte er zur Kutsche, die vor der Freitreppe auf ihn wartete. Jan Turelur hatte ihm sein Gesicht zugewandt; sein Blick war ohne Zweifel boshaft. Vielleicht schien es aber auch nur so und die Unheil verkündenden Funken in seinen Augen wurden nur durch das Licht des Mondes hervorgerufen. Der Wind hatte alle Wolken vertrieben und es war sehr kalt. Franz stieg ein; das Fahrzeug setzte sich in Bewegung, noch ehe er die Tür geschlossen hatte. Der Kutscher feuerte das Pferd mit einem wüsten Schrei an und ließ wiederholt seine Peitsche knallen.

Nach einem kurzen Aufenthalt beim Tor fuhren sie über den Klinkerweg weiter. Wir nehmen also den normalen Weg nach Hause, dachte Franz.

Doch schon nach wenigen Minuten verlangsamte die

Kutsche ihre Fahrt; sie machte eine Kehrtwendung und fuhr zurück. Franz schaute hinaus und überlegte, ob der Kutscher wohl etwas vergessen hatte. Kurz darauf machte das Fahrzeug erneut einen Schwenker, und da sah er, dass sie in den siebten Weg einbogen. Beruhigt machte er es sich ein wenig gemütlicher und legte das verletzte Bein auf die Bank gegenüber. Sein kurzer Besuch im Treppenhaus hatte ihn mehr ermüdet als ein langer Spaziergang.

Graf Griesenstein!, dachte er. Noch in der vorigen Woche war er nichts anderes als *Gr… Gr…* Ich kann noch immer nicht so recht glauben, dass er ein grimmiger Griesgram ist oder ein böser Onkel … Ja, es ist genau eine Woche her, dass ich seinen ersten Brief erhielt; dabei scheint es schon viel länger zu sein …

Er versuchte, seine Erlebnisse rückblickend zu betrachten, wie es dem nüchternen und vernünftigen Lehrer geziemte, für den ihn der Graf hielt. Aber es war und blieb eine mysteriöse Geschichte. Herr Thomtidom hatte in seinem Namen auf die Anzeige geschrieben, sich jedoch nicht die Mühe gemacht, ihn darüber auch nur zu informieren … das konnte man doch zumindest als unhöflich bezeichnen …

Franz blickte wieder hinaus. Sie fuhren jetzt viel langsamer; das ging auch gar nicht anders, denn dieser Weg war gerade breit genug für die Kutsche. Wo mochte der Mopro jetzt sein? War er in die Stadt geflitzt, um ins Kino zu gehen? Oder in die Disko? Oder hatte er sich in Roberto verwandelt und war bei seiner Tante Rosmarie oder in seinem Zelt?

Vorige Woche, dachte er, hatte Roberto natürlich in Turelurs Wirtshaus gewartet, um die Tore zu öffnen, so dass das Fahrzeug quer durchs Kutscherhaus fahren konnte. Und als ich mich weigerte, weiter mitzufahren, war er vermutlich so enttäuscht, dass er zum Mopro wurde. Der Kutscher hat dann seine Wut im »Durstigen Hirschen« ersäuft; man kann an seiner Nase sehen, dass er dort häufig zu Gast ist …

Das Fahrzeug hielt wieder an; jetzt hatten sie die Wirtshausruine erreicht und Jan Turelur musste die doppelten Tore öffnen. Dann fuhren sie ratternd durch das Kutscherhaus und kurz darauf blieben sie am Siebensprung stehen.

Die Lichtung lag im hellen Mondschein. Jetzt waren auf einmal zwei Wegweiser da – der zweite war der Schatten des ersten.

Franz hörte den Kutscher wiederum absteigen und einen Augenblick später wurde die Kutschentür aufgerissen. Vor ihm erschien Turelur als dunkle, drohende Gestalt; er hob seine Peitsche und kommandierte barsch: »Aussteigen!«

»Aussteigen?«, wiederholte Franz erstaunt. »Wir sind doch erst am Siebensprung. Du sollst mich doch nach Hause bringen!«

»Jawohl, ich sollte dich nach Hause bringen«, sagte der Kutscher. »Der Graf rief mich und sagte: *›Bring ihn nach Hause, Jan Turelur.‹* Du elender Verräter!«

»Verräter?«, sagte Franz, der nichts begriff, aber etwas beunruhigt war. »Hör mal, was hast du denn jetzt schon wieder?«

»Was gegen dich, das hab ich!«, antwortete Turelur wütend. »Und zwar hab ich eine ganze Menge gegen dich! Ich hab nie kapiert, warum sie so verrückt auf dich waren – auch wenn du tausendmal ein Schulmeister bist. Aber gut, sie wussten es eben besser als ich. Das glaubten sie wenigstens; jetzt stellt sich heraus, dass ich Recht hatte. Du nennst dich ROTER FRANZ, aber den ROTEN MANN steckst du dir an deine Stiefel und trittst ihn mit Füßen! Ich wünschte, dass du dir den Fuß gebrochen hättest, Roter Franz, und dass ich dir statt einer Beule gleich zwei blaue Augen geschlagen hätte!«

Franz zog sein Bein von der Bank herunter und sprang auf. »Jetzt reicht es mir aber, Turelur!«, rief er.

»Turelur, Turelur!«, wiederholte der Kutscher zornig.

Franz machte eine abwehrende Bewegung, weil er tatsächlich einen Angriff fürchtete. Doch dann nahm er sich zusammen und sagte: »Was ist denn eigentlich mit diesem Namen los? *Ich* hab ihn dir jedenfalls nicht gegeben! Von mir aus kannst du ebenso gut anders heißen.«

»Jetzt ist das Maß aber voll!«, sagte der Kutscher mit bebender Stimme. »Raus mit dir!«

Franz van der Steg rief Franz den Roten zu Hilfe. »Nicht, bevor du mir erzählt hast, warum!«, sagte er fest entschlossen. »Ich habe doch wohl ein Recht darauf, den Grund für dein unhöfliches Benehmen zu erfahren.«

Seine Haltung schien eine beruhigende Wirkung auf Jan Turelur auszuüben. »Von Rechtssachen verstehe ich nicht viel«, sagte er, »aber den Grund kann ich dir im Handumdrehen sagen: In meinen Augen bist du ein

Hampelmann! Erst hattest du Angst, den siebten Weg zu betreten, und gestern hast du dich von mir niederschlagen lassen, als wärst du eine Fliege. Und wenn du auch ein Schulmeister bist, so warst du trotzdem nicht in der Lage, deine Kinder daran zu hindern, mein Eigentum zu zerstören. All dies geht ja noch an, Herr Franz der Rote – aber mich dem Grafen zu verraten ... das schlägt dem Fass den Boden aus! Um es genauer zu sagen: Das schlägt mir die Tür zu – ich meine die Tür des Treppenhauses. Diese Tür ist für mich nun verschlossen und das hast du angerichtet! Raus hier ...«

»Aber wieso denn?«, rief Franz.

»Hast du dem Grafen gesagt, wie ich heiße, oder nicht?«

»Nein ... ja ...«, stammelte Franz. »Aber ich wusste doch nicht ...«

»Ich wusste doch nicht!«, äffte der Kutscher ihn nach. »Wusstest du nicht, dass ich mit dem Grafen eine Rechnung zu begleichen habe? Er hat mir den ROTEN MANN abgenommen – das beste Wirtshaus zwischen Roskam und dem Treppenhaus. Er hat mich hinausgesetzt, und ich habe geschworen, mich zu rächen. Das weiß er geradeso gut wie du ...«

»Ich hab es *nicht* gewusst«, protestierte Franz.

»Graf Griesenstein weiß es nur allzu gut«, sagte der Kutscher. »Und hast du vielleicht gedacht, dass ich unter meinem richtigen Namen für ihn arbeiten würde? Das glaubst du doch wohl selber nicht! Ich hätte mich Petersen genannt oder Becker oder meinetwegen Roggenbrot – aber nicht Turelur!«

»Jetzt verstehe ich es«, sagte Franz. Ach, warum hatte ihm keiner der Verschworenen die Situation deutlich erklärt?

»Und vorhin, da kommt nun der Graf zu mir«, fuhr der Kutscher fort, »und er lächelt ein bisschen auf seine gemeine Art und Weise und sagt: ›*Jan Turelur*, bring Herrn van der Steg nach Hause.‹ Damit ist jede Möglichkeit, mich zu rächen, im Eimer! Denn gleich, wenn ich zurückkomme und die Pferde ausgespannt habe, wird der Graf mir dasselbe sagen, was ich jetzt zu dir sage: Raus mit dir!«

»Es tut mir wirklich Leid«, sagte Franz. »Ich hab es bestimmt nicht mit Absicht getan …«

»Raus!«, schnaubte der Kutscher.

»Ich kann ja kaum laufen! Und zwar durch deine Schuld …«

»Das ist mir ganz egal«, erklärte Jan Turelur. »Du kannst dich von mir aus bei Jungfer Rosmarie ausheulen und dich von ihr verwöhnen lassen. Wenn du den Mut hast, übernachte meinetwegen im Roten Mann, da wimmelt es von Gespenstern …« Und voll hämischer Schadenfreude fügte er hinzu: »Da geistert der Graue Klausner herum oder vielleicht auch der Schatten des Ritters Grimbold … Und außerdem spuken dort die Geister sämtlicher Gäste, die nun nicht mehr einkehren können …« Er fuhr fort: »Ich fahre jetzt nach Roskam, um mich im ›Durstigen Hirschen‹ zu besaufen. Also zum letzten Mal: Rrraus!«

Franz steckte die Hände in die Taschen und rührte sich nicht.

»Nein«, sagte er. »Es ist schon spät; du bringst mich nach Hause, wie es sich gehört, Turelur!«

Franz ließ seine Augen durch die Klasse schweifen. Es war mäuschenstill. Seine Schüler warteten voller Spannung darauf, wie die Auseinandersetzung mit dem bösen Kutscher zu Ende gegangen war. Auf jeden Fall hatte ihr Lehrer es überlebt, denn er war an diesem Freitag wieder zur Schule gekommen – wenn er auch ziemlich stark humpelte und eine Beule auf der Stirn hatte, die in allen Regenbogenfarben zu schillern begann. Jetzt saß er gemütlich an seinem Tisch und lächelte vor sich hin – zum ersten Mal, seit er von Jan Turelur erzählte.

Es war nicht gerade angenehm gewesen, den Kindern bekennen zu müssen, dass Franz der Rote schmachvoll niedergemäht worden war! Das war dem Helden seiner früheren Geschichten nie passiert. Dafür hatte er gehofft, seine Schüler mit etwas Besonderem überraschen zu können: mit der Enthüllung des Geheimnisses vom Siebensprung. Aber das war ein Reinfall geworden! Mitten im Erzählen hatte Kees ihn unterbrochen. Der Junge war aus der ersten Bank, in der er allein saß, aufgesprungen. »Herr Lehrer!«, hatte er aufgeregt gerufen. »Das hab ich gewusst! Ich hab ihn gesehen, den siebten Weg!«

»Du hast den siebten Weg gesehen?«, hatte Franz gefragt. »Wann denn? Und warum hast du mir das nicht erzählt?«

»Als wir am Roten Mann waren, Montagnachmittag«, hatte Kees geantwortet. »Ich wollte es Ihnen sagen, Herr Lehrer, aber Sie hörten mir nicht zu und riefen nur, dass ich herunterkommen sollte.«

Es war für Franz ein großer Schock gewesen, zu erfahren, dass die ganze Klasse schon tagelang von der Existenz des siebten Weges gewusst hatte. Die Freude am Erzählen verging ihm dadurch ein wenig; sie kehrte erst zurück, als er das Treppenhaus beschrieb und seine erste Begegnung mit Graf Griesenstein. Danach sprach er über seine Heimfahrt, samt deren Aufenthalt am Siebensprung. »Ich sagte: ›Es ist schon spät‹, erzählte Franz. ›Du bringst mich nach Hause, wie es sich gehört, Turelur!‹« Er steckte seine Hände in die Hosentasche und schwieg ein Weilchen.

»Und dann?«, rief Martin, der es nicht länger aushalten konnte. Franz tat, als hätte er ihn nicht gehört. Er richtete seinen Blick auf die letzte Bank und sagte: »Arie! Ich müsste zu dir nach hinten kommen; da mir aber das Gehen noch schwer fällt, bitte ich dich, zu mir zu kommen.«

Arie gehorchte – mit einem Gesicht, als überlegte er, was er jetzt wohl wieder angestellt hatte. Als er vorn am Tisch stand, hielt der Lehrer ihm seine Pistole hin.

»Arie«, sagte er feierlich, »hier hast du dein Eigentum zurück mit bestem Dank fürs Leihen.«

»Hä?«, machte Arie.

»Diese Pistole hat mich gerettet«, sagte Franz. »Ich richtete sie auf Jan Turelur, so – und sagte: ›Genügt dir dieses Spielzeug, um dich zum Gehorsam zu zwingen?‹«

Franz der Rote fuhr mit seiner Erzählung fort: »Jan Turelur wich zurück. Ich wollte, ihr hättet sein Gesicht sehen können! Er konnte kein Wort mehr herausbringen. ›Lass deine Peitsche fallen‹, sagte ich, *›und Hände hoch!‹* Er gehorchte sofort. Dann stieg ich aus der Kutsche – ich muss dazu sagen, dass mir das ziemlich schwer fiel – und kletterte auf den Bock, was mir noch mehr Schwierigkeiten bereitete, denn ich musste ihn dabei ständig mit der Pistole bedrohen. Erst wollte ich selber nach Hause fahren und ihn am Siebensprung zurücklassen. Das wäre seine verdiente Strafe gewesen. Aber dann dachte ich, diese Kutsche gehört dir nicht und außerdem kann ich ... Na ja, das tut nichts zur Sache. ›Jan‹, befahl ich also, ›heb deine Peitsche auf und setz dich neben mich.‹ Ich fuchtelte ein bisschen mit der Pistole herum und der Kutscher fluchte; aber er tat, was ich sagte. Als er neben mir saß, drückte ich ihm meine Pistole ... ich meine Aries Pistole ... gegen die Rippen und befahl: ›Fahr mich nach Haus!‹ und *ri-ra-rutsch*, da fuhr die Kutsch!«

Franz lachte. »Wir flogen nur so über den Weg«, sagte er. »Ab und zu wurde es Jan zu bunt, und dann bat er mich, ob ich nicht mein Schießeisen irgendwo anders hin richten könne. Sonst würde ich ihn vielleicht noch zufällig erschießen ...«

Die Klasse lachte schallend. Arie nahm seine Pistole und betrachtete sie ehrfürchtig.

»Und so kam ich nach Hause«, schloss Franz seinen Bericht, »wohlbehalten und sicher.«

Arie hüstelte und sagte mit opferbereiter Miene: »Sie dürfen die Pistole noch eine Weile ausleihen, Herr Lehrer. Vielleicht haben Sie sie noch einmal nötig.«

»Sehr nett von dir, dieses Angebot«, sagte Franz,

»aber ich brauche sie nicht mehr, Arie. Im Treppenhaus werde ich sie bestimmt nicht nötig haben. Graf Griesenstein ist ein ordentlicher Mann …«

Arie sah erleichtert aus, aber Martin sagte: »*Gr… Gr…* tut bestimmt nur so als ob. Ich wette, dass er auch eine Pistole besitzt, und zwar eine echte!«

Marianne fragte: »Und Jan Turelur, Herr Lehrer? Was ist aus dem geworden?«

»Das weiß ich nicht«, antwortete Franz. »Ich nehme an, dass er zurück zum Treppenhaus gefahren ist.«

»Hat ihn der Graf entlassen?«, fragte Marianne flüsternd.

Angesichts ihrer ernsten Augen fühlte Franz sich plötzlich ein wenig schuldig. Dazu besteht wahrhaftig kein Grund, wehrte er sich im Stillen. Jan Turelur ist wirklich kein Typ, mit dem man Mitleid haben müsste … Und laut sagte er: »Das werde ich morgen sicher erfahren – denn dann gehe ich zu Gerd-Jan.«

»Dann können Sie es uns erst am Montag erzählen«, sagte Marianne mit einem tiefen Seufzer.

Was mit Jan Turelur geschehen war, erfuhr Franz, noch bevor er zum Treppenhaus fuhr. Als er am nächsten Morgen aus der Schule kam, wartete Tante Wilhelmine mit einem Brief auf ihn. »Vom Grafen!«, sagte sie. »Was mag wohl darin stehen?«

Franz bekam einen Schrecken. Graf Griesenstein würde doch wohl nicht seine Meinung geändert haben? Wenn nun Jan Turelur das Komplott verraten hatte – o je!

Hastig riss er den Umschlag auf und las vor:

Freitag, den 2. Oktober

Sehr geehrter Herr van der Steg!

Leider kann ich Sie an diesem Samstag nicht abholen lassen, wie ich Ihnen zunächst versprochen hatte. Zurzeit steht mir nämlich kein Kutscher zur Verfügung. Sie werden also selbst eine Gelegenheit finden müssen, um hierher zu gelangen.

Da wir verabredet haben, dass Sie uns auch am Sonntag besuchen werden, möchte ich Sie einladen, im Treppenhaus zu übernachten. Dann verlieren Sie nicht so viel Zeit durch die Hin- und Herfahrerei. Außerdem wird sich Gerd-Jan dann schneller an seinen neuen Hauslehrer gewöhnen.

Mit freundlichen Grüßen,
hochachtungsvoll Gr… Gr…

»Jan Turelur ist also entlassen«, sagte Franz.

»Das weiß ich«, sagte Tante Wilhelmine. »Ich habe die Nachricht von Rosmarie gehört. Sobald er zurückgekommen war, hat der Graf ihn zum Teufel geschickt. Da stand er dann vor der Tür – ohne einen Pfennig Lohn und ohne Dach über dem Kopf! Im ›Durstigen Hirschen‹ ist es ihnen zum Glück gelungen, ihn wieder ein wenig aufzumuntern, und jetzt wohnt er bei Jan Thomtidom.« Sie sah Franz kopfschüttelnd an. »Ihr Männer tut auch nichts anderes, als die Sachen unnötig zu komplizieren! Der eine wird entlassen, der andere läuft humpelnd herum und der Dritte hat ein blaues Auge.«

»Der Dritte?«, fragte Franz. »Welcher Dritte?«

»Rob natürlich! Ach ja, das weißt du noch nicht«, sagte Tante Wilhelmine. »Er ist wieder mal zu schnell gefahren und hat einen Baum mitgenommen … Rosmarie hatte also schon wieder einen Patienten zu versorgen. Das war am Donnerstagabend. Och, es fehlt ihm nicht viel; er läuft schon wieder herum. Seinem Mofa ist es schlechter ergangen; aber es ist gut, dass er eine Zeit lang darauf verzichten muss.«

»Sehr gut für den Mopro«, fand Franz, »aber für Roberto tut es mir Leid.«

»Und du wirst nun beim Grafen übernachten«, sagte Tante Wilhelmine. »Ist das denn wirklich nötig? Du bist augenblicklich kaum mehr zu Hause! Na, warte mal ab – du wirst schön enttäuscht sein.« Sie zog die Stirn kraus und fügte hinzu: »Was ist wohl mit diesem armen Gerd-Jan passiert? Ist er so menschenscheu geworden, dass er Zeit braucht, um sich an seinen neuen Hauslehrer zu gewöhnen?«

Franz sah wieder die kleine Gestalt vor sich, die sich hinter einer Brüstung verbarg. Seine Phantasie hielt ihm nun auch das Gesicht des Jungen vor Augen. Ein zartes, bleiches Gesichtchen mit großen, schwarzen Augen, die ihn ängstlich flehend anschauten …

Franz gibt Gerd-Jan den ersten Unterricht NUMMER DREI

Franz' Knöchel war noch nicht so weit geheilt, dass er mit dem Rad zum Treppenhaus hätte fahren können. Er musste also wohl oder übel den Bus nehmen, der auf einem Umweg dorthin fuhr – über Roskam und Langelaan. »Nicht über den Siebensprung«, sagte er zu seiner Wirtin. »Die Verschworenen werden sich damit abfinden müssen.«

»Ich finde es gut so«, sagte Tante Wilhelmine, »und ich glaube, dass ich das auch im Namen der anderen sagen kann. Als du zum ersten Mal ins Treppenhaus gingst, bist du über den siebten Weg gefahren; der Graf hat dich eingestellt und das genügt meines Erachtens. Fahr also ruhig mit dem Bus.«

Die Fahrt kam Franz sehr lange vor; überall waren Haltestellen und der Bus ließ keine einzige aus. In Roskam stieg ein alter Bekannter ein; es war niemand anderes als Herr Thomtidom, bewaffnet mit Spazierstock und Aktentasche.

»Guten Tag, Herr van der Steg«, sagte er und zog den Hut. »Das hatten Sie sicher nicht erwartet, dass wir uns so bald wieder sehen würden.« Er nahm neben Franz Platz und fügte hinzu: »Na, was würden Sie sagen, wenn ich jetzt Ihre Bücher bei mir hätte? Sie stecken in meiner Tasche – ist das nicht ein toller Zufall?«

Franz glaubte zwar nicht an den Zufall, aber er nickte dem Magier freundlich zu und machte Anstalten, seine Reisetasche aus dem Gepäcknetz zu heben.

»Bemühen Sie sich nicht«, sagte Herr Thomtidom. »Ich muss an derselben Haltestelle heraus wie Sie und dann werde ich Ihnen Ihre Bücher geben. Schönes Wetter heute, nicht wahr? Ein bisschen kühl, aber es scheint wenigstens die Sonne. Morgen soll es anders werden: wechselnd bewölkt mit einzelnen Schauern ...« Er redete immer weiter, über Thermometer und Barometer, über Hoch- und Tiefdruckgebiete und schwülwarme Biskaya-Luft. Er hörte erst damit auf, als sie aussteigen mussten.

»Wenn Sie geradeaus weitergehen, kommen Sie automatisch zum Eingangstor des Treppenhauses«, sagte er, als er mit Franz auf der Straße stand. »Es ist nicht weit. Sie sollten sich aber meinen Spazierstock ausleihen; er wird Ihnen Schmerzen und Mühe ersparen.«

»Das ist sehr nett von Ihnen«, sagte Franz, »aber …«

»Nein, bitte keine Widerrede«, unterbrach ihn der Magier. »Ich habe diesen Stock extra für Sie mitgenommen, Herr van der Steg. Ist es wahr, dass Sie über Nacht bleiben?«

»Ja, das ist wahr«, antwortete Franz und nahm den Spazierstock in Empfang.

Herr Thomtidom nickte zufrieden. »Das ist ein Glück«, sagte er. Und mit gedämpfter Stimme fuhr er fort: »Machen Sie Ihre Augen gut auf! Passen Sie auf, dass Gerd-Jan sich in Acht nimmt, und seien Sie selbst vorsichtig, auch wenn ein kleines schwarzes Biest vor Ihrem Fenster auftaucht!«

»Wie bitte?«, sagte Franz.

»Da kommt der Bus in die Gegenrichtung«, sagte Herr Thomtidom. »Den muss ich bekommen! Sie können mich morgen Nachmittag im ›Durstigen Hirschen‹ finden.« Eilig überquerte er die Straße, und kurz darauf stieg er in den Bus, der nach Roskam zurückfuhr.

Er ist nur meinetwegen hierher gefahren, dachte Franz, während er seinen Fußweg zum Treppenhaus begann. Eigentlich ist er ein prima Kerl, nur etwas eigenartig. Und meine Bücher hat er mir nun doch nicht gegeben! Aber na ja, an diesem Wochenende habe ich doch keine Zeit zum Lernen. Außerdem habe ich gestern schon wieder meine Kurse versäumt … Ich hätte Herrn Thomtidom fragen sollen, woher er die fabelhaften Zeugnisse hatte. Und wo mag wohl Jan Turelur schlafen – bei ihm zu Hause oder im Zelt?

Der Landsitz des Grafen war tatsächlich nicht weit entfernt. Diesmal näherte er sich ihm von vorne; der Zugang war auch dort, wie an der Rückseite, durch ein hohes Eisentor versperrt. Es wurde von einem unfreundlichen, kräftigen, kahlköpfigen Mann in Parkwächteruniform geöffnet, um Franz hereinzulassen; hinter ihm schloss er sofort wieder zu, ging dann schnell weg und verschwand aus dem Blickfeld.

Es stellte sich heraus, dass es bis zum Treppenhaus noch ein ganzes Stück zu laufen galt, und ehe Franz es erreicht hatte, war er für den Spazierstock durchaus dankbar.

Auf dem Rasen vor dem Haus blieb er einen Moment stehen, neben einem Teich mit Springbrunnen, der jedoch abgestellt war. Er sah sich das Gebäude noch einmal an und fand, dass es so aussah, als habe jemand eine ganze Reihe von Häusern und Schlössern genommen, sie durcheinander geschüttelt und gemixt und dann aus diesem Mischmasch ein neues Haus geformt. Zwischen Garten und Haustür befand sich eine kompliziert angelegte Terrasse mit Treppen aus Marmor; Blumenkübel aus Stein und große Figuren zierten die Brüstung. Der

Marmor war jedoch rissig und verschmutzt, in den Blumenkübeln war kein bisschen Grün zu entdecken und den meisten Figuren fehlte der Kopf.

Franz stieg die Treppen hinauf und ließ den Klopfer gegen die Haustür schlagen. Es wurde sofort geöffnet und auf der Schwelle erschien ein unfreundlicher, kräftiger, kahlköpfiger Mann in der Kleidung eines Butlers. Franz sah sofort, dass er derselbe war wie der Parkwächter, der ihm das Tor aufgeschlossen hatte. Der Mann hatte sich offensichtlich in aller Eile umgezogen; er atmete rasch und hatte ein gerötetes Gesicht.

»Sie sind sicher der neue Hauslehrer«, sagte er. »Ich werde Sie dem Grafen melden; er erwartet Sie im Runden Salon.«

Er packte Franz' Koffer mit seiner großen Faust und führte ihn in die Halle.

Es war eine wahrhaft fürstliche Halle, mit Teppichen und kristallenen Kronleuchtern; an drei Seiten befanden sich Treppen mit vornehmen roten Läufern.

Franz folgte dem Butler mühsam nach oben und fragte sich, wie viele Dienstboten der Graf wohl haben mochte. Wahrscheinlich nicht allzu viele, wenn sie zweierlei Funktionen erfüllen mussten. Und Jan Turelur war entlassen. Der geheimnisvolle Iwan musste sich jedenfalls auch noch im Hause befinden. Dieser Butler (und Parkwächter) konnte jedoch nicht der dunkle Spion sein; sowohl seine Haut als auch seine Augen waren von heller Farbe.

Nach den vornehmen roten Läufern führte ihr Weg durch einen weniger schönen Teil des Hauses – durch farblose Portale und düstere Flure, und natürlich über viele auf- und absteigende Treppen.

Der Butler blieb vor einer Tür stehen und sagte: »Treten Sie bitte hier ein. Soll ich Ihren Koffer schon ins Gastzimmer tragen?«

»Ja gerne, vielen Dank«, sagte Franz. »Lassen Sie mich nur schnell die Schulbücher herausnehmen.« Einen Augenblick später klopfte er an und öffnete die Tür.

Graf Griesenstein saß in einem runden Raum am Schreibtisch. Er hatte den Kopf über eine komplizierte Zeichnung gebeugt, die Franz als Grundriss zu erkennen glaubte. Als er den Lehrer sah, faltete er sie schnell zusammen, erhob sich und begrüßte ihn freundlich.

»Ah, Sie sind trotz der langen Fahrt sehr pünktlich«, sagte er. »Was macht Ihr Fuß?«

»Es geht von Tag zu Tag besser«, antwortete Franz.

»Hätten Sie etwas dagegen, wenn ich Ihnen meinen Neffen nun sofort vorstellen würde?«, fragte der Graf. »Es tut mir Leid, dass Sie zu diesem Zweck schon wieder ein paar Treppen laufen müssen.«

»Oh, daran gewöhne ich mich langsam schon«, sagte Franz. »Es macht mir nur noch Schwierigkeiten, mich in diesem Haus zu orientieren. Es wäre schön, wenn ich einmal den Grundriss studieren könnte.«

»Leider besitze ich keinen«, sagte der Graf. »Aber Sie können beruhigt sein; nur ein kleiner Teil des Gebäudekomplexes wird bewohnt. Es würde zu viel Geld kosten, wenn man alles unterhalten wollte. Nur Gerd-Jan betrachtet das gesamte Haus als sein Reich … und als seinen Spielplatz. Er wartet in der Bibliothek auf Sie; das schien mir der geeignetste Platz für die Unterrichtsstunden. Ich sehe, Sie haben bereits Bücher bei sich.«

Franz ging neben ihm her und bedankte sich für die Einladung, im Haus übernachten zu dürfen. Dabei dachte er, dass der Graf vielleicht wirklich nicht so war, wie er sich den Anschein gab. Obwohl es natürlich auch irgendein anderer Grundriss sein konnte, den er auf dem Schreibtisch gesehen hatte.

Die Bibliothek war groß; drei Wände wurden von Bücherschränken eingenommen, während die vierte Wand Fenster hatte, die den Blick auf den Wald freigaben. Auf einem Tisch mitten im Zimmer lagen Hefte, Bleistifte und Federhalter bereit, neben einem riesigen Tintenfass aus Zinn. Nur ein Junge war nicht zu sehen.

Graf Griesenstein runzelte die Stirn. »Gerd-Jan!«, rief er.

Keine Antwort.

Der Graf ließ seine Blicke suchend durch das ganze Zimmer schweifen; er öffnete eine Tür und rief noch einmal. »Ich habe ihm gesagt, dass er in der Bibliothek auf Sie warten soll«, sagte er verärgert. »Vor einer Viertelstunde war er noch hier.«

»Er wird sicher bald wiederkommen«, sagte Franz vermittelnd.

Der Graf schüttelte den Kopf. »Sie kennen meinen Neffen noch nicht!«, sagte er. »Er schwärmt wahrscheinlich in irgendeinem anderen Teil des Hauses herum, und wenn wir weiter auf ihn warten, wird er erst am späten Nachmittag wieder auftauchen und mit Unschuldsmiene erklären, dass er Ihr Kommen ›völlig vergessen‹ habe.« Er sah Franz halb spöttisch, halb entschuldigend an, aber seine Augen waren kalt und böse. »Ich werde ihn suchen und zu Ihnen schicken«, fügte er hinzu.

Ein verwöhntes Knäblein, wie es scheint, dachte Franz. »Lassen Sie mich beim Suchen helfen«, sagte er.

»Kommt nicht in Frage«, sagte Graf Griesenstein entschlossen. »Sie würden sich nur verirren.« Mit großen Schritten verließ er die Bibliothek.

Franz hörte ihn rufen; seine Stimme, in einem der Gänge oder im Treppenhaus, klang hohl. »Gerd-Jan! Manus! Selina!«

Er hörte Tritte auf- und abwärts steigen – und kurz darauf eine keifende Frauenstimme, die rief: »Ich setze nicht noch einmal meine Gesundheit aufs Spiel, um Gerd-Jan zu finden …«

Kopfschüttelnd legte Franz seine Bücher auf den Tisch, und da fiel sein Blick plötzlich auf die persische Tischdecke, die mit ihren Zipfeln bis auf den Boden hing. Diese Decke bewegte sich! Er bückte sich, hob einen der Zipfel hoch und sagte: »Komm schleunigst da raus!«

Ein schmächtiger blonder Junge kam zum Vorschein und hob sein Gesicht zu ihm empor. Einen Augenblick lang schien es, als wüsste er nicht, ob er lachen oder weinen sollte; dann erstarrten seine Gesichtszüge derart, dass sie völlig ausdruckslos wurden.

»Ich nehme an, dass du Gerd-Jan Griesenstein bist«, sagte Franz. »Ich bin Herr van der Steg, dein Hauslehrer. Du weißt selbstverständlich, dass dein Onkel weggegangen ist, um dich zu suchen; lauf also schnell hinterher und entschuldige dich bei ihm.«

»Entschuldigen?«, sagte der Junge mit gespieltem Erstaunen. »Er hat mir gesagt, dass ich mich in der Bibliothek aufhalten soll, und das habe ich auch getan.«

In Franz stieg allmählich der Verdacht auf, dass ›der arme Gerd-Jan‹ vielleicht gar nicht so ein leicht zu handhabender Schüler sein würde, wie er geglaubt hatte.

»Ausgezeichnet«, sagte er ruhig, »dann kannst du deinem Onkel ja erzählen, dass er sich geirrt hat. Und zwar ein bisschen dalli!«

Das Kind rührte sich nicht.

»Na, wird's bald?«, sagte Franz.

Gerd-Jan ging um den Tisch herum und setzte sich hin, so weit wie möglich von Franz entfernt. »Nein«, sagte er mit heller Stimme. »Wenn ich eine Treppe herunterlaufe, geht Onkel Gradus eine hinauf; wenn ich eine Treppe heraufsteige, läuft Onkel Gradus bestimmt über eine andere nach unten. Wenn ich links abbiege, geht er nach rechts … so ist es jedes Mal!« Der Schatten eines Lächelns flog über sein Gesicht. »Es wäre doch vergebene Mühe!«, schloss er in dreistem Ton.

Franz ging zu ihm hinüber. Er wollte ihn am Kragen packen und den Befehl noch einmal wiederholen. Doch der Junge wich beiseite und machte eine wilde Abwehrbewegung mit dem Arm.

»O je, Herr van der Steg!«, rief er dann, und es war nicht zu erkennen, ob sein Schreck echt oder nur gespielt war. »Jetzt haben Sie das Tintenfass umgeworfen!«

Es war entsetzlich viel Tinte in dem zinnernen Tintenfass; ein dunkelblauer See breitete sich auf der persischen Tischdecke aus. Franz stellte das Gefäß wieder aufrecht hin und ging schleunigst mit seinem Taschentuch an die Arbeit. Gerd-Jan stand auf und sah zu, ohne selbst einen Finger zu rühren.

»Wenn ich tue, was Sie sagen«, fuhr er munter fort, »werde ich tatsächlich nicht hier sein, wenn Onkel Gradus gleich zurückkommt. Und dann muss er mich von neuem suchen.«

»Wenn du jetzt nicht den Mund hältst, kippe ich das Tintenfass über deinem Kopf aus!«, sagte Franz wütend. »Geh zur Tür und rufe oder schreie, dass du hier bist.«

»Und dabei haben Sie gerade gesagt, dass ich meinen Mund halten soll …«, begann Gerd-Jan.

Franz schaute von der Tischdecke auf. Noch nie hatte er solche Lust verspürt, einem seiner Schüler eine Ohrfeige zu verpassen. »Tu, was ich dir zuletzt gesagt habe«, befahl er eisig. »Und danach gehst du irgendeine Treppe hinauf oder hinunter und holst etwas Milch, um diesen Flecken herauszukriegen.«

»Die Tinte ist doch schon eingetrocknet, bevor ich zurück bin«, sagte der Junge. »Bis zur Küche sind es hundertneunzehn Stufen …« Er warf einen Blick auf seinen Hauslehrer und machte, dass er wegkam. Franz betrachtete die Decke mit besorgter Miene. Das war alles andere als ein guter Anfang!

Draußen vor der Bibliothek rief Gerd-Jan: »Onkel Gradus! Onkel Gradus! Ich bin gefunden worden!«

Kurz darauf kam Graf Griesenstein zurück. Franz

berichtete ihm ziemlich kleinlaut, dass mit dem Tintenfass ein Malheur passiert war. Der Graf nahm die Mitteilung ausgesprochen ruhig entgegen. »Oh, das macht nichts«, sagte er gleichgültig. »Jetzt wissen Sie wenigstens, was Sie von Ihrem Schüler zu erwarten haben. Ich hoffe, dass es Ihnen gelingt, ihm etwas beizubringen.« Es schien, als glaubte er nicht so recht daran.

Auch Franz mangelte es an Selbstvertrauen, als er am Tisch Platz nahm und auf seinen Schüler wartete.

Der Junge kam erstaunlich schnell wieder zurück – ohne Milch. »Selina wollte mir keine geben«, berichtete er. »Sie sagte, wir sollten einfach eine Vase darauf stellen.«

»Ja, tu das«, sagte Graf Griesenstein. Er stand schon an der Tür. »Nun, Herr van der Steg, jetzt haben Sie Ihren Schüler zur Hand. Sie können also anfangen. Gerd-Jan, streng dich ein bisschen an!«

»Setz dich mir gegenüber, Gerd-Jan«, sagte Franz, als der Graf gegangen war.

Der Junge tat, als hörte er nicht. »Welche Vase sollen wir nehmen?«, fragte er, während er in der Bibliothek umherspazierte und die Vasen betrachtete, die dort standen.

»Komm auf der Stelle hierher und setz dich mir gegenüber!«, sagte Franz.

Er war beinahe erstaunt, dass Gerd-Jan diesmal seinem Befehl gehorchte. »Oh, Herr van der Steg, Ihr ganzes Taschentuch ist ja voll Tinte!«, rief er mit kaum verhohlener Schadenfreude.

»Das macht nichts«, sagte Franz kurz. »Ich habe einen

Bekannten, der es im Handumdrehen wieder weiß macht.«

»Ja?«, sagte Gerd-Jan. »Das sagen Sie nur so«, fuhr er unfreundlich fort. »Die Tinte geht nie mehr heraus.«

»Ich behaupte auch nicht, dass sie herausgeht«, sagte Franz. »Ich sage nur, dass das Tuch *weiß* gemacht wird. Mein Bekannter kann auch das Umgekehrte tun. Er gibt einem zum Beispiel ein Stück weißes Papier, und wenn man es kurz darauf ansieht, steht etwas darauf geschrieben – mit Tinte.«

Gerd-Jan öffnete den Mund, um etwas zu fragen, besann sich dann jedoch und machte ein unbewegliches Gesicht. Franz beobachtete ihn; dieser Junge war kein liebes Kind mit ängstlich flehenden Augen! Im Gegenteil – er wirkte eher hochmütig und unnahbar. Er war groß für sein Alter, mager, blond und ziemlich blass. Seine Augen waren dunkelblau; er schlug sie nieder, als wollte er seine Gedanken verbergen.

»Aber wir wollen jetzt nicht von meinem Taschentuch reden«, sagte Franz, während er versuchte, seine tintenverschmierten Finger daran abzuputzen, wodurch sie aber nur noch schmutziger wurden. »Ich bin hier, um dir etwas beizubringen …«

»Lernen macht mir keinen Spaß«, sagte Gerd-Jan.

»Das ist bedauerlich für dich«, sagte Franz ruhig. »Mir kann das aber ganz egal sein.« Er schlug ein Buch auf und legte es vor den Jungen hin. »Lies mir mal ein Stückchen vor.«

Gerd-Jan besah sich die Seiten, schnaubte durch die Nase und begann zu lesen. Er las sehr schnell, aber in einem richtigen Leierton – ohne Punkte oder Kommas zu beachten.

Franz hörte ihm kommentarlos zu; er ließ ihn die Seite zu Ende lesen und sagte dann: »Weiter.« Der Junge schaute kurz zu ihm auf, mit einem fragenden und herausfordernden Blick. Dann las er in derselben Weise weiter, nochmals eine Seite.

»Lies weiter«, sagte Franz.

Gerd-Jan zog die Stirn kraus, aber er gehorchte. Er las jetzt langsamer und ab und zu begann seine Stimme zu steigen oder zu sinken.

»Stopp!«, sagte Franz. »Du liest ausgezeichnet.«

Einen Augenblick lang sah Gerd-Jan ihn überrascht an.

»Ja sicher«, sagte Franz. »So lange in diesem Leierton durchzuhalten ist das Schwierigste, was es gibt. Lies jetzt zur Abwechslung normal und achte gut auf Punkte und Kommas, dann geht es viel leichter.«

»Ja, Herr van der Steg«, sagte der Junge und er rasselte herunter: *»Die Sonne ging unter Komma es dämmerte und ein paar Sterne erschienen am Himmel Punkt der Mann sagte Doppelpunkt Anführungsstriche es wird spät …«*

»Wenn du so weitermachst, wird es tatsächlich spät werden, bevor wir fertig sind«, sagte Franz.

»Ich muss früh schlafen gehen«, sagte Gerd-Jan schnell.

»Warum denn? Du kannst ja morgen ausschlafen«, sagte Franz. »Wenn du so langsam von Begriff bist, werden wir wohl bis Mitternacht arbeiten müssen.«

Er bedauerte seine Worte sofort, denn Gerd-Jan nickte zufrieden und sagte mit fröhlicher Grabesstimme: »Mitternacht … dann spukt es … Wie schön!«

»Lies die erste Seite noch einmal, und diesmal richtig!«, befahl Franz ärgerlich.

Gerd-Jan blätterte das ganze Buch durch, um die erste Seite zu suchen; aber als er sie dann gefunden hatte, las er sie fehlerlos vor. Danach schoss er vom Stuhl hoch und sagte: »Jetzt darf ich doch sicher eine Vase aussuchen!«

»Nein«, sagte Franz.

»Hier habe ich zwei«, sagte der Junge. »Die hier ist schöner, aber die hier ist größer.« Er stellte die größte Vase auf den Tisch. »Sehen Sie, die verdeckt den Flecken fast ganz …«

»Gerd-Jan«, sagte Franz streng, »hör mir mal gut zu! Du bleibst auf deinem Stuhl sitzen, bis wir fertig sind – genau wie in der Schule.«

»Darf ich die andere Vase schnell noch zurückstellen?«, fragte der Junge. »Sonst fällt sie auch noch um und sie ist zerbrechlich.«

»Setz dich gefälligst hin!«, brüllte Franz.

Gerd-Jan nahm rasch wieder Platz. »Von jetzt ab«, verkündete er, »werde ich mich genauso benehmen, als ob ich in der Schule wäre, Herr van der Steg! Ich werde nichts mehr sagen, außer wenn Sie mich etwas fragen, und wenn ich etwas fragen will, werde ich aufzeigen.« Er verschränkte die Arme und machte ein unwahrscheinlich braves Gesicht.

Franz traute dieser Haltung in keiner Weise, aber er

sagte nur: »Ausgezeichnet«, und begann dann Fragen zu stellen.

Gerd-Jans Antworten waren manchmal richtig, ab und zu auch falsch, meistens jedoch total verrückt. Franz hatte schnell heraus, dass er die blödsinnigen Antworten absichtlich gab; sein Schüler fand es anscheinend lustig, so zu tun, als sei er ausgesprochen dumm. Also, wenn du es darauf anlegst, mich auf diese Art und Weise zu ärgern, dann hast du dich getäuscht!, dachte er.

Der Junge saß ihm mit bewegungslosem Gesicht gegenüber; er verharrte in seiner braven Stellung und benahm sich so übertrieben höflich, dass es allmählich unverschämt wurde. Eine halbe Stunde schlich vorbei.

»Jetzt wollen wir mal sehen, wie es mit deinem Rechnen steht«, sagte der Hauslehrer schließlich.

»Wie Sie wünschen, Herr van der Steg«, sagte Gerd-Jan gelangweilt. »Rechnen kann ich sehr gut. Mit Brüchen, auch mit Dezimalbrüchen.«

»Sehr schön«, sagte Franz und schlug ein anderes Buch auf. »Dann rechne mal diese Aufgaben. Die ersten fünf.«

Gerd-Jan zeigte auf und fragte: »Sehen Sie sie dann sofort nach?«

»Gut«, sagte Franz, »das werde ich tun.«

Draußen, in einiger Entfernung, gab es einen Knall.

»Was ist das?«, fragte Gerd-Jan, der diesmal das Aufzeigen vergessen hatte.

»Geh an die Arbeit«, befahl Franz.

Gerd-Jan beugte sich über die Rechenaufgaben und fing an, sie leise vor sich hinmurmelnd zu lösen. Franz stand auf und ging zu einem der Fenster. Er blickte hinaus auf den Wald – lag nicht in dieser Richtung der Siebensprung? Er hörte wieder einen Knall und danach noch einen, und er dachte an Robertos Kanone.

»Nummer drei!«, flüsterte Gerd-Jan.

»Hast du schon drei Aufgaben fertig?«

»Beinahe, Herr van der Steg«, sagte Gerd-Jan. »Haben Sie das eben gehört? Was mag das wohl sein? Kanonenschüsse?«

»Das ist ziemlich unwahrscheinlich«, sagte Graf Griesenstein.

Er stand plötzlich im Rahmen einer Tapetentür zwischen zwei Bücherschränken.

Franz schrak zusammen, als er so unerwartet auftauchte, aber Gerd-Jan beachtete es kaum.

»Zum Glück ist hier in der Gegend kein militärisches Übungsgelände«, sagte der Graf, während er sich hinter seinen Neffen stellte und einen Blick auf die Rechenaufgaben warf.

»Es könnte doch wirklich eine Kanone sein«, murmelte Gerd-Jan und deckte sein Heft mit einer Hand zu.

»Früher stand hier im Park eine Kanone«, sagte der Graf. »Dein Vater und ich haben manchmal damit gespielt, obwohl man nicht mit ihr schießen konnte. Aber als wir im vorigen Jahr hierher kamen, war sie verschwunden. Sie ist wohl gestohlen worden, während das Haus leer stand.«

Er wandte sich an Franz und sagte: »Ich wollte Sie fragen, ob Sie gleich zum Tee ins Rokoko-Zimmer kommen. Gerd-Jan wird Sie dorthin bringen.«

»Ich muss zuerst meine Aufgaben fertig rechnen«, sagte sein Neffe. »Vier!«, rief er beim folgenden Knall. »Vier mal sieben ist sechsundzwanzig …«

»Achtundzwanzig«, verbesserte der Graf. »Also bis gleich, Herr van der Steg.«

Er verließ die Bibliothek.

»Sie dürfen mich nicht ansehen, während ich arbeite«, sagte Gerd-Jan zu seinem Lehrer. »Dann kann ich mich nicht konzentrieren.«

Franz gab keine Antwort. Er schaute wieder hinaus und wünschte, dass er vor einer Klasse voller Kinder stände – in einem ganz normalen Klassenzimmer ohne Geheimtüren.

»Ich bin fertig, Herr van der Steg«, sagte Gerd-Jan.

Franz ging zurück an den Tisch und begann, die Aufgaben nachzusehen. Sie waren ziemlich schwierig, aber Gerd-Jan hatte die ersten vier ohne einen einzigen Fehler ausgerechnet. Die letzte stimmte nicht. »Gerd-Jan«, sagte Franz, »weshalb hast du diese Aufgabe nicht richtig gelöst?«

»Das ist Nummer fünf!«, sagte sein Schüler.

»Die fünfte Aufgabe ist falsch. Du hast einfach was hingeschmiert!« Franz schob Gerd-Jan das Heft unter die Nase. »Würdest du sie gefälligst ausrechnen?«

»Ich hab sie doch ausgerechnet!«, protestierte der Junge. »Sechs mal acht ist fünfundzwanzig, fünf im Sinn – dreimal neun ist dreißig, plus fünf ist vierzig … das ist doch richtig, oder?«

Franz schlug mit der Faust auf den Tisch. Draußen ertönte wieder ein Knall, als wäre es ein Echo. »Jetzt reicht es mir aber!«, sagte er. »Wenn du nicht deine sieben Sinne zusammennimmst, dann ...«

»Das war Nummer sechs«, flüsterte Gerd-Jan. Zum ersten Mal war er sichtlich aus der Fassung gebracht. »Was haben Sie gesagt, Herr van der Steg?«, fragte er und starrte Franz mit großen Augen an. »Ich ... ich verstehe es nicht.«

»Du verstehst es sehr gut«, sagte Franz kurz angebunden. »Die fünfte Aufgabe lässt sich genauso lösen wie die anderen und die hast du gekonnt.«

Gerd-Jan ging mit sichtlichem Eifer wieder an die Arbeit; er strich Zahlen durch und kritzelte andere darüber.

Doch nach einer Weile sagte er klagend: »Ich verstehe es wirklich nicht! Das ist doch nicht meine Schuld? *Sie* müssen es mir beibringen!« Seine Augen blitzten, als er Franz ansah. »Würden Sie es mir bitte erklären?«, fragte er.

»Glaubst du, ich ließe mich von dir auf den Arm nehmen?«, sagte Franz.

»Sechs mal acht ist achtzig ... nein, achtundvierzig«, flüsterte Gerd-Jan. »Und drei mal neun ... *das ist Nummer sieben!«*

Franz hatte den Knall ebenfalls gehört, und nun überlegte er, ob auch das Kind über das Komplott vom Siebensprung informiert war.

»Sie haben gesagt, ich solle meine sieben Sinne zusammennehmen«, fuhr Gerd-Jan fort. (Dabei stimmt das gar nicht, dachte Franz; das hat der Magier gesagt.) »War das wirklich der siebte?«, fragte Gerd-Jan.

»Ich glaube, ja«, antwortete Franz und zog die Augenbrauen hoch. Er hatte sich noch nie so unsicher gefühlt wie jetzt. Aber das durfte er sich natürlich nicht anmerken lassen und darum fügte er so streng wie möglich hinzu: »Ich meinte damit, dass du die Aufgabe ausrechnen sollst!«

Einen Augenblick lang sahen sie einander forschend an.

»Ja, Herr van der Steg«, sagte Gerd-Jan demütig und beugte sich nochmals über sein Heft.

Drei Minuten später konnte sich Franz davon überzeugen, dass auch die fünfte Aufgabe richtig ausgerechnet war. Er malte schweigend ein großes R darunter und sagte als einzigen Kommentar: »Du kannst es also doch.«

»Sollen wir jetzt Tee trinken gehen?«, fragte der Junge.

»In Ordnung«, sagte Franz.

»Was haben Sie denn am Fuß?«, fragte Gerd-Jan, als sie unterwegs zum Rokoko-Zimmer waren. »Sie haben auch eine Beule auf der Stirn. Sind Sie die Treppe heruntergefallen?«

»Nein, ich habe gekämpft«, sagte Franz, ohne zu überlegen.

Gerd-Jan blieb stehen und sah ihn respektvoll an. »Mit wem?«, flüsterte er.

»Ach, es war nur im Spaß«, sagte Franz.

»Wie blöd!«, sagte Gerd-Jan entrüstet. Er öffnete eine Tür, die in Gregorius' Kleinen Festsaal führte. »Da ist es«, zeigte er; dann lief er Franz davon und verschwand.

Kurz darauf stieg Franz die zweiundzwanzig Stufen zum Rokoko-Zimmer empor; es war der gleiche Raum, in dem er schon einmal mit dem Grafen gegessen hatte. Als er seine Hand auf den Türgriff legte, hörte er den Grafen und dessen Neffen miteinander reden. Er konnte deutlich verstehen, was Gerd-Jan sagte: »... dieser Hauslehrer ist ein ganz beschissener Typ.«

Daraufhin klopfte er erst an, bevor er ins Zimmer ging.

Franz fragt sich, wo Iwan wohl steckt NUMMER VIER

Franz saß im blau-weißen Rokoko-Zimmer und trank Tee. Besonders wohl fühlte er sich nicht dabei. Er betrachtete die beiden Griesensteins. Onkel und Neffe glichen einander – beide waren schlank und blond und sie hatten das gleiche schmale, verschlossene Gesicht. Ihre Augen waren jedoch verschieden, und ebenso ihr Benehmen.

Der Graf machte auf eine leichte und angenehme Art Konversation; ab und zu versuchte er, auch seinen Neffen in das Gespräch einzubeziehen. Aber Gerd-Jan zeigte wieder sein glattes, unnahbares Gesicht, und wenn er antwortete, gab er sich große Mühe, um auf höfliche Art und Weise so frech wie möglich zu sein. Mit seinem Hauslehrer redete er nicht; er sah ihn nur ab und zu verstohlen an.

Komisch, dass der Graf ihn nicht zurechtweist!, dachte Franz.

Graf Griesenstein plauderte auf seine charmante Art immer weiter; einmal jedoch fing Franz einen Blick auf, der alles andere als liebenswürdig war. Man konnte daraus schließen, dass er sich wahrscheinlich ganz anders verhalten würde, wenn er seinen Neffen unter vier Augen sprach. Das Verhältnis zwischen den beiden ließ bestimmt zu wünschen übrig.

Und plötzlich wusste Franz ganz genau, dass seine Sympathien auf Gerd-Jans Seite lagen – trotz des schlechten Benehmens, das dieser an den Tag legte. Es gab ihm einen Stich, wenn er daran dachte, wie sein Schüler ihn beurteilte. *»Dieser Hauslehrer ist …«* Er sollte nur wissen, wie und warum ich hierher gekommen bin!, dachte er verärgert. Nach einigem Nachdenken kam er jedoch zu dem Ergebnis, dass es das Beste war, einfach so zu tun, als sei er ein ganz normaler Hauslehrer – mit einem ganz normalen Schüler und in einem ganz normalen Haus.

Über dieses Haus erfuhr er nun einige weitere Besonderheiten. Er hörte jedoch nichts von Familiengeheimnissen und Prophezeiungen – erst recht natürlich nichts von dem Schatz. Stattdessen erfuhr er, dass Graf Griesenstein zurzeit drei Angestellte hatte: Selina, die Haushälterin, Manus, der allerlei kleinere Arbeiten erledigte, und Berend, der im Hause als Butler und draußen als Parkwächter tätig war. Der Name Iwan wurde nicht erwähnt.

Gerd-Jan ließ für kurze Zeit von seiner unnahbaren Haltung ab und fragte: »Warum hast du Jan eigentlich entlassen, Onkel Gradus?«

»Mein lieber Junge, dieser Mann war gefährlich!«, sagte der Graf. »Ich kann keinen Kutscher behalten, der betrunken auf dem Bock sitzt.«

»Aha«, sagte Franz, der Lust bekam, ihn einmal aus der Reserve zu locken. »Jetzt verstehe ich, warum er so schnell fuhr!«

»Ich fand ihn nett«, sagte Gerd-Jan.

»Ich glaube, mein Junge«, sagte der Graf kühl lächelnd, »es wird Zeit, deinen Unterricht fortzusetzen. Wie hat es eigentlich geklappt, Herr van der Steg? Hat mein Neffe schon Strafarbeiten aufbekommen?«

»Ja, Onkel. Hundert Zeilen«, sagte der Junge wie aus der Pistole geschossen.

»Ausgezeichnet!«, meinte der Graf zufrieden. »Endlich wird mal was für deine Erziehung getan.«

»Weshalb hast du gesagt, ich hätte dir Strafarbeiten aufgegeben?«, erkundigte sich Franz gereizt, als er mit Gerd-Jan zur Bibliothek zurückging.

»Das hatten Sie doch bestimmt vor«, sagte der Junge. »Wie kann denn sonst was aus mir werden?«

»Na ja, vielleicht ist die Idee gar nicht so dumm«, sagte Franz bedächtig. »Aber irgendwelche Zeilen abschreiben, da wird nichts draus, davon halte ich nichts.«

»Vielleicht Gedichte?«, schlug Gerd-Jan vor. »Nein, wir müssen hier herunter, Herr van der Steg. Ich würde als Strafarbeit sehr gerne Gedichte abschreiben.«

»Hör mal, Freundchen«, sagte Franz und blieb stehen. »Überlass das gefälligst mir. Vielleicht gebe ich dir überhaupt keine Strafarbeit auf. Wenn ich es mir richtig überlege, so würde ich dich am liebsten übers Knie legen.«

Gerd-Jan lachte kurz auf, sprang schnell die Treppe hinauf und wartete, bis Franz wieder bei ihm war.

»Sind wir denn immer noch nicht an der Bibliothek?«, fragte der Lehrer. »Ich glaube, wir gehen in die falsche Richtung.«

Gerd-Jan legte einen Finger auf seine Lippen. »Leise!«, sagte er flüsternd.

»Benimm dich jetzt endlich mal normal!«, sagte Franz ungeduldig. Gleichzeitig überlegte er, ob es überhaupt möglich sei, sich in einem solchen Haus normal zu benehmen.

»Es ist wegen Manus«, sagte Gerd-Jan mit gedämpfter Stimme. »Er versucht immer alles abzuhorchen. Haben Sie ihn nicht gesehen, als wir aus dem Rokoko-Zimmer kamen? Er wollte hinter uns herschleichen; deshalb habe ich einen Umweg gemacht. Aber ich fürchte, dass er unsere Spur wieder entdeckt hat.«

Franz hörte deutlich das Schlurfen von heimlichen Schritten. »So ein Unsinn!«, sagte er laut.

Gerd-Jan gab ihm keine Antwort; er winkte ihn nur heran und ging weiter.

Ob es nun *Sinn* oder *Unsinn* ist, was er sagt, dachte Franz, eines lässt sich jedenfalls daraus schließen: dass diese Umgebung für ein zehnjähriges Kind – und sei es noch so klug für sein Alter – völlig ungeeignet ist.

Er war froh, als sie endlich wieder in der Bibliothek waren; dort sah alles geordnet und vernünftig aus. Gerd-Jan spazierte im ganzen Raum herum, hantierte am

Knopf der Geheimtür und blickte unter den Tisch, bevor er sich hinsetzte.

»Warum all diese vorsorglichen Maßnahmen?«, fragte Franz.

»Das habe ich Ihnen doch gesagt, Herr van der Steg«, antwortete der Junge. »Manus geht es nichts an, wie viel Strafarbeiten ich machen muss.«

»Gerd-Jan«, sagte Franz, »du weißt ganz genau, dass du dir den herumschleichenden Manus nur zusammenphantasierst. Er ist einfach nur ein Hans Dampf in allen Gassen, euer Manus!«

»Gerade darum geht es ja«, sagte Gerd-Jan. »Er macht alle Arbeiten, die Selina und Berend zu erniedrigend finden. Er spioniert …«

»Wie sieht er denn aus?«, erkundigte sich Franz. »Ist er dunkel und schweigsam?«

»Nein«, sagte Gerd-Jan und sah ihn ziemlich erstaunt an. »Er hat braunes Haar, das ganz kraus ist, und Augen wie … wie ein Schellfisch. Warum fragen Sie danach?«

»Och, einfach nur so«, sagte Franz, der es ratsam fand, den Namen Iwan nicht zu erwähnen. »Schwarz und schweigsam, das schien mir gut zu jemandem zu passen, der herumschleicht und spioniert … Aber weshalb sollte Manus das denn tun?«

»Weil Onkel Gradus es ihm befohlen hat, natürlich«, antwortete Gerd-Jan.

Da stimmt was nicht, dachte Franz. War er etwa einem anderen Komplott auf der Spur? Darum ermahnte er sich selbst, dass er sich nicht in irgendwelche Geheimniskrämerei verwickeln lassen dürfe. Hatte ihn nicht schon Tante Wilhelmine davor gewarnt? Er konnte diesem phantasievollen Jungen nur helfen, indem er selbst nüchtern blieb. »Also«, sagte er ruhig. »Ich habe nichts zu verbergen. Ich hoffe, dass es dir ebenso geht. Hast du noch was auf dem Herzen, was du mich fragen oder was du mir erzählen möchtest?«

Gerd-Jan nahm einen Bleistift und begann, auf seinem Heft herumzumalen. »Nein, Herr van der Steg«, sagte er mürrisch. »Ich dachte, Sie fragen oder erzählen *mir* etwas.«

Franz ließ sich nicht anmerken, dass diese Antwort ihn enttäuschte. »Dann wollen wir mal wieder an die Arbeit gehen«, sagte er.

Während der zweiten Nachmittagshälfte benahm sich Gerd-Jan besser; er blieb jedoch verdrießlich und in sich gekehrt. Um halb sechs ging er mit Franz ins Esszimmer zum Abendessen.

Das Esszimmer war ein langweiliger und recht trübsinniger Raum, der sich jedoch in der Nähe der Küche befand, so dass Selina nicht so viele Treppen steigen musste. Franz merkte allmählich, dass Graf Griesenstein und dessen Neffe viel zu kurz kamen – wenn sie auch von Adel waren und in einem riesengroßen Haus wohnten. Selina war alles andere als eine gute Köchin. Gerd-Jan stocherte nur ein bisschen in den Sachen herum, die er auf dem Teller hatte, und hörte nicht auf seinen Onkel, der ihn immer wieder zum Weiteressen ermunterte.

»Heute Abend darfst du nicht aufbleiben!«, sagte der Graf schließlich kurz und bündig.

»Ich muss meine Arbeit noch fertig machen!«, sagte

Gerd-Jan und warf seinem Hauslehrer einen Blick zu. »Meine Strafarbeit.«

»Unsinn!«, sagte Franz. Selbst wenn er Gerd-Jan tatsächlich eine Strafarbeit aufgegeben hätte, würde er sie nicht am späten Abend schreiben lassen. Das Kind sah blass und müde aus.

Aber Gerd-Jan grinste boshaft. »Sie wollten sogar, dass ich bis Mitternacht weitermache!«, sagte er.

»Du hast doch wohl nicht geglaubt, dass das mein Ernst war«, sagte Franz. Er wusste nicht, worüber er sich mehr ärgern sollte; über das Grinsen des Neffen oder das teilnahmsvolle Lächeln des Onkels.

Nach dem Essen erschien die säuerliche Selina, um Gerd-Jan ins Bett zu bringen. Der Junge sagte seinem Onkel Gute Nacht; bei Franz erkundigte er sich jedoch: »Warum übernachten Sie eigentlich hier? Sonntags brauche ich doch wohl nicht zu arbeiten?«

»Ich dachte, dann hättest du mal Gesellschaft, Gerd-Jan«, sagte der Graf.

Der Junge schnaubte verächtlich durch die Nase und ging hinaus; Selina folgte ihm und begann, ihn aus irgendwelchen unerklärlichen Gründen zu beschimpfen.

Also, gemütlich ist es hier weiß Gott nicht, dachte Franz. Das Kind wäre wirklich besser bei Jungfer Rosmarie aufgehoben ... Plötzlich spitzte er die Ohren.

Selinas Stimme war deutlich durch die Tür zu hören: »Wenn du den Iwan nicht auf der Stelle ...«

Iwan!

Dann tippte der Graf ihn auf die Schulter und bat ihn mitzukommen. Franz folgte ihm ins Rokoko-Zimmer.

Graf Griesenstein bot ihm eine Zigarre an, und Franz nahm sie, obwohl er Zigarren eigentlich nicht mochte. Sein Gastherr zündete sich ebenfalls eine an und fragte: »Wie finden Sie meinen Neffen? Er ist natürlich alles andere als ein braves Jüngelchen, wenn er jedoch eine sorgfältige Erziehung genießt, kann sicher etwas aus ihm werden.«

»Ist er nicht sehr einsam?«, fragte Franz.

»Einsam?«, sagte der Graf stirnrunzelnd. »Er hat doch hier Gesellschaft genug!«

»Aber keine anderen Kinder zum Spielen.«

»Das ist so eine typische Lehrermeinung«, sagte der Graf bedächtig. Er zog an seiner Zigarre und fuhr fort: »Gerd-Jan ist nicht wie andere Kinder. Er hat eine anfällige Gesundheit, wie ich schon sagte, und ist sehr nervös. Er spielt am liebsten allein.« Er beugte sich in seinem Sessel etwas vor. »Ich fühle mich veranlasst, Sie zu warnen, Herr van der Steg«, sagte er. »Sie können meinen Neffen nicht genauso behandeln wie die Schüler in Ihrer Dorfschule …«

Franz suchte sich eine andere Sitzhaltung; sein Knöchel tat weh, aber er konnte den Fuß hier ja nicht auf einen Stuhl legen. »Wie soll ich ihn denn sonst behandeln?«, fragte er.

Der Graf legte den Zeigefinger an seine Nase. »Mit sehr viel Umsicht«, sagte er. »Obwohl das nicht bedeutet, dass Sie ihm keine Strafarbeiten aufgeben sollen! Aber Gerd-Jan ist kein gewöhnliches Kind. Er hat eine erstaunliche Phantasie …« Er schwieg einen Moment lang. »Vielleicht haben Sie schon mal gehört, dass sich an dieses Haus hier eine Geschichte knüpft«, fuhr er fort, »eine alte Sage, ein Märchen, eine Legende … Hier soll angeblich ein Schatz vergraben sein.«

»Ja, ich habe davon gehört«, sagte Franz. »Eine Sage, ein Märchen oder eine Legende, wie Sie es nennen …« Er blies ein Rauchwölkchen in die Luft und ließ seine Blicke für einen Augenblick vom Grafen abschweifen – zu einem Gemälde, das eine Dame mit Reifrock und gepuderter Perücke darstellte. Sie war bildschön, aber es schien, als lachte sie ihn spöttisch aus. Auf ihrem Schoß saß eine langhaarige weiße Katze.

»Gerd-Jan glaubt an diese Geschichte«, sagte der Graf.

»Natürlich«, sagte Franz. »In seinem Alter ist das doch nicht verwunderlich.«

»Es freut mich, dass Sie die Sache so vernünftig sehen«, sagte Graf Griesenstein. Er betrachtete Franz durch eine blaue Rauchwolke hindurch. »Aber Gerd-Jan glaubt nicht nur daran – er sucht auch danach. Er verwendet seine ganze Zeit dazu, nach dem Schatz zu suchen! Und das beunruhigt mich manchmal.«

»Ach, das wird auf die Dauer schon wieder nachlassen«, sagte Franz ruhig. »Schicken Sie ihn ein bisschen mehr an die frische Luft …«

»Nun gut«, sagte der Graf, »ich fand, dass Sie es wissen sollten. Vielleicht können Sie ihn ein wenig im Auge behalten … und seine Lust am Phantasieren durch solide Arbeit bremsen.«

»Ich werde mein Möglichstes tun«, sagte Franz.

»Und ich würde es sehr begrüßen, wenn Sie mich auf

dem Laufenden halten würden«, sagte der Graf. »Nicht nur, was seine schulischen Fortschritte betrifft, sondern auch seine Phantastereien und Spinnereien.«

»Das ist doch selbstverständlich«, sagte der Hauslehrer.

Es ist selbstverständlich, dass ich ihn *nicht* auf dem Laufenden halte, dachte Franz der Rote, als er endlich allein war … Jedenfalls nicht, bevor ich weiß, was der Graf im Schilde führt, dachte Franz van der Steg. *Ein* Spion reicht für den armen Gerd-Jan.

Manus hatte ihn in das Gästezimmer gebracht – er war ein kleiner, gebückt gehender Mann mit braunem Kraushaar und mit Augen, auf die Gerd-Jans Beschreibung genau passte. Wo aber war Iwan?

Franz schaute sich um. Es gab nur eine einzige Tür, und er entdeckte keine verborgenen Zugänge oder Geheimfenster, sondern nur ein paar Nischen und Mauervorsprünge. Die Fenster standen auf und es war kalt. Er musste sehen, dass er schnell in die Federn kam; zum ersten Mal in seinem Leben würde er in einem echten Himmelbett schlafen.

Kurz darauf blies er die Kerze aus (elektrisches Licht gab es im Treppenhaus nicht). Das Bett war warm und weich und er schlief sofort ein. Er hatte jedoch anstrengende und wirre Träume von Gerd-Jan und dem Grafen und von allen möglichen Spionen, die sich später als seine Schüler entpuppten.

Er wusste nicht, wie lange er geschlafen hatte, als er plötzlich erwachte. Halb im Traum hatte er gehört, wie eine Tür geöffnet wurde. Er setzte sich auf. Raschelte da nicht etwas, irgendwo? Es zeigte sich jedoch, dass die Tür geschlossen war. Er suchte nach Streichhölzern, um die Kerze anzuzünden, aber er konnte sie nicht finden. Er war zu schläfrig, um sich weiter zu bemühen; so legte er sich wieder hin und träumte weiter. Später, mitten in der Nacht, erwachte er von neuem – diesmal, weil der Mond auf sein Kopfkissen schien. Er wandte sich zum Fenster hin und rieb sich die Augen.

Auf der Fensterbank, wie ein Schattenriss vor dem hellen Himmel, saß eine schwarze Gestalt in Form einer Katze. Und es war auch eine Katze. Franz nahm seine Brille vom Nachttischchen und warf den Kerzenhalter um. Nun ja, es war ohnehin hell genug im Zimmer.

Die Katze hatte sich nicht gerührt; er hatte das Gefühl, dass das Tier ihn anstarrte.

»… und seien Sie vorsichtig, auch wenn vielleicht ein kleines schwarzes Biest vor Ihrem Fenster auftaucht …«

Franz war nun hellwach; er stieg aus dem Bett und näherte sich seinem unerwarteten Besucher. *Ein kleines Biest* … nein, es war ein ganz enormes Biest, eine riesengroße Katze, und sie war pechschwarz.

»He du … Mieze, Mieze …«, flüsterte er.

Das Tier warf ihm einen flüchtigen Blick zu und starrte danach regungslos aus dem Fenster. Franz streichelte es, aber es reagierte genauso wenig wie eine Statue.

»Na ja, bleib ruhig sitzen«, sagte er und ging wieder in sein Bett zurück. »Das Fenster ist ja offen; du kannst also weg, wenn du willst.« Jetzt sah es wieder so aus, als ob die Katze ihn beobachtete … »Halt deine sieben

Sinne zusammen!«, sagte er zu sich selbst und musste schmunzeln. Nach einiger Zeit schlief er wieder ein.

Als er zum dritten Mal erwachte, hörte er Regen rauschen. Er blickte zum Fenster; es wurde schon hell. Die Katze war nicht mehr da … hatte er die vielleicht auch geträumt? Es stellte sich schnell heraus, dass dies nicht der Fall war, denn plötzlich sprang das Tier auf sein Bett.

Wie ein prächtiger Panther spazierte es über Franz' Bauch auf sein Gesicht zu – den Schwanz hoch aufgerichtet und die runden grünen Augen weit offen. Einen Augenblick später schaute es mit rätselhaftem Blick auf ihn hinab und begann, leise mit seinen Vorderpfoten zu trippeln – die Nägel fest ins Bettuch gekrallt.

»Guten Morgen«, sagte Franz nicht besonders entgegenkommend. »Es scheint mir noch zu früh, um aufzustehen. Weißt du, wir haben heute Sonntag!«

Die Katze ließ sich geschmeidig auf ihm nieder und stupste mit ihrer Nase gegen Franz' Kinn.

»Musst du unbedingt hier liegen?«, protestierte Franz leise. »Du bist ziemlich schwer, finde ich.«

Als Antwort gähnte die Katze voll Hingabe, so dass er ihr Raubtiermäulchen mit rosa Zunge und scharfen Zähnen gut beobachten konnte.

»Du hast Recht«, murmelte er. »Ich bin auch noch müde.« Er gab dem Tier einen leichten Schubs, den die Katze jedoch ignorierte. Sie legte die Vorderpfoten um Franz' Hals und fing so laut an zu schnurren, wie es zu ihrer Statur passte.

»Als ich dich heute Nacht gestreichelt habe, hast du nicht geschnurrt«, sagte Franz. »Und jetzt, wo du gerne schnurren möchtest, weigere ich mich, dich zu streicheln.«

Die Katze kniff ihre Augen zu blinzelnden Spalten zusammen; sie schnurrte noch lauter und zog ihre Krallen liebkosend ein und aus.

»Au!«, sagte Franz. »Hör auf damit.« Er richtete sich mühsam auf und setzte das Tier auf den Fußboden. Es war vergebene Liebesmüh – denn sobald er wieder lag, kehrte die Katze zurück und nahm ihren alten Platz wieder ein.

Franz kam mit einem Seufzer zu dem Schluss, dass er gar nicht erst versuchen brauchte, wieder einzuschlafen. Er streichelte das Tier ein paar Mal und dann hörte er durch das Schnurren hindurch ein anderes Geräusch.

Eine Türklinke, die vorsichtig heruntergedrückt wurde …

Er tastete nach seiner Brille, setzte sie auf und rief streng: »Herein!«

Im Türrahmen erschien Gerd-Jan, im Schlafanzug und auf bloßen Füßen. Franz setzte sich auf, so dass die Katze von ihrem geliebten Plätzchen abrutschte.

Der Junge machte die Tür hinter sich zu und blieb regungslos stehen. Er blickte von seinem Hauslehrer auf die Katze, die sich beleidigt ans Fußende verzog und sich zu lecken begann.

»Guten Morgen. Was willst du hier?«, sagte Franz.

Gerd-Jan kam ins Zimmer; er sah jetzt viel jünger aus

und wirkte ziemlich verlegen. »Ich … ich habe Iwan gesucht«, antwortete er.

»Iwan?«, wiederholte Franz.

Der Junge fasste die Katze an; diese würdigte ihn eines kurzen Blickes und antwortete mit einem sanften »Prrr!«.

»Heißt die Katze Iwan?«, fragte Franz.

»Psst!«, mahnte Gerd-Jan. »Ja«, sagte er dann, »das ist Iwan. Iwan der Schreckliche.«

Franz erfährt noch mehr über die Versiegelte Schrift — Nummer fünf

Franz sah die Katze an, die sich ernst und konzentriert hinter den Ohren putzte.

»Natürlich!«, sagte er. »Das hätte ich doch begreifen müssen. Iwan ist schwarz und schweigsam … Iwan, der Spion.«

Gerd-Jan starrte ihn an. »Woher wissen Sie das?«, flüsterte er.

»Ja … das ist eine lange Geschichte«, sagte Franz. »Man hat mich vor einem kleinen schwarzen Biest im Fenster gewarnt …«

»Sind Sie dadurch wach geworden?«, fragte Gerd-Jan.

»Hast du ihn hier hereingelassen?«

»Ja.«

»Und warum?«

»Weil … och, nur so … Aber wieso wussten Sie das von Iwan?«

»Sein Name«, sagte Franz, »wurde mir als der eines … eines Bundesgenossen genannt.«

Gerd-Jan blickte ihn unentwegt an. Von seiner Unnahbarkeit war nichts mehr übrig geblieben. Seine Augen leuchteten, sein Gesicht strahlte.

Franz schlug die Decke zurück und stieg aus dem Bett. »Aber ich habe keinen Moment daran gedacht, dass er eine Katze sein könnte«, fügte er hinzu.

»Iwan ist ein Kater«, sagte Gerd-Jan.

»Ein Kater«, murmelte Franz. »Mit einem Kater erwachen – oje, oje.« Er fröstelte, ging zum Fenster und machte es zu.

»Was macht Ihr Fuß?«, fragte Gerd-Jan.

»Dem geht es gut«, sagte Franz. »Aber du wirst kalte Füße bekommen, wenn du da stehen bleibst. Kriech in mein Bett, bevor du krank wirst.«

Gerd-Jan gehorchte. Er drapierte die Decken um sich herum und sagte: »Ich bin nie krank. Wollen Sie nicht mehr ins Bett, Herr van der Steg?«

»Nein«, sagte Franz, »ich gehe mich jetzt rasieren. Dein Kater hat mir den Schlaf endgültig vertrieben.« Er sah seinen Schüler forschend an. »Nie krank, sagst du? Weshalb gehst du dann nicht in die Schule?«

»Onkel Gradus sagt, dass ich in einer Dorfschule nichts lernen kann«, antwortete Gerd-Jan.

»Soso, das meint Onkel Gradus also!«, sagte Franz. Er nahm sein Rasierzeug heraus und fügte halblaut hinzu: »Ich bin schließlich auch nur ein gewöhnlicher Dorfschullehrer.«

»Was haben Sie gesagt?«, fragte Gerd-Jan.

»Nichts«, antwortete Franz und goss das Wasser aus der Kanne in die Waschschüssel.

»Ich fände es viel schöner, in die Schule zu gehen«, sagte Gerd-Jan. »In Den Haag bin ich zur Schule gegangen. Hier hatte ich immer nur Hauslehrer. Aber sie sind nie lange geblieben.«

»Und warum nicht?«, erkundigte sich Franz, während er sich Rasierseife aufs Gesicht pinselte.

»Der erste hatte was gegen das Treppensteigen«, erzählte Gerd-Jan. »Der zweite ging weg, weil es hier kein elektrisches Licht gibt; er fürchtete sich im Dunkeln. Der dritte ging, weil Onkel Gradus ihn nicht nett fand, und der vierte, weil *ich* ihn nicht mochte. Sie sind der fünfte.«

Franz begann sich sorgfältig zu rasieren.

»Und was ...«, sagte er ein wenig abgehackt, »wird das Schicksal ... des fünften ... Hauslehrers sein?«

Gerd-Jan erschien überraschend neben ihm. »*Sie* müssen hier bleiben!«, flüsterte er.

»Pass auf! Jetzt hab ich mich geschnitten!«, sagte Franz.

Eine Zeit lang waren sie beide still. Als Franz wieder zu Gerd-Jan hinüberschaute, saß der Junge mit der Katze auf dem Kopfkissen. »Iwan hat es sofort gewusst«, sagte er leise. »Er hat geschnurrt, nicht wahr?«

»Wie ein Motor«, antwortete Franz.

»Das tut er nie ohne Grund«, sagte Gerd-Jan.

»Sag mal!«, fragte Franz. »Hast du vielleicht die Katze hereingelassen, *damit Iwan mich beurteilen sollte? Damit er entscheiden sollte, ob ich hier bleiben darf?*«

Gerd-Jan nickte. »Aber ich habe schon vorher vermutet, wer Sie sind«, sagte er rasch. »Roberto hat mir gesagt, dass Ihre Ankunft durch sieben Kanonenschüsse angekündigt würde.«

»Soso«, sagte Franz, »sieben Kanonenschüsse für mich stark mitgenommenen Menschen. Und wer bin ich denn nun deiner Ansicht nach?«

Gerd-Jan sprang wie der Blitz aus dem Bett. Er sauste zur Tür, öffnete sie mit einem Ruck und schaute hinaus. »Ich dachte, ich hätte was gehört«, erklärte er. »Sie dürfen nicht so laut schreien; Manus ist immer schon früh auf.«

Er stellte sich dicht neben Franz und flüsterte: »Sie sind mein Verbündeter ... hab ich Recht?«

»Roberto hat es angekündigt und Iwan hat es bestätigt«, antwortete Franz. Er wandte sich um und begann, sich die Zähne zu putzen.

»Ich konnte natürlich nicht ahnen, dass der Verbündete ein Hauslehrer sein würde«, sagte der Junge entschuldigend. »Und Sie dürfen auch nicht erwarten, Herr van der Steg, dass ich jetzt ein gehorsamer Schüler werde! Wenn Onkel Gradus merkt, wer Sie sind, wird er Sie ebenfalls entlassen, genau wie Jan, den Kutscher.«

Franz spülte seinen Mund aus und fragte: »War Jan, der Kutscher, auch ein Bundesgenosse?«

»Ja«, sagte Gerd-Jan. »Iwan hat anfangs bei ihm geschlafen, in seinem Zimmer über dem Stall, weil ich mich nicht traute, ihn Onkel Gradus zu zeigen ...«

»Weiß dein Onkel denn nicht, dass du eine Katze hast?«

»Ich *habe* Iwan nicht«, verbesserte Gerd-Jan. »Er ist mein Freund und Helfer, aber er gehört keinem; das würde er nicht wollen. Zuerst wusste Onkel Gradus nicht, dass er hier war – aber jetzt weiß er es. Iwan drang natürlich ins Haus ein; er schlich sich ins Rokoko-Zimmer und strich schmusend um Onkel Gradus' Beine. Und dann durfte er dableiben.«

»Er ist also auch mit deinem Onkel befreundet.«

»O nein, natürlich nicht!«, sagte Gerd-Jan empört. »Iwan tut nur so. Er hasst Onkel Gradus und Onkel Gradus hasst ihn.«

»Du solltest nicht so viel phantasieren, Gerd-Jan«, sagte Franz tadelnd. »Graf Griesenstein hasst Iwan bestimmt nicht. Er hat ihn doch hier bleiben lassen ...«

»Aber nur deshalb, weil auf dem Griesenstein'schen Wappen ein Katzenkopf steht«, sagte Gerd-Jan, »und außerdem natürlich, weil Iwan grüne Augen hat.«

»Weil er grüne Augen hat? ... Ach ja, richtig; ich verstehe.«

»Wieso?«, fragte Gerd-Jan. Er stemmte die Hände in die Seiten und sah Franz argwöhnisch an. »Warum sagen Sie das? Wie kommen Sie darauf?«

»Worauf?«, sagte Franz. »Na ja, Iwan streicht deinem Onkel um die Beine und er hat grüne Augen. Und deshalb durfte er offenbar hier bleiben; das hast du mir doch selbst gerade erzählt. Soll ich nun vielleicht sagen, dass ich es *nicht* verstehe?«

Die Katze sprang vom Bett herunter und strich ihm laut schnurrend um die Beine. Gerd-Jan hockte sich hin und sagte flüsternd: »Iwan?« Er hob den Kopf und sagte: »Roberto hat ihn hier eingeschmuggelt. Kennen Sie Roberto?«

»Und ob ich ihn kenne!«, sagte Franz. »Aber wieso kennst du ihn denn?«

»Er kriecht manchmal durch ein Loch im Stacheldraht, um mir Neuigkeiten zu berichten ... von der Außenwelt. Das hat er immer dann getan, wenn Jan der Kutscher im Park die Wache hatte.« Gerd-Jan stand auf und fuhr fort: »Es ist richtiges Pech, dass er entlassen worden ist. Onkel Gradus hat ihn weggejagt, dieser falsche Hund! Warum mag er das wohl getan haben?«

Franz verriet nicht, dass er diese Frage durchaus hätte beantworten können. Und er überlegte sich, ob er es zulassen konnte, dass einer seiner Schüler den eigenen Onkel einen ›falschen Hund‹ nannte.

Bevor er zu einem Ergebnis gekommen war, lief Gerd-Jan zur Tür. »Ich gehe jetzt«, sagte er. »Bis gleich.« Er rief: »Iwan!« Dann verließ er das Zimmer und die Katze folgte ihm.

War Graf Griesenstein wirklich ein falscher Hund? Diese Frage stellte sich Franz, als er ihm gegenüber am Frühstückstisch saß. Sein Gastgeber war, in seiner kühlen Art und Weise, ausgesprochen freundlich. Ab und zu gab er Iwan ein Stückchen Schinken; die Katze saß neben seinem Stuhl und starrte ihn hypnotisierend an. Was Gerd-Jan betraf, so zeigte er wieder das gleiche unangenehme Verhalten wie am Tag zuvor.

Der Junge ist ein geborener Schauspieler!, dachte Franz. Ich glaube, er ist durchaus in der Lage, jeden hier im Haus zum Narren zu halten – mich selbst nicht ausgenommen.

Nach dem Frühstück gingen sie in die Bibliothek. Gerd-Jan sagte, dass er nach draußen wollte, aber der Graf verbot es ihm. »Es regnet viel zu stark«, sagte er. »Spiel lieber irgendein Spiel mit Herrn van der Steg.«

Gerd-Jan schnitt eine Grimasse, aber er holte ein Trick-Track-Spiel zum Vorschein und stellte es auf den Tisch – neben die Vase, die den Tintenfleck zudeckte. Der Graf ließ sich mit einem Stoß Zeitungen in einem bequemen Sessel nieder.

Franz und sein Schüler spielten eine Weile miteinander, aber mit dem Herzen waren sie nicht dabei. Gerd-Jan blickte immer wieder zu seinem Onkel hinüber, und in Franz verstärkte sich mehr und mehr das Gefühl, dass dieser sie genau beobachtete – vielleicht hatte er zu diesem Zweck sogar Löcher in seine Zeitung gebohrt. Plötzlich ließ er sie jedoch fallen und sagte: »Du musst nicht so rau damit umgehen, Gerd-Jan! Das ist ein antikes und sehr wertvolles Trick-Track-Brett. Möglicherweise hat es schon unser Vorfahre, Ritter Grimbold, benutzt.«

Franz betrachtete das Brett nun mit gesteigertem Interesse, und er begann, seinem Schüler einen Vortrag über das Trick-Track-Spiel von heute und von anno dazumal zu halten – wie man es im Nahen und Fernen Osten handhabte und wie es von den Sarazenen zur Zeit der Kreuzzüge gespielt wurde. Als er dann aber von den Spielregeln bei Tourneen und Zweikämpfen anfangen wollte, fiel Gerd-Jan ihm rücksichtslos ins Wort.

»Ich hab keine Lust mehr«, sagte er. »Soll ich Ihnen unser Haus zeigen?«

Graf Griesenstein raschelte mit seinen Zeitungen und sagte: »Das interessiert deinen Lehrer wahrscheinlich überhaupt nicht, Gerd-Jan.«

Franz sagte jedoch, dass es ihn durchaus interessierte.

Er folgte seinem Schüler in Gregorius' Kleinen Festsaal. Dort war Manus damit beschäftigt, den Boden zu fegen; er grüßte sie höflich, aber Gerd-Jan ging an ihm vorbei, als ob er Luft wäre.

Der Junge stieg eine Holztreppe hinauf, die zur ersten Galerie führte; auf der obersten Stufe saß Iwan, den Schwanz schön ordentlich um die Vorderpfoten geschlungen und die grünen Augen halb geschlossen. Franz bückte sich, um ihn zu streicheln; aber die Katze schlüpfte unter seiner Hand hindurch und lief hochnäsig weg.

»Iwan will nicht gestreichelt werden«, sagte Gerd-Jan. »Außer wenn er darum bittet.«

»Eine furchtbar verwöhnte Katze«, murmelte Franz.

Sie kletterten die Treppe zur zweiten Galerie hinauf und stiegen weiter bis auf die dritte. Dort blieben sie kurz stehen, um über die Brüstung hinunterzuschauen. Manus war noch immer mit dem Besen zugange. Als er nach oben blickte, streckte Gerd-Jan ihm die Zunge heraus; dann drehte er sich um und stieg rasch über die vierte Treppe weiter hinauf. Diese hatte kein Geländer und endete vor einer gewölbten Maueröffnung. Franz musste sich bücken, um hindurchzukommen, aber dann sah er sich überrascht um.

Sie waren auf einem enorm großen Speicher gelandet – an einer Seite befanden sich kleine Dachluken, die auf den rückwärtigen Teil des Grundstücks hinaussahen. Der Raum war leer und verkommen; überall saßen Spinnweben. Aus einer Öffnung in der Decke hing eine Strickleiter herab.

»So«, sagte Gerd-Jan zufrieden. »Hier gibt es nur noch einen anderen Eingang. Wenn Manus den nehmen will, braucht er mindestens eine Viertelstunde. Einfach hinter uns her zu gehen, das traut er sich doch nicht … Warum gucken Sie sich die Leiter an? Die führt auf den Dachboden. Wollen Sie noch weiter nach oben?«

»Keineswegs«, sagte Franz wahrheitsgemäß, denn er spürte seinen Knöchel wieder. »Du kennst dieses Haus sicher durch und durch«, fügte er hinzu.

Gerd-Jan schüttelte den Kopf. »Ich wollte, es wäre so«, sagte er. »Aber ich habe wohl jede Leiter bestiegen, hier drinnen – soweit ich weiß …« Er schaute nachdenklich einer Spinne zu, die schwankend über den Fußboden tanzte, auf langen, fadendünnen Beinen. Dann hob er sein Gesicht zu Franz empor und sagte feierlichernst: »Ich möchte Ihnen das Geheimnis des Treppenhauses erzählen … Sie sind ein Bundesgenosse und allein schaffe ich es nicht.«

Sie setzten sich nebeneinander auf den Fußboden, und Gerd-Jan erzählte seinem Hauslehrer die Geschichte, die dieser bereits kannte – das Märchen, die Sage oder die Legende vom Verborgenen Schatz. Das Geräusch des Regens, der gegen die Scheiben und aufs Dach trommelte, begleitete seine gedämpfte Stimme. Er berichtete auch von der Versiegelten Schrift, aber er sagte nicht, was darin stand, und Franz hielt es für besser, sich nicht anmerken zu lassen, dass er es wusste.

»Der Schatz gehört mir, wenn ich ihn finden kann«, sagte Gerd-Jan. »Aber Onkel Gradus will ihn *auch* haben – deshalb schickt er Spione hinter mir her. Als wir gerade erst hier wohnten, wollte er, dass wir zusammen danach suchten, und das haben wir auch getan …« Er schwieg einen Augenblick und fuhr dann fort: »Wissen Sie, ich kann den Schatz alleine nicht finden … vielleicht sage ich Ihnen später mal, warum. Auch Onkel Gradus weiß das; er weiß eine ganze Menge, was er eigentlich nicht wissen dürfte. Er hat bestimmt insgeheim die Versiegelte Schrift gelesen, bevor er sie mir gab! Jetzt suche ich allein, und er sucht allein … Es ist alles so furchtbar blöd …«

»Blöd findest du das, nach einem Schatz zu suchen?«, sagte Franz. »Dann hör doch einfach auf damit!«

»Niemals!«, sagte Gerd-Jan entrüstet. »Es würde mir Spaß machen, wenn nur Onkel Gradus nicht da wäre. Er will den Schatz haben und behalten. Er will nicht, dass ich ihn finde, und wenn ich ihn finden sollte, wird er versuchen, ihn mir zu rauben … Aber das wird ihm nicht gelingen!«

»Denkst du nicht zu schlecht von deinem Onkel?«, fragte Franz.

»Nein«, sagte der Junge entschieden. »Sie werden schon noch selbst merken, wie er ist.« Er sah seinen Hauslehrer mit gefurchter Stirn an. »Sind Sie mein Verbündeter?«, fragte er. »Ja oder nein?«

»Selbstverständlich bin ich das«, antwortete Franz.

Ein freundliches Lachen erhellte plötzlich Gerd-Jans Gesicht. »Dann werden Sie mir sicher helfen«, sagte er. »Sie müssen nur aufpassen, dass Onkel Gradus es nicht merkt. Sie unterrichten an einer Schule, nicht wahr? In welcher Klasse?«

»In der fünften«, antwortete Franz, ziemlich erstaunt wegen des plötzlichen Themawechsels. Aber kurz darauf begriff er besser, was seinen Schüler dazu veranlasste.

»Ich wäre jetzt auch in der fünften Klasse, wenn ich in die Schule gegangen wäre«, sagte Gerd-Jan und seine Stimme klang ein wenig traurig.

»Du würdest auch so in die fünfte Klasse gehen können«, sagte Franz. »Was du noch nicht durchgenommen hast, hast du im Nu aufgeholt, wenn du dich ein wenig anstrengst. Du bist schlau genug dazu.«

»Ja?«, sagte Gerd-Jan. »Aber ich komme ja doch nicht in die Schule«, fügte er knurrig hinzu. »Weshalb soll ich mich also anstrengen?«

Dann fing er an, Franz über seine Klasse auszufragen. Wie viele Kinder saßen darin? Wie heißen sie, wie waren sie?

Nach jeder Antwort, die Franz gab, hatte er schon eine neue Frage auf der Zunge. Plötzlich jedoch brach er das Gespräch ab. Er sprang auf und sagte: »Ich höre Manus! Lassen Sie uns in die Bibliothek zurückgehen.«

Franz hörte zwar überhaupt nichts von Manus, aber er krabbelte auf seine Füße, schlug sich den Staub von der Hose und folgte seinem Schüler.

In dem gewölbten Durchgang zögerte er kurz. Erst jetzt erkannte er, wie hoch sie gestiegen waren – ganz in der Tiefe sah er den Boden des Saales. Die erste Treppe, die er hinuntersteigen musste, hatte kein Geländer und deswegen ging er sehr vorsichtig. Dabei hielt er den Atem an wegen Gerd-Jan, der sämtliche Treppen im Galopp hinuntersauste und dann am Fuß der untersten auf ihn wartete.

Manus war nirgendwo mehr zu sehen, auch Iwan nicht. Franz sah sie in Gedanken irgendwo anders im Haus umherschleichen, durch finstere Gänge und über Stufen, die sich kreisförmig hochschraubten – der Hausknecht vorneweg und Iwan auf seinen Fersen.

Als sie in die Bibliothek zurückkamen, stand Graf Griesenstein am Fenster; seine Haltung deutete an, dass er sich entsetzlich langweilte.

»So, Herr van der Steg, haben Sie sich gut amüsiert?«, fragte er.

»Nicht so sehr, glaube ich«, antwortete Gerd-Jan für seinen Lehrer. »Er findet es unheimlich, eine Treppe ohne Geländer hinunterzugehen.«

Franz runzelte die Stirn. Er hatte nicht gedacht, dass sein Schüler es überhaupt gemerkt hatte – außerdem gefiel es ihm ganz und gar nicht, dass er dies auch noch laut und in verächtlichem Ton sagte. Er wusste zwar jetzt, dass Gerd-Jan ihn als Verbündeten betrachtete, aber das bedeutete noch lange nicht, dass er nun alles mit sich machen ließ!

»Es regnet kaum noch«, sagte der Graf. »Wenn Sie nach Hause möchten, sagen Sie es ruhig. Der Bus fährt jede Stunde.«

Mein Besuch hat ihm also offensichtlich lange genug gedauert, dachte Franz ein wenig ärgerlich.

Gerd-Jan sagte jedoch: »Er kann noch nicht weggehen, Onkel Gradus. Ich muss meine Strafarbeit noch machen.«

»Das heißt ...«, begann Franz.

Aber Gerd-Jan warf ihm hinter dem Rücken seines Onkels einen so flehenden Blick zu, dass er den Mund hielt.

»Nun gut« war alles, was Graf Griesenstein sagte.

Gerd-Jan holte rasch Federhalter, Bleistifte und Papier zum Vorschein, setzte sich an den Tisch, schob das Trick-Track-Spiel beiseite und fragte: »Was soll ich schreiben?«

»Schreib: ›Ich darf nicht lügen‹«, sagte Franz.

Gerd-Jan nahm zwei Bleistifte und fing an, damit zu kritzeln.

»Mit *einem* Bleistift«, befahl Franz streng, »eine Reihe nach der anderen, und schön ordentlich!«

Der Graf unterdrückte ein Gähnen und sagte: »Ich sehe mich ein bisschen im Garten um. Bis gleich.« Geräuschlos verließ er die Bibliothek.

Sobald er weg war, hörte Gerd-Jan auf. »Herr van der Steg!«, flüsterte er.

»Mach erst deine Arbeit fertig«, sagte Franz. »Du hast selbst darum gebeten.«

»Das war doch eine List!«, sagte sein Schüler entrüstet.

»Nicht nur eine List, sondern auch eine Lüge«, sagte Franz ungerührt. »Schreib weiter.«

Gerd-Jan gehorchte. Kurz darauf erkundigte er sich: »Ist ein Blatt genug?«

»Mach ruhig zwei«, sagte Franz.

»Ich dachte, Sie wären gegen solche Strafarbeiten«, sagte Gerd-Jan.

»Ja, das bin ich auch«, sagte Franz.

»Darf ich dann auf das zweite Blatt Verse schreiben?«

»Also gut«, gab Franz nach.

Gerd-Jan tauschte seinen Bleistift gegen einen Federhalter aus, tauchte die Feder tief in das zinnerne Tintenfass und begann mit großem Eifer, ein zweites Blatt voll zu schreiben.

Vielleicht steckt ein verborgener Dichter in ihm, dachte Franz. Es liegt in der Familie, auch Graf Gregorius hat gedichtet …

Nach einer Weile legte Gerd-Jan den Federhalter hin, blies das Geschriebene trocken, bedeckte es mit dem Strafarbeitblatt und fragte: »Wenn Sie in der Schule Strafarbeiten aufgeben, was machen Sie dann damit?«

»Meistens werfe ich sie in den Papierkorb«, antwortete Franz.

»Lesen Sie sie denn nicht?«, fragte Gerd-Jan schockiert.

»Manchmal schon«, sagte Franz beruhigend. »Deine Verse werde ich mit Sicherheit lesen.«

»Herr van der Steg«, sagte Gerd-Jan flüsternd. »Wenn Sie sie gelesen haben, tun Sie mir dann den Gefallen und werfen sie nicht in den Papierkorb, sondern verbrennen sie? Ja? Und Sie dürfen sie keinem Menschen zeigen.«

»Du brauchst dich doch deswegen nicht zu schämen …«, begann Franz.

»Nein, damit hat das nichts zu tun. Es ist wegen … aber das werden Sie schon verstehen, wenn Sie sie lesen. Versprechen Sie es mir?«

»Also gut, junger Mann, ich werde Ihre Verse nach dem Lesen dem Feuer überantworten und vernichten«, sagte Franz in feierlichem Ton. »Niemand wird nach mir ein Auge darauf werfen.«

Er selbst warf erst ein Auge darauf, als er mittags im Bus nach Hause fuhr; kurz nach dem Mittagessen, das er gemeinsam mit dem Grafen Griesenstein und dessen Neffen eingenommen hatte, war er gegangen.

Er schüttelte den Kopf und lächelte, als er das Blatt mit *»Ich darf nicht lügen«* betrachtete. Beim nächsten Blatt jedoch runzelte er die Stirn und machte ein ernstes Gesicht. Nun begriff er tatsächlich, was Gerd-Jan gemeint hatte; die Verse stammten nicht von dem Jungen selbst – und er kannte sie auch mehr oder weniger schon …

Hier folgt nun, was er las, und es steckte nur ein einziger Rechtschreibfehler darin:

SEHR GEHEIM UND STRENG VERTRAUERLICH. DIES SCHREIBT MEIN VORFAHRE GRAF GREGORIUS GRIESENSTEIN IN DER VERSIEGELTEN SCHRIFT:

Könnt' der Schatz uns Worte reichen,
Trachtet, Kind und Kindeskinder,
Diese Reime zu verstehn:

Diese Worte sind das Zeichen:
Niemand wird allein der Finder,
Ohne Leiter wird's nicht gehn.

Diese Worte sind das Zeichen:
Kleine Freunde wirst du finden,
Sollst dem Feinde widerstehn.

Diese Worte sind das Zeichen:
Fremdling, der den Drachen bindet,
Muss die sieben Wege gehn.

Grün-Arm wird die Sprüche reichen,
Grün-Aug' wird den Schlüssel finden,
Grün-Haar dem Drachen zu Leibe gehn.

PS: Verbrennen Sie dies bitte! G. J. Gr.

Franz spielt Karten im »Durstigen Hirschen« — Nummer sechs

Der Bus stoppte zum soundsovielten Mal und der Fahrer rief: »Roskam!«

Franz schoss hastig von seinem Sitz empor, stieß mit dem Kopf an das Gepäcknetz und stieg aus – in der einen Hand seinen Koffer und in der anderen den Spazierstock des Herrn Thomtidom. Er hatte eigentlich nicht vorgehabt, die Heimfahrt in Roskam zu unterbrechen; aber nun wollte er doch noch mit dem Magier sprechen und den würde er gewiss im »Durstigen Hirschen« finden.

So betrat er wenig später das Gasthaus zum zweiten Mal. Es war sehr voll dort – warm und gemütlich, wenn auch die Luft ziemlich verqualmt und verbraucht war. Der Erste, der Franz begrüßte, war Jan Turelur, der an der Theke stand und sich ein Gläschen Wacholder einschenken ließ. Als er den Lehrer sah, spiegelte sein Gesicht eine seltsame Mischung aus Respekt und Verachtung, aus Freude und Ärger.

»Sieh mal einer an«, sagte er laut, »Herr Franz der Rote!«

Einige Gäste hoben den Kopf und starrten Franz an. Der Wirt kam herbei; er zeigte in eine Ecke der Gaststube und sagte: »Dort ist noch Platz für Sie.«

Franz entdeckte ein ehrfurchtgebietendes Haupt mit grauem Bart; er quetschte sich zwischen den Tischchen hindurch und stand kurz darauf vor Herrn Thomtidom.

»Guten Tag«, sagte dieser freundlich. »Bitte nehmen Sie Platz. Dies ist zwar Robertos Stuhl, aber der ist beim Billardspiel.«

Franz warf einen Blick zum Billardtisch hinüber; der Junge beugte sich gerade darüber, ganz in das Spiel vertieft.

»Ich komme, um Ihnen Ihren Spazierstock zurückzubringen«, sagte er zu dem Magier. »Vielen Dank fürs Ausleihen.«

»Es war mir ein Vergnügen«, sagte Herr Thomtidom. »Dürfte ich mir vielleicht Ihre Bücher einmal ausleihen? Es sind Werke dabei, die mich sehr interessieren. Heute habe ich sie leider nicht bei mir; ich hoffe, dass ich Sie dadurch nicht in Schwierigkeiten bringe …«

In diesem Augenblick erschien der Wirt an ihrem Tisch und fragte nach den Wünschen.

»Kaffee bitte«, sagte Franz. »Für Sie auch, Herr Thomtidom? – Also zwei Kaffee und eine Kerze.«

»Einen Käse?«, fragte der Wirt. »Holländer oder Schweizer?«

»Eine *Kerze*, eine brennende Kerze«, sagte Franz.

Der Wirt verschwand.

»Gibt's was Neues?«, fragte der Magier mit gedämpfter Stimme.

Franz ließ seine Blicke nochmals durch die Gaststube schweifen; er nickte Roberto zu, der ihn aus einem normalen und einem violett umrandeten Auge ansah. Jan Turelur stand noch immer an der Theke, aber er stierte nachdenklich in sein Glas.

»Sie können unbesorgt reden«, fuhr der Magier fort. »Bei diesem Betrieb könnte man sogar Komplotte schmieden, ohne dass es einer merkt … Ha, hier ist ein Stuhl frei geworden; dann kann Roberto zu uns an den Tisch kommen.«

Der Wirt brachte den Kaffee und die Kerze und Roberto ließ auf einen Wink des Magiers hin sein Billard im Stich.

Er begrüßte Franz höflich; ihre Meinungsverschiedenheiten am Tor des Treppenhauses schien er vergessen zu haben.

»So«, sagte Franz, »ich sehe, dass auch du nicht ohne Verletzung davongekommen bist. Die Rolle eines Verbindungsmannes scheint einige Gefahren mit sich zu bringen.«

»Wer achtet denn jetzt auf Gefahren?«, sagte Roberto, während er sich zu ihnen gesellte. »Die Sieben jedenfalls nicht.«

»Wie geht es Jungfer Rosmarie?«, erkundigte sich Franz.

»Ausgezeichnet«, antwortete Roberto. »Obwohl sie mir einen ganzen Tag lang böse war. Sie lässt dich übrigens grüßen.«

Herr Thomtidom tippte Franz auf den Arm.

»Und …?«, fragte er im Verschwörerton.

Franz zog mit langsamen Bewegungen zwei Bogen Papier aus seiner Tasche. »Hier ist die Strafarbeit von Gerd-Jan Griesenstein.«

»Strafarbeit?«, sagte Roberto und zog eine Augenbraue hoch. »Na, da hast du ja einen schönen Anfang gemacht, wie ich sehe. Wofür hat denn der arme Kerl Strafe verdient?«

»Du verdientest jedenfalls erheblich mehr Strafe«, sagte Franz trocken. »Zum Beispiel fürs Kanonenstehlen von fremden Grundstücken.«

»Es handelt sich nur um *eine* Kanone«, erwiderte Roberto. »Außerdem habe ich sie nicht gestohlen, sondern nur geliehen – mit Zustimmung des rechtmäßigen Eigentümers, Graf Gerd-Jan Griesenstein, Herr und Besitzer des Treppenhauses.«

»Der Herr des Treppenhauses hat freiwillig ein paar interessante Zeilen für mich aufgeschrieben«, sagte Franz.

Roberto wollte sie lesen, aber Franz drehte das Papier zu einer Rolle und hielt sie in die Flamme der Kerze. »Ich habe ihm versprochen, sie nach dem Lesen zu vernichten«, erklärte er. »Weißt du, es ist ein Geheimnis.«

Er wartete, bis das Papier von der Flamme verzehrt war, ohne auf den Magier zu hören, der ihn vor der Brandgefahr warnte. Er verbrannte sich tatsächlich beinahe die Finger, aber er blies die Flamme aus, warf die verkohlten Reste in den Aschenbecher und sah dann seine Mitverschworenen lächelnd an. »Der Inhalt ist Ihnen wohl bekannt«, sagte er. »Die Versiegelte Schrift ... alle Strophen.«

»Alle?«, fragte der Magier und runzelte die Stirn.

»Alle fünf«, nickte Franz. »Besonders die letzte finde ich sehr aufschlussreich. Ich verstehe jetzt, warum Sie immer grüne Oberhemden tragen.«

Sie schwiegen eine Weile. Um sie herum war die Geräuschkulisse der anderen Gäste und im Hintergrund hörte man das Klick-Klack der Billardbälle.

Niemand beachtete sie; nur Jan Turelur beobachtete sie über den Rand seines von neuem gefüllten Glases hinweg.

»Na, warum sagen Sie nichts?«, fragte Franz schließlich den Magier. »Ich bin jetzt Gerd-Jans Hauslehrer, und ich habe vor, das auch zu bleiben. Keine noch so verrückte Prophezeiung wird mich kopfscheu machen. Das hatten Sie doch befürchtet, nicht wahr?«

Herr Thomtidom bewegte seine Lippen, aber er sprach so leise, dass Franz ihn nicht verstehen konnte.

»Es wird höchste Zeit, dass sich endlich mal eine vernünftige Person mit gesundem Menschenverstand um diese Angelegenheit kümmert«, sagte Franz laut.

»Willst du behaupten, dass du diese Person bist?«, fragte Roberto.

Franz gab darauf keine Antwort. »Grüne Ärmel kann sich jeder besorgen«, sagte er, »und grüne Augen sieht man auch hier und da … Ich habe heute eine schwarze Katze kennen gelernt, die solche Augen hat …«

»Grün-Aug' wird den Schlüssel finden«, sagte der Magier.

»Welchen Schlüssel?«, fragte Franz.

»Das kann man auf verschiedene Weise auslegen«, sagte der Magier. »Wörtlich oder im übertragenen Sinn, ganz wie Sie wünschen. Ich weiß jedoch, dass der Schatz in einer Kiste aus Ebenholz aufbewahrt ist. Und auf das Schloss dieser Kiste passt der Überlieferung zufolge nur ein einziger Schlüssel, ein Schlüssel aus Gold …«

»Vielleicht der Himmelsschlüssel des heiligen Petrus«, sagte Franz. »Hokus, pokus, malokus! *Grün-Arm* … gut. *Grün-Aug'* … von mir aus auch noch. Aber *Grün-Haar* … ich hab noch nie im Leben von einem Menschen oder Tier mit grünen Haaren gehört.«

»Mein lieber Herr van der Steg«, sagte der Magier, »warum ereifern Sie sich so wegen der Prophezeiung? Prophezeiungen gehen entweder in Erfüllung oder auch nicht – ohne dass wir Menschen etwas daran ändern können …«

»Jetzt sagen Sie die Unwahrheit!«, fiel ihm Franz ins Wort. »Sie haben im Gegenteil alles versucht, um etwas daran zu tun! Bin ich nicht ein ›Fremdling‹ und musste ich nicht am Siebensprung vorbeigehen?«

»Psst!«, flüsterte Roberto.

»Übrigens hat sich Jungfer Rosmarie nicht ganz richtig an diese Stelle erinnert«, fuhr Franz etwas leiser fort. »Obwohl es im Grunde dasselbe bedeutet. Der Siebensprung wird nicht erwähnt.

Diese Worte sind das Zeichen:
Fremdling, der den Drachen bindet,
Muss die sieben Wege gehn.«

Herr Thomtidom fuhr mit einem Ruck hoch. »Stimmt das?«, flüsterte er. »Wissen Sie das ganz sicher?«

»Absolut sicher«, antwortete Franz. »Es klingt auch besser; nicht wahr?«

»Du meine Güte«, sagte der Magier überrascht. »Hier haben wir den Beweis, dass Prophezeiungen in Erfüllung gehen, und zwar ganz unabhängig von unseren Bemühungen. *Sieben Wege*, sagten Sie doch?«

»Na und?«, sagte Franz.

»Überlegen Sie doch mal! Sind Sie nun über sieben Wege gegangen oder nicht?« Der Magier erhob sich und winkte zur Theke hinüber. »Roberto«, sagte er, »hol Jan mal her. Das muss er wissen!«

»Herr Thomtidom«, sagte Roberto warnend. »Alle sehen zu uns hinüber.«

»Und warum sollten sie das nicht?«, antwortete der Magier in aller Ruhe. »Wir spielen eben zu viert Karten.« Schon hatte er ein Päckchen Spielkarten in der

Hand. »Da kommt Jan«, fuhr er fort. »Versuch noch einen Stuhl zu finden, Roberto.« Er begann schnell und geschickt die Karten zu verteilen.

»Ich spiele lieber Billard«, sagte Roberto, als sie zu viert um den Tisch saßen, jeder mit dreizehn Karten in der Hand.

»Was wollt ihr von mir?«, fragte Jan Turelur mürrisch. »Soll ich etwa Herzblättchen spielen oder Skat?«

»Bei uns ist der Schatz Trumpf!«, sagte Roberto flüsternd. »Wir wollen einen *Kreuzzug* veranstalten – gegen jemand, auf den wir einen *Pik* haben; und selbst wenn es ein paar *Ecksteine* kosten sollte, wir werden uns einen *Herzenswunsch* erfüllen.«

»Es geht um die vierte Strophe der Versiegelten Schrift«, sagte der Magier in vertraulichem Ton zu Jan Turelur und wiederholte die Zeilen so, wie Franz sie ihm gesagt hatte:

»Fremdling, der den Drachen bindet,
Muss die sieben Wege gehn.

Hier, bitte schön – Pik«, fügte er hinzu.

»Sieben Wege?«, sagte Jan Turelur missmutig. »Ich weiß nur, dass ich hier in eurer Gesellschaft Pik-Sieben bin. Ich sitze in der Ecke, in der die Schläge fallen. Ich kann nicht bridgen, lass uns lieber pokern.«

»Begreifst du denn nicht?«, sagte Herr Thomtidom. »Wir dachten, dass unser Geheimagent«, er nickte zu Franz hinüber, »am Siebensprung vorbeigehen müsste; wir wussten nicht, dass er alle sieben Wege gehen muss.«

»*Sie* haben das gedacht«, sagte Jan Turelur. »Ich war immer dagegen, einen Fremden in unser Komplott aufzunehmen.«

»Und darum hast du ihn am Siebensprung im Stich gelassen«, fuhr der Magier fort. »Und was geschah dann? … Herr van der Steg, jetzt sind Sie an der Reihe.«

»Was spielen wir eigentlich?«, erkundigte sich Franz.

»Das ist egal«, sagte Roberto. »Du darfst Bridge spielen oder pokern oder meinetwegen auch lügen und betrügen.«

Franz legte einen Herzbuben auf den Tisch.

»Passt ausgezeichnet«, lobte der Magier. »Ein Roter Mann …« Er legte einen Pikbuben dazu, nahm beide Karten und wandte sich wieder an Jan Turelur. »Und was passierte dann?«, fragte er nochmals. »Herr van der Steg ließ es nicht dabei bewenden. An den folgenden Tagen ist er *alle sieben Wege* gegangen, ohne dass es ihm jemand befohlen hätte – alle, soweit er sie nicht schon betreten hatte. Den ersten Weg, der ihn nach Hause führte … Danach fuhr er den Weg in die Stadt – in Gesellschaft eines Mopros, wie er sagt«, er zwinkerte Roberto zu. »Dann folgte er dem Weg nach Roskam bis zu diesem Gasthaus, das war der dritte … Der vierte ist der Weg zu meinem Haus, der fünfte ist der Weg zu Robertos Versteck, der sechste ist der zum Kräuterhof …« Bei jedem Weg, den er nannte, legte er ein Ass auf den Tisch; in seinem Kartenspiel steckten offensichtlich mehr als nur vier! Und er schloss in feierlichem Ton: »Der siebte und letzte Weg ist der Weg, den ich nicht laut aussprechen möchte!« Er sah einen nach dem anderen an. »Legt eine Karte dazu«, kommandierte er.

Nachdem die anderen das getan hatten, strich er sämtliche Karten ein und sagte zu Jan Turelur: »Wagst du jetzt noch zu leugnen, dass unser Herr van der Steg vorausbestimmt, angewiesen und auserkoren ist, unser Abgesandter in jenem Haus zu sein, das ich ebenso wenig laut aussprechen werde?«

»Ich wage es nicht zu leugnen«, sagte Jan Turelur unwillig. »Aber ich sitze mittlerweile ohne Arbeit da!«

»Wir werden schon was für dich finden«, sagte der Magier tröstend.

»Du gehörst schließlich noch immer zu unserem Komplott«, sagte Roberto, ebenfalls tröstend. »Ich biete vier Treffs und Rot ist Trumpf.«

Jan Turelur sah Franz an.

»Er kann jedenfalls mit Feuerwaffen umgehen«, sagte er und in seiner Stimme klang so etwas wie Bewunderung. »Obwohl ich den Gräulichen Grafen lieber persönlich umlegen möchte …«

»Feuerwaffen?«, sagte Roberto. »Haben Sie denn einen Waffenschein, Herr van der Steg? Sonst machen Sie sich strafbar, das wissen Sie doch hoffentlich?«

»Lasst uns lieber alle unsere Karten offen auf den Tisch legen«, sagte Franz. »Hier geht es nicht um ein Spiel! Ich persönlich interessiere mich nur für das Wohlergehen von Gerd-Jan …«

»Und deshalb gibst du ihm Strafarbeiten auf«, sagte Roberto spöttisch.

»Ein bisschen Strenge würde dir auch nicht schaden«,

rächte sich Franz. »Es gehört sich nicht, dass ein Junge in deinem Alter in Wirtshäusern herumsitzt und Karten spielt …«

»In Ordnung, Schulmeister«, sagte Roberto eingeschnappt. Er schmiss seine Karten hin und stand auf. »Ich bin weg«, fügte er hinzu. »Tschüs zusammen.«

Er ging. Auch Jan Turelur erhob sich und folgte ihm. Franz sah ihm etwas bestürzt nach.

»Ich habe gewonnen«, sagte Herr Thomtidom bedächtig.

»Lass sie nur laufen«, meinte er zu Franz, während er alle Karten einsammelte. »Roberto muss zum Abendessen zu Hause sein, und wenn er den Bus verpasst, muss er zu Fuß gehen. Sein Mofa ist zur Reparatur weg … Da wir gerade über Motorräder sprechen, haben Sie vielleicht schon mal über Verkehrsampeln nachgedacht?«

»Nicht speziell«, antwortete Franz.

»Dann lassen Sie das auch vorläufig lieber bleiben«, riet der Magier. »Obwohl Sie sie natürlich nicht missachten sollen. Und wenn Sie ebenfalls rechtzeitig zu Hause sein möchten, müssen Sie sofort aufbrechen; der Bus zu Ihrem Dorf fährt in fünf Minuten.«

Er lächelte Franz zu und fuhr fort: »Ich werde Ihren Bericht an unsere Vorsitzende weitergeben. Grüßen Sie bitte Ihre Wirtin von mir und auch alle Ihre Schüler … Vergessen Sie vor allem das Letztere nicht. Auf Wiedersehen!«

»Ach ja«, sagte Lehrer van der Steg drei Tage später. »Ich sollte euch von Herrn Thomtidom grüßen!«

Es war Mittwoch, kurz vor zwölf, und er hatte seinen Schülern gerade gesagt, dass sie zusammenpacken dürften.

»Das ist der Magier«, sagte Martin. »Wissen Sie inzwischen, warum er immer grüne Oberhemden trägt?«

»N... nein«, sagte Franz zögernd.

Er hatte den Kindern nicht erzählt, dass Gerd-Jans Kopie von der Versiegelten Schrift eine Strophe mehr enthalten hatte; er hatte dem Jungen ja versprochen, über den Inhalt zu schweigen. Außerdem war es überhaupt ganz gut, dachte er, dass seine Schüler nichts davon wussten.

Wie müsste seine Geschichte sonst ausgehen, wenn darin jemand mit grünen Haaren vorkam? Selbst der Held von Torelore war noch nie einer derartigen Person begegnet.

Im Übrigen hatte er seine Erlebnisse wahrheitsgemäß berichtet: am Montagnachmittag den Anfang und am Dienstagnachmittag die Fortsetzung. Die Kinder hatten ihm andächtig zugehört; vor allem Gerd-Jans Dreistigkeit bewunderten sie sehr. Franz hatte daher vorsichtshalber die Erwartung ausgesprochen, dass sie seinem Vorbild nicht folgen würden – er fand, dass *ein* lästiger Schüler reichte.

Jetzt blickten ihn alle Kinder an; sie hatten sein Zögern bemerkt, und Martin öffnete schon den Mund, um eine entsprechende Bemerkung zu machen.

»Nun hört mal gut zu«, fuhr Franz fort. »Wenn euch

jemand ein Geheimnis anvertraut, erzählt ihr das dann weiter?«

Martin klappte den Mund wieder zu und die anderen Kinder begannen zu tuscheln. Dann tönte es im Chor: »Nein, Herr Lehrer!«

»Wie ich sehe, haben wir uns verstanden«, sagte Franz. »Ich werde also auch weiterhin schweigen.«

»Genau wie wir«, sagte Martin wichtigtuerisch.

Es blieb eine Zeit lang still. Franz ließ seine Blicke durch die Klasse schweifen. Auf einmal hatte er wieder das Gefühl, dass die Kinder mehr wussten als er selbst – ja, dass es eigentlich *ihre* Geschichte war und nicht die seine.

»Herr Lehrer«, unterbrach Marianne das Schweigen, »würden Sie den Magier bitte von uns wiedergrüßen? Und sagen Sie auch Gerd-Jan Grüße von uns?«

»Ja, auch Gerd-Jan!«, stimmte die übrige Klasse ihr zu.

»Und Roberto«, sagte Martin.

»Und Jan Turelur«, sagte Arie, während er seine Pistole aus der Tasche holte und einen kurzen Blick darauf warf.

»Und Tante Wilhelmine und Jungfer Rosmarie«, ergänzte Franz.

»Und Iwan!«, sagte Marianne mit leuchtenden Augen. »Er ist natürlich auch dabei, wenn Sie heute Mittag auf Schatzsuche gehen.«

»Was stellst du dir eigentlich vor?«, sagte Franz. »Dass Gerd-Jan, der Schatzsucher, mit Iwan dem Schrecklichen und Franz dem Roten auf Entdeckungsfahrt geht – treppauf, treppab, und durch alle Säle? O nein, meine Lieben – Gerd-Jan muss arbeiten. Ich bin schließlich sein Hauslehrer.«

Er dachte wieder an die Versiegelte Schrift. Wieso waren eigentlich die anderen Verschworenen so sicher, dass die Prophezeiungen des Grafen Gregorius in Erfüllung gehen würden?

DAS WAR NUMMER SECHS –

und nun folgt das siebte Kapitel.

7
Franz denkt darüber nach, wie die Prophezeiung in Erfüllung gehen könnte

Aus dem Hauslehrer wird ein Schatzsucher NUMMER EINS

Am Mittwochnachmittag fuhr Franz mit dem Rad zum Treppenhaus – nicht über den Siebensprung, sondern über die Landstraße. Als er beim rückwärtigen Eingang abgestiegen war, stellte es sich heraus, dass das schmiedeeiserne Tor verschlossen war. Er rüttelte ein paar Mal daran und überlegte ärgerlich, ob er nun die ganze Strecke zurückfahren musste, um zum Vordereingang zu gelangen. Aber noch ehe er sich dazu entschlossen hatte, hörte er ein bekanntes Geräusch und da sah er über die Zufahrtsallee die alte Kutsche kommen. Hatte Graf Griesenstein Jan wieder eingestellt? ... Nein, auf dem Bock saß ein anderer Mann; nach ein paar Augenblicken erkannte er Manus. Der schien sich nicht so recht wohl zu fühlen; er hielt die Zügel krampfhaft fest und machte ein ängstliches Gesicht.

Unmittelbar vor dem Tor brachte er das Fahrzeug zum Stehen. Erst jetzt sah er Franz. »Oh, der Herr Lehrer!«, sagte er, während er vom Bock sprang. »Da haben Sie aber Glück, dass ich Sie hier zufällig sehe; nun kann ich Ihnen aufschließen ...« Er sprach dem Pferd ein paar beruhigende Worte zu, betrachtete das ganze Gefährt mit misstrauischer Miene und zog dann einen großen

Schlüssel aus der Tasche. »Ich hätte daran denken müssen, dass Sie auch von dieser Seite her kommen konnten«, fuhr er fort. »Jetzt wartet Berend am anderen Tor ganz umsonst auf Sie.« Er ließ Franz herein und betrachtete von neuem die Kutsche. »Ich übe gerade ein bisschen«, sagte er entschuldigend. »Der Graf möchte gleich ausfahren und er hat den Kutscher entlassen. Wissen Sie vielleicht, warum?« Es lag ein raffinierter Zug in seinem Gesicht, als er Franz anschaute.

Franz schüttelte den Kopf und sagte sich im Stillen, dass er Manus alles andere als sympathisch fand.

»Angeblich, weil er *Turelur* heißt«, fuhr dieser in gedämpftem Ton fort. »Sagt Ihnen das etwas?«

»Nein«, antwortete Franz und blickte so verwundert drein, wie es ihm nur möglich war. »Das sagt mir gar nichts!«

Der Knecht klopfte dem Pferd auf den Hals. »Ich sage auch nichts«, fuhr er fort, »obwohl ich es bin, der darunter leiden muss. Ein neuer Kutscher ist nicht aufzutreiben, und wer muss wieder dafür herhalten? Ich! Als ob ich nicht schon genug zu tun hätte!« Er sah Franz betrübt an.

Der junge Mann konnte beim besten Willen kein Mitleid mit ihm empfinden, aber er sagte freundlich: »Ich glaube, Sie sind ein richtiger Alleskönner.«

Manus beehrte ihn mit einem falschen Lächeln. (Es wirkte zumindest falsch, obwohl er natürlich keinen Anlass dazu hatte.) »Also, ich werde jetzt wenden und zurückfahren«, sagte er. »Der Graf will um halb drei starten. Möchten Sie einsteigen? Ach nein, Sie haben ja

Ihr Fahrrad dabei.« Er näherte sich Franz und fuhr im Flüsterton fort: »Viel Erfolg bei Ihrem Unterricht, Herr Lehrer. Falls Sie den jungen Herrn nicht finden können, suchen Sie ihn im Runden Zimmer.«

Dann drehte er sich um, stieg auf den Bock und brachte die Kutsche wieder in Bewegung – was ihn viel Mühe kostete und wiederholtes Rufen von »Hü-hott«, »Halt« und »Hoppla!« erforderlich machte.

Franz radelte zum Haus hinüber. Die Hintertür stand einen Spaltbreit offen, aber er zog trotzdem an der Klingelschnur.

Während er wartete, studierte er den Reim auf dem Türbalken. Er hatte reichlich Zeit, denn erst nach einer ganzen Weile erschien die Haushälterin.

»Ach, Sie sind es!«, sagte sie bissig. »Weshalb bleiben Sie denn da stehen? Die Tür war doch auf.«

»Ich fand es ein wenig unhöflich, einfach hereinzukommen …«, begann Franz.

»Und ich finde es unhöflich, jemanden meilenweit für die Katz' laufen zu lassen«, sagte die Haushälterin mit säuerlicher Miene.

»Und das auch noch an meinem freien Nachmittag.« Sie ließ Franz herein. »Den Weg kennen Sie ja«, fügte sie noch hinzu und verschwand dann.

Franz lenkte seine Schritte zur Bibliothek. Er ging hinab und wieder hinauf, irrte durch Flure und Zimmer und landete schließlich in Gregorius' Kleinem Festsaal. Dort stieß er auf Graf Griesenstein, der, bereits in Hut und Mantel, gerade damit beschäftigt war, ein Paar makellose Handschuhe über seine Finger zu streifen.

»Guten Tag, Herr van der Steg«, sagte er. »Ich bin im Begriff, zu einem Stadtbesuch aufzubrechen. Ich hoffe jedoch, Sie gleich noch zu sehen, nach Schluss des Unterrichts. Sie bleiben doch sicher zum Abendessen?«

Franz nahm die Einladung an, obwohl die Aussicht auf das Essen selbst nicht gerade verlockend war.

»Mein Neffe erwartet Sie in der Bibliothek«, sagte der Graf. Er verabschiedete sich und verließ den Saal.

Jetzt kostete es Franz nicht mehr viel Mühe, die Bibliothek zu finden. Der Raum war jedoch leer. Das enttäuschte ihn; er hatte nicht erwartet, dass Gerd-Jan von neuem mit seinen Streichen beginnen würde. Er ging zum Tisch – der Junge saß nicht darunter; aber obendrauf lagen Bücher und Hefte bereit und gegen das Tintenfass lehnte ein Stück Papier.

Ich bin im Runden Zimmer, las Franz in Gerd-Jans Handschrift.

»So, Manus wusste also Bescheid«, murmelte er und versuchte sich zu erinnern, wo das Runde Zimmer war. Er schaute auf seine Uhr; es war fünf vor halb drei.

Um zwanzig vor drei betrat er den Raum, in den er kommen sollte.

Gerd-Jan saß auf demselben Platz, auf dem das letzte Mal sein Onkel gesessen hatte – genau wie dieser über eine komplizierte Zeichnung gebeugt. Iwan thronte dicht neben ihm auf der Schreibtischplatte. Der Junge hob sofort den Kopf; die Katze dagegen zeigte keinerlei Interesse.

»Guten Tag, Herr van der Steg«, sagte Gerd-Jan. »Sehen Sie mal hier!«

»Nein, ich denke nicht daran«, sagte Franz streng. »Du solltest in der Bibliothek sein.«

»Haben Sie mein Briefchen denn nicht gefunden?«, fragte Gerd-Jan.

»Ja sicher«, sagte Franz, »und Manus hat mir auch erzählt, dass ich dich hier finden könnte. Aber das entspricht nicht unserer Abmachung; du solltest zum Unterricht in der Bibliothek sein. In der Schule darf man auch nicht zu spät in die Klasse kommen.«

»Manus?«, fragte Gerd-Jan und überhörte geflissentlich das zuletzt Gesagte. »Da kann man mal wieder sehen, dass er ein Spion ist! Aber jetzt ist er weg; ich habe gerade gesehen, dass die Kutsche durch die Allee hinausgefahren ist – er saß auf dem Bock und Onkel Gradus innen drin.« Er blickte Franz vergnügt an und sagte in vertraulichem Ton: »Jetzt haben wir das Reich für uns allein! Selina setzt keinen Fuß vor den anderen, wenn sie nicht gerufen wird, und Berend hat draußen die Aufsicht.«

»Und wir haben hier drinnen unsere Arbeit zu tun«, begann Franz. »In der Biblio…«

»Ja, aber ich musste Ihnen dies hier unbedingt zeigen!«, sagte Gerd-Jan und legte einen Zeigefinger auf die Zeichnung. »Das ist der Grundriss des Treppenhauses.«

»Wie bist du denn daran gekommen?«, fragte Franz, entgegen allen guten Vorsätzen.

»Er gehört mir, aber eines Tages war er verschwunden … nicht in Wirklichkeit natürlich; Onkel Gradus hatte ihn gestohlen.«

Franz runzelte die Stirn, sagte aber nichts.

»Iwan hat mir gezeigt, wo er lag«, fuhr Gerd-Jan fort. »Onkel Gradus weiß das natürlich nicht. Die Zeichnung lag in seiner Schreibtischschublade. Sehen Sie nur mal!«

Franz blickte kurz auf die Katze, die groß und voller Würde neben dem Grundriss saß. Dann warf er einen Blick auf die Zeichnung selbst – etwas so Kompliziertes hatte er noch nie gesehen. Sein Schüler musste in der Tat besonders intelligent sein, wenn er daraus schlau werden konnte. »Gerd-Jan«, sagte er anschließend, »ich kann es nicht gutheißen, dass du in den Schreibtischschubladen deines Onkels herumschnüffelst. Leg den Grundriss zurück und komm mit.«

»Aber ein Grundriss ist doch kein Geheimnis!«, sagte Gerd-Jan. »Außerdem ist es *mein* Grundriss und dieses Haus ist *mein* Haus. Ich werde ihn auch sofort zurücklegen, Herr van der Steg. Aber sehen Sie ihn sich doch bitte vorher an!«

Franz dachte daran, was der Graf ihm hatte weismachen wollen. *»Leider besitze ich keinen Grundriss …«* So tat er, worum sein Schüler ihn bat.

»Das Runde Zimmer, wo wir uns befinden«, zeigte Gerd-Jan.

Franz sah, dass die Zeichnung aus mehreren Grundrissen bestand; das Treppenhaus besaß ja viele Etagen. Er sah die Bibliothek und den Kleinen Festsaal, und er entdeckte, dass es tatsächlich auch einen Großen Festsaal gab. Der war jedoch völlig verfallen und wurde nicht mehr benutzt, wie Gerd-Jan sagte.

»Sehen Sie etwas Besonderes?«, fragte Gerd-Jan flüsternd.

Er tippte hier und da flüchtig auf die Zeichnung.

»Ja«, sagte Franz. »Ich sehe Kreuzchen, mit Bleistift hineingemalt ...«

»Das sind die Stellen, wo wir schon gesucht haben – Onkel Gradus und ich, als wir hier gerade erst eingezogen waren«, erzählte Gerd-Jan. »Aber er hat auch die Stellen angekreuzt, wo ich allein gesucht habe ... Glauben Sie jetzt, dass er mir nachspioniert?«

Sie starrten einander an.

Franz fühlte sich nicht wohl in seiner Haut. Seine Überzeugung wuchs, dass Graf Gradus es tatsächlich auf den Schatz abgesehen hatte. Das Treppenhaus hatte dadurch immer weniger Ähnlichkeit mit dem verzauberten Haus aus einer gruseligen und geheimnisvollen Geschichte – es wurde zu einer unangenehmen Realität, zu einem Ort, der für einen zehnjährigen Jungen durchaus einmal gefährlich werden konnte ...

Nicht, dass Gerd-Jan sich irgendwelche Furcht anmerken ließ – er lächelte sogar, als er sagte: »Überall Kreuzchen, wo der Schatz *nicht* ist ... toll!« Nachdenklich fuhr er fort: »Trotzdem werde ich eine ganze Menge Stellen *mit* Kreuzchen nochmals untersuchen müssen ...« Er sah Franz wieder an. »Und zwar zusammen mit Ihnen, Herr van der Steg!«

Franz schwieg; er wusste nicht, was er darauf antworten sollte.

»Es steht in der Versiegelten Schrift«, flüsterte Gerd-Jan.

»Niemand wird *allein* der Finder ...« Er faltete die Zeichnung zusammen und legte sie in die Schublade.

»Lassen Sie uns sofort anfangen!«, fügte er eifrig hinzu.

»Hör mal«, sagte Franz, »ich bin hierher gekommen, um Unterricht zu geben, und nicht, um mit dir zu spielen!«

»Spielen?«, wiederholte Gerd-Jan empört. Die Katze sprang vom Schreibtisch herunter und schmiegte sich an seine Beine. »Sie *müssen* mir helfen!«, fuhr der Junge fort. »Es gibt sonst niemanden, der es kann. Ich habe natürlich Iwan, aber der will nur suchen, wenn er gerade Lust dazu hat, und er hat sehr oft keine Lust ... Bitte, Herr van der Steg«, fuhr er in flehendem Ton fort, »so eine Gelegenheit wie heute Nachmittag kriegen wir vielleicht nie wieder! Niemand wird uns beobachten! Bitte, sagen Sie ja – ehe Onkel Gradus nach Hause kommt ...«

Er ging zu einer niedrigen Tür hinter dem Schreibtisch, die Franz noch gar nicht aufgefallen war. Als er sie öffnete, zeigte sich dahinter ein dunkler Hohlraum mit einer eisernen Leiter.

»Ohne Leiter wird's nicht gehn«, murmelte Franz. »Wie viele Leitern gibt es in diesem Haus?«

»Ich habe sie nicht gezählt«, antwortete Gerd-Jan. »Sollen wir also, Herr van der Steg?«

»Eine Leiter und eine schwarze Katze«, sagte Franz. »Zum Glück ist heute nicht Freitag, sondern Mittwoch, und nicht der Dreizehnte, sondern der Siebte ... Also gut – Franz der Rote steht dir zur Verfügung!«

Der Junge klatschte in die Hände. »Ich bin Gerd-Jan, der Schatzsucher«, sagte er. »Folge mir, Roter Franz.

Bewache uns, Iwan, du Schrecklicher! Wir gehen auf Entdeckungsfahrt.«

Gut zwei Stunden später betraten Franz und Gerd-Jan die Bibliothek, ließen sich in die nächstbesten Sessel fallen und seufzten. Iwan befand sich nicht mehr bei ihnen; er hatte sie schon nach einer Stunde verlassen – wahrscheinlich, um an der Haustür Wache zu halten.

Franz zündete sich eine Zigarette an und strich sich die Spinnweben aus dem Haar.

Gerd-Jan fuhr sich mit seiner schmutzigen Hand über das schmutzige Gesicht und sagte: »Eins wissen wir nun auf jeden Fall: Der Schatz liegt nicht über dem Runden Zimmer und nicht unter dem Sechseckigen Zimmer und nicht auf dem Speicher über dem Kleinen Festsaal und nicht …«

»Ich wüsste lieber, wo er tatsächlich ist«, sagte sein Hauslehrer. Er zog die Augenbrauen zusammen, als er daran dachte, dass ihm wahrscheinlich noch schwierigere Entdeckungsreisen bevorstanden. Bis jetzt war die Kletterei noch einigermaßen einfach gewesen, aber …

»Nächstes Mal werden wir sämtliche Feuerleitern unter die Lupe nehmen«, fuhr Gerd-Jan fort. »Das sind nur vier Stück.«

»Die Feuerleitern sind nicht älter als sechzig Jahre«, sagte Franz. »Sie verdienen also keine nähere Untersuchung.«

»Warum denn nicht?«, fragte Gerd-Jan.

»Graf Gregorius lebte vor zweihundert Jahren«, erklärte Franz. »Die Feuerleitern existierten noch nicht, als er seine Prophezeiungen niederschrieb.«

»Prophezeiungen sind aber doch Vorhersagen«, meinte Gerd-Jan. »Graf Gregorius konnte doch in die Zukunft sehen. Infolgedessen können wir die Feuerleitern nicht übergehen.«

»Wahrscheinlich können wir nicht mal eine Treppe übergehen«, sagte Franz trübsinnig. »Herr Thomtidom sagt, dass man auch eine Treppe als Leiter ansehen kann.«

»Wer ist Herr Thomtidom?«, erkundigte sich Gerd-Jan.

»Wie, das weißt du nicht? Er ist ein Magier … das behauptet er zumindest.«

»Der Magier!«, rief Gerd-Jan. »Roberto hat mir von ihm erzählt. Kennen Sie ihn? Hat … hat er Sie vielleicht zu mir geschickt?«

»Eine ganze Reihe von Leuten hat mich zu dir geschickt«, antwortete Franz. »Aber in Wirklichkeit bin ich ganz freiwillig hierher gekommen. Ich habe einfach auf die Anzeige deines Onkels geschrieben.« Er erhob sich mühsam aus seinem Sessel und sagte mit einem tiefen Seufzer: »Was habe ich dir nun heute Nachmittag beigebracht? Nicht mal das Lesen von Grundrissen, denn das konntest du bereits.« Er betrachtete seinen Schüler mit kritischem Blick und fügte hinzu: »Dein Gesicht könnte eine gründliche Wäsche gebrauchen.«

»Ihres ebenfalls, Herr van der Steg«, sagte Gerd-Jan.

»Das ist doch wirklich idiotisch!«, sagte Franz. »Ich bin Lehrer und Erzieher – kein Schatzsucher.«

Gerd-Jan runzelte die Stirn und brummelte etwas vor sich hin.

»Was sagst du?«, fragte Franz.

»Die Reime«, antwortete Gerd-Jan. »Es steht noch viel mehr darin als das mit der Leiter. *Kleine Freunde wirst du finden; sollst dem Feinde widerstehn …*«

»Die Kinder aus meiner Klasse betrachten sich bestimmt als deine Freunde«, sagte Franz. »Sie lassen dich grüßen, alle miteinander.«

Gerd-Jans Augen leuchteten. »Wie schön«, sagte er leise.

Irgendwo im Haus erklangen Fußtritte, die langsam näher kamen. »Los!«, sagte Franz. »Erst Gesicht waschen und dann an die Arbeit. Diesmal meine ich Schularbeit, Sprachlehre und Rechnen.«

Aus den Schularbeiten wurde jedoch nicht mehr viel an diesem Mittwochnachmittag. Es war mittlerweile schon spät geworden und sowohl der Lehrer als auch sein Schüler waren erschöpft.

Die Kinder aus Franz' Klasse waren ein wenig eifersüchtig, als er ihnen das am folgenden Tag erzählte.

»Dieser Gerd-Jan blufft doch nur«, sagte Martin und sprach damit die Meinung der ganzen Klasse aus.

Franz machte ein ernstes Gesicht und schüttelte den Kopf.

In Gedanken war er wieder im Treppenhaus. Er erinnerte sich daran, wie er in dem trübseligen Esszimmer zu Abend gegessen hatte – zusammen mit Graf Griesenstein, dem er nicht so recht traute, und Gerd-Jan, der sich wieder in sein Schneckenhaus zurückgezogen hatte … Nach dem Essen war Selina erschienen – so entsetzlich schlecht gelaunt, dass Franz gesagt hatte, *er* würde Gerd-Jan gerne zu Bett bringen. Die Haushälterin hatte sich unfreundlich geräuspert, während Graf Griesenstein in frostigem Ton von verwöhnten Bengels gesprochen hatte, die sich selbst und anderen zur Last fielen. Und Gerd-Jan hatte hochnäsig erklärt, dass er alt genug sei, allein zu Bett zu gehen. Franz hatte sich jedoch nicht darauf eingelassen.

Jetzt sah er wieder Gerd-Jans Schlafzimmer vor sich, das viel zu groß und zu pompös eingerichtet war – mit dem Himmelbett und den altmodischen Gemälden an den Wänden … Aber gegenüber dem Bett hingen zwei völlig andere Bilder: Fotos von Gerd-Jans verstorbenen Eltern. Er dachte daran, wie der Junge – plötzlich wieder zutraulich – ihm etwas gezeigt hatte: ein kleines Säckchen aus Mull, gefüllt mit getrockneten Kräutern. »Da, riechen Sie mal«, hatte er geflüstert. »Das hab ich von Tante Rosmarie bekommen; sie hat es heimlich Jan dem Kutscher mitgegeben – in ihrem Garten gepflückt, extra für mich …« Dieses kleine Mull-Säckchen verwahrte er unter seinem Kopfkissen, als sei es ebenso kostbar wie der Schatz, den er suchte.

Davon erzählte Franz seinen Schülern jedoch nichts. Er sagte nur: »Ihr braucht weiß Gott nicht neidisch auf Gerd-Jan zu sein, im Gegenteil: Er muss auf eine Menge Dinge verzichten, die ihr habt. Versucht mal, euch so richtig in seine Situation zu versetzen; vielleicht geht euch dann ein Licht auf.«

Samstagmorgens ließ Lehrer van der Steg seine Schüler immer einen Aufsatz schreiben. Diesmal zeigte Marianne auf und fragte, ob sie stattdessen auch einen Brief schreiben dürfte. Briefe und Aufsätze seien doch beinahe dasselbe, fügte sie hinzu.

Franz stimmte ihr darin zu und erkundigte sich, ob sie ihren Brief an eine tatsächlich existierende Person richten wollte.

Marianne sah ihn ein wenig vorwurfsvoll an. »Natürlich, Herr Lehrer«, sagte sie. »Ich schreibe an Gerd-Jan.«

Franz lächelte. »Das ist aber nett«, sagte er.

»Einen Brief an Gerd-Jan!«, sagte Martin knurrig, weil ihm dieser Gedanke nicht zuerst gekommen war. »Das hatte ich auch vor, Herr Lehrer.«

Dann wollten plötzlich alle Kinder an den Jungen im Treppenhaus schreiben.

Franz war damit einverstanden, aber er stellte einige Bedingungen. »Ihr müsst genauso ordentlich schreiben wie in euren Heften«, sagte er, »und der Brief muss genauso lang sein wie ein Aufsatz, wenigstens anderthalb Seiten.«

So eifrig hatte die Klasse noch nie gearbeitet. Als der Vormittag zu Ende ging, sammelte Franz alle Blätter ein und steckte sie in einen großen gelben Umschlag. Erst dann fiel ihm ein, dass er diese Arbeit nicht zensieren konnte. Ja, er konnte sie nicht einmal lesen, denn er vertrat die Ansicht, dass man sich keine Briefe ansehen durfte, die nicht für einen bestimmt waren.

Am frühen Nachmittag radelte er wieder zum Haus der Griesensteins, mühsam vorwärts strampelnd durch Regen und Wind. Es war nun richtig Herbst geworden; Herr Thomtidom und Roberto konnten jetzt getrost ihre Zelte für ein paar Monate zusammenfalten und in Rosmaries Garten würden bald die letzten Blumen verwelkt und verregnet sein.

Graf Griesenstein hätte mich gut mit seinem Fahrzeug holen lassen können, dachte Franz. So war es schließlich vereinbart! Anscheinend gefällt ihm Manus als Kutscher doch nicht so recht …

Als er sich von der Rückseite des Landsitzes dem schmiedeeisernen Tor näherte, sah er dort zwei Männer stehen. Manus stand drinnen und Jan Turelur draußen; sie schauten einander durch die Gitterstäbe an und hatten eine kleine Meinungsverschiedenheit.

»Mensch, hau doch ab«, sagte Manus gereizt.

»Ich befinde mich auf einem öffentlichen Weg«, sagte Jan Turelur laut und feierlich. »Wir leben in einem freien Land, und ich darf hier stehen, wenn ich Lust dazu habe – selbst wenn ich den ganzen Tag bleiben wollte.«

Franz stieg ab, aber keiner der beiden Männer beachtete ihn.

»Du hockst hier und lauerst«, sagte Manus anklagend.

»Ich *stehe* hier und lauere«, verbesserte ihn der entlassene Kutscher. »Niemand kann mir befehlen, meine Augen zuzumachen.«

»Und mir kann niemand befehlen, das Tor zu öffnen«, sagte Manus böse. Dann entdeckte er Franz und ließ ein paar freundlichere Falten auf seinem Gesicht erscheinen – was seinem Aussehen jedoch nicht viel nutzte.

»Ihm wirst du ja wohl öffnen müssen!«, sagte Jan Turelur grinsend. Er schlug Franz auf die Schulter und fügte hinzu: »Kopf hoch, Manus – du brauchst keine Angst zu haben, dass ich mit ihm hineinhuschen werde. Ich halte mich außerhalb dieses verfluchten Gebietes auf; ich will es nur im Auge behalten. Es passieren hier merkwürdige Dinge, weißt du!«

Manus presste seine Lippen aufeinander. Langsam und zögernd öffnete er das Tor.

»Siehst du wohl, dass du ihn hereinlässt!«, rief Jan Turelur triumphierend. »Dabei ist er viel gefährlicher als ich! Er läuft mit geladenen Pistolen in der Tasche herum; da staunst du wohl, was?«

Manus warf Franz einen ziemlich beunruhigten und misstrauischen Blick zu. Er sagte jedoch nichts und ließ den Lehrer passieren.

Jan Turelur ging weg; mit großen Schritten stapfte er durch die Pfützen.

Auf diese Art und Weise wird der Graf bald Verdacht schöpfen, dachte Franz. Und er überlegte, wie er im Treppenhaus wohl empfangen werden würde.

Berend, diesmal im Butlergewand, öffnete ihm, nahm ihm seinen nassen Mantel ab und brachte ihn zur Bibliothek. Dort saß Gerd-Jan brav am Tisch; es sah so aus, als ob dieser Nachmittag ganz normal verlaufen würde. Nach der Begrüßung wollte Franz sofort mit dem Unterricht beginnen, aber Gerd-Jan sah ihn flehentlich an und fragte, ob es etwas Neues gäbe.

»Ich soll dir Grüße von meiner Klasse ausrichten«, sagte Franz. Er erzählte noch nicht, dass er einen dicken Umschlag voller Briefe bei sich hatte; er fürchtete mit Recht, dass er dann seinen Schüler überhaupt nicht mehr zum Arbeiten bewegen könnte. Das erwies sich schon jetzt als schwer genug; der Junge nahm jede Gelegenheit wahr, vom jeweiligen Thema, mit dem er sich beschäftigen sollte, abzuschweifen.

»Gerd-Jan«, sagte Franz nach einer Weile, »ich finde dein Verhalten nicht gerade fair! Am Mittwoch habe ich dir geholfen, nach dem Schatz zu suchen; heute bin ich hier, um dir etwas beizubringen. Für alle Dinge gibt es eine bestimmte Zeit, und man muss versuchen, alles gleich gut zu tun.«

Gerd-Jan nickte betroffen. »Ja, Herr van der Steg«, sagte er, »Sie haben Recht. Ich habe mich nicht gerade *edel* benommen.«

»Noblesse oblige«, sagte Franz.

»Was heißt das denn?«, fragte Gerd-Jan.

»Das ist Französisch«, antwortete sein Hauslehrer. »Adel verpflichtet. Aber wir sind jetzt mit Grammatik beschäftigt. Versuch noch einmal, diesen Satz hier zu gliedern.«

Gerd-Jan tat, was Franz von ihm verlangte. Eine Stunde lang arbeiteten sie sehr fleißig und in guter Stimmung.

Dann kam Graf Griesenstein durch die Tapetentür herein. »Ich störe doch hoffentlich nicht?«, sagte er freundlich. »Ich werde mich in ein Eckchen verkriechen und kein Wort sagen.«

Gerd-Jan runzelte drohend die Stirn und Franz schaute ihn tadelnd an. Dann fuhren sie mit ihrer Arbeit fort, aber die gute Stimmung war verflogen.

Gerd-Jan schielte immer wieder zu seinem Onkel hinüber, der schweigend in einem Buch blätterte. Er tat sein Möglichstes, um sich wieder unangenehm und frech zu benehmen, obwohl ihm das jetzt sichtlich Mühe machte. Er wollte den Grafen offenbar nicht merken lassen, dass er mit seinem Hauslehrer Freundschaft geschlossen hatte.

Franz verstand das natürlich und so fühlte er sich zwischen Mitleid und Ärger hin- und hergerissen. In dieser Situation hatte er wahrhaftig Takt und Weisheit nötig!

Der Graf schien kaum Notiz von ihnen zu nehmen; sein Gesicht war eine undurchdringliche Maske. Trotzdem fühlte Franz sich nun tatsächlich wie ein Geheimagent, der sich mitten im Lager des Feindes befindet.

Eine Stunde später kam Manus mit dem Tee herein. Er sagte kein Wort, aber seine Miene spiegelte heimlichen Triumph.

»Ich finde, dass es jetzt an der Zeit ist, eine kleine Stärkung einzunehmen«, sagte der Graf.

Manus stellte das Tablett hin und verschwand geräuschlos. Gerd-Jan streckte ihm hinter seinem Rücken die Zunge heraus.

»Und wie steht's mit deinen Fortschritten, Gerd-Jan?«, fragte der Graf, während sie Tee tranken. »Gibt es diesmal keine Strafarbeit?«

»Das weiß ich noch nicht, Onkel Gradus«, antwortete der Junge. »Der Nachmittag ist noch nicht vorbei.«

»Nun, ich glaube, dass Herr van der Steg sicher bald gehen wird«, sagte der Graf. »Vielleicht hat er am heutigen Samstagabend eine Verabredung.«

Gerd-Jan wandte sich an Franz. »Bleiben Sie denn heute Nacht nicht hier?«, fragte er.

»Herr van der Steg kann dir nicht seine ganze Zeit opfern«, sagte der Graf, ehe Franz antworten konnte.

»Vorige Woche ist er aber doch hier geblieben«, sagte Gerd-Jan und versuchte, seine Enttäuschung zu verbergen.

»Mein lieber Junge, du willst doch wohl sonntags nicht auch noch arbeiten?«, sagte der Graf. Er sah seinen Neffen lächelnd an, aber seine Augen waren eiskalt.

»Ich dachte, dann hätte ich ein bisschen Gesellschaft«, sagte Gerd-Jan aalglatt.

»Ich hatte eigentlich eine andere Idee«, sagte Franz. »Vielleicht könnten wir beide morgen zusammen nach draußen gehen, um … um Pilze zu suchen.«

»Pilze?«, wiederholte der Graf stirnrunzelnd. »Nach draußen? Bei diesem Wetter?«

»Natürlich nur, wenn es trocken ist«, sagte Franz schnell. »Nach einem Regentag gibt es in dieser Jahreszeit immer viele Pilze. Zu den Fächern, die ich Ihrem Neffen gebe, gehört auch Naturkunde.«

»Es ist sehr freundlich von Ihnen, dass Sie dafür Ihre Freizeit opfern wollen«, sagte der Graf. »Aber Sie brauchen am Sonntag wirklich nicht zu kommen.«

»Ich tue es gerne«, sagte Franz liebenswürdig. »Sehen

Sie, man muss die Zeit ausnutzen, wenn sie da ist – und wenn wir Pilze kennen lernen wollen, so müssen wir das jetzt tun.«

»Von mir aus gerne«, sagte der Graf. Franz wusste jedoch genau, dass er es keineswegs gerne sah – vor allem, als er hinzufügte: »Aber nur, wenn schönes Wetter ist.«

Gerd-Jan warf einen besorgten Blick aus dem Fenster und Franz sagte: »Wenn es nicht regnet. Ihr Neffe kann sich doch dicke Sachen anziehen.«

»Mein Neffe muss an seine Gesundheit denken«, sagte der Graf zuckersüß. »Und wenn sein Hauslehrer nicht darauf achtet, werde *ich* sie wohl im Auge behalten müssen.« Er erhob sich aus seinem Sessel und sagte abschließend: »Also bis morgen, Herr van der Steg, falls Wind und Wetter mitspielen.«

Sowohl Franz als auch Gerd-Jan seufzten vor Erleichterung, als er die Bibliothek verlassen hatte.

»Und wenn es regnet?«, flüsterte der Junge.

»Dann komme ich trotzdem«, sagte Franz entschlossen. »Wenn es regnet, kann es schließlich immer noch trocken werden, oder?«

»Wir müssen sehr vorsichtig sein, Herr van der Steg«, sagte Gerd-Jan. »Der Feind vermutet bestimmt schon, dass Sie mein Verbündeter sind. Er hat Sie nicht mal zum Essen eingeladen! Aber nächste Woche müssen Sie wieder über Nacht hier bleiben; dann lade *ich* Sie ein.«

»Du bist hier nicht der Herr im Haus, Gerd-Jan«, sagte Franz leise.

»Trotzdem lade ich Sie ein«, sagte der Junge. »Morgen in einer Woche habe ich Geburtstag und dann kann

Onkel Gradus es mir nicht abschlagen.« Nachdenklich fuhr er fort: »Wenn ich elf bin, habe ich nur noch sieben Jahre, um den Schatz zu finden …«

»Das ist doch lange genug!«, sagte Franz. Dann fiel ihm ein, dass während der vergangenen Jahrhunderte kein Kind den Schatz hatte finden können, und er dachte besorgt: Was geschieht wohl, wenn diese elende Ebenholzkiste unauffindbar bleibt? Soll der Junge denn noch weitere sieben Jahre im Treppenhaus eingeschlossen bleiben …?

»Es wäre schön, wenn ich ihn innerhalb eines Jahres fände«, sagte Gerd-Jan. Und er erkundigte sich: »Wenn bei Ihnen in der Klasse jemand Geburtstag hat, was tun Sie dann?«

»Dann male ich eine Fahne auf die Tafel«, antwortete Franz, »und wir singen alle zusammen: *Hoch soll er leben, dreimal hoch!*«

»Eigentlich sehr kindisch«, sagte Gerd-Jan. »Und wenn nun jemand sonntags Geburtstag hat?«

»Dann feiern wir am Montag nach«, sagte Franz.

»Ich würde meinen Geburtstag auch gerne feiern«, sagte Gerd-Jan. »Ich meine, mit einer richtigen Fete. Aber das wird Onkel Gradus bestimmt nicht gut finden.«

»Nun ja, ich komme dir auf jeden Fall gratulieren«, versprach Franz. »Und jetzt habe ich noch was anderes für dich …« Er warf einen Blick auf die Tapetentür und las sich gleichzeitig dafür die Leviten, dass er jetzt auch schon anfing, überall Spione zu vermuten. Dann holte er den großen gelben Umschlag aus seiner Tasche und sagte: »Hier drin sind Briefe für dich – von allen Kindern aus meiner Klasse.«

Gerd-Jan wurde rot vor Freude. »Vielen Dank«, sagte er und nahm den Umschlag entgegen. »Ich werde sie heute Abend im Bett lesen, wenn ich allein bin.«

»Geh aber nicht zu spät schlafen«, riet Franz. »Du musst auf deine Gesundheit achten, denk daran.«

Am nächsten Tag regnete es, aber Franz machte sich doch auf den Weg, da er es nun einmal versprochen hatte. Er war mit einer alten Botanisiertrommel bewaffnet,

die er bei Tante Wilhelmine auf dem Speicher gefunden hatte.

Und er hatte Glück, denn als Berend (in der Uniform des Parkwächters) ihm das Tor aufschloss, hörte es zu regnen auf; und als er das Treppenhaus erreichte, kam sogar eine wässerige Sonne zum Vorschein.

Franz wollte die Stufen der Freitreppe hinaufsteigen, aber eine schrille Stimme veranlasste ihn plötzlich, stehen zu bleiben. Manus erschien um eine Ecke des Hauses herum; er schwenkte die Arme und rief außer Atem: »Herr van der Steg, Herr Lehrer! Bitte, helfen Sie mir!«

Franz lief zu ihm hin. »Was ist denn los?«, fragte er.

»Dieser elende Bengel!«, sagte Manus. Er war ganz weiß um die Nase herum. »Er will einfach nicht herunterkommen. Meine Schuld ist es jedenfalls nicht, wenn er sich zu Tode stürzt.«

Franz erschrak. »Wo ist er?«, fragte er in scharfem Ton und er folgte Manus im Laufschritt.

An der Schmalseite des Hauses, am Fuß einer gusseisernen Feuerleiter, blieben sie stehen und blickten in die Höhe. Gerd-Jan war die Leiter hinaufgeklettert und von dort aus war er an einem Abflussrohr entlang noch weiter nach oben gekraxelt. Jetzt saß er mit baumelnden Beinen auf einem vorspringenden Schutzdach – bestimmt neun Meter über dem Erdboden. Als er Franz sah, beugte er sich vor und rief fröhlich: »Tag, Herr van der Steg! Kommen Sie mal rauf!«

»Komm du lieber herunter!«, rief Franz zurück. »Auf dem Dach wachsen nämlich keine Pilze.«

»O doch!«, rief der Junge, richtete sich auf und stellte

sich in voller Länge hin. »Hier auf der Wand wachsen Schwämme, ganz besonders schöne!«

In Franz stieg eine grässliche Angst auf. Wenn Gerd-Jan nun abstürzte! »Setz dich bitte hin«, befahl er so ruhig wie möglich.

»Ich werde dem Grafen Bescheid sagen«, meinte Manus, der neben ihm stand. »Der Junge spielt mit seinem Leben.«

»Warte damit noch einen Augenblick«, sagte Franz böse. »Er wird schon herunterkommen.«

Gerd-Jan schien jedoch gar nicht daran zu denken. Er stand noch immer auf dem Vordach und beobachtete die Mauer über sich mit kritischen Augen.

»Gerd-Jan!«, rief Franz wütend. »Komm auf der Stelle herunter!« Er warf seine Botanisiertrommel auf den Boden und stieg ebenfalls die Feuerleiter hinauf. Kurz darauf stand er auf der Plattform.

Gerd-Jan befand sich jedoch noch ein Stück höher, und Franz wusste genau, dass er nicht den Mut haben würde, an dem Regenrohr hochzuklettern.

Der Junge drehte sich zu ihm um. »Sie brauchen nicht das Abflussrohr zu nehmen«, sagte er, als hätte er seine Gedanken erraten. »Sie sind viel größer als ich. Wenn Sie sich auf die Brüstung der Plattform stellen, können Sie sich bequem an der Dachrinne zum Vordach hochziehen und zu mir kommen.«

»Ich denke nicht daran«, sagte Franz ärgerlich. »Komm hierher; ich werde dich schon auffangen.«

»Aber *ich* habe doch keine Höhenangst«, sagte Gerd-Jan und beugte sich gefährlich weit zu ihm hinunter.

»Bitte, Herr van der Steg«, fuhr er leise fort, so dass Manus ihn nicht hören konnte. »In dieser Mauer sitzen lauter lose Steine und eine Nische ist auch da …«

Ich wollte, ich wäre nie hierher gekommen, dachte Franz. Er dachte es nicht nur deswegen, weil er Höhenangst hatte, sondern er war auch ernstlich um Gerd-Jans Sicherheit besorgt.

»Traut er sich nicht zurück?«, rief Manus von unten.

Gerd-Jans Gesicht leuchtete auf; das war eine gute Idee! »Nein!«, rief er mit gespielter Angst. »Ich bin bange. Ich trau mich nicht hinunter. Helft mir!« Während er das sagte, sah er Franz mit fröhlich blitzenden Augen an.

»Können Sie es allein schaffen, Herr Lehrer?«, rief Manus. Er schien nicht die Absicht zu haben, sich ebenfalls hinaufzuwagen. »Oder soll ich Hilfe holen?«, fügte er hinzu.

»Nein«, antwortete Franz kurz. »Sie bleiben besser da stehen und fangen uns auf, wenn wir fallen.«

»Hilfe!«, rief Gerd-Jan kläglich.

Franz biss die Zähne zusammen, stieg auf die Brüstung und griff nach dem Vordach. Er schloss die Augen und zog sich hoch …

Nach ein paar endlosen Augenblicken saß er neben Gerd-Jan; der Junge packte ihn am Arm und flüsterte: »Gut so, Herr van der Steg!«

Franz setzte sich vorsichtig ein wenig bequemer hin und überlegte, wie lange das Vordach ihr Gewicht aushalten würde.

»Jetzt müssen wir rasch die Wand untersuchen«, sagte

Gerd-Jan in gedämpftem Ton. »Es ist wirklich wahr, dass Schwämme auf ihr wachsen. Und hier könnte sich gut ein geheimes Versteck befinden. Sie müssen mir helfen, das haben Sie mir versprochen.«

»Gut«, sagte Franz mit eisiger Stimme. »Ich bin jetzt einmal hier oben und ich werde mir deine Mauer ansehen. Aber ich verspreche dir noch ganz was anderes: Wenn wir dann wieder unten sind, kriegst du eine Tracht Prügel, dass du drei Tage lang nicht mehr sitzen kannst.«

In dem Augenblick, als er das sagte, war es Franz durchaus ernst damit. Als er jedoch zwanzig Minuten später mit Gerd-Jan wieder festen Boden unter den Füßen hatte, war ihm die Lust dazu vergangen. Er war viel zu froh, dass sie beide unverletzt waren, und es war ihm eher danach zumute, wieder zu Atem zu kommen, als jemanden zu verhauen.

Gerd-Jan wusste das natürlich nicht; er sah nur, dass sein Hauslehrer immer noch böse dreinblickte. »Für den Schatz muss ich nun mal einiges riskieren«, sagte er ein wenig unsicher. »Nur schade, dass ich sie jetzt umsonst bekomme …«

»Was?«, fragte Franz.

»Die Prügel von Ihnen«, sagte Gerd-Jan und trat unwillkürlich einen Schritt zurück. »Wenn wir den Schatz gefunden hätten, wäre es mir egal gewesen, aber so …« Er blickte sich um. »Wo ist Manus?«

»Er sagt deinem Onkel Bescheid«, sagte Franz streng. »Der wird wahrscheinlich auch sehr böse sein.«

»Bestimmt nicht«, sagte Gerd-Jan. »Onkel Gradus will ja, dass ich den Schatz finde; von ihm aus darf ich überall herumklettern. Es wäre ihm sogar ganz gleich, wenn ich herunterfiele – allerdings nicht, bevor ich den Schatz …«

»Halt den Mund!«, unterbrach ihn Franz zornig. »Dein Benehmen ist unter aller Kritik und muss bestraft werden …«

»Ja, Herr van der Steg«, sagte Gerd-Jan hastig. »Aber dann verhauen Sie mich bitte jetzt sofort, ehe Manus mit Onkel Gradus zurückkommt.«

»Dazu ist es nun zu spät«, sagte Franz mit einem Seufzer.

»Tun Sie es gar nicht?«, flüsterte Gerd-Jan. »Oder verschieben Sie es nur auf später?«

»Ich tue es nicht«, sagte Franz, »obwohl du es verdient hättest.«

»Also: aufgeschoben ist aufgehoben«, sagte Gerd-Jan erleichtert.

In Franz stieg erneut die Wut empor. Er stemmte die Arme in die Seiten und fing an, seinen Schüler auszuschimpfen. Das tat er so gekonnt, dass eine ganze Klasse voll frecher Jungen davon beeindruckt gewesen wäre. Gerd-Jan starrte seinen Lehrer mit offenem Mund an. Plötzlich brach Franz ab – mitten in einem Satz. »So, ich glaube, das reicht«, sagte er, nun wieder im seelischen Gleichgewicht. »Ich wünschte nur, dass du nicht den Grafen Gregorius als Ahnherrn gehabt hättest; er ist an deinem ganzen Elend schuld … Komm, lass uns gehen.«

»Ja?«, sagte Gerd-Jan und sein Stimme bebte ein wenig. »Aufgepasst!«, fügte er hinzu. »Da kommen sie.«

Graf Griesenstein kam anspaziert; Manus folgte in einigem Abstand.

»Gibt es irgendwelche Probleme?«, fragte der Graf. »Ich höre, dass mein Neffe die Mauer da oben inspizieren wollte.«

»Das stimmt«, sagte Franz. »Aber wie Sie sehen, ist er wieder heil unten gelandet.«

»Selbstverständlich«, sagte der Graf kühl. »Es gibt keinen Griesenstein, der nicht gut klettern könnte.« Dann folgte die bedeutungsvolle Frage: »Es geht nur darum: Was hat er da oben gesucht?«

»Luftschlösser wahrscheinlich«, antwortete Franz im selben Ton.

»Der Herr van der Steg war vielleicht wütend!«, platzte Gerd-Jan heraus. »Er hat mir eine solche Tracht Prügel gegeben, dass ich bestimmt drei Tage lang nicht mehr sitzen kann.«

»Das darf doch nicht wahr sein!«, sagte der Graf. Franz konnte nicht erkennen, ob er schockiert war oder ungläubig oder erfreut.

Gerd-Jan hob die Botanisiertrommel auf und sagte: »Gehen wir noch, Herr van der Steg?«

»Ja«, sagte der Graf, »Sie müssen die Zeit nutzen, wenn sie da ist, Herr van der Steg. Geben Sie Ihren Naturkunde-Unterricht, solange es noch trocken ist. Verlassen Sie dabei aber bitte nicht das umzäunte Gebiet. Gerd-Jan, pass auf, dass du keine nassen Füße bekommst.«

Franz sucht Pilze und findet sie auch, aber Iwan findet etwas anderes Nummer drei

Jetzt schien die Sonne wirklich, obwohl sich in der Ferne schon neue Regenwolken auftürmten. Der Wald rings um das Treppenhaus war bronzegrün und goldbraun. Einige Äste waren jedoch schon völlig kahl; Krähen saßen darauf und krächzten. Gerd-Jan und sein Hauslehrer schlenderten langsam über die Waldwege, auf der Suche nach Pilzen. Es wuchsen sehr viele dort; sie standen im Schatten zwischen den Baumwurzeln und im feuchten Moos.

Franz sprach über Sporen und Lamellen und Schwämme, als ob er ein Botanikprofessor wäre. Gerd-Jan hörte ihm andächtig zu, obwohl er sich von diesem Ausflug vermutlich etwas ganz anderes versprochen hatte. Er stellte keine einzige Frage, die sich nicht um Pilze drehte, und fahndete eifrig nach besonders schönen Exemplaren. »Jetzt haben wir aber genug«, sagte Franz nach einer Weile. »Steck deine Finger nicht in den Mund; wie du weißt, sind einige Pilze giftig.«

Sie blieben stehen. Irgendwo hörte man Flügelschlagen und von den Bäumen tropfte es hier und da. »Wir gehen doch noch nicht zurück?«, sagte Gerd-Jan. »Sehen Sie mal, was für ein fetter Regenwurm! Wir könnten auch Würmer studieren, Herr van der Steg. Und Spinnen … Aber Spinnen sind drinnen im Haus auch«, fuhr er fort, »zu hunderten. Wenn schlechtes Wetter ist, würden Sie dann bitte die Spinne durchnehmen, Herr van der Steg?«

»Ich werde es mir mal durch den Kopf gehen lassen«, sagte Franz.

Ganz in der Nähe raschelte es; Gerd-Jan schaute sich um.

Diesmal schien es, als suchte er etwas anderes als Pilze, Würmer oder Spinnen.

»Ich glaube, es ist ein Eichhörnchen«, sagte Franz und blickte in die Höhe.

»Von wegen«, antwortete ihm überraschend eine andere Stimme. »Ich bin es nur.«

Gerd-Jan ließ die Botanisiertrommel fallen. »Roberto!«, rief er erfreut.

»Ein bisschen leise, du!«, sagte Roberto von seinem erhöhten Sitzplatz herunter; er hockte auf einem Ast. »Was macht ihr hier eigentlich, mit Pilzen, Spinnen und Würmern? Ich weiß nicht, ob ich überhaupt herunterkommen soll; nachher trete ich noch in einen Hexenring.«

»Was ist das, ein Hexenring?«, fragte Gerd-Jan.

»Hat der Lehrer dir das denn nicht erzählt?«, sagte Roberto. »Dann wirst du wohl den Magier danach fragen müssen; er weiß alles über magische Zirkel und solche Sachen.«

Er ließ sich am Baumstamm nach unten gleiten und nahm mit schwungvoller Bewegung seinen Hut ab. »Ha, der siebte Verschworene«, begrüßte er Franz. »Gerd-Jan, deine Pilze liegen auf dem Boden.«

Sie knieten sich alle drei hin, um sie in die Trommel zurückzulegen.

Gerd-Jan starrte Roberto und Franz immer wieder an.

»Jetzt verstehe ich, warum wir Pilze sammeln gingen«, flüsterte er.

»Franz der Rote möchte auch einmal ein paar magische Experimente machen«, sagte Roberto. »Dazu braucht man Pilze, weißt du.«

»Nein«, sagte Gerd-Jan. »Wir sind hierher gekommen, um dich zu treffen, Roberto. Hab ich nicht Recht, Herr van der Steg? Ich weiß eine ganze Menge von Ihnen; Sie sind die sieben Wege gegangen …«

»Er hat noch viel mehr getan«, sagte Roberto, mit einem spöttischen Seitenblick zu Franz hinüber. »Er schreckt vor nichts zurück! Er spielt Karten in irgendwelchen Kneipen, er bedroht unschuldige Leute mit Pistolen, er fährt bei Nacht und Nebel in alten Kutschen umher …«

»Und auf Mofas«, ergänzte Franz.

Roberto grinste. »Er kriecht sogar durch Stacheldraht-Absperrungen«, fuhr er fort, »und begibt sich auf verbotenes Gebiet …«

»Genau dasselbe tust du im Augenblick auch«, sagte Franz und suchte mit den Augen die Umgebung ab. »Wenn ich an deiner Stelle wäre, würde ich gut aufpassen.«

»Ich wollte nur eben Gerd-Jan begrüßen«, sagte Roberto. Er nahm seinen Hut wieder ab und versuchte, einen Pilz hinter das verschlissene Band zu stecken.

»Du hast ja einen mächtig großen Hut«, sagte Gerd-Jan. »Darf ich ihn mal aufsetzen?«

Roberto nickte und fuhr fort: »Ich habe außerdem noch eine Botschaft aus dem Hauptquartier: Der Geheimagent möge sich heute Abend bei der Vorsitzenden melden.«

»Soll Herr van der Steg zu Tante Rosmarie kommen?«, fragte Gerd-Jan.

»Du wirst auch eines Tages an die Reihe kommen«, sagte Roberto. »Jetzt ist es noch zu gefährlich für dich. Ich soll dich aber herzlich von ihr grüßen.«

»Ach, gefährlich ...«, sagte Gerd-Jan. Er sprang auf und fügte hinzu: »Aber für *dich* ist es hier gefährlich! Gerade jetzt, wo Jan der Kutscher nicht mehr da ist ...«

»Jan steht am vorderen Tor und zankt sich mit Manus«, sagte Roberto. »Er soll ihn so lange in ein Gespräch verwickeln, bis ich wieder draußen bin. Und was Berend betrifft, vor dem habe ich keine Angst – auch wenn er Hände so groß wie Schinken hat und Arme wie ein Ringer. Er sieht keinen Menschen, bevor er ihm dicht vor der Nase steht.«

»Bleib trotzdem nicht zu lange«, sagte Gerd-Jan beunruhigt. »Der Feind ist bereits argwöhnisch.« Er sah Franz mit vorwurfsvollen Augen an. »Es ist Ihre Schuld, dass Jan der Kutscher entlassen worden ist«, sagte er.

»Woher weißt du das?«, fragte Franz.

»Das haben sie mir geschrieben«, antwortete Gerd-Jan, »Arie, Kees und noch andere Kinder.«

»Es war ein Missverständ...«, begann Franz.

»Das weiß ich«, sagte Gerd-Jan. »Aber es ist trotzdem schade ... Hör mal, Roberto ...«

»Gib mir mal meinen Hut zurück«, bat der.

»Hier ist er«, sagte Gerd-Jan. »Sag, Roberto, kommst du nächste Woche wieder? Dann hab ich Geburtstag.«

»Dann komme ich bestimmt«, sagte Roberto und setzte seinen Hut auf. »Vielleicht sogar bis ins Haus hinein! Tschüs!«

Er wollte gehen, aber Gerd-Jan hielt ihn zurück. Sie standen einen Moment lang zusammen und tuschelten leise.

Danach flitzte Roberto weg und verschwand.

»Haben Sie Ihrer Klasse alles erzählt?«, fragte Gerd-Jan seinen Hauslehrer, als sie auf dem Rückweg waren und sich dem Treppenhaus näherten.

»Fast alles«, antwortete Franz.

»Auch von der Versiegelten Schrift?«

»Nichts von dem, was du mir anvertraut hast«, sagte Franz. »Ich wusste nämlich schon vorher etwas davon ... durch Jungfer Rosmarie.«

Gerd-Jan schwieg eine Weile. »Sie dürfen ihnen ruhig alles erzählen«, flüsterte er dann. »Ich habe ihnen nämlich wiedergeschrieben, gestern Abend im Bett.«

Franz betrachtete ihn ziemlich besorgt. »Es ist wirklich nicht gut für dich, so spät schlafen zu gehen«, sagte er. »Wie geht's dir denn jetzt, du bist doch hoffentlich nicht müde? Und du hast doch wohl keine nassen Füße bekommen?«

»Überhaupt nicht«, antwortete Gerd-Jan fröhlich. »Ich werde Ihnen gleich meinen Brief mitgeben, Herr van der Steg, und ...« Seine Stimme stockte.

Durch die Bäume hindurch konnten sie das Treppenhaus sehen, und sie hatten freien Blick auf die Feuerleiter, die sie vor ein paar Stunden hinaufgeklettert waren. Dort oben, auf dem Vordach, stand eine lange Gestalt … »Onkel Gradus!«, flüsterte Gerd-Jan.

Franz griff nach seiner Hand. »Still!«, befahl er. »Tu so, als hättest du ihn nicht gesehen. Wir gehen ruhig weiter, als ob nichts wäre. Verstanden?«

Graf Griesenstein stand da in aller Seelenruhe; er drehte ihnen den Rücken zu. Langsam ließ er seine Hände über die Mauer gleiten.

Franz hatte Mühe, seine Augen von ihm abzuwenden; er begann eine Unterhaltung mit seinem Schüler. Sie gingen weiter auf das Haus zu – scheinbar vertieft in ein eifriges Gespräch – und sahen nicht ein einziges Mal mehr auf.

Das ist der Beweis!, dachte Franz. Er will tatsächlich den Schatz besitzen. Er weiß, dass wir nichts mit heruntergebracht haben; aber zur Sicherheit kontrolliert er jetzt schnell, ob wir nicht doch etwas gefunden haben, was wir dort oben zurückgelassen haben … Er muss genauso abergläubisch sein wie Gerd-Jan und die anderen Verschworenen. Das hatte ich eigentlich nicht von ihm gedacht …

Das Haus schien leer zu sein. Selina war in der Küche beschäftigt, aber sie kam nicht zum Vorschein; Manus und Berend hatten beide draußen Wachdienst. Franz und Gerd-Jan ordneten die Pilze in einer alten Blumenschale und nahmen sie mit ins Rokoko-Zimmer, damit der Graf nachher sehen konnte, dass sie ihre Zeit gut genutzt hatten.

Gerd-Jan schenkte seinem Hauslehrer eine Tasse bitteren Tee aus der kalten Teekanne ein und rannte davon, um seinen Brief an die Kinder der fünften Klasse zu holen.

Als er zurückkam, war Franz aufgestanden; er betrachtete das Bild mit der hübschen Dame im Reifrock und der weißen, langhaarigen Katze.

»Das ist meine Ururgroßtante Griselda«, sagte der Junge. »Sie war eine Hexe.«

»Eine Hexe?«, wiederholte Franz. »Weshalb hatte sie dann keine *schwarze* Katze?«

Im selben Augenblick kam Iwan hinter einer Gardine zum Vorschein.

Er sprang auf einen Stuhl, streckte sich und schlug voller Behagen seine Krallen in den kostbaren Bezug.

»Hier ist der Brief«, sagte Gerd-Jan. Franz nahm ihn in Empfang und steckte ihn sorgfältig in seine Brusttasche.

Iwan glitt vom Stuhl herunter und begann durch das Zimmer zu schleichen, als lauere er auf eine unsichtbare Beute.

»Was sucht er nur?«, fragte Franz.

»Er riecht eine Maus«, antwortete Gerd-Jan.

Es gab also außer Spinnen auch Mäuse im Treppenhaus.

Der Junge setzte sich und fragte: »Möchten Sie noch Tee?«

»Nein danke«, sagte Franz. »Ich muss gleich gehen.«

Iwan schoss zwischen seinen Beinen hindurch und machte einen Sprung.

»Er verfolgt irgendeine Spur!«, sagte Gerd-Jan.

Der schwarze Kater kroch unter ein Schränkchen, das genau unter dem Porträt der Ururgroßtante Griselda stand; nur sein Schwanz guckte noch hervor. Erst raschelte es und dann hörte man Knarren und Kratzen. Gerd-Jan sprang auf, und im Nu lag er auf dem Bauch, um ebenfalls unter das Schränkchen zu sehen.

»Was ist denn, Iwan?«, hörte Franz ihn mit gedämpfter Stimme fragen. Und dann lauter: »Hier ist ein Loch!«

»Sicher ein Mauseloch«, sagte Franz.

»Es ist viel größer als ein Mauseloch«, sagte Gerd-Jan. »Oder hast du das etwa gemacht, Iwan?«

Die Spitze des schwarzen Schwanzes bewegte sich.

»Ich kann mit meiner Hand hineinfassen ...« Gerd-Jans Stimme klang ganz atemlos. »Ich fühle was ... Oh!«

»Was ist?«, fragte Franz, der schon halb und halb befürchtete, dass eine Maus Gerd-Jan in den Finger gebissen hätte.

»Es steckt was drin«, sagte Gerd-Jan. »Etwas Hartes ... es ist rechteckig ... Ich hab's!«, fügte er triumphierend hinzu.

Er richtete sich auf und ließ es Franz sehen. Es war ein Kästchen aus Saffianleder; der Verschluss bestand aus zwei Edelsteinen, grün wie die Augen von Iwan, der jetzt unter dem Schränkchen hervorkam und behutsam daran schnupperte.

»Was mag wohl darin sein?«, fragte Gerd-Jan aufgeregt.

»Mach es ganz vorsichtig auf«, sagte Franz und beugte sich darüber. »Ich verstehe nicht viel von solchen Dingen, aber es kommt mir sehr alt vor und vielleicht ist es wertvoll.«

Gerd-Jan begann, am Verschluss herumzuexperimentieren. Ein paar Augenblicke später starrten sie beide überrascht auf den Gegenstand, der sich in dem Kästchen befand und auf einem schwarzen Samtpolster glänzte: Es war ein kleiner goldener Schlüssel.

Gerd-Jan seufzte tief und flüsterte: »Der Schlüssel! *Grün-Aug' hat den Schlüssel gefunden!*«

Sie wandten sich zu Iwan um, der sie selbstzufrieden ansah.

»Wenn ich mir das ausgedacht hätte«, murmelte Franz, »und wie eine Geschichte erzählen würde – kein Mensch würde mir das glauben.« Plötzlich hob er lauschend den Kopf. »Schnell!«, sagte er. »Leg den Schlüssel wieder in das Kästchen und …«

Gerd-Jan hatte es ebenfalls gehört; draußen kam jemand. »Onkel Gradus«, flüsterte er, während er das Kästchen zumachte.

»Gib es mir«, sagte Franz. »Ich werde es für dich aufbewahren.«

Zum Glück war Gerd-Jan sofort damit einverstanden. Der kostbare Gegenstand steckte wohl behütet in Franz' Tasche, als der Graf hereinkam.

Es war beinahe unvorstellbar, dass dieser gepflegte Herr kurz zuvor eine Kletterpartie vollbracht und hoch über dem Erdboden auf einem wackeligen, glatten Vordach gestanden hatte. Er musste sich inzwischen umgezogen haben, denn sein Anzug zeigte weder Knitterfalten noch Flecken.

»Aha, Herr van der Steg«, sagte er und runzelte die Stirn, weil Iwan seine Krallen an einem Tischbein zu schärfen begann. »Ich dachte, Sie wären schon weg …«

»Ihr Neffe hat mir noch Tee angeboten, Herr Griesenstein«, sagte Franz. »Aber ich werde …«

»Oh, ich freue mich, dass Sie noch da sind«, fiel ihm der Graf ins Wort. »Ich möchte Sie gerne sprechen, wenn es Ihre Zeit erlaubt.«

»Wie findest du unsere Pilze, Onkel Gradus?«, fragte Gerd-Jan. »Es sind besonders schöne dabei und einige sind giftig.«

»Giftig …«, sagte der Graf fast unhörbar. Er betrachtete die Pilze mit finsterem Blick und schwieg eine Zeit lang. Dann wandte er sich an seinen Neffen. »Sag deinem Lehrer Auf Wiedersehen, Gerd-Jan«, befahl er, »und verschwinde dann.«

»Einen Augenblick bitte«, sagte Franz. »Ich muss ihm noch etwas sagen.« Er schaute den Jungen freundlich an und fuhr fort: »Ich gebe dir noch Hausaufgaben auf, Gerd-Jan. Löse aus deinem Rechenbuch alle Aufgaben, die unter Paragraph sieben stehen – diese Zahl wirst du sicher behalten können. Und nimm den folgenden Paragraphen noch mit dazu. Dann sollst du noch einen Aufsatz über Pilze schreiben – sieben Seiten lang, mit ein paar Zeichnungen. Und … und schreib das Stück aus der Grammatik noch mal ab und gliedere alle Sätze, die darin stehen.«

Gerd-Jan blickte nicht gerade begeistert drein, aber er sagte demütig: »Ja, Herr van der Steg.«

Franz wiederholte die Aufgaben noch einmal. »Am

Mittwoch musst du alles fertig haben«, fügte er hinzu. »Auf Wiedersehen.«

Er steckte eine Hand in die Tasche und nickte dem Jungen zu.

Gerd-Jan zwinkerte zurück und verschwand.

Das war's, dachte Franz zufrieden. Ich habe ihm so viel aufgegeben, dass er für gefährliche Exkursionen und waghalsige Kletterpartien gar keine Zeit haben wird.

Graf Griesenstein unterbrach seine Überlegungen. »Herr van der Steg«, fragte er, »warum hat mein Neffe diese sinnlose Kletterpartie unternommen? Sucht er vielleicht wieder nach dem Schatz?«

Franz gab nicht sofort Antwort. Dann sagte er: »Ja, Herr Griesenstein, so ist es. Ich konnte ihn nicht von der Idee abbringen.«

Der Graf betrachtete ihn argwöhnisch durch halb geschlossene Lider. »Glauben Sie daran?«, fragte er.

»Dass in diesem Haus ein Schatz verborgen ist? Ehrlich gesagt, nein«, log Franz. »Ich weiß genauso gut wie Sie, dass das nur ein Märchen ist. Nicht, dass ich Gerd-Jan verbieten möchte, danach zu suchen! Aber ich finde es ziemlich unsinnig, dass er Feuerleitern und Außenmauern hinaufklettert. Und außerdem auch noch gefährlich.«

»So etwas macht Sie wahrscheinlich schwindelig«, sagte der Graf ein wenig spöttisch. »Aber ich habe jedenfalls gemerkt, dass Gerd-Jans Wohlergehen Ihnen am Herzen liegt«, fuhr er in ernsterem Ton fort. Er sah Franz an, als erwarte er eine Antwort, aber der schwieg.

»Ich glaube auch, dass es Ihnen gelungen ist, das Vertrauen meines Neffen zu gewinnen«, fuhr er fort.

Er wartete wieder einen Moment und sagte dann: »Ich brauche Sie deshalb auch sicher nicht eigens darum zu bitten, ihn gut im Auge zu behalten. Sein Benehmen erfüllt mich mit Sorge, mit ehrlicher Sorge! Halten Sie mich bitte über sein Tun und Lassen auf dem Laufenden, Herr van der Steg. Kann ich mit Ihrer Zusammenarbeit rechnen?«

»Natürlich«, sagte Franz, »wenn es um Gerd-Jans Wohlergehen geht …«

Graf Griesenstein zeigte ein kaltes Lächeln. »Ich danke Ihnen, Herr van der Steg«, sagte er und streckte die Hand aus. »Berend wartet draußen, um Sie hinauszulassen; also dann bis Mittwoch. Falls Sie keine gegenteilige Nachricht erhalten, werden Sie von meinem Fahrzeug abgeholt. Manus ist inzwischen ein ganz brauchbarer Kutscher geworden und für Sie ist es doch viel bequemer so. Und Sie bleiben dann zum Abendessen, hoffe ich.«

Zuerst hat er mir nicht vertraut, dachte Franz, und jetzt will er auf einmal Freund mit mir sein. Trotzdem gefällt er mir immer weniger …

Mit gekrauster Stirn und tief in Gedanken verließ er kurz darauf das Treppenhaus.

Es wurde schon dunkel, als das Tor hinter ihm ins Schloss fiel. Er blieb stehen und sah Berend nach, bis dieser aus seinem Gesichtsfeld verschwunden war. Dann sprang er auf sein Rad und fuhr rasch auf den siebten Weg zu – das war die kürzeste Strecke zum Kräuterhof.

Es war schön, das Haus von Jungfer Rosmarie wieder zu sehen, das so klein und übersichtlich war, mit freundlich erleuchteten Fenstern.

Noch schöner war es, hereinzukommen und als willkommener Gast begrüßt zu werden. Auch Tante Wilhelmine und Roberto waren da; der Tisch war schon gedeckt.

»Wir haben mit dem Essen auf dich gewartet«, sagte Jungfer Rosmarie. Dann blickte sie ihn forschend an und fragte: »Was gibt es Neues? Ist etwas passiert?«

»Ja, es ist etwas passiert«, antwortete Franz. »Aber nichts Schlimmes – Sie brauchen nicht zu erschrecken!« Er holte das Saffian-Kästchen zum Vorschein. »Iwan Grün-Aug' hat den Schlüssel gefunden.«

Nach dem Essen kamen Herr Thomtidom und Jan Turelur; Jungfer Rosmarie hatte sie angerufen und gebeten, ebenfalls zu kommen.

Jetzt, da der Schlüssel gefunden war, mussten sich alle Verschworenen versammeln, um Kriegsrat zu halten.

Der Magier zog sofort sein Jackett aus, so dass jeder seine grünen Hemdsärmel sehen konnte, und er unterzog Iwans Fund einer gründlichen Untersuchung. »Das ist zweifellos der Schlüssel von Ritter Grimbold«, sagte er, »sechs- oder siebenhundert Jahre alt. Das Kästchen stammt aus einer späteren Zeit; ich denke mir, dass es dem Grafen Gregorius gehört hat. Der Verschluss ist interessant: Diese beiden rund geschliffenen Halbedelsteine aus Quarz heißen im Volksmund ›Katzenauge‹ …

Es ist wie ein Wunder, auf welche Art und Weise die Prophezeiung in Erfüllung geht, Schritt für Schritt …«

»Ich würde lieber erfahren, welche Schritte *wir* nun unternehmen müssen«, sagte Franz ein wenig ungeduldig. »Lasst uns nicht von Prophezeiungen reden – es geht um Gerd-Jan. Ich fürchte, dass der Junge tatsächlich gefährdet ist, wenn er noch viel länger im Treppenhaus bleibt!«

»Richtig so«, sagte Tante Wilhelmine, indem sie Franz zunickte und den Magier missbilligend ansah. »Die ganze Zauberei kann mir gestohlen bleiben. Wir müssen nur an das arme Kind denken.«

»Gerd-Jan ist absolut kein ›armes Kind‹«, erwiderte Franz. »Im Gegenteil, er hat Spaß an der Situation und das wissen Sie ganz gut. Er kennt keine Angst, aber gerade darum sieht er auch die Gefahr nicht. Ich hätte viel lieber, dass er hier wohnte …« Er blickte die Vorsitzende an. Jungfer Rosmarie wickelte eine Locke um ihren Finger und sagte nachdenklich: »Nächste Woche hat er Geburtstag.«

»Er wird dann erst elf und er kann bis zu seinem achtzehnten Lebensjahr weitersuchen«, sagte der Magier beruhigend.

»Ihrer Meinung nach brauchte er den Schatz wahrscheinlich erst zu finden, wenn er einen grauen Bart hat wie Sie!«, sagte Roberto empört.

»Also – ich hab jedenfalls keine Lust, so lange zu warten«, brummte Jan Turelur. »Der Graf muss überwältigt und an den Pranger gestellt werden – das ist doch unser Ziel.«

»Nein, Gerd-Jan muss befreit werden – *das* ist unser Ziel«, sagte Tante Wilhelmine.

»All unsere Wege führen zum gleichen Ziel«, sagte der Magier feierlich. »Wir haben alle nur einen Wunsch und Willen, und wo ein Wille ist, da ist auch ein Weg – in unserem Fall sind sogar sieben Wege da. Und all diese Wege führen …«

»Zum Siebensprung!«, fiel Franz ihm ins Wort. »Wir sollten unsere Zeit nicht mit sinnlosen Wortspielen vergeuden. Geben Sie mir lieber einen guten Rat!«

Roberto begann leise das Lied vom Siebensprung zu pfeifen und der Magier sagte: »Guter Rat ist teuer.«

Franz sah sich die Verschworenen der Reihe nach an. Er merkte plötzlich, dass sie ihn anstarrten, als ob sie ausgerechnet von *ihm* allen Rat und alle Tat und alle weisen Worte erwarteten!

»Sie wissen ja«, sagte er langsam, »dass ich den Prophezeiungen des Grafen Gregorius zuerst nicht recht geglaubt habe – aber nun muss ich zugeben, dass vielleicht doch ein Körnchen Wahrheit darin stecken könnte … Die Frage ist nur: Wie können sie allesamt wahr werden? Ich teile Herrn Thomtidoms Ansicht, dass wir nur ein einziges Ziel haben: Gerd-Jan muss den Schatz finden, und zwar so, dass der Graf ihn nicht an sich reißen kann …«

»Richtig«, sagte der Magier. »Wenn Gerd-Jan den Schatz hat, wird er frei sein – denn dann wird der Graf sich nicht mehr für ihn interessieren und ihn also auch nicht mehr gefangen halten wollen.«

»So ist es«, sagte Franz. »Der Schatz muss gefunden

werden, und zwar so schnell wie möglich. Wo aber kann Gerd-Jan ihn finden und wie?«

»Wenn doch der Tolle Gregorius in seiner Versiegelten Schrift ein bisschen deutlicher gewesen wäre!«, sagte Tante Wilhelmine knurrig.

»Die Schrift ist deutlich genug«, sagte der Magier, während er sich den Schlüssel noch einmal ansah.

»Dann erklären Sie mir gefälligst, was damit gemeint ist!«, sagte Franz ärgerlich. »Sie sagen, eine Leiter oder eine Treppe … wenn wir die alle untersuchen sollten, wären wir in einigen Jahren noch nicht fertig! Und wo wollen Sie jemand hernehmen, der grüne Haare hat? Muss der eventuell auch über Ihre sieben Wege kommen?«

»Das ist nicht Ihr Problem«, sagte der Magier ruhig.

»Dein Weg führt zum Treppenhaus«, sagte Roberto.

»So ist es«, sagte Jan Turelur, »ob du willst oder nicht.«

»Stellen Sie sich mal vor«, fuhr der Magier fort und warf Franz einen schrägen Blick zu, »dass am Weg zum Treppenhaus ein paar Verkehrsampeln ständen. Was würden Sie tun, wenn sie Rot zeigten?«

»Stoppen und warten«, sagte Franz. »Aber …«

»Richtig«, sagte der Magier. »Und wenn sie auf Grün wechselten, würden Sie weiterfahren, nicht wahr? Nun, Ihre Aufgabe ist ebenso leicht wie die jenes Mannes, der bei Rot wartet und bei Grün weiterfährt. Mehr kann ich Ihnen leider nicht sagen.« Er legte den Schlüssel in das Kästchen zurück und knipste den Deckel zu.

Jetzt endlich ergriff Jungfer Rosmarie das Wort. »Es

ist auch gar nicht nötig, mehr zu sagen«, meinte sie. »Wir haben Franz den Roten zu unserem Geheimagenten gemacht. Er möge seine Sendung so erfüllen, wie es ihm gut erscheint; er wird unser Vertrauen nicht enttäuschen.« Sie nahm das Saffian-Kästchen und gab es Franz zurück. »Wir stehen alle hinter dir«, fügte sie hinzu.

Franz fühlte sich plötzlich sehr geehrt; seine Sorgen und sein Ärger verschwanden blitzartig. »Ich danke Ihnen«, sagte er.

Aber Jan Turelur meinte unzufrieden: »Stehen wir wirklich alle hinter ihm? Ich bin noch nicht mal dahinter gestiegen, weshalb ich eigentlich in diesem Komplott sitze! Kein Mensch hört mir jemals zu und ich …«

Jungfer Rosmarie hielt ihm den Mund zu. »Hiermit schließe ich die Sitzung«, sagte sie.

Franz trifft Vorbereitungen für ein Geburtstagsfest — Nummer vier

An die fünfte Klasse von Herrn van der Steg, hatte Gerd-Jan geschrieben und dann folgten die Namen aller Kinder aus der Klasse.

Herzlichen Dank für eure Briefe, ich schreibe euch allen zusammen in einem Brief zurück und Franz der Rote wird diesen Brief heimlich mitnehmen und euch geben. Er wird euch auch erzählen, was in der Versiegelten Schrift steht, das ist streng geheim und vertrauerlich und ihr dürft es nicht weitererzählen, aber vielleicht könnt ihr mir erzählen, was ihr davon haltet. Dann wird Franz der Rote es mir wiedersagen und vielleicht schreibe ich dann wieder. Ich habe mich über eure Briefe sehr gefreut, es ist jetzt Mitternacht und alle sind im Bett außer Iwan. Morgen gehen wir Pilze sammeln, aber ich glaube, dass es eine List ist, fragt nur Franz den Roten!

Herzliche Grüße von Gerd-Jan Griesenstein

PS. Arie, würdest du ihm sagen, dass er doch die Pistole mitnehmen soll? Der Feind hasst ihn schon sehr.
PS. Ich wusste auch nicht, dass Jan der Kutscher eigentlich Turelur heißt, aber er ist sehr nett.
PS. Marianne, der geheime Gang ist zugeschüttet, aber ich werde trotzdem in den Kellergewölben suchen.
PS. Ich wusste nicht, dass ihr alle bei Tante Rosmarie gewesen seid, das hat er nicht erzählt.
PS. Was ist ein Mopro?
PS. Ihr habt jetzt sicher begriffen, wer der Grün-Arm ist.
PS. …

Am Montagmorgen, nachdem sie ihre Rechenaufgaben gemacht hatten, gab Franz diesen Brief seinen Schülern. Marianne las ihn vor; beim siebten PS schwieg sie jedoch urplötzlich und lief rot an.

»Ist der Brief aus?«, fragte Franz.

»Ja … nein, Herr Lehrer«, antwortete Marianne; sie konnte nun mal schlecht lügen. »Aber dies hier … das ist vertrauerlich …«

»Vertraulich«, verbesserte Franz, und dann ließ er die

Sache auf sich beruhen, obwohl sie ihm nicht so ganz gefiel. Ich sehe nicht ein, dachte er, weshalb sie jetzt wieder mit der Geheimniskrämerei anfangen. Ich werde ihnen doch auch alles erzählen … sogar von Grün-Arm und Grün-Auge und Grün-Haar.

Nachmittags tat er das dann auch – er zeigte den Kindern sogar den goldenen Schlüssel.

Als er am Mittwoch zum Treppenhaus ging, hatte er wieder einen Umschlag voller Briefe bei sich. Außerdem hatten ihm seine Schüler noch viele gute Wünsche und weise Ratschläge mitgegeben. Arie hatte ihm erneut seine Pistole angeboten, aber Franz hatte abgelehnt. »Ich muss den Grafen durch List bekämpfen«, hatte er gesagt, »nicht durch Gewalt.«

»Was haben Sie denn vor, Herr Lehrer?«, hatte der Junge gefragt.

Die Antwort war Franz schuldig geblieben. Er hatte vorläufig nur einen einzigen Plan: Er würde den Grafen fragen, ob Gerd-Jan zu seinem Geburtstag ein paar Kinder einladen dürfte …

Am Donnerstagvormittag wurde er von seinen Schülern mit Fragen bombardiert. Ob er im Treppenhaus einen angenehmen Nachmittag verbracht habe? Wie stand es mit Gerd-Jan … und mit dem Schatz?

»Ihr scheint den Eindruck zu haben, dass es ein Vergnügen ist, nach etwas zu suchen, was jahrhundertelang kein Mensch hat finden können«, sagte der Lehrer stirnrunzelnd. »Nun, ich hoffe von ganzem Herzen, dass der Schatz bald zum Vorschein kommen wird – dann wird wenigstens das Herumwandern in verlassenen Sälen und das Gekrieche durch enge Gänge zu Ende sein ... ganz zu schweigen von all der Kletterei! Und dann wird Gerd-Jan vielleicht endlich etwas lernen!«

»Hatte er seine Hausarbeiten gemacht, Herr Lehrer?«, fragte Martin mit einer Miene, als erwarte er, dass dies nicht der Fall war.

»Jawohl, Martin, das hatte er«, antwortete Franz. »Und zwar alles!« Er erzählte nicht, wie unordentlich und oberflächlich Gerd-Jan seine Aufgaben erledigt hatte (außer dem Aufsatz über Pilze). Aber er fügte noch hinzu: »Außerdem hat er auch noch Zeit gefunden, um gemeinsam mit Iwan die anderen Feuerleitern zu kontrollieren. Er lässt euch alle grüßen und er hat mir auch wieder einen Brief mitgegeben – mit echtem Lack versiegelt, genau wie die Versiegelte Schrift, und anscheinend genauso geheim und vertrauerlich.«

»Vertraulich!«, verbesserte Martin. »Darf ich ihn aufmachen?«

»Vorläufig nicht«, sagte Franz. »Es ist Zeit, an die Arbeit zu gehen. Wir sind hier nicht im Treppenhaus!«

Um fünf vor halb vier erzählte er, wie es seine Gewohnheit war, weiter:

»Manus brachte mich mit der Kutsche zum Treppenhaus; er fährt viel vorsichtiger als Jan Turelur, aber ich fühlte mich auch bei ihm nicht sehr sicher ... Ich sah Berend mit einem Gewehr durch den Wald laufen – nein, Arie, ich weiß nicht, ob es geladen war. Selina öffnete mir und Graf Griesenstein begrüßte mich im Kleinen

Festsaal. Um halb drei betrat ich die Bibliothek. Gerd-Jan saß weder an noch unter dem Tisch, weder in noch auf einem Schrank … Er hatte aber seine Schularbeiten für mich bereitgelegt und war offensichtlich der Meinung, dass ich sie geradeso gut ohne ihn nachsehen konnte. Da war ich natürlich anderer Ansicht und so ging ich ihn suchen …«

Franz seufzte tief. »Das eine weiß ich jedenfalls sicher«, sagte er. »Wenn ich meinen Auftrag erfüllt habe, werde ich nie im Leben mehr Verstecken spielen!« Er nickte Marianne zu und fuhr fort: »Dass ich ihn schließlich fand, habe ich dir zu verdanken, Marianne. Ich erinnerte mich daran, dass Gerd-Jan dir geschrieben hatte, dass er in den Kellern suchen würde – und so ging ich dort einmal nachsehen. Und jawohl, im Keller lief mir mein Schüler endlich über den Weg – mit einer Kerze in der Hand. Er plauderte munter über viel versprechende Nischen und totlaufende Gänge. Iwan war bei ihm, aber der jagte nur Mäuse und schlimmeres Viehzeug und kümmerte sich überhaupt nicht um den Schatz.«

»Hatte Gerd-Jan denn gar keine Angst?«, fragte Marianne.

»Nein«, antwortete Franz langsam. »Das bedeutet natürlich nicht, dass er überhaupt keine Furcht kennt. Aber feuchte Kellerräume und finstere Gänge sind für ihn die normalste Sache der Welt …« Und er fuhr mit seinem Bericht fort:

»Lehrer van der Steg las seinem Schüler die Leviten – aber Franz der Rote konnte es nicht übers Herz bringen, ihn sofort in die Bibliothek mitzunehmen. In dem Keller gab es eine Leiter, so eine verschlissene Strickleiter, wisst ihr, die halb von Mäusen aufgefressen war. Franz der Rote stampfte mit den Füßen auf den Boden; er klopfte die Wände ab und tippte an die Decke, aber es kam nur ein bisschen Kalk heruntergerieselt; eine Kiste mit Edelsteinen war dort nicht verborgen. Danach führte er Gerd-Jan (beziehungsweise Gerd-Jan führte ihn) durch viele Gewölbe, vom flackernden Schein der Kerze erleuchtet – begleitet vom schwarzen Iwan und den noch schwärzeren Schatten … bis sie zu einer Treppe kamen, die sie wieder nach oben führen sollte. Es waren eine Menge Stufen, die sie langsam hinaufstiegen, bis sie plötzlich gleichzeitig stehen blieben.

Gerade vor sich sahen sie ein Paar Beine, lange Beine, die in einer grauen Hose mit scharfen Bügelfalten steckten … Sie stiegen weiter empor … Oben an der Treppe erwartete sie Graf Griesenstein – unbeweglich wie ein Standbild, das Gesicht starr vor Wut …«

Franz hielt kurz inne. »Vielleicht bildeten wir uns das auch nur ein«, sagte er und es klang fast wie eine Entschuldigung. »Als wir den Grafen erreicht hatten, packte er mich am Arm und sagte mit dumpf-drohender Stimme: ›Wie kommen Sie dazu, hier herumzuirren? Diese Keller sind in höchstem Maße gefährlich; in einigen besteht akute Einsturzgefahr.‹

›Aber Onkel Gradus‹, sagte Gerd-Jan, ›du bist doch selbst so oft unten gewesen – sogar mit mir zusammen, als wir hier erst kurz wohnten.‹

›Ich weiß hier Bescheid‹, sagte der Graf kurz angebunden. ›Es ist eine Schande, dass dein Lehrer dich hier suchen muss.‹ Er wandte sich mir zu und zwang sich zu einem Lächeln. ›Ich fürchte‹, fügte er hinzu, ›dass mein Neffe aus den Strafarbeiten noch nicht viel gelernt hat.‹

Ich versicherte ihm, dass ich nun sofort mit dem Unterricht beginnen würde. Gerd-Jan stürmte inzwischen in den Saal, in den die Treppe mündete – es war kein anderer als der Große Festsaal, wo ich bis dahin noch nicht gewesen war. Es war ein riesiger Raum, der aber ebenfalls kurz vor dem Einsturz stand. Offensichtlich plante man, etwas dagegen zu unternehmen, denn überall lagen Bretter, Hämmer und Sägen herum; Büchsen mit Farbe, Eimer voll Kalk und Zementsäcke standen bereit. Auch ein oder zwei Leitern waren da, die Gerd-Jan natürlich sehr interessierten. Aber ich nahm ihn beim Schlafittchen und zog ihn mit in die Bibliothek. Der restliche Nachmittag war dem Unterricht gewidmet und darüber gibt es natürlich nicht viel zu erzählen …«

»Und der Graf?«, fragte Marianne.

»Graf Griesenstein war anschließend so freundlich, wie es ihm nur möglich war«, antwortete Franz.

»Dieser Heuchler!«, sagten Martin und Arie empört.

Franz war derselben Meinung, obwohl er es für vernünftiger hielt, das nicht laut auszusprechen. Später, nach dem Abendessen, hatte er den Grafen vorsichtig gefragt, ob Gerd-Jan an seinem Geburtstag ein paar Kinder zu Besuch haben dürfte. Der Graf hatte dies jedoch entschieden abgelehnt und er hatte es nicht gerade freundlich getan.

Wenn er wüsste, dachte Franz, dass sein Neffe mit fünfundzwanzig Kindern korrespondiert! *»Kleine Freun-*

de wirst du finden …« Freundschaft ist auch über einen räumlichen Abstand hinweg möglich.

Als es schellte, gab er seinen Schülern Gerd-Jans Brief. »Falls etwas Besonderes darin steht, hoffe ich, dass ihr es mir sagt«, meinte er.

Anscheinend stand nichts Besonderes in dem Brief – oder aber er war ganz streng vertraulich, denn keins der Kinder erzählte Franz etwas über den Inhalt. Er selbst erhielt auch einen Brief von Gerd-Jan, ganz normal auf dem Postweg, mit einem PS von Graf Griesenstein. Neffe und Onkel luden ihn ein, das Wochenende im Treppenhaus zu verbringen, und zwar aus Anlass von Gerd-Jans elftem Geburtstag.

Am Freitagnachmittag erkundigte sich Franz bei seiner Klasse, ob ihm eventuell jemand etwas für Gerd-Jan mitgeben wolle – einen Brief oder ein kleines Geschenk. Sein Vorschlag erntete Beifall, aber er tat ihm fast schon wieder Leid, denn danach benahmen sich die Kinder besonders schlecht. Sie tuschelten miteinander, stießen sich gegenseitig an, kicherten und flüsterten immer weiter. Er konnte sie aber nicht nachsitzen lassen, weil er um halb vier etwas vorhatte: Er selbst wollte natürlich auch ein Geschenk für Gerd-Jan mitbringen, und er wusste auch schon, dass er es im Dorf nicht bekommen konnte.

Deshalb fuhr er mit dem Rad in die Stadt, um dort einen breitrandigen Strohhut zu kaufen, genauso einen, wie Roberto ihn besaß. Es dauerte ziemlich lange, bis er einen solchen gefunden hatte, und er beschloss, anschließend in der Stadt zu bleiben. Es war ja Freitag; so konnte er endlich wieder einmal seinen Kursus besuchen.

Als er sich abends auf den Heimweg machte, war er nicht in der besten Stimmung.

Er hatte auf seine Dozenten keinen guten Eindruck gemacht – was durchaus verständlich war, da er ja drei Wochen lang seine Lehrbücher nicht angesehen hatte. Ja, er hatte sie noch nicht einmal zurückbekommen!

»Und ich fürchte, dass ich sie vorläufig auch nicht zurückbekommen werde«, sagte er zu sich selbst. »Herr Thomtidom hat sie mir bestimmt absichtlich unterschlagen.«

Er näherte sich einer Kreuzung mit Verkehrsampeln, und es fiel ihm ein, was der Magier darüber gesagt hatte. Reine Wichtigtuerei – und im Grunde genommen leeres Geschwätz!, dachte er ärgerlich, während er bremste, weil das grüne Licht auf Gelb und dann auf Rot umschlug.

Einen Augenblick später stoppte neben ihm ein Mofa.

»He«, redete ihn der Mopro an. »Dich kenne ich doch!«

Franz sah ihm in das spöttische Gesicht und sagte ruhig: »Guten Abend. Wie ich sehe, tut es dein Mofa wieder!«

»Das hier ist der Typ, der an Gespenster glaubt«, sagte der Mopro zu dem langmähnigen Jungen, der auf dem Rücksitz saß und unter jedem Arm eine Gitarre trug. »Du erinnerst dich doch noch daran?«, sagte er zu Franz. »Du hattest eine Verabredung in dem leeren Wirtshaus …«

»Ich erinnere mich noch sehr gut daran«, sagte Franz. »Wir sind einander danach noch öfter begegnet. Übrigens auch in einem anderen Wirtshaus, dem ›Durstigen Hirschen‹.«

»Ich gehe nie in den ›Durstigen Hirschen‹«, sagte der Mopro verächtlich. »Da gibt es nicht mal eine Musikbox.«

Das Rotlicht sprang auf Grün um und er brauste davon.

Franz radelte weiter; das Mofa gewann immer mehr Vorsprung, bis er es schließlich nicht mehr sehen konnte.

Dieses Mopro-Spielchen hängt mir allmählich zum Hals heraus, dachte er. Pass nur auf, Rob, beziehungsweise Roberto, demnächst weißt du selbst nicht mehr, welcher von beiden du bist …

Am nächsten Morgen erzählte er seiner Klasse, dass er ganz scheußlich geträumt hätte. Er wusste nicht mehr genau, was – aber er erinnerte sich daran, dass der Mopro die Kutsche des Grafen angefahren hatte und dass dieser Roberto deswegen gefangen nahm und ihn im Keller unter dem Großen Festsaal einschloss. Er erzählte auch, dass Gerd-Jan in seinem Traum den Schatz gefunden hatte; aber es stellte sich heraus, dass dieser aus einer Musikbox bestand, die abscheuliche Musik zum Besten gab.

Die Kinder enttäuschten Franz ein wenig. Sie hatten für Gerd-Jan nichts anderes mitgebracht als einen dünnen Briefumschlag, der ihm von Martin überreicht wurde.

»Ist das alles?«, fragte Franz.

Martin antwortete, ja, dies sei alles; aber Kees flüsterte deutlich hörbar, dass es doch noch mehr gäbe – worauf Marianne fast aus ihrer Bank sprang, um ihm den Mund zu verbieten.

Franz warf einen etwas misstrauischen Blick über die unruhige Kinderschar und sprach die Hoffnung aus, dass sie nicht auf irgendwelche dummen Ideen kommen würden.

»O nein, Herr Lehrer«, sagte Marianne. »Das hat Jungfer Rosmarie uns verboten.«

Und Jungfer Rosmarie werden sie zweifellos gehorchen, dachte Franz, während sie auf mich längst nicht immer hören.

Dann zeigte Arie auf, um sich zu erkundigen, ob der Herr Lehrer inzwischen eine Pistole hätte.

»Nein!«, sagte Franz ungeduldig. »Niemand im Treppenhaus hat Pistolen.« Dann schlug er mit der Faust auf den Tisch und begann mit dem Unterricht.

Auch Tante Wilhelmine hatte ein Geschenk für Gerd-Jan – keinen dünnen Briefumschlag, sondern ein Päckchen, hübsch verschnürt mit einem Band. Und kurz nach dem Essen kam Jan Turelur hereingeschneit. Er hatte einen großen Koffer bei sich, den er Franz vor die Füße stellte.

»Für den Jungen im Treppenhaus«, sagte er. »Ein kleines Geschenk.«

»Ach du liebe Güte!«, sagte Franz. »Was steckt denn da bloß drin?«

»Das ist eine Überraschung«, antwortete Turelur. »Er

darf es erst morgen aufmachen. Sie nehmen es doch sicher mit?«

»Natürlich«, sagte Franz.

»Und dann hab ich noch das hier«, sagte Turelur und zog ein kleines weißes Päckchen aus der Tasche. »Es ist von Herrn Thomtidom. Und zwar mit der Botschaft, dass Gerd-Jan es schon heute öffnen soll, sobald er in seinem Zimmer ist.«

»Warum denn heute?«, fragte Franz, während er das Päckchen entgegennahm.

»Weil es das letzte Geschenk sein soll, das er im zehnten Lebensjahr empfängt«, antwortete Turelur. »Sehen Sie, Herr Thomtidom hat es auch draufgeschrieben.«

»Jan Thomtidom hat immer etwas Besonderes«, sagte Tante Wilhelmine. »Und kein Päckchen von Rosmarie?«

Jan Turelur schüttelte langsam den Kopf.

»Oh, Rosmarie wird den Jungen bestimmt nicht vergessen«, sagte Tante Wilhelmine. »Ich glaube, dass sie persönlich zu ihm gehen wird.«

»Würde der Graf sie denn zu ihm lassen?«, fragte Franz.

»Natürlich nicht«, sagte Jan Turelur. »Aber sie kann ja trotzdem zu Besuch kommen.«

»Wie denn?«, erkundigte sich Franz.

»Frag mich nicht«, sagte Turelur. »Ich weiß nur, dass sie das Kind nicht vergisst. Und vor dem Grafen hat sie keine Angst …« Er zog plötzlich die Stirn in Falten. »Was höre ich denn da?«, sagte er. »Doch nicht etwa meine Kutsche?«

»Graf Griesensteins Kutsche«, verbesserte Franz. »Die kommt mich abholen.«

»Mit Manus als Kutscher?«, fragte Turelur drohend. »Na gut, jetzt werde ich nichts tun, weil du so viele Pakete bei dir hast – aber in Kürze werde ich Manus den Hals umdrehen und ihn vom Bock herunterschmeißen, auf dem *ich* eigentlich sitzen müsste! Merkt euch meine Worte, denn es ist mir ernst damit!«

»In Ordnung«, sagte Tante Wilhelmine. »Aber hilf jetzt lieber Franz, seine Päckchen in die Kutsche zu laden.«

»Das ist nicht nötig«, sagte Franz. »Es ist besser, wenn Manus nicht sieht, dass wir miteinander auf gutem Fuß stehen.«

»Dass wir miteinander auf gutem Fuß stehen?«, wiederholte Turelur. »Das höre ich zum ersten Mal.«

»Ich meine, dass wir im selben Komplott stecken«, sagte Franz.

»Das hättest du wohl gern«, sagte Jan Turelur. »Aber ich stecke in einem ganz anderen Komplott … Vergiss meinen Koffer nicht«, fügte er hinzu, mit einem Gesicht, als hätte er eine Zeitbombe darin versteckt.

Es dauerte eine Weile, bis Franz alles zusammenhatte, aber schließlich saß er mitsamt seinem Gepäck im Fahrzeug.

Manus zog die Zügel an. »Vorwärts, hopp!«, rief er mit unsicherer Stimme.

Tante Wilhelmine stand vor der Haustür und winkte ihnen nach. Jan Turelur jedoch erschien am Fenster und ballte seine Hand zur Faust.

Falls Manus sich über das Gepäck wunderte, das Franz bei sich hatte, ließ er es sich nicht anmerken. Als sie im Treppenhaus waren, half er ihm sogar, alles in das Gästezimmer zu befördern. Er lachte Franz freundlich zu und verließ ihn mit dem Wunsch, dass der junge Herr Graf sich heute gut benehmen möge.

Franz schob Jan Turelurs Koffer (der erstaunlich leicht war) unter das Bett, ebenso sein eigenes Geschenk und das Päckchen von Tante Wilhelmine. Drei Dinge behielt er bei sich: das Kästchen mit dem kostbaren Schlüssel, den Briefumschlag der Kinder und das Geschenk von Herrn Thomtidom. Dann begab er sich in die Bibliothek.

Doch er vertat sich in der Tür und landete in einem anderen Zimmer. Er blieb einen Moment dort stehen, um zu überlegen, wie er zur Bibliothek gelangen könnte, und da hörte er plötzlich gedämpfte Stimmen, die aus einem der Flure oder einem nahe gelegenen Raum kamen.

»... Päckchen?«, hörte er Graf Griesenstein fragen. »Soso! Hast du mein Geschenk bei dir?«

Als Antwort kam eine gemurmelte Entschuldigung.

»So unglaublich dumm kannst du doch gar nicht sein«, sagte der Graf ärgerlich. »Ist es denn so schwierig, irgendein Spielzeug für einen elfjährigen Jungen zu kaufen? Ich kann morgen nicht mit leeren Händen dastehen – das verstehst du doch hoffentlich.«

»Ich werde jetzt sofort gehen, Herr Graf«, sagte der andere. Es war Manus.

»Nein, das erledige ich jetzt selber«, sagte Graf Griesenstein hochmütig. »Du bespitzelst die beiden in der Bibliothek. Merke dir jedes Wort, das sie sagen!«

»Und wenn …?«, begann Manus. Der Rest war unverständlich.

»Du kennst deine Aufgabe«, schloss der Graf.

Schritte, die sich entfernten …

Franz blieb stehen, bis er nichts mehr hörte. Dann suchte er sich den richtigen Weg zur Bibliothek. »Worin besteht wohl Manus' Aufgabe?«, sagte er zu sich selbst. »Ist er Griesensteins Oberschulrat, der die Aufsicht über mich führt, oder ganz einfach ein Spion? Na gut – ich bin Geheimagent und ich werde schon für die Gegenspionage sorgen!«

Zu seiner großen Überraschung befand sich Gerd-Jan dort, wo er sein sollte; er saß brav am großen Tisch und machte ein wissensdurstiges Gesicht. Es stellte sich jedoch heraus, dass sein Wissensdurst nicht der Sprachlehre oder dem Rechnen galt – seine geflüsterten Fragen drehten sich um ganz andere Dinge. Aber Franz gebot ihm zu schweigen und sagte mit Nachdruck: »Wir werden jetzt Satzgliederungen üben. Pass gut auf, Gerd-Jan.«

»Sie haben mich schon mindestens hundert Sätze gliedern lassen«, sagte Gerd-Jan unzufrieden. »Das hat doch wirklich keinen Sinn, Herr van der Steg.«

»Und ob es Sinn hat!«, sagte Franz und schlug ein Heft auf. »Hör zu … oder soll ich sagen, pass auf? Dies hier ist der erste Satz; ich hoffe, du begreifst ihn: ›*Ein Spion horcht gerne Gespräche ab.*‹«

Gerd-Jan begriff sofort. Er schaute seinen Hauslehrer

listig an und sagte brav: »*Abhorchen* ist die Satzaussage, *ein Spion* der Satzgegenstand … Darf ich mir auch einen Satz ausdenken, Herr van der Steg? ›*Der Geheimagent schlug den Spion knock-out …*‹ Wie schreibt man knock-out, Herr van der Steg?«

So begannen sie den Unterricht und taten den ganzen Nachmittag nichts anderes als Sätze gliedern und Rechtschreibung üben, multiplizieren und dividieren.

Spione haben doch auch ihr Gutes, dachte Lehrer van der Steg. Jetzt komme ich endlich zu der Arbeit, für die man mich hier eingestellt hat.

Aber Franz der Rote sagte im Stillen: Nein, es ist eine ganz andere Arbeit, weswegen ich hier bin … Ich muss den Grafen binden und in Fesseln legen, wie die Prophezeiung es vorschreibt.

Ich muss Gerd-Jan befreien! Wie aber bringe ich das fertig?

Erst nach dem Abendessen bekam er Gelegenheit, Gerd-Jan unter vier Augen zu sprechen; das war, als er hinaufging, um ihm Gute Nacht zu sagen. Eigentlich war es aber gar nicht unter vier Augen; Iwan war dabei, der auf dem Fußende von Gerd-Jans Bett saß.

Der Junge lag bereits unter der Decke, aber er war hellwach. Er war natürlich aufgeregt, weil er morgen Geburtstag hatte. Außerdem konnte er jetzt endlich frei von der Leber weg über alles reden, was ihn beschäftigte. Er wollte noch einmal den goldenen Schlüssel betrachten und stimmte nur unwillig der Überlegung zu, dass dieser bei Franz sicherer aufgehoben war als bei ihm. Dann erkundigte er sich, ob Franz von den Kindern noch etwas bestellen sollte.

»Sie haben mir diesen Umschlag mitgegeben«, sagte Franz. »Aber ich glaube, er ist zu deinem Geburtstag; du darfst ihn also erst morgen öffnen.«

»O nein«, sagte Gerd-Jan und setzte sich aufrecht hin. »Die Nachricht, die ich erwarte, sollte *heute* kommen – das weiß ich genau. Bitte, Herr van der Steg, geben Sie mir den Umschlag jetzt … los, geben Sie ihn schon her!«

Als Franz es schließlich tat, machte er ihn jedoch nicht auf, sondern schob ihn unters Kopfkissen.

»Außerdem habe ich hier ein Geschenk von Herrn Thomtidom«, sagte Franz, »du weißt ja, von dem Magier. Es scheint ein sehr geheimnisvolles Päckchen zu sein! Gleich, wenn ich weg bin, darfst du es öffnen – aber dann musst du mir auch versprechen, dass du sofort danach die Kerze ausbläst und einschläfst.«

»Ja, Herr van der Steg«, sagte der Junge und warf einen verlangenden Blick auf das Päckchen.

»Also dann gute Nacht«, sagte Franz.

Er streichelte Gerd-Jan über seinen Haarschopf und Iwan über dessen Katzenkopf und dann verließ er das Zimmer.

Den Rest des Abends verbrachte er in der Bibliothek, wo er mit Graf Griesenstein Trick-Track spielte.

Ein paar Stunden später ging er ebenfalls zu Bett. Wie jedes Mal hatte er den Eindruck, als trippelten überall im Haus unsichtbare Wesen herum. Er ging schnell noch zu Gerd-Jans Zimmer, öffnete leise die Tür und trat ein.

Der Junge schlief, aber er hatte die Kerze auf seinem Nachttisch nicht ausgeblasen. Sie war fast ganz heruntergebrannt; daneben lagen ein leerer Briefumschlag und das zusammengeknüllte Papier von Herrn Thomtidoms Geschenk.

Franz deckte seinen Schüler ein wenig besser zu und sah unter seinem Kissen etwas hervorlugen, das wie ein Brief aussah. Plötzlich kam ihm ein sehr beunruhigender Gedanke. Die Kinder aus seiner Klasse würden Gerd-Jan doch nicht etwa versprochen haben, ihm persönlich gratulieren zu kommen? Das würde eine große Enttäuschung werden; er war nun völlig sicher, dass der Graf niemanden hereinlassen würde ... Den Brief rührte er jedoch nicht an, sondern blies die Kerze aus und verließ das Zimmer ebenso leise, wie er gekommen war.

Kurz danach kletterte er ebenfalls ins Bett. Er merkte, dass er todmüde war. Eigentlich merkwürdig, denn er hatte gedacht, dass er gerade jetzt hellwach und sehr wachsam sein würde. Draußen regnete es – ein freundliches Rauschen –, und er roch einen schwachen Duft, der ihm bekannt vorkam ... Ein Duft nach Tannengrün und frisch gemähtem Gras, in den sich ganz vage noch etwas anderes mischte: Pfeffer und Pfefferminz. Plötzlich befand er sich wieder in dem seltsamen, voll gestopften Haus des Magiers und starrte wieder auf die holzgeschnitzte Vogeluhr. Dann schlief er ein und träumte von Phoenixen und Garudas, von den Vögeln Rock und Greif und von anderen gefiederten Fabeltieren.

Franz wurde durch etwas Schwergewichtiges geweckt, das auf seine Bettdecke sprang. Noch ehe er die Augen aufgeschlagen hatte, wusste er, dass es Iwan war.

»Es ist noch mitten in der Nacht«, murmelte er verstimmt. »Na ja, es wird schon langsam hell … aber es ist bestimmt noch nicht Zeit zum Aufstehen … Weshalb schnurrst du eigentlich nur am frühen Morgen?«

Iwan schnurrte noch lauter und legte sich wie ein riesiger Pelzkragen um seinen Hals.

»Meinst du, ich rede für die Katz'?«, sagte Franz, indem er sie unwillig streichelte. Dann schob er die Katze von sich weg; doch diese begann, auf seinem Deckbett eine Art Trippeltanz aufzuführen, bis sie sich schließlich dicht neben seinem Kopf niederließ.

Franz richtete sich seufzend auf, setzte seine Brille auf die Nase und schaute auf die Uhr. Es war erst zehn nach sieben. Aber Gerd-Jan würde wahrscheinlich an seinem Geburtstag auch nicht lange schlafen. Er konnte also geradeso gut sofort aufstehen und sich anziehen.

Kurz darauf lief er auf bloßen Füßen durchs Zimmer, bibbernd in der Morgenkälte. Es schien ein trüber, regnerischer Tag zu werden. Dann schaute er in den Spiegel. Er erstarrte, und einen Augenblick lang glaubte er, jemand anderes zu sehen. Aber er war es selbst.

Sein Haar war grün.

Sein Haar war grasgrün, so grün wie Smaragd, so grün wie Iwans Augen. Es schien beinahe, als stände es über seinem verstörten Gesicht hoch zu Berge … es wuchs auf seinem Kopf wie eine fremde, üppige Pflanze … aber es war wirkliches Haar, und zwar sein eigenes; das spürte er, wenn er daran zog.

Franz tauchte seinen Kopf in die Waschschüssel, ein paar Mal hintereinander; er nahm sein Handtuch und rubbelte sich trocken … aber es färbte nicht einmal ab! Er war hellwach und sein Haar war grün.

Im Spiegel sah er die Tür hinter sich aufgehen; Gerd-Jan erschien und starrte ihn mit offenem Mund an. Franz drehte sich zu ihm um. »Mach die Tür zu!«, flüsterte er.

Gerd-Jan gehorchte; dann kam er näher heran und sagte nur ein einziges Wort: *»Grünhaar!«* Seine Augen funkelten, aber nicht unbedingt vor Überraschung … so schien es Franz wenigstens.

»So«, sagte er nicht besonders freundlich, »kommst du nachsehen, ob deine Trabanten ihre Zauberkünste auch ordentlich ausgeführt haben? Glotz mich nicht so an! Hast du noch nie jemand mit grünem Haar gesehen?«

»N… nein«, stotterte Gerd-Jan. »Ich bin gekommen … ich kam, weil … Ich habe …«

»Du hast Geburtstag!«, erinnerte sich Franz plötzlich. »Ich gratuliere dir, mein Junge«, sagte er. »Herzlichen Glückwunsch!« Er nahm Gerd-Jans Hand und schüttelte sie. »Das ist wirklich so gemeint«, fügte er hinzu. »Nimm es mir bitte nicht übel, dass ich nicht sofort daran gedacht habe. Mein verändertes Aussehen hat mich total durcheinander gebracht …«

»Ja, das verstehe ich«, sagte Gerd-Jan gnädig. »Ich hätte es wahrscheinlich auch vergessen …« Er betrachtete seinen Hauslehrer ernsthaft, voller Respekt und durchaus zufrieden. »Es ist richtig grün«, flüsterte er. »Wirklich toll, Herr van der Steg!«

»Toll?«, wiederholte Franz. »Es ist abscheulich – und lächerlich … und außerdem gefährlich. Ich muss versuchen, das Zeug so schnell wie möglich herunterzubekommen …«

»O nein, Herr van der Steg!«, sagte Gerd-Jan. »Außerdem gelingt Ihnen das doch nicht.«

»Du hast davon gewusst!«, sagte Franz. »Ich glaube, mein grünes Haar war in einem von deinen Geburtstagspäckchen. Das Geschenk des Magiers …?«

Gerd-Jan nickte. »Es war ein Brief dabei«, sagte er leise. »Zuerst war es nur ein Stück weißes Papier; als ich aber eine Weile darauf blickte, erschienen Buchstaben darauf – genauso, wie Sie mir mal erzählt haben.« Er kramte in der Tasche seiner Schlafanzugjacke. »Hier, lesen Sie nur, Herr van der Steg.«

Lieber Gerd-Jan,

herzlichen Glückwunsch zum elften Gedenktag deines Wiegenfestes. Ich weiß, welches dein Lieblingswunsch ist, und obwohl ich nicht die Macht habe, Wünsche zu erfüllen, kann ich dir vielleicht dabei behilflich sein, dass der deine in Erfüllung geht. In diesem Beutel befindet sich ein ganz feiner Puder; streue diese magische Medizin unbemerkt auf das Kopfkissen deines Lehrers, bevor er schlafen geht. Der Puder ist fast unsichtbar, besitzt aber große Kraft … Franz der Rote wird dir morgen zeigen, welche.

Grün-Arm

»›Der Rote‹ kann ich jetzt nicht mehr heißen«, sagte Franz, während er Gerd-Jan den Brief zurückgab. »Aber es muss schon noch allerhand passieren, ehe ich mich *Grün-Haar* nennen lasse!«

»Rotes Haar oder grünes Haar, das ist doch eigentlich egal«, sagte Gerd-Jan. Er setzte sich auf Franz' Bett, streichelte Iwan und fuhr fort: »Das hat mir Roberto gesagt; wissen Sie, was er sagte? ›*Je röter das Haar ist, desto schöner grün wird es werden.*‹ Das hatte er vom Magier gehört, von Grün-Arm. Es ist genauso wie bei den Verkehrsampeln, sagte er … Verstehen Sie das?«

Franz verstand jetzt eine ganze Menge. Die Verschworenen hatten dies von Anfang an vorgehabt … Deshalb hatte der Herr Thomtidom dafür gesorgt, dass er bei seinem ersten Besuch einschlief – um ihm heimlich eine Haarprobe zu entnehmen! Die magische Medizin war zwar fast unsichtbar, aber gestern Abend hatte er sie zum zweiten Mal gerochen … den Duft nach Tannen und Heu, in den sich Pfeffer- und Pfefferminzgeruch mischte.

»Genau wie bei den Verkehrsampeln!«, murmelte er vor sich hin. »Dann muss ich also jetzt vermutlich weitergehen? Aber wie? Ich habe keinen Strick, mit dem ich den Drachen binden könnte, und kein Schwert, um ihn zu erschlagen … Nicht mal eine Pistole habe ich bei mir.« Er schaute nochmals in den Spiegel und zog besorgt die Augenbrauen zusammen, die ebenfalls grün waren. Grün bedeutet Sicherheit, dachte er. Bei mir ist jedoch das Gegenteil der Fall – ich fühle mich ganz besonders unsicher …

Dann gab er sich einen Ruck und wandte sich an Gerd-Jan. »Kommt Zeit, kommt Rat«, sagte er. »Jetzt ist erst mal Zeit für dich. Das Geschenk von Grün-Arm hast du schon bekommen, und auch das von Grün-Auge – den Schlüssel, den ich für dich aufbewahre. Grün-Haar, ich meine Franz der Rote, will nicht zurückstehen!« Er kniete sich hin und holte sein Geschenk unter dem Bett hervor. »Bitte sehr«, sagte er.

»Vielen, vielen Dank«, flüsterte Gerd-Jan. »Vielen, vielen Dank!«, sagte er noch einmal, als er das Geschenk ausgepackt hatte. »Genauso einer wie der von Roberto! Super!« Und er setzte sich den Hut sofort auf.

»Passt er?«, erkundigte sich Franz. »Ist er nicht ein bisschen zu groß?«

»Nicht die Spur«, sagte Gerd-Jan. Er sah tatsächlich sehr glücklich aus, wenn Franz auch fand, dass ihm der Hut nicht besonders gut stand. Danach durfte Gerd-Jan das Päckchen von Tante Wilhelmine aufmachen; es stellte sich heraus, dass es eine Schachtel Pralinen enthielt.

»Und zum Schluss noch das hier«, sagte Franz und stellte den Koffer vor das Bett. »Von Jan Turelur. Ich bin gespannt, was er dir schenkt – ich glaube nicht, dass es eine magische Tinktur sein wird, aber vielleicht doch etwas, das ebenso gefährlich ist; das würde nämlich zu ihm passen.«

Gerd-Jan kniete sich neben ihn; es dauerte ein Weilchen, bis er den Koffer aufhatte. Der Inhalt sah keineswegs gefährlich, sondern recht fröhlich aus: Der Koffer war voll von bunten Girlanden und Luftschlangen, vergoldeten Trompeten und kleinen, lustigen Papierhütchen. »Das ist genau das, was ich brauche!«, sagte Gerd-Jan und wühlte mit der Hand durch all die Schätze. Ganz rot vor Aufregung sah er Franz an. »Um Gregorius' Kleinen Saal zu schmücken«, flüsterte er. »Und ... oh, es wird eine tolle Fete ...«

»Fete?«, wiederholte Franz langsam. »Ja, es wird natürlich ein Fest, dein Geburtstag, aber ...« Er schwieg einen Moment und fragte dann: »Was hast du denn von den Kindern bekommen?«

»Von den Kindern?«, sagte Gerd-Jan. »Das weiß ich nicht ... Ach doch, einen Brief ...« Er schlug die Augen nieder und drehte eine Girlande um seinen Finger.

»Einen Brief, in dem sie dir geschrieben haben, dass sie heute zu dir kommen!«, rief Franz auf gut Glück. »Sag, hast du sie eingeladen, Gerd-Jan? Sieh mich mal an!«

Gerd-Jan gehorchte. »Ja, Herr van der Steg«, gab er zu. »Und zwar alle Kinder, Ihre ganze Klasse.«

»Aber das ... das konntest du doch nicht einfach tun!«, sagte Franz ziemlich erschrocken. »Dein Onkel ...«

»Onkel Gradus weiß nichts davon«, sagte Gerd-Jan. »Und ab jetzt habe ich überhaupt keine Angst mehr vor ihm; ich würde jetzt alles riskieren!« Er blies ganz leise in eine der goldenen Kindertrompeten. »Und Sie können nun auch nichts mehr daran ändern«, fuhr er fort und sah seinen Lehrer herausfordernd an. »Es war ein Komplott. Jan Turelur und Roberto helfen uns. Sie kommen alle, heute Mittag um zwölf Uhr.« Er lachte. »Onkel Gradus weiß nicht, dass Jan noch einen Schlüssel von einem der Tore besitzt. Was wird der für Augen machen! Aber die größte Überraschung werden *Sie* sein«, schloss er seinen Bericht.

»Dazu habe ich keinerlei Lust!«, sagte Franz und stand vom Boden auf. »All die Komplotte werden uns noch teuer zu stehen kommen! Was meinst du, was dein Onkel sagen wird, wenn ich mit grasgrünem Haar vor ihm erscheine?«

»Er wird sich fürchterlich erschrecken«, sagte Gerd-Jan vergnügt.

Iwan sprang vom Bett in den Koffer und suchte sich ein gemütliches Plätzchen zwischen den Hütchen und Girlanden.

»Nein, aber er wird mich entlassen«, sagte Franz kurz und bündig. »Wenn er mich *so* sieht, ist die Verschwörung der Sieben verraten und aufgedeckt.«

Von neuem tauchte er seinen Kopf in die Waschschüssel. Er war wirklich beunruhigt angesichts dieser Situation, und es war ihm ernst mit dem, was er gesagt hatte. Warum hat der Magier mir keinen Hinweis gegeben?, dachte er. Durch sein eigenmächtiges Handeln hat er es mir nur noch schwerer gemacht. Ich kann nun mal nicht so richtig von Herzen an Prophezeiungen glauben ... Was soll ich denn eigentlich gegen den Grafen unternehmen? Gut, ich vertraue ihm nicht – aber ich habe keinerlei Beweismaterial gegen ihn in Händen, das vernünftigen Menschen – zum Beispiel der Polizei – einleuchten würde ... Er rieb sich kräftig den Kopf trocken und seufzte. Sein Haar war und blieb grün.

»Herr van der Steg«, sagte Gerd-Jan. Er saß wieder

auf der Bettkante und hatte noch immer den Strohhut auf, der ihm tatsächlich zu groß war. Jetzt machte auch er ein besorgtes Gesicht. »Sie haben Recht, Herr van der Steg«, flüsterte er. »Onkel Gradus wird wütend sein!«

»Du glaubst doch wohl nicht, dass ich Angst vor ihm habe!«, sagte Franz. Wie ihm selbst auch zumute sein mochte, Gerd-Jan sollte sich keine Gedanken machen. So munter wie nur möglich fuhr er fort: »Ich muss nur dafür sorgen, dass er mein Haar nicht sieht, bevor ich den Zeitpunkt für richtig halte.« Er lachte dem Jungen zu. »Das Geschenk, das ich dir gegeben habe, kommt jetzt wie gerufen«, sagte er. »Leihst du mir deinen Hut?«

Ein wenig später machten sie sich bereit, zum Frühstück ins Esszimmer zu gehen. Franz setzte Gerd-Jans Hut auf und drückte ihn so tief wie möglich über seine Stirn. »Falls ich ihn ausweite oder kaputtmache«, sagte er, »bekommst du einen neuen.«

»O nein, Herr van der Steg«, sagte Gerd-Jan. »Dieser Hut ist jetzt etwas ganz Besonderes, und ich möchte ihn behalten, auch wenn er viel zu groß wäre.«

Als ich das letzte Mal solch einen Hut aufhatte, dachte Franz, hat mir das eine Beule und ein verstauchtes Fußgelenk eingebracht. Und er sagte: »Ein Sturzhelm würde mir vielleicht besser stehen.«

»Den trägt Roberto, wenn er auf seinem Mofa fährt, nicht wahr?«, sagte Gerd-Jan. »Ich hoffe, dass er gleich als Mopro kommt.«

»Roberto als Mopro?«, sagte Franz. »Das ist doch

wohl nicht dein Ernst! Es ist alles schon kompliziert genug … Ich fürchte, dass dies der verrückteste Geburtstag wird, den wir je erleben werden …«

Gerd-Jan betrachtete ihn kritisch. »Sie sehen überhaupt nicht verrückt aus«, sagte er. »Ihre Wimpern und Augenbrauen fallen kaum auf, weil Sie eine Brille tragen. Onkel Gradus wird sicher nichts merken.«

Er wird sich nur fragen, warum ich im Haus einen Hut trage, dachte Franz. Gerd-Jan schien dasselbe zu überlegen, denn er sagte: »Ich setze mir selbst eins von den Papierhütchen auf; dann sieht es so aus, als ob es so sein müsste. Wissen Sie was? Ich befehle einfach, dass an meinem Geburtstag jeder einen Hut tragen muss. Ich nehme für Onkel Gradus, Berend und Selina auch ein paar mit. Und der allerverrückteste ist für Manus.«

»Vergiss Iwan nicht«, sagte Franz und warf einen Blick auf die Katze, die noch immer im Koffer lag.

»Ach nein, Iwan ist dafür viel zu vornehm«, sagte Gerd-Jan. »Komm, kleines Biest, du musst hier raus; du drückst alles platt.« Iwan gehorchte ihm widerwillig und verließ das Zimmer mit gemessenem Schritt, den Schwanz hoch erhoben.

»Kommen Sie, wir wollen auch gehen«, sagte Gerd-Jan.

Während des Frühstücks herrschte eine ziemlich gespannte Stimmung. Das Geburtstagskind Gerd-Jan war natürlich die wichtigste Persönlichkeit – eine Tatsache, die er sehr deutlich zum Ausdruck brachte. Er war ausgesprochen redselig, voll unterdrückter Fröhlichkeit und seinem Onkel gegenüber so frech, wie er sich gerade noch traute. Graf Griesenstein vergaß keinen Moment seine Würde und Selbstbeherrschung, obwohl ihm anzumerken war, dass er sich nicht besonders amüsierte. Er äußerte sich nicht über die Kopfbedeckungen seines Neffen und dessen Hauslehrers, aber er weigerte sich strikt, ebenfalls ein Hütchen aufzusetzen. Er hatte Gerd-Jan wohl sein Geschenk überreicht, das er – wie Franz ja wusste – am Tag zuvor noch rasch besorgt hatte. Es bestand aus einigen Miniaturautos. Gerd-Jan bedankte sich ziemlich kühl dafür, aber dann ließ er sie um seinen Teller kreisen und begann augenzwinkernd ein Gespräch über Verkehrsampeln. Zum Glück kam gerade Selina herein, und als sie laut protestierend ein Papierhütchen aufgesetzt hatte, war das gefährliche Thema umschifft.

Franz war froh, als sie vom Frühstückstisch aufstanden. Er hatte bereits mehrmals die kalten, aber scharfen Augen des Grafen auf sich fixiert gesehen und kaum den Mut gehabt, ihm ins Gesicht zu blicken; aber er bedauerte, dass er nicht daran gedacht hatte, seine Wimpern schwarz oder braun zu färben, mit Schuhcreme zum Beispiel.

»Jetzt gehen wir alles schmücken«, sagte Gerd-Jan.

»Schmücken?«, fragte der Graf. »Ich finde, wir sollten lieber deinen Geburtstag feiern. Ich werde dafür sorgen, dass das Pferd vor die Kutsche gespannt wird; dann können wir eine kleine Ausfahrt machen und irgendwo ein Eis essen.«

»Ich will aber nicht nach draußen«, sagte Gerd-Jan. »Es regnet viel zu stark und ich würde vielleicht nasse

Füße bekommen. Ich möchte den Kleinen Festsaal schmücken und dort spielen.«

»Meinst du nicht, dass du für so was nun zu alt bist?«, fragte der Graf.

»Ich bin elf«, sagte Gerd-Jan. »Elf ist die Narrenzahl und ich will einen närrischen Geburtstag feiern.«

»Dann mach, was du willst«, sagte der Graf und es klang nicht gerade begeistert.

»Herr van der Steg hat eine Menge Girlanden mitgebracht«, sagte Gerd-Jan. (Er konnte natürlich nicht verraten, dass sie von Jan Turelur stammten.) »Helfen Sie mir beim Schmücken?«, bat er Franz. Dann verließ er im Eiltempo und laut singend das Esszimmer:

»Mein Hut, der hat drei Ecken –
Drei Ecken hat mein Hut!
Und hätt' er nicht drei Ecken,
Dann wär es nicht mein Hut!«

»Sie können Ihren Hut jetzt ruhig absetzen«, sagte der Graf zu Franz.

»Ach nein, Herr Griesenstein«, erwiderte dieser scheinbar unbeschwert. »Er passt mir ausgezeichnet. Und Gerd-Jan möchte es nun mal so haben.«

»Mein Neffe ist heute extrem ausgelassen«, sagte der Graf. »Ich hoffe, Sie werden dafür sorgen, dass er sich nicht zu sehr aufregt. Das ist nicht gut für ihn.«

»Er darf doch wohl fröhlich sein!«, sagte Franz.

»Zwischen ›fröhlich‹ und ›ausgelassen‹ besteht ein großer Unterschied«, sagte der Graf ziemlich kühl.

»Ausgelassenheit führt leicht zu einem Benehmen, das nicht geduldet werden kann. Mein Neffe ist zehn plus ein ganzes Jahr alt, und Sie wissen doch vermutlich, wie wüst es bei einem so genannten Teenagerfest zugehen kann. Ich bin der Ansicht, dass die moderne Jugend nur durch eine straffe Erziehung im Zaum gehalten werden kann. Wer noch grün hinter den Ohren ist, braucht eine feste Hand, die ihn führt.«

»Da bin ich völlig Ihrer Meinung«, sagte Franz, der bei dem Wörtchen ›grün‹ einen Schritt zurückgewichen war. »Aber um Ihren Neffen brauchen Sie sich wirklich keine Sorgen zu machen.«

Und er zerbrach sich den Kopf darüber, was der Graf wohl tun würde, wenn gleich die Kinder kämen.

»Ich erwarte«, sagte Graf Griesenstein und kam näher auf ihn zu, »dass Sie unser Vertrauen nicht enttäuschen werden.«

»Natürlich nicht«, antwortete Franz, der unwillkürlich mit der Hand nach dem Hut griff. »Ich gehe jetzt sofort zu Gerd-Jan und helfe ihm beim Schmücken.«

Zum Glück kam der Graf nicht mit, als er sich zu Gregorius' Kleinem Festsaal begab.

Dort war Gerd-Jan schon eifrig am Werk; er gab Berend und Manus, die ihn mit ziemlich verdutzten Gesichtern anstarrten, fröhlich seine Anweisungen. Der eine hatte eine rosa Clownsmütze mit goldenen Pompons auf seinem kahlen Schädel; der andere trug einen lila Fez mit einem Quast auf dem krausen Haar.

»Die gelben und die orangefarbenen Girlanden müssen um die Treppengeländer gewickelt werden«, sagte

Gerd-Jan, »und die langen grünen werden quer über den Saal gespannt … Vielleicht kannst du eine Leiter holen, Berend.«

»Ja, aber ich habe draußen Wachdienst«, versuchte der zu widersprechen.

»Ich habe Geburtstag«, sagte Gerd-Jan. »Du musst schon tun, was ich sage …«

Franz sah plötzlich, dass Graf Griesenstein ihm doch gefolgt war. Er tauchte in einer Türöffnung zwischen zwei Rüstungen auf und winkte Manus zu sich. Der ging eilends zu ihm, während Berend sich entfernte, um eine Leiter zu holen.

»Ha, Herr van der Steg, kommen Sie mal her!«, rief Gerd-Jan.

Franz half ihm, ein paar Girlanden aufzuhängen und die Rüstungen mit Papierrosen zu bekränzen. Als er sich wieder umschaute, waren der Graf und seine Diener verschwunden.

»He, wo bleiben denn Berend und Manus!«, rief Gerd-Jan. »Sie müssen mir helfen. Es ist schon zehn Uhr durch; so viel Zeit haben wir gar nicht mehr.«

Du liebe Güte, dachte Franz. Gleich beginnt das Fest … aber wie wird es wohl enden?

Berend kam zurück, ohne Leiter – aber die Clownsmütze hatte er noch immer auf dem Kopf. Er wandte sich an Franz und sagte mit gedämpfter Stimme: »Der Herr Graf möchte Sie kurz sprechen.«

»Schmück du inzwischen schon die Treppengeländer«, sagte Franz zu Gerd-Jan.

Und er folgte Berend voll düsterer Ahnungen.

Graf Griesenstein erwartete ihn in der mit Fliesen belegten Halle, in welche die Hintertür führte.

»Ich habe eine Kleinigkeit mit Ihnen zu besprechen«, begrüßte er Franz. »Dies ist mein Haus, und ich erwarte von meinen Gästen, dass sie ...«, dabei streckte er den Arm aus, »... ihren Hut abnehmen!« Noch während er sprach, nahm er Franz den Strohhut vom Kopf, bevor dieser auch nur den geringsten Verdacht schöpfen konnte.

Einen Augenblick lang starrten sie einander an.

»Meine Vermutung erweist sich als richtig!«, sagte der Graf. Er ließ den Hut auf den Boden fallen, verschränkte die Arme und fuhr fort: »Sie haben sich unter einem falschen Vorwand und mit bösen Absichten hier eingeschlichen.«

»Wie kommen Sie denn darauf?«, sagte Franz und versuchte, zugleich ruhig und verwundert zu wirken.

»Probieren Sie nur ja nicht, mich an der Nase herumzuführen, Herr van der Steg«, sagte der Graf eisig. »Ich habe Sie demaskiert, beziehungsweise Ihnen den Hut vom Kopf gerissen, falls Sie das besser verstehen. Es ist selbstverständlich, dass ich Sie nicht länger hier dulden kann. Sie sind entlassen.«

»Und weshalb?«, rief Franz. »Ich habe nichts verbrochen!«

»Ich wünsche keinen Hauslehrer mit grünen Haaren«, sagte der Graf.

»Das haben Sie mir bis jetzt noch nie gesagt«, begann Franz.

»Sie wollen doch wohl nicht behaupten, dass ich dies

in meiner Anzeige hätte erwähnen sollen«, fiel ihm der Graf ins Wort. »So etwas würde kein vernünftiger Mensch tun; es ist doch selbstverständlich, dass niemand grünes Haar hat.«

»Aber was ist denn dagegen einzuwenden, wenn nun doch einer grünes Haar hat?«, sagte Franz. »Außerdem habe ich mir diese Farbe nicht selber ausgesucht.«

»Ich bin so frei, Ihnen das nicht zu glauben«, sagte der Graf. »Ihr grünes Haar ist volle Absicht! Ich weiß nicht, was Sie sonst noch alles getan haben, um meinen Neffen um den Finger zu wickeln. Aber ich weiß wohl, worum es Ihnen geht und welchen Wunsch Sie hegen.«

»Mein einziger Wunsch«, sagte Franz, »ist der, für Ihren Neffen etwas Gutes zu tun.«

Der Graf hob seine Hand. »Schweigen Sie!«, sagte er zornig. »Sie haben mein Vertrauen missbraucht und Sie sind eine Gefahr für Gerd-Jan. Ich entlasse Sie auf der Stelle, und wenn Sie nicht sofort verschwinden, lasse ich Sie hinauswerfen.«

»Das lasse ich mir nicht gefallen!«, sagte Franz böse. »*Sie* sind es, der Gerd-Jan in Gefahr bringt! Und Sie können mich nicht ohne weiteres wegschicken, erst recht nicht an seinem Geburtstag. Der Junge rechnet mit mir und ich lasse ihn nicht im Stich.«

»Berend …«, sagte der Graf.

Franz folgte seinem Blick und sah den bulligen Mann in einer Ecke der Halle stehen, in abwartender Haltung, die enormen Hände zu Fäusten geballt.

»Berend war früher Rausschmeißer«, sagte der Graf lächelnd. »Es war mir ernst mit dem, was ich eben sagte,

Herr van der Steg. Wenn Sie also nicht freiwillig verschwinden, wird er Sie hinausbefördern.«

Er steckte seine Hände in die Hosentaschen und fügte kühl hinzu: »Um von drastischeren Methoden gar nicht zu reden.«

Franz steckte ebenfalls die Hände in die Taschen – leider hatte er keine Waffe bei sich; er fühlte nur das Saffian-Kästchen … Aber was hätte er auch tun können, selbst mit einer Waffe? Er konnte doch nicht gut einen Kampf riskieren – nicht nur deshalb, weil er mehr als nur einen Gegner hatte, sondern auch, weil Gerd-Jan hineingezogen werden könnte. Und dann würde der Junge tatsächlich in Gefahr geraten …

Er blickte den Grafen an und sagte: »Sie wissen genauso gut wie ich, dass ich nur an Gerd-Jan denke.«

Der Graf beantwortete seinen Blick mit einem drohenden Flackern seiner Augen. »Nennen Sie bitte den Namen meines Neffen nicht mehr«, sagte er kurz und bündig. »Er wird Sie schnell vergessen, davon dürfen Sie überzeugt sein.«

»Das wird er nicht«, sagte Franz, »und ich werde wiederkommen!« Er ging einen Schritt zur Seite, weil Berend plötzlich neben ihm stand.

»Um wiederkommen zu können, müssen Sie zuerst verschwinden«, sagte Graf Griesenstein spöttisch. »Berend wird Sie hinauslassen; die Kutsche steht schon vor der Treppe bereit. Ihr Mantel und Ihr Gepäck liegen bereits darin. Sie sehen, ich habe an alles gedacht.« Er öffnete die Hintertür und verbeugte sich höflich. »Leben Sie wohl, Herr Grünhaar.«

»Auf Wiedersehen, Sie grimmiger Feind«, sagte Franz im gleichen Ton. Mit Berend auf den Fersen überschritt er die Schwelle.

»Sie vergessen Ihren Hut«, sagte der Graf.

»Dieser Hut gehört Gerd-Jan«, antwortete Franz. »Sie dürfen ihm bestellen, dass ich den Weg zurück schon finden werde. Für jemand, der die sieben Wege gegangen ist, ist das gar nicht so schwierig.«

Dann ging er schnell die Freitreppe hinunter und stieg in die bereitstehende Kutsche, wo Manus schon auf dem Bock saß. Berend sprang hinten auf und so fuhren sie ab.

Franz klettert eine lange Leiter hinauf und … das Fest beginnt — NUMMER SECHS

Das Fahrzeug fuhr ganz langsam; aber Franz war es trotzdem klar, dass er gar nicht erst zu versuchen brauchte, abzuspringen – mit Manus als Kutscher und Berend als Lakai. Er zog wütend an seinem Haarschopf und verwünschte Herrn Thomtidom. Dessen wohlgemeinten Zauberkünsten hatte er es zu verdanken, dass alles schief gegangen war. Grün-Haar hatte nicht den Grafen, sondern der Graf hatte Grün-Haar geschlagen und trieb ihn jetzt zum Hause hinaus, genau wie Jan Turelur.

Die Kutsche holperte um das Haus herum; anscheinend sollte er durch das vordere Tor hinausgefeuert werden. Mit düsterer Miene blickte er auf das bizarre

Gebäude; da drinnen würde Gerd-Jan nun vergebens auf ihn warten. Der Junge würde gefangen bleiben, bis er den Schatz gefunden hätte, und der Graf würde …

Plötzlich hielt er den Atem an. Eine Leiter stand gegen das Haus gelehnt. Es war eine gewöhnliche Holzleiter, aber er hatte sie vorher noch nie dort gesehen.

Franz vergaß völlig, dass er eigentlich nicht so recht an Prophezeiungen glauben konnte. Wahrscheinlich hatte ein Fensterputzer die Leiter vergessen; es hing ein Eimer daran. Aber das konnte wohl kaum ein Zufall sein, dass sie gerade jetzt dort stand – ausgerechnet an dem Tag, an dem sein Haar grün geworden war … Der Tolle Gregorius hatte vielleicht doch Recht!

Franz behielt die Leiter im Auge, solange er konnte. Er hoffte, dass Berend und Manus nicht darauf geachtet hatten. Nein, dies schien nicht der Fall zu sein; der Erstere schien ihm zu dumm dazu und der Zweite war zu sehr mit Zügeln und Peitsche beschäftigt.

Als die Kutsche das Treppenhaus hinter sich gelassen hatte und immer schneller die baumbestandene Auffahrt hinabrollte, begann er in fieberhafter Eile, Pläne zu schmieden. Er musste seine Herausforderung dem Grafen gegenüber wahr machen, und zwar heute noch! Wenn das Tor sich hinter ihm geschlossen hatte, würde er so tun, als ob er wegginge; er würde jedoch um den Landsitz herumlaufen und durch das Loch im Zaun, durch das er schon einmal gekrochen war, wieder hineinschleichen … Auf irgendeine Weise würde er Gerd-Jan schon den Klauen seines Onkels, der jetzt sein wahres Gesicht gezeigt hatte, entreißen …

Die Kutsche schwankte plötzlich hin und her. Franz lehnte sich aus dem Fenster und sah, dass Berend abgesprungen war. Er entfernte sich mit großen Schritten und verschwand zwischen den Bäumen. Richtig, er hatte ja Außenwache. Kurz darauf stand das Fahrzeug still; sie hatten das Tor erreicht. Manus stieg vom Bock herab, um es aufzuschließen.

Während er damit beschäftigt war, tauchte auf der anderen Seite des Gitters eine lange Gestalt auf.

»He, Manus, Hans Dampf in allen Gassen!«, rief Jan Turelur. »Unterstehst du dich schon wieder, mit meiner Kutsche zu fahren?«

»*Ich* bin der Kutscher von Graf Griesenstein«, sagte Manus bissig und warf einen Blick auf Franz.

Jetzt sah auch Turelur den jungen Mann und der Mund blieb ihm vor Staunen offen stehen.

»Würdest du bitte Platz machen?«, bat Manus. »Dann kann ich den Herrn Hauslehrer hinauslassen.«

Jan Turelur rührte sich nicht vom Fleck; er starrte Franz, der nun die Tür öffnete und ausstieg, unentwegt an. »Es ist nicht zu fassen!«, rief er. »Jeder redete von deinem schönen roten Haar – aber ich hätte nie gedacht, dass es so grün werden würde!«

»So grün«, sagte Franz, »dass Graf Griesenstein mich entlassen hat. Ja, das hättet ihr, du und die Verschworenen, auch nicht gedacht!«

»Entlassen?«, wiederholte Turelur.

»Ja«, sagte Manus giftig. »Genau wie dich.«

Das Tor ging mit einem Schwung auf.

Im selben Moment flog Jan Turelur hindurch; er

sprang Manus wie ein Tiger an und umklammerte ihn mit eisernem Griff.

»Du widerlicher Spion!«, brüllte er, indem er ihn kräftig durcheinander schüttelte. »Hast du vielleicht sonst noch was zu sagen?«

»Hi... Hi... Hiiilfe!«, stöhnte Manus und versuchte vergebens, sich zu befreien.

Jan Turelur lachte. »Jetzt werde *ich* die Zügel in die Hand nehmen!«, rief er. Er hob den sich wehrenden Spion wie einen Sack hoch, warf ihn in die Kutsche und schlug die Tür zu. Einen Augenblick später war er auf den Bock geklettert.

»Nimm du die Angelegenheiten hier in die Hand«, rief er Franz zu. »Ich werde den anderen Bescheid sagen.« Er knallte mit der Peitsche und fuhr zum Tor hinaus.

»Halt! Stehen bleiben!«, rief plötzlich eine wütende und laute Stimme. Berend kam angesaust und schwenkte die Arme.

Jan Turelur sah sich nicht einmal um.

Franz stand noch an derselben Stelle; er schaute verdutzt der Kutsche und Berend nach, der laut schreiend hinterhertrabte. Sie verschwanden in Richtung Langelaan.

Dann fiel ihm plötzlich ein, dass Graf Griesenstein ja nun seine beiden Bediensteten und auch noch die Kutsche los war. Er vertiefte sich jedoch nicht in das Problem, wie das Ganze wohl auslaufen würde, sondern machte schleunigst kehrt und rannte zurück zum Treppenhaus.

Die Leiter stand noch da. Es war eine schmale Leiter, eine extrem lange Leiter, die an einem Dachfenster hoch oben in einem der Türme endete.

Franz zögerte nicht; ja, er dachte kaum nach. Er stieg die Leiter empor, ohne auch nur ein einziges Mal nach unten zu schauen – rasch und stetig nahm er Sprosse für Sprosse. Das Fenster stand offen; er schwang seine Beine über die Fensterbank und war im Handumdrehen drinnen.

Er wischte sich die Stirn ab und sah sich um. Er war in einer Art Rumpelkammer gelandet, mit niedrigen, schrägen Dachbalken. Soweit er sich erinnern konnte, war er hier noch nie gewesen. Nach dem ersten Eindruck zu urteilen, war diese Leiter kein besonderer Fingerzeig für ihn ... Was für Kostbarkeiten konnten sich schon zwischen zerbeulten Koffern, wackeligen Schränkchen und kaputten Stühlen verbergen? Ein richtiger alter Rumpelspeicher ... Aber andererseits, war dies nicht ein idealer Platz, um etwas zu verstecken, das großen Wert hatte? Wer weiß, was in diesen Kisten und Koffern zu finden war – was sich hinter dem verschlissenen Samtvorhang dort in der Ecke verbarg ...

Franz stieg über einen alten Ofen hinweg, warf beinahe einen Wasserkrug um und sah sich suchend um. Schränke ... Koffer ... Kisten! Er entdeckte eine große schwarze Kiste mit metallbeschlagenen Ecken; obendrauf stand ein Stuhl und ein Besen war dagegen gelehnt.

»Ich weiß, dass der Schatz in einer Kiste aus Ebenholz versteckt ist. Und auf das Schloss dieser Kiste passt der

Überlieferung zufolge nur ein einziger Schlüssel …« Und zwar der Schlüssel aus Gold, den er bei sich aufbewahrte!

Franz zog das Saffian-Kästchen aus seiner Tasche und öffnete es mit zitternden Händen. Einen Moment später stand er neben der Kiste, stellte den Stuhl herunter und schob den Besen beiseite. Er kniete sich hin, den Schlüssel in der Hand.

Ich muss Gerd-Jan Bescheid sagen, dachte er. Aber zuerst will ich probieren, ob er passt …

Er hatte jedoch den Schlüssel noch nicht ins Schloss gesteckt, als ihn ein unerwartetes Geräusch dazu veranlasste, bewegungslos in seiner Haltung zu erstarren.

Eine kalte Stimme sagte: »Rühren Sie sich nicht vom Fleck.«

Tritte knarrten über den Boden.

»Sehen Sie mich an«, fuhr die Stimme fort. »Hände hoch, oder ich schieße.«

Franz drehte sich um. Vor dem verschlissenen Samtvorhang stand Graf Griesenstein und richtete eine Pistole auf ihn.

Franz stand langsam auf, den Schlüssel noch zwischen seine Finger geklemmt.

»Hände hoch!«, wiederholte der Graf. »Reicht dieses Spielzeug wohl aus, um Sie zum Gehorsam zu zwingen?«

Ein einziger Blick auf die Pistole überzeugte Franz davon, dass es sich keineswegs um ein Spielzeug handelte, und er gehorchte – sprachlos vor Schreck, Bedauern und hilfloser Wut.

Graf Griesenstein lächelte. »Ich habe Ihnen doch gesagt, dass ich an alles gedacht habe«, sagte er. »Ihr Haar ist grün, Sie sind die sieben Wege gegangen … und darum hielt ich es für eine nette Idee, von Berend auch noch eine Leiter für Sie bereitstellen zu lassen. Manus hatte den Auftrag, ganz langsam daran vorbeizufahren, damit Sie sie auf keinen Fall übersehen konnten. Ich wagte beinahe nicht damit zu rechnen, dass Sie darauf hereinfallen würden; aber siehe da, Ihr Vertrauen in die Versiegelte Schrift ist doch stärker, als ich gedacht hatte … Sie haben nur eines vergessen: dass Sie den Schatz *allein* nicht finden werden …«

Franz sagte nichts. Aber er hätte den Grafen am liebsten verprügelt und sich selbst noch viel mehr.

»Bewegen Sie sich nicht!«, sagte der Graf noch einmal. »Sonst könnte meine Pistole schließlich noch losgehen. Sie sind mir in die Falle gegangen, Herr van der Steg; ich habe Sie auf frischer Tat ertappt, während Sie in mein Haus einbrachen! Geben Sie den Schlüssel nur her – ich weiß nicht, wie Sie daran gekommen sind, aber er gehört mir.«

»Dieser Schlüssel gehört Gerd-Jan«, sagte Franz und brach damit sein Schweigen.

»Umso schlimmer«, sagte der Graf ruhig. »Sie haben also ein unschuldiges Kind bestohlen! Das werde ich der Polizei ebenfalls berichten.«

»Polizei?«, sagte Franz. Er ließ seine Arme sinken, umklammerte jedoch den Schlüssel nur noch fester.

»Hände hoch!«, befahl der Graf in scharfem Ton. »Jawohl, die Polizei«, fuhr er fort. »Wenn ich jemanden unschädlich mache, tue ich es gründlich. In Kürze sitzen Sie hinter Schloss und Riegel; dann können Sie getrost zu beweisen versuchen, dass Sie kein Einbrecher sind …«

Er kam einen Schritt näher. Franz wich zurück, stolperte beinahe über die Kiste und musste wohl oder übel dulden, dass ihm der goldene Schlüssel abgenommen wurde.

Der Graf zog sich schnell bis ans Fenster zurück, hielt aber ständig die Pistole auf ihn gerichtet. »Ich werde Sie in diesem Zimmer einschließen«, sagte er. »Und gleich, wenn Sie allein sind, sollten Sie sich den Inhalt dieser Kiste ruhig einmal ansehen. Sie ist zwar schwarz, aber nicht verschlossen.« Er ließ den Schlüssel in seiner rechten Brusttasche verschwinden, streckte seinen linken Arm aus dem Fenster, ohne seinen Blick von Franz abzuwenden, und gab der Leiter einen Stoß.

Franz hörte deutlich den Plumps, mit der sie auf dem Erdboden aufschlug.

»So, das hätten wir«, sagte der Graf. »Auf diesem Weg können Sie nicht mehr fliehen. Jetzt werde ich die Polizei benachrichtigen.«

»Das können Sie doch nicht tun!«, sagte Franz. »Sie wissen sehr gut, dass ich kein Dieb bin.«

»Dann versuchen Sie doch, die Polizei davon zu überzeugen!«, sagte Graf Griesenstein spöttisch. »Erzählen Sie ihr ruhig alles: die Fabel vom Verborgenen Schatz und das Märchen von der Versiegelten Schrift. Erzählen Sie der Polizei, dass Sie Ihr Haar grün gefärbt haben und dass Sie eine Leiter emporgestiegen sind, weil es die Prophezeiungen so wollten – die Prophezeiungen des Tollen Gregorius! Meinen Sie, dass man Ihnen Ihre Geschichte glauben wird? Die Polizei wird sich auf jeden Fall nicht darüber wundern, dass ich Sie als Hauslehrer meines teuren und geliebten Neffen entlassen habe.«

Franz biss sich auf die Lippen und schwieg.

Graf Griesenstein ging auf den Vorhang zu, schob ihn beiseite und öffnete die Tür, die sich dahinter befand. Er winkte mit seiner Pistole. »Auf Wiedersehen, Herr Grünhaar«, sagte er und verschwand dann sofort. Die Tür schloss sich und ein Schlüssel wurde knirschend umgedreht.

Entgegen allen vernünftigen Überlegungen lief Franz dorthin, aber er konnte sich lediglich davon überzeugen, dass er tatsächlich eingeschlossen war. Die Tür war die einzige im ganzen Zimmer; aus schwerem Holz gearbeitet und mit Eisen beschlagen. Graf Griesenstein hatte ihn besiegt und Gerd-Jan befand sich mehr denn je in dessen Gewalt.

Ich habe meine Sendung wirklich ausgezeichnet erfüllt!, dachte Franz bitter. Ich habe jedermanns Vertrauen missbraucht, ich habe alles verdorben … Erst bin ich mitten in einen magischen Zirkel getreten und danach in eine Falle getappt …

Er blickte auf die schwarze Kiste, und jetzt sah er, dass sie nicht einmal aus Ebenholz war. Er hob den Deckel hoch; es lagen Decken und Mottenkugeln darin.

»Du Idiot!«, beschimpfte er sich selbst. »Der Graf hat Recht; die Polizei wird die Wahrheit nicht glauben …«

Er ging zum Fenster und schaute hinaus.

Graf Griesenstein erschien an einer Hausecke, ging dann am Haus entlang, stieg über die Leiter hinweg, warf einen Blick nach oben und nahm mit spöttischer Höflichkeit den Hut ab. Dann ging er in Richtung der Auffahrt, die sich an der Vorderseite befand, und war bald nicht mehr zu sehen.

Franz fiel plötzlich ein, dass im Treppenhaus kein Telefon existierte. Der nächste Polizeiposten war in Langelaan; der Graf musste persönlich dorthin gehen, und zwar zu Fuß – Berend und Manus waren ja weg, mit Jan Turelur und der Kutsche.

Oh, wenn er jetzt doch flüchten könnte! Es würde bestimmt eine halbe Stunde dauern, bis der Graf zurück sein konnte. Und wenn er sich dann nicht mehr in diesem Raum befand, würde die Polizei ihm nichts anhaben können. Vielleicht würde Gerd-Jan ihn hören, wenn er klopfte, rief und schrie …

Was mochte der Graf seinem Neffen erzählt haben? Wusste Gerd-Jan, dass sein Lehrer in eine Falle gelockt worden und schmachvoll eingeschlossen worden war?

Nein, dachte Franz. Er wollte nicht um Hilfe rufen. Aber er konnte dem Grafen doch nicht einfach das Feld überlassen; er musste doch gewiss alles versuchen, um Gerd-Jan zu befreien …

Franz schaute hinab. Graf Griesenstein wusste, dass hoch gelegene Orte den Lehrer van der Steg schwindelig machten, und er dachte natürlich, dass es Grünhaar genauso ginge. Aber Grünhaar glich vielleicht mehr Franz dem Roten – und Franz der Rote kannte keine Furcht!

Franz der Rote ließ sich nicht einfach einschließen; der würde durchs offene Fenster fliehen, ganz gleich in welcher Höhe es sich befand.

Er besah sich die Wand über dem Abgrund mit prüfendem Blick, dann fühlte er nach, ob seine Brille auch fest auf der Nase saß, und ließ sich aus dem Fenster sacken. Er klammerte sich an der Fensterbank fest, bis seine Füße auf einem vorstehenden Sims Halt fanden. Anschließend bewegte er sich vorsichtig an der Mauer entlang und streckte eine Hand aus, um ein abwärts führendes Regenrohr zu umgreifen. Er rutschte daran ein Stück hinab, kroch dann über das Vordach eines Fensters und kletterte an einer unebenen Wand weiter nach unten.

Dann gab es plötzlich kein Vorwärtskommen mehr. Er wäre um ein Haar abgestürzt und konnte sich gerade noch an einer Dachrinne festklammern. Er versuchte, nicht daran zu denken, dass er sich immer noch hoch über dem Erdboden befand, zog sich schließlich mit viel Beinarbeit hoch und ruhte sich ein Weilchen auf dem Dach eines Erkers aus. Dann überlegte er, dass er ja eigentlich gar nicht bis auf den Erdboden hinunter brauchte; er konnte geradeso gut irgendwo ins Haus klettern.

»Nimm du die Angelegenheiten hier in die Hand«, hatte Jan Turelur gesagt. Er hatte zwar nicht die leiseste Idee, wie er das machen sollte – aber dass er etwas tun musste, stand für ihn fest. Er sah auf seine Uhr; es war halb zwölf. Wie ein Schock kam ihm der Gedanke, dass die Kinder jetzt bald kommen konnten; der Graf und seine Diener waren ja nicht da, um sie fortzuschicken, wenn sie kamen.

Wie das Fest verlaufen würde, konnte er nicht im Voraus wissen; er sagte sich jedoch, dass es unbedingt notwendig sei, im Hause zu bleiben und die Dinge im Auge zu behalten.

Er ließ sich an einer Säule zu einem Fenster niedergleiten, das ihm am nächsten lag, aber es stellte sich heraus, dass es fest verschlossen und zusätzlich durch ein Gitter geschützt war. Es blieb ihm also nichts anderes übrig, als seine Kletterpartie wieder aufzunehmen, und das kostete ihn eine Menge Selbstüberwindung. Erst musste er wieder nach oben, um einen Schornstein herum – wobei er eine Krähe aufschreckte, die ihn dann eine Zeit lang böse krächzend umflatterte. Dann legte er eine weitere Strecke mit Hilfe eines Regenrohres zurück, und nachdem er eine Weile an einem Balkon entlanggehangelt war, erreichte er endlich ein Fenster, das offen stand. So gelangte er von neuem ins Innere des Treppenhauses.

Er fragte sich, ob er mittlerweile wohl graue Haare bekommen hatte – auf jeden Fall hing ihm die Haut in Fetzen von den Händen, seine Arme waren halb ausgerenkt und die Hose hatte über dem Knie einen Riss.

Er konnte sich jedoch nicht lange ausruhen; auf leisen Sohlen begann er seinen Weg durchs Haus. Er lief von einem Zimmer ins andere, so weit nach oben, wie es nur ging – auf der Suche nach dem Speicher, der über Gregorius' Kleinem Festsaal lag. Von dort aus würde er die Ereignisse unbemerkt beobachten können. Eine steile, schmale Treppe brachte ihn schließlich ans Ziel. Er blieb einen Augenblick stehen … wie still es doch war! Dann ging er lautlos zu der gewölbten Öffnung und schaute hinab.

Er sah die Treppen und Galerien, alle mit Girlanden verziert, und in der Tiefe, mutterseelenallein, stand Gerd-Jan.

Er sah sehr klein und zerbrechlich aus. Franz konnte sein Gesicht nicht sehen. Ob es wohl ängstlich aussah oder enttäuscht oder ob es Vorfreude und Erwartung spiegelte? Er sah, dass der Junge seinen Strohhut in der Hand hielt … ob Graf Griesenstein ihm den zurückgegeben hatte? Gerd-Jan würde doch hoffentlich nicht glauben, dass sein Bundesgenosse ihn im Stich gelassen hatte!

Plötzlich hob Franz den Kopf und lauschte. Er hörte Geräusche von draußen – so fröhlich wie Vogelgezwitscher am Morgen, so herzerfrischend wie die Frühlingssonne, aber auch so beunruhigend wie Gewitterwolken am Sommerhimmel … Die Kinder kamen!

Er drehte sich um, lief quer über den Speicher und sah aus dem Fenster. Ja, da kamen sie – das rückwärtige Tor war also offen. Jan Turelur hatte wahrscheinlich am Vordereingang gestanden, um die Aufmerksamkeit der Wächter abzulenken. Es war ein richtiger Aufmarsch, eine fröhliche Prozession – trotz des grauen, regnerischen Tages. Die Kinder wirkten kein bisschen verlegen oder durch die Umgebung beeindruckt; er hörte sie reden und lachen. Erst als sie dicht vor dem Haus waren, wurden sie ein wenig stiller. Einige schauten nach oben und Franz zog schnell seinen Kopf zurück.

Er ging wieder zu der gewölbten Öffnung und blickte nochmals in den Saal hinunter. Gerd-Jan war verschwunden; er war natürlich seinen Gästen entgegengegangen. Jetzt erschien Iwan in seinem Blickfeld – er spazierte durch den Saal und bestieg mit ein paar Sprüngen eine gegenüberliegende Treppe.

Franz überlegte, ob wohl auch die Katze etwas von der Stimmung spürte – von der gespannten Atmosphäre des Abwartens, die das ganze Haus zu erfüllen schien. Gleich würden die Kinderstimmen innerhalb der Mauern erklingen … Aber das konnte doch eigentlich nur gut sein, dachte er auf einmal. Die Kinder waren doch schließlich Gerd-Jans Freunde! Je mehr Zeilen der Prophezeiung verwirklicht wurden, desto besser war es … Er lächelte.

Jetzt waren sie im Haus; er hörte sie kommen und zwischendurch Selinas protestierendes Gemeckere, das jedoch rasch übertönt wurde.

Dann aber sorgte ein anderes Geräusch dafür, dass sein Lächeln verschwand. Erneut verließ er seinen Aussichtsposten, um einen Blick nach draußen zu werfen.

Natürlich … Roberto wollte ja auch kommen; er hatte es schließlich versprochen und sogar herausfordernd behauptet, dass er sich auch bis ins Haus hineintrauen würde. Es war jedoch nicht Roberto, den er über die Auffahrt herannahen sah. Es war der Mopro höchstpersönlich – mit Sturzhelm, auf seinem laut knatternden Mofa.

Franz zog missbilligend seine grünen Augenbrauen hoch. Von Roberto hätte er sich Hilfe versprechen können, aber der Mopro würde die Situation nur noch komplizierter machen. Der Junge hatte auch noch seine Gitarre bei sich – das konnte ja heiter werden!

Jetzt verließ Franz den Speicher; er ging durch die gewölbte Öffnung und stieg die Treppe ohne Geländer hinab. Auf der obersten Galerie blieb er stehen und lehnte sich über die Brüstung. Niemand sah ihn außer Iwan, der ihm genau gegenüber auf der anderen Brüstung saß.

Unten im Saal waren sie ganz mit sich selbst beschäftigt – Gerd-Jan, den Hut auf dem Kopf, stand im Mittelpunkt; alle Kinder drängten sich um ihn, um zu gratulieren und große und kleine Päckchen zu überreichen. Kurz darauf tauchte Franz jedoch hastig unter, weil die Kinder anfingen umherzugehen.

Eine Zeit lang hockte er hinter der Brüstung und überlegte, ob er weiterhin in seinem Versteck bleiben sollte oder nicht. Er entschied sich für das Erstere; etwas Besseres fiel ihm nicht ein, sosehr er auch sein Gehirn anstrengte.

Er konnte durch die Zwischenräume zwischen den Holzplanken nicht viel sehen, aber desto mehr hören – wenn sie auch so durcheinander redeten, dass er nur einiges davon aufschnappen konnte. Er hörte Martin nach Franz dem Roten fragen. Und wenig später demonstrierte Arie seine Kinderpistole. Das erinnerte ihn wieder an Graf Griesenstein. Ziemlich beunruhigt dachte er darüber nach, ob es wohl zu verantworten sei, seine Schüler in diesem Saal bleiben zu lassen, den der Herr des Hauses jeden Augenblick mit geladener Pistole in der Hand betreten konnte.

Nach einer Weile versammelten sich die Kinder wieder, um einen neuen Gast willkommen zu heißen. Dieser wurde sehr ausgelassen begrüßt.

Franz wagte nun wieder aufzustehen. Er stieg vorsichtig die nächste Treppe hinab, weil er auf der zweiten Galerie mehr sehen und hören konnte. Er hegte die leise Hoffnung, dass es Roberto sein würde, der so freundlich willkommen geheißen wurde. Ein einziger Blick überzeugte ihn jedoch davon, dass es noch immer der Mopro war. Es ärgerte ihn ein bisschen, dass seine Schüler so wenig zu unterscheiden wussten. Die Jungen begrüßten den Mopro sogar voller Bewunderung und Respekt. Nur Marianne schien nicht zufrieden.

»Kommt Roberto denn nicht?«, fragte sie mit heller Stimme.

Gerd-Jan hatte den Strohhut wieder abgenommen und drehte ihn in seinen Händen. »Ich … ich glaube schon«, sagte er ein wenig unsicher.

»Roberto *kann* gar nicht kommen«, sagte Martin, »denn der Mopro ist ja schon da.«

»Und der Mopro hat eine Gitarre!«, rief Kees. »Kommt, lasst uns mit dem Fest beginnen.«

Alle schnatterten laut durcheinander. Dann sagte Marianne – (sie ist doch ein liebes Kind, dachte Franz) –: »Nein, wir müssen warten, bis Franz der Rote da ist.«

Erneut schrien alle durcheinander.

»… Franz der Rote … Warum ist er nicht hier? Franz der Rote!« Der Name Grünhaar wurde nicht erwähnt.

Franz ging einen Schritt zurück, und als er wieder aufblickte, hatte Gerd-Jan gerade das Wort – so sah es zumindest aus, aber der Junge sprach so leise, dass Franz nichts verstehen konnte. Er überlegte soeben, ob er sich doch besser sehen lassen sollte, als der Mopro seine Stimme erhob.

Er hatte seinen Sturzhelm abgesetzt und kämmte sich ausgiebig die Haare. »Was für ein Quatsch!«, sagte er langsam und aufreizend deutlich. »Es ist doch viel schöner ohne die Alten!« Er winkte ab, als man ihm ein Papierhütchen anbot, und fügte hinzu: »Wie könnt ihr bloß richtig Spaß bekommen, wenn ein Schulmeister dabei ist, der euch auf die Finger guckt?« Dabei ließen seine eigenen Finger eine Tonleiter auf den Saiten der Gitarre erklingen.

Dann schwirrten viele Ausrufe durcheinander; einige gaben ihm Recht, andere widersprachen.

Der Mopro achtete nicht darauf – er ging durch den Saal, spielte weitere Tonleitern und stimmte seine Gitarre. Die Kinder folgten ihm, als sei er der Rattenfänger von Hameln.

Franz schaute missbilligend zu. Sein Blick wurde noch tadelnder, als der Mopro seine langen Haare in den Nacken warf, mit dem Fuß auf den Holzboden zu klopfen begann und ein Lied anstimmte – na ja, ›Lied‹ war eigentlich zu viel gesagt … man konnte kaum eine Melodie heraushören. Die meisten Kinder schienen es jedoch zu kennen, denn sie sangen den Refrain mit.

»Ach«, ermahnte sich Franz, »es ist doch eigentlich egal, was sie singen, wenn sie es nur von Herzen tun!« Langsam stieg er noch eine weitere Treppe hinunter, bis auf die unterste Galerie.

Der Mopro begann eine neue Nummer; er stieß in stets schnellerem Rhythmus mit dem Fuß auf den Boden und ließ die Saiten seiner Gitarre laut dröhnen. Die Kinder schunkelten dazu im Takt; die Papierhütchen wippten auf ihren Köpfen. Gerd-Jan sprang herum und verteilte mit der einen Hand Schokolade aus Tante Wilhelmines Schachtel und mit der anderen Luftschlangen.

Franz' Augen irrten kurz zu Iwan hinüber, der plötzlich unruhig auf einer Brüstung hin und her zu laufen begann. Der macht gleich auch mit, dachte er.

Roberto sang; er hatte gar keine so schlechte Stimme, wenn sie sich auch ab und zu überschlug. Die Kinder schienen es wunderschön zu finden. Franz lauschte nun mit größerer Aufmerksamkeit. Jetzt konnte er auch den Liedtext verstehen; die Worte kamen ihm zugleich uralt und funkelnagelneu vor …

»Gerd-Jan hat Geburtstag,
und drum sind wir da –
wir tanzen und singen
und rufen Hurra!
Holladihi, holladiho –
holladi hopsassa,
holladio!

Ein Haus voller Treppen,
voll Treppen ein Haus –
mal rauf und mal runter,
wer kennt sich da aus!
Holladihi …

Wo bleibt nur die Jungfer,
die Rosemarie?
Sie soll mit uns tanzen,
so lustig wie nie!
Holladihi …

Der Jan schwingt die Beine,
Der Jan Turelur –
er kommt nicht ins Reine,
zu glatt ist der Flur!
Holladihi …

Gerd-Jan hat Geburtstag,
und drum sind wir da –
wir tanzen und singen
und rufen Hurra!
Holladihi …«

Hoch oben auf der Brüstung sperrte Iwan sein Mäulchen auf und ließ ein Miauen hören, das er sonst nur in milden Vollmondnächten zum Besten gab. Sein Gejammere ging jedoch im allgemeinen Tumult unter.

Alle Kinder sangen das Lied jetzt noch einmal und stampften im Takt mit den Füßen auf den Boden.

Gerd-Jan und Kees begannen, eine Art Indianertanz aufzuführen, und Arie ließ noch einmal seine Pistole knallen. Martin blies auf einer Kindertrompete und Marianne warf mit ihren Luftschlangen. Andere Kinder folgten ihrem Vorbild. Selina, die entsetzt hereingefegt kam, wurde in bunte Papierbänder verstrickt und eingefangen. Der Mopro begann unbeirrt von neuem, obwohl seine Stimme den Lärm kaum noch übertönte. Eine der Ritterrüstungen fiel mit dröhnendem Schlag um. Immer mehr Luftschlangen flogen durch den Saal und drehten sich zu unentwirrbaren Knäueln umeinander.

Franz sah dem Tumult mit offenem Mund zu.

»Wo bleibt nur die Jungfer,
die Rosemarie?
Sie soll mit uns tanzen,
So lustig wie nie!
Holladihi, holladiho –
holladi hopsassa,
holladio!«

An einer der Längsseiten des Saales öffnete sich eine Tür und Jungfer Rosmarie erschien in ihrem eleganten, weiß getupften Mantel. Sie machte ein paar Schritte in den Saal und blieb dann stehen – die Augenbrauen ein wenig hochgezogen, aber im Übrigen sehr gelassen. Hinter ihr kamen Tante Wilhelmine, die ein empörtes Gesicht machte, Jan Turelur, der erfreut aussah, und Herr Thomtidom, der die Szene mit dem interessierten Blick des Gelehrten betrachtete.

»Der Jan schwingt die Beine,
der Jan Turelur –
er kommt nicht ins Reine,
zu glatt ist der Flur!
Holladihi, holladiho –
holladi hopsassa,
holladio!«

An einer der Schmalseiten des Saales ging eine Tür auf und Graf Griesenstein erschien – unmittelbar gefolgt von Berend und zwei fast ebenso stämmigen Polizisten.

Zum ersten Mal verlor der Graf seine unerschütterliche Haltung; sein Mund stieß unverständliche Laute aus und er winkte heftig mit dem Arm. (Er hatte jedoch keine Pistole in der Hand.)

Einer der Polizisten betrachtete zögernd seinen Gummiknüppel, aber der andere kam auf eine bessere Idee. Er setzte eine Trillerpfeife an die Lippen und blies fest hinein – der schrille Ton klang als grelle Dissonanz durch den ganzen Lärm hindurch.

Es wurde augenblicklich still im Saal, eine Stille, die nur von leisem Papiergeraschel und einem dunklen Miau von Iwan unterbrochen wurde.

Alle Kinder drehten ihre Köpfe in ein und dieselbe Richtung; sie starrten Graf Griesenstein an. Dieser hatte seine äußere Fassung wiedergewonnen und starrte zurück – mit eiskalten Augen in einem kalkweißen Gesicht.

Franz begibt sich mitten ins Festgetümmel und ein Lied schallt durchs Treppenhaus

Nummer sieben

Franz stand noch immer an der Brüstung, ohne sich zu rühren. Jetzt muss etwas geschehen, dachte er fieberhaft. Aber was? Ich muss dieses Fest zu einem guten Ende bringen …

Er erhob seine Stimme und rief, einer plötzlichen Eingebung folgend: »Roberto!«

Jetzt wandten sich alle Augen zu ihm hin und aus der Kinderschar stieg ein Schrei empor:

»GRÜNHAAR!«

Franz beugte sich über die Brüstung und sagte in lautem Befehlston: »Spiel noch ein Lied, Roberto. *Das Lied vom Siebensprung!*«

Roberto gehorchte sofort – langsam griff er die ersten Akkorde.

»Habt ihr schon gehört
von dem Sieben-, dem Sieben-«

Leicht und ein wenig zögernd klang die Melodie durch den Saal.

»Habt ihr schon gehört von dem Siebensprung?«

Franz blickte kurz zum Grafen hinüber, der vor Schreck oder vor Wut noch bleicher geworden war; dann stieg er rasch die letzte Treppe hinab.

»Man sagt, dass ich nicht tanzen kann;
Ich kann tanzen wie ein Edelmann …«

Roberto schlug einen kräftigen Akkord an und die Kinder sangen, leise und bebend vor Spannung:

»Nummer eins.«

Franz blieb auf der untersten Stufe stehen und hob seine Hand, als stände er vor der Klasse und erteilte Musikunterricht. Nun sangen die Kinder das Lied noch einmal, während er dirigierte:

»Habt ihr schon gehört
von dem Sieben-, dem Sieben-
Habt ihr schon gehört von dem Siebensprung?
Man sagt, dass ich nicht tanzen kann;
Ich kann tanzen wie ein Edelmann!«

Roberto tippte mit seinem Fuß den Takt dazu. *»Nummer eins.«* Die Kinder stampften auf den Boden. *»Nummer zwei.«*

Unmittelbar danach stimmten sie das Lied zum dritten Mal an. Auch Roberto sang mit, und er spielte, als hinge sein Leben davon ab.

»Man sagt, dass ich nicht tanzen kann …«

Gerd-Jan machte den Anfang; er nahm Mariannes Hände und hüpfte fröhlich rund.

»Ich kann tanzen wie ein Edelmann!«

Mit lautem Gestampfe ging es weiter:

»Nummer eins – Nummer zwei – Nummer drei!«

Während der nächsten Strophe tanzten schon alle Kinder; der Fußboden knarrte unter ihren Füßen.

»Nummer eins – Nummer zwei –
Nummer drei – Nummer vier!«

Dann wirbelten alle durcheinander; Hütchen flogen herunter und sämtliche Treppen schienen zu zittern und zu beben. Auch Jan Turelur sang mit und probierte sogar ein paar Tanzschritte:

»Nummer eins – Nummer zwei – Nummer drei –
Nummer vier – Nummer fünf!«

Jetzt hatte sich das Fest von neuem in ein Chaos verwandelt. Graf Griesenstein war völlig erstarrt und konnte kein Wort mehr herausbringen. Die Polizisten machten ratlose Gesichter und vergaßen ihre Trillerpfeifen. Berend geriet so durcheinander, dass er plötzlich mitstampfte:

»Nummer eins – Nummer zwei – Nummer drei –
Nummer vier – Nummer fünf – Nummer sechs!«

Franz sah ziemlich erschrocken, welche Urgewalten er entfesselt hatte. Er ging einen Schritt in den Saal hinein – halb und halb befürchtete er, dass gleich die Decke auf sie herabstürzen würde. Aber Roberto spielte weiter und das Lied vom Siebensprung erklang von neuem – immer lauter, immer schneller ... Jedes Wort wurde von Fußgestampfe begleitet.

»Habt ihr schon gehört
von dem Sieben-, dem Sieben-«

Die Kinder hatten einen Kreis gebildet, den Franz

nicht durchbrechen konnte, und in der Mitte sprang Gerd-Jan herum, der seinen Hut in der Luft schwenkte.

»Aufhören!«, schrie Franz, aber er konnte nicht einmal seine eigene Stimme hören.

Die Fußbodenplanken schienen sich zu bewegen … und triumphierend erklang es wie eine Leierkasten-Melodie:

»Nummer eins – Nummer zwei – Nummer drei –«

Der Boden bewegte sich tatsächlich! »Gerd-Jan!«, rief Franz. »Hör auf; es reicht jetzt!«

»Nummer vier – Nummer fünf – Nummer sechs –«

Unter Gerd-Jans Füßen brach das Holz entzwei …

»NUMMER SIEBEN«

Der Fußboden gab seinen Geist auf, er zersplitterte und brach dann zusammen.

Die Saiten von Robertos Gitarre zersprangen; ihr schrilles ›Ting‹ unterbrach die plötzliche, entsetzte Stille.

Das Holz krachte noch einmal, und alle starrten auf das gähnende Loch, in dem Gerd-Jan verschwunden war.

Dann stieg ein allgemeiner Schrei auf, und alle, die sich im Saal befanden, drängten sich um das Loch. Danach ertönte ein weiterer Schrei – ein Schrei des Entzückens, der Überraschung und Freude. Es war Gerd-Jans Stimme, die rief: »Ich habe ihn! Den Schatz! Den Schatz!«

Einen Augenblick später tauchte er zwischen den zersplitterten Holzplanken auf, mit einem schmutzigen, aber strahlenden Gesicht.

»Ich habe ihn gefunden!«, rief er atemlos. »Der Siebensprung … ihr alle zusammen habt ihn gefunden. Die Kiste liegt hier, unter dem Fußboden …«

Es dauerte eine Weile, bis Gerd-Jan und die Kiste aus dem Loch herausgezogen waren. Dann standen alle in ehrfürchtigem Schweigen um sie herum – es war eine kleine, aber schwere Kiste, eine Kiste aus Ebenholz … sehr alt und mit einem goldenen Schloss versehen.

Gerd-Jan kniete sich neben sie; mit einer liebkosenden Gebärde legte er seine Hände darauf und richtete seine leuchtenden Augen auf Franz, der neben ihm stand. Auf der anderen Seite stand Graf Griesenstein und dicht hinter ihm die beiden Polizisten. Diese blickten erstaunt von der Kiste zu Franz mit seinem grünen Haar.

Der Erste, der sprach, war Herr Thomtidom.

»Siehe da«, sagte er und trat einen Schritt vor. »Wir sind hier zufällig Zeugen eines großen Ereignisses: Der Schatz des Treppenhauses ist gefunden worden.«

»In der Tat ein großes Ereignis«, sagte Graf Griesenstein mit unbewegter Miene. »Aber wer sind Sie eigentlich, wenn ich fragen darf?«

Herr Thomtidom verneigte sich und antwortete mit gedämpfter Stimme: »Kriminalpolizei … in Zivil. Unter uns gesagt: Ich bin Detektiv.« Er hielt seine Hand auf; eine Erkennungsmarke blitzte zwischen den Fingern.

Die Polizisten legten höflich die Hand an die Mütze.

»Sie sind hierher gekommen, um Ruhestörer zur Ordnung zu rufen«, sagte Herr Thomtidom zu ihnen. »Nun aber können Sie bei einer angenehmeren Sache Zeuge spielen!«

»Ja«, ergänzte Franz. »Der Schatz ist zum Vorschein gekommen. Der Schatz, auf den dieses Kind, ein Erbe der Griesensteins, ein Anrecht hat.«

Der Graf biss sich auf die Lippen. »Falls es der Schatz ist!«, sagte er kühl. »Das wird sich erst herausstellen, wenn diese Kiste geöffnet wird.«

»Aber Sie werden sie doch sicher sofort aufmachen?«, sagte Herr Thomtidom freundlich. »Wir sind alle sehr erpicht darauf, dabei zuzusehen.«

Gerd-Jan streckte Franz seine Hand entgegen und flüsterte: »Den Schlüssel, Herr van der Steg!«

Graf Griesenstein lächelte.

»Ich hätte keinen heißeren Wunsch, als meinen Neffen die Kiste aufschließen zu lassen«, sagte er. »Aber Sie wissen vielleicht nicht, dass nur ein einziger Schlüssel darauf passt ... und wir werden das Schloss doch nicht mit Gewalt öffnen oder zerstören, bevor der Schlüssel nicht ebenfalls gefunden ist ... der goldene Schlüssel des Tollen Gregorius.«

Gerd-Jan setzte sich auf und sagte: »Grünauge hat ihn gefunden!«

»Ach ja?«, sagte der Graf. »Wo ist er denn?«

Gerd-Jan schaute Franz wieder an, doch dieser starrte dem Grafen ins Gesicht.

»Der Schlüssel«, sagte er ruhig, »steckt in Ihrer rechten Brusttasche.«

Der Graf runzelte böse die Stirn, als hätte er mit dieser Antwort nicht gerechnet. Bevor er sie jedoch bestätigen oder aber verneinen konnte, hatte der Magier bereits den Schlüssel zum Vorschein gezaubert.

»Hier ist er ja«, sagte er munter und überreichte Franz den Schlüssel.

Franz winkte damit Iwan zu, der immer noch hoch oben auf einer Brüstung saß; dann gab er ihn Gerd-Jan.

Im Hintergrund zitierte Jungfer Rosmarie im Singsang-Ton:

»Grün-Arm wird die Sprüche reichen,
Grün-Aug' wird den Schlüssel finden,
Grün-Haar dem Drachen zu Leibe gehn.«

Es herrschte atemlose Stille, als Gerd-Jan den Schlüssel ins Schloss steckte, ihn herumdrehte und die Kiste öffnete. Alle verrenkten sich den Hals, um hineinschauen zu können; aber was sie sahen, war nicht viel. In der Ebenholzkiste lag eine kleinere Kiste aus Metall und darin wiederum ein Paket, das in ein verschossenes grünes Tuch gewickelt war.

»Es liegt ein Brief dabei«, sagte Gerd-Jan, »von Graf Gregorius.«

Mit einem Brief hat alles angefangen, dachte Franz, und genauso endet es also auch … Er hörte die Kinder seufzen und fragte sich, ob es wohl vor Enttäuschung sei – wahrscheinlich hatten sie Silber und Gold erwartet, Edelsteine und Juwelen. Gerd-Jan betrachtete den Brief mit ernstem Gesicht. Plötzlich fiel etwas heraus; drei Münzen rollten über den Boden.

Der Magier hob sie auf, besah sie andächtig und sagte: »Dies sind ganz alte Münzen, bronzene Geldstücke aus dem Heiligen Land.«

»Es sind nur drei Stück«, sagte der Graf und aus seiner Stimme klang Bedauern.

»Aller guten Dinge sind drei«, sagte Herr Thomtidom, »und wer den Pfennig nicht ehrt, ist des Talers nicht wert.«

Er gab Gerd-Jan die Geldstücke zurück, neigte sich über den Brief und las langsam die ersten Zeilen vor:

»Hiermit gebe ich, Graf Gregorius Griesenstein, den Schatz an meinen Enkel oder an dessen Kind oder an dessen Kindeskind und so weiter. Ich werde außerdem

berichten, wie ich ihn gefunden habe und warum ich ihn erneut verbarg. Wer mich aber völlig verstehen will, der lese dieses Buch, von A bis Z …

Ein Buch, ein Brief und drei Bronzemünzen«, fügte er kaum hörbar hinzu.

Gerd-Jan hatte inzwischen das Paket aus der Metallkiste genommen und schlug das verblichene Tuch vorsichtig auseinander. Das Buch kam zum Vorschein; es war in Leder gebunden und sah sehr alt aus.

Franz machte die Kiste zu, so dass Gerd-Jan das Buch auf den Deckel legen konnte. Der Junge schlug es auf und ließ ein überraschtes »Aaah!« hören.

Die Blätter waren aus Pergament; sie waren nicht bedruckt, sondern mit zierlichen Buchstaben beschrieben und auf jeder Seite befanden sich prächtige, mit Blattgold ausgelegte Initialen und außerdem Zeichnungen von Fabeltieren sowie farbige Miniaturen von merkwürdigen Burgen und Schlössern, von Rittern zu Pferd mit Federbüschen auf ihren Helmen … Jedes einzelne Blatt war ein Juwel der Schreib- und Zeichenkunst.

»Das ist sehr, sehr wertvoll!«, sagte Franz. »Eine echte mittelalterliche Handschrift, Gerd-Jan!«

Die Kinder kamen näher herbei, um besser sehen zu können.

»Kommt nicht mit euren Fingern daran!«, sagte Graf Griesenstein scharf. »Gerd-Jan, sei vorsichtig! – Wenn das wirklich echt ist, hat es einen unschätzbaren Wert …«

»Dabei ist es einfach so ’ne Art Bildroman«, murmelte Jan Turelur.

»Aber es ist doch sehr kunstvoll gemacht«, bemerkte einer der Polizisten.

»Und zweifellos echt«, sagte Herr Thomtidom und schlug mit seiner blütenweißen Hand die Titelseite auf. »Können Sie es lesen, Herr van der Steg?«

Franz beugte sich tiefer über das Buch.

Er las:

»Dies ist der getreue Bericht vom Schicksal des Ritters Grimbold Graf Griesenstein, wie er auf Kreuzfahrt ging und über das Meer segelte und wie er Schiffbruch erlitt und strandete im Land von Torelore – von seinen Abenteuern in Torelore und von seiner Reise zurück, die am Siebensprung zu Ende ging.«

Zweimal blieb er beim Lesen kurz stecken – und zwar beim Wort *Torelore*.

Er war immer in dem Glauben gewesen, dass er sich dieses Land selber ausgedacht hatte, und es war ein ganz merkwürdiges Gefühl, zu entdecken, dass es tatsächlich bestand oder wenigstens bestanden hatte …

Ob so etwas öfter vorkommt?, dachte er. Dass die Geschichten, die man sich ausdenkt, keine Phantasie sind, sondern irgendwo ihren Ursprung haben und wirklich passiert sind – in einer anderen Zeit und an anderer Stelle, ohne dass man es weiß?

Gerd-Jan hob das Buch hoch und blickte begeistert in die Runde.

Doch plötzlich ließ er es beinahe fallen; Franz nahm es ihm schnell ab. »Tante Rosmarie!«, rief Gerd-Jan und flog in ihre Arme. »Tante Rosmarie – nein, so ein großartiger Geburtstag!«

»Diese Meinung kann ich nicht teilen«, sagte Graf Griesenstein eisig. Er wandte sich an die Polizisten. »Ich ziehe meine Anzeige zurück«, sagte er. »Sie können gehen.«

»Aber Sie können sie doch nicht so einfach wegschicken«, sagte Tante Wilhelmine unerwartet. »Vielleicht haben wir sie gleich noch nötig. Außerdem müssen wir ihnen zuerst etwas anbieten. Ich habe eine Torte mitgebracht – und ob es Ihnen nun passt oder nicht, es ist eben ein Geburtstag.«

Jan Turelur kam mit einer großen Schachtel.

»Wie kannst du es wagen, mir wieder unter die Augen zu kommen!«, sagte der Graf böse. »Wo ist Manus?«

»Ich habe ihn in der Nähe von Roskam aus der Kutsche geworfen«, antwortete Turelur. »Ich glaube aber nicht, dass er sich sofort auf den Heimweg gemacht hat. Wahrscheinlich sitzt er im ›Durstigen Hirschen‹, um sich von dem Schrecken zu erholen.«

Graf Griesenstein warf Franz einen bösen Blick zu. »Ich hätte Sie vom ersten Augenblick an verdächtigen sollen«, sagte er. »Ich glaube, dass man ein Komplott gegen mich geschmiedet hat ...«

»Ja, das stimmt«, sagte Franz ruhig. »Wir waren sieben Verschworene. Inzwischen aber wissen noch viel mehr Leute, wer Sie sind: der Feind jenes Reimes, der auf dem Türbalken steht.«

»Und der Drache aus der Versiegelten Schrift«, fügte Herr Thomtidom hinzu.

Er ließ die Erkennungsmarke von der einen Hand in die andere gleiten.

»Wie kommen Sie dazu …«, begann der Graf.

»Sie wissen es doch selber auch!«, sagte Franz. »Weshalb hatten Sie denn sonst etwas gegen mein grünes Haar einzuwenden?«

Die Kinder sprachen die letzten Worte leise nach, so dass es wie ein Echo klang: »Das grüne Haar … Grünhaar …«

Der Graf blickte sie an und sein Gesicht sah beunruhigt aus. Dann nahm er sich zusammen. »Dies hier gefällt mir absolut nicht«, sagte er kurz. »Ich mache bei diesem Fest nicht mit.« Er drehte sich um und ging mit gemessenem Schritt hinaus.

»Mit dem haben wir aufgeräumt«, sagte Roberto, »jetzt ist hier alles okay.« Er nahm sich rasch ein Stück Torte aus der Schachtel, die Jan Turelur in der Hand hielt.

»Von aufgeräumt kann noch gar keine Rede sein, Roberto«, sagte Jungfer Rosmarie, die sich mit Gerd-Jan zu ihnen gesellte.

»Und es ist noch lange nicht alles in Ordnung. Was Gradus Griesenstein betrifft, so ist er zwar unser Feind, aber er ist trotzdem auch einer von uns!«

»Einer von uns?«, fragte Franz ziemlich erstaunt.

»Ja sicher! Er glaubt immerhin auch an die Prophezeiungen des Tollen Gregorius.« Jungfer Rosmarie blickte dem Grafen nach, der gerade durch die Tür zum Rokoko-Zimmer verschwand. »Ich werde zu ihm gehen und in Ruhe mit ihm sprechen«, fuhr sie fort. »Die Dinge müssen jetzt endlich einmal für alle Zeiten geklärt werden, meint ihr nicht auch?« Sie klopfte Gerd-Jan auf die Schulter und ging dann rasch weg.

Nun ja, dachte Franz, wahrscheinlich ist sie diejenige, die am ehesten in der Lage ist, dem Grafen klar zu machen, dass er das Spiel verloren hat … Er sah Gerd-Jan an und sagte: »Es tut mir Leid, dass ich ein wenig zu spät bei deinem Fest erschien, aber …«

»Oh, mir war sofort klar, dass Sie einen Plan hatten, Herr van der Steg«, sagte Gerd-Jan. »Als Onkel Gradus sagte, dass Sie weggegangen seien …«

»Sooo, hat er das gesagt«, murmelte Franz.

»Ja … aber ich wusste genau, dass es eine List von Ihnen war«, sagte der Junge und sah ihn mit einem Gesicht an, in dem Freude und Anerkennung zu lesen war, »Herr Grünhaar …«

Franz schwieg; er war gerührt von so viel Vertrauen.

»Ich finde, dass ihm rotes Haar besser steht«, sagte Tante Wilhelmine. »Grünes Haar ist doch ein bisschen ungewöhnlich … geradeso ungewöhnlich wie dieses Fest. Du liebe Zeit, was für ein Durcheinander! Es wird eine Menge Arbeit kosten, das alles aufzuräumen. Aber zuerst wollen wir etwas essen und trinken.«

Und mit Hilfe von Selina, die immer noch ganz verwirrt war, machte sie sich an die Arbeit, um dafür zu sorgen.

Währenddessen gab Herr Thomtidom einem der Polizisten seine Erkennungsmarke zurück. »Vielen Dank fürs Leihen«, sagte er.

»Keine Ursache«, antwortete der und fuhr dann ziemlich erstaunt fort: »Aber ich habe Ihnen doch gar nichts geliehen!«

Franz hatte sich auf der Kiste niedergelassen; das kostbare Buch lag auf seinen Knien.

»Ich habe Ihre Bücher bei mir«, sagte der Magier und nahm neben ihm Platz. »Hier, in dieser Tasche. Ich dachte mir, dass Sie nun vielleicht mit Ihrem Studium fortfahren wollen.«

»Donnerwetter, was Sie so alles erraten«, sagte Franz.

Jetzt war wieder Ruhe eingekehrt; die Kinder saßen vergnügt zwischen all dem bunten Papierkram, rund um das Loch im Fußboden. Sie aßen Kuchen und Plätzchen, tranken Limonade und redeten leise miteinander. Roberto futterte ein zweites Stück Torte, betrachtete stirnrunzelnd seine Gitarre und begann, neue Saiten aufzuziehen.

»Die Prophezeiungen haben sich bewahrheitet«, sagte der Magier. »Jedenfalls beinahe … Durch Ihren geradezu genialen Einfall haben Gerd-Jan und die Kinder den Schatz gefunden und der Graf ist durch ein Lied zu Fall gebracht worden. Aber da ist noch eine Sache, die mir quer im Magen liegt …«

»Mir auch«, sagte Franz. »Ich finde, dass man meinen Einfall – wie ausgeklügelt er auch gewesen sein mag – keineswegs als sehr glänzend bezeichnen kann. Es gehört sich nun wirklich nicht, die Kinder einen ganzen Saal demolieren zu lassen …«

»Also, demolieren würde ich es nicht gerade nennen«, sagte der Magier begütigend. »So schlimm war es nun auch wieder nicht.«

»Sie haben ein Loch in den Fußboden getanzt«, sagte Franz, »und als Belohnung für ihr schlechtes Benehmen finden sie einen Schatz!«

»Ja, sie finden einen Schatz«, wiederholte der Magier. »Das ist es, was mir quer sitzt: *Wo ist die Leiter, die auf den Schatz hinweisen sollte?*«

Ja, da stimmte tatsächlich etwas nicht! Franz dachte an die Leiter, die beinahe sein Untergang geworden wäre; aber er hatte keine Lust, darüber zu sprechen.

»Ach«, sagte er, »es gehen eben nicht alle Prophezeiungen in Erfüllung. Mein grünes Haar habe ich ja auch nicht bekommen, weil es vorausgesagt war; ich habe es ausschließlich Ihnen zu verdanken.«

»Das war ebenfalls ein guter Einfall«, sagte der Magier. »Verkehrsampeln haben mich auf diese Idee gebracht: wenn die von Rot auf Grün springen können, dann können Haare das auch. Rot und Grün sind Komplementärfarben, wie Sie vielleicht wissen.«

»Aber wie lange muss ich jetzt so herumlaufen?«, fragte Franz.

»Ich glaube, dass dein Haar zuerst auf Gelb springen wird«, sagte Roberto, der von seiner Gitarre aufblickte. »Und danach wird es wahrscheinlich wieder seine alte Farbe kriegen.«

Herr Thomtidom war wieder zu seinem eigenen Problem zurückgekehrt. *»Ohne Leiter wird's nicht gehn …«*, murmelte er.

Roberto griff in seine neuen Saiten, die er immer wieder ausprobierte.

»He, ja; spiel noch mal was!«, rief Gerd-Jan und sprang auf.

»Nur wenn ihr alle sitzen bleibt!«, sagte Tante Wilhelmine streng.

Der Magier erhob sich plötzlich; er sah Roberto an und sang leise vor sich hin: »Do re mi fa so la si ... Ich weiß es!«, rief er. »Der Siebensprung ... die sieben Noten der Tonleiter ... Roberto spielte, die Kinder sangen ein Lied ... Man kann keine Musik machen ohne eine Tonleiter ... *Das* also ist die Bedeutung der Prophezeiung des Gregorius: *Ohne Tonleiter wird's nicht gehn!*«

»Tonleiter?«, wiederholte Gerd-Jan.

Roberto spielte eine auf seiner Gitarre. »Auf den Gedanken wäre ich im Leben nicht gekommen«, sagte er.

»Ich wünschte, es wäre früher jemand darauf gekommen«, sagte Franz, der an all die Leitern dachte, die er umsonst hinaufgeklettert war.

»Ich habe es Ihnen doch schon öfter gesagt«, meinte der Magier mit zufriedener Miene. »Prophezeiungen gehen immer in Erfüllung – trotz all unserer Bemühungen.«

Als Jungfer Rosmarie wieder in den Saal kam, hatten sich alle Kinder um Franz versammelt und betrachteten die Bilder des uralten Buches. Sie gesellte sich zu ihnen und sagte: »Ich habe zu Hause auf dem Speicher eine Glasvitrine, in die das Buch genau hineinpasst. Du darfst das Buch nachher mitnehmen, Gerd-Jan – aber dein Onkel hat zur Bedingung gemacht, dass du es in der Vitrine aufbewahrst ...«

Alle sahen sie fragend an.

Sie lächelte und nickte Gerd-Jan zu. »Ja«, sagte sie, »Graf Griesenstein findet es besser für dich, wenn du in Zukunft bei mir im Kräuterhof wohnst.«

Die Kinder beantworteten diese Mitteilung mit einem lauten »Hurra!« – außer Gerd-Jan. Der schrie nicht mit; der sah nur auf einmal sehr glücklich aus.

»Und der Graf?«, fragte Franz leise.

»Ich habe Gradus geraten, nach Den Haag zurückzugehen«, antwortete Jungfer Rosmarie. »Hier kann er nicht bleiben; er hat sich für alle Zeit unmöglich gemacht, das sieht er selber ein.«

»Das Treppenhaus wird also leer stehen«, sagte Franz.

Gerd-Jan ließ seine Augen durch den Saal wandern. Iwan war heruntergekommen; er spielte zwischen den Luftschlangen. »Ich hänge eigentlich doch am Treppenhaus«, sagte der Junge nachdenklich.

»Später darfst du darin wohnen – wenn du willst.«

Gerd-Jan nickte und richtete dann seine Augen auf Franz. »Herr van der Steg ...«, begann er; dann unterbrach er sich überrascht. »Herr van der Steg, Ihr Haar ist gar nicht mehr grün ... es ist gelb!«

»Siehst du jetzt, dass ich Recht hatte?«, sagte Roberto. »Gleich wird es rot werden.«

Gerd-Jan warf seinen Hut in die Luft und rief fröhlich: »Es lebe Franz der Rote! Hipp, hipp, hurra!«

Und damit endete das Fest.

Die Kinder verabschiedeten sich und gingen nach Hause; auch die Polizisten machten sich auf die Socken.

Selina und Berend kümmerten sich um die Abfälle und trugen alles aus dem Saal hinaus; auch die übrig gebliebenen Plätzchen und Kuchenteilchen wurden nicht vergessen.

Graf Griesenstein kam zurück – so ruhig, kühl und höflich, als sei überhaupt nichts geschehen. Die Verschworenen erwarteten ihn; zum ersten Mal waren sie alle sieben zusammen: Franz der Rote und Roberto, Jungfer Rosmarie und Tante Wilhelmine, Jan Thomtidom und Jan Turelur und Iwan der Schreckliche, der sich an Gerd-Jans Beine schmiegte.

Der Graf rief seinen Neffen zu sich und teilte ihm mit, was Jungfer Rosmarie bereits erzählt hatte: dass er gleich mit ihr zum Kräuterhof gehen werde. »Fräulein Grisenstein kann besser für dich sorgen als ich«, sagte er, »wenn ich auch dein Vormund bin und bleibe.«

»Ja, Onkel Gradus«, sagte Gerd-Jan. »Und der Schatz … muss der immer in der Glasvitrine bleiben?«

»Bis du achtzehn Jahre alt bist«, antwortete der Graf. »Das Buch gehört dir, aber für ein Kind ist es eigentlich viel zu wertvoll.« Er schwieg kurz und sagte dann: »Du darfst natürlich ab und zu hineinschauen, wenn du dir vorher die Hände wäschst. Aber nur sonntags.« Er wandte sich an Jungfer Rosmarie. »Sie können jetzt gehen«, sagte er.

»Und wann werden Sie ausziehen?«, fragte Franz.

Der Graf sah ihn zornig an. »Am liebsten würde ich ausziehen, sobald ich meine Koffer gepackt habe«, sagte er. »Aber ich muss mich auch noch darum kümmern, dass das Haus ordnungsgemäß verschlossen wird.«

»Es müsste ein Hausmeister da sein«, sagte Herr Thomtidom, »irgendjemand, der dafür sorgt, dass keine Unbefugten eindringen, solange es leer steht.«

»Was ist denn hier noch zu suchen?«, sagte der Graf. »Hier ist kein Schatz mehr verborgen …«

»Aber mit dem Haus ist eine Geschichte verknüpft«, sagte Jungfer Rosmarie.

»Es ist und bleibt ein gefährliches Haus«, sagte Tante Wilhelmine. »Ich finde auch, dass es nicht unbewacht bleiben darf.«

»So, finden Sie das«, sagte der Graf ärgerlich. »Nun, dann sorgen *Sie* am besten auch für einen Hausmeister! *Ich* habe immer Schwierigkeiten mit meinem Personal – ich kann nicht einmal den Hauslehrern vertrauen, die ich in Dienst nehme.«

»Ich wüsste einen sehr guten Hausmeister«, sagte Herr Thomtidom. »Jan Turelur ist für diese Stelle wie geschaffen und er ist zufällig gerade arbeitslos.«

»Eine fabelhafte Idee!«, rief Roberto begeistert.

Der Graf stimmte seiner Begeisterung nicht zu; er sah die Verschworenen mit düsterem Blick an.

Jan Turelur grinste. »Ich fände es ausgezeichnet«, sagte er. »Zumindest, wenn ich einen anständigen Lohn bekomme.«

»Das ist doch selbstverständlich«, sagte Herr Thomtidom. »Ist das so nicht gut geregelt? Außerdem ist Jan ein guter Handwerker; er kann sofort das Loch im Fußboden reparieren.«

»Das mache ich gerne umsonst«, sagte Turelur.

»Dann muss ich ja wohl oder übel meine Zustimmung

geben«, sagte der Graf unfreundlich. »Aber zuerst könntest du etwas anderes tun, Turelur. Manus ist noch nicht wieder aufgetaucht; ich finde infolgedessen, dass es deine Pflicht ist, Fräulein Grisenstein und meinen Neffen zum Kräuterhof zu fahren.«

Jan Turelur grinste erneut. »Geht in Ordnung, Herr Graf«, sagte er. »Über den siebten Weg sind wir im Nu da.«

Der Graf wandte sich an Franz.

»Sie haben Ihre Kündigung bereits erhalten, Herr van der Steg«, sagte er leichthin. »Sie werden verstehen, dass Gerd-Jan keinen Hauslehrer mehr braucht, wenn er jetzt in eine normale Schule geht … Also – guten Tag zusammen.«

»Und Iwan?«, rief Gerd-Jan. »Was wird denn nun aus Iwan?« Er schaute besorgt auf die Katze nieder, die ihm schnurrend mit dem Kopf gegen die Beine stieß.

»Iwan kann ruhig hier bleiben«, sagte Turelur. »Er schätzt das Treppenhaus und wir beide werden schon miteinander auskommen!«

Franz schwebte plötzlich eine merkwürdige Vision vor Augen: Er sah Jan Turelur durch Gregorius' Kleinen Festsaal tanzen, während der schwarze Kater von einer Treppe aus zusah.

»Das ist wahr«, sagte Gerd-Jan langsam. »Also gut.« Er bückte sich, streichelte die Katze und flüsterte: »Tschüs, Iwan. Bis bald! Ich komme dich schon ab und zu besuchen, hörst du?«

Der Graf verbeugte sich vor Jungfer Rosmarie. »Ich werde Sie natürlich von Zeit zu Zeit mit einem Besuch beehren müssen«, sagte er, »um mich zu überzeugen, dass es meinem Neffen gut geht.«

»Du bist mir willkommen, Gradus«, sagte Jungfer Rosmarie, »aber nur dann, wenn Gerd-Jan dich persönlich einlädt.«

Graf Griesenstein sah seinen Neffen an, der sich noch immer von der Katze verabschiedete. Er sagte nichts mehr.

Kurz darauf fuhr die Kutsche zum offenen Tor hinaus; Jan Turelur saß auf dem Bock und Jungfer Rosmarie, Gerd-Jan, Tante Wilhelmine und Herr Thomtidom waren seine Passagiere. Franz passte nicht mehr hinein, aber Roberto wollte ihn mit dem Mofa nach Hause bringen. So stieg Franz wieder auf den Rücksitz – unter einem Arm seine Büchertasche und unter dem anderen Robertos Gitarre. Sie brausten an der Kutsche vorbei, bogen in den siebten Weg ein und fuhren am Siebensprung vorbei zu Franz' Dorf.

»Kommst du kurz mit hinein?«, fragte Franz, nachdem er abgestiegen war. »Tante Wilhelmine ist zwar noch nicht da, aber sie lässt immer die Hintertür offen.«

Der Junge schüttelte den Kopf. »Ich muss zeitig zu Hause sein«, sagte er.

»Wohin gehst du?«, erkundigte sich Franz. »Zu deinem Zelt im Wald oder nach Hause in die Stadt?«

»In die Stadt«, antwortete der Junge und es klang ein wenig bedauernd.

»Ja, das Abenteuer ist nun zu Ende«, sagte Franz. »Aber es war auf jeden Fall sehr schön, findest du nicht auch?« Nach kurzem Zögern fuhr er fort: »Warst du heute eigentlich Roberto oder der Mopro?«

»Ich weiß es nicht«, sagte der Junge achselzuckend. »Sag einfach Rob zu mir.« Dann lächelte er und fügte hinzu: »Du darfst natürlich auch Roberto sagen …«

»Ach, dein Name tut eigentlich nichts zur Sache«, sagte Franz. »Also auf Wiedersehen.«

Er schaute dem Jungen nach – dem Mopro, Rob und Roberto –, bis er ihn nicht mehr sehen konnte. Dann hob er abwägend die schwere Tasche mit den Büchern auf und ging langsam ins Haus.

Am nächsten Morgen stand Lehrer van der Steg wieder ganz normal vor seiner Klasse. Grünhaar war endgültig verschwunden – was man von Franz dem Roten jedoch nicht behaupten konnte. Denn das Haar des Lehrers hatte wieder die Farbe angenommen, die Herr Thomtidom so schön fand … *richtig dunkelrot, nicht so eine Mohrrübenfarbe.* Franz sagte sich jedoch im Stillen, dass er wahrscheinlich nie mehr eine Geschichte erzählen würde, in der Franz der Rote eine Hauptrolle spielte …

Er sah seine Schüler an; sein Blick blieb schließlich an einem Jungen in der ersten Bank hängen – neben Kees, der bis jetzt immer allein gesessen hatte … *Gerd-Jan Griesenstein!* Vielleicht gab es andere Geschichten, überlegte er, die man erzählen könnte – der Schatz des Treppenhauses hatte ihn auf diese Idee gebracht: Geschichten vom Tollen Gregorius und von Ritter Grimbold, der das Land von Torelore besucht hatte …

Aber jetzt war Montagvormittag, und dem Stundenplan zufolge galt es, nützliche Arbeit zu tun. Lehrer van der Steg wandte sich der Tafel zu; er schrieb jedoch keine Rechenaufgaben darauf, sondern zeichnete eine Fahne – eine wehende Fahne mit einem langen grünen Wimpel daran. Und er sagte: »Gestern hat einer aus unserer Klasse Geburtstag gehabt; ihr wisst, wen ich meine. Singt also *›Hoch soll er leben!‹* für Gerd-Jan Griesenstein.«

Als das Lied zu Ende war, zeigte Marianne auf. »Dürfen wir noch etwas singen?«, fragte sie, »das Lied vom Siebensprung?«

Franz lachte. »Gut«, sagte er. »Aber nur einmal und nicht öfter.« Ein bisschen besorgt fügte er hinzu: »Singt es bitte leise, ganz leise!«

Mit leuchtenden Augen stimmten die Kinder ihr Lied an; sie waren gehorsam und sangen es gedämpft und fast geheimnisvoll:

»Habt ihr schon gehört
von dem Sieben-, dem Sieben-,
Habt ihr schon gehört von dem Siebensprung?
Man sagt, dass ich nicht tanzen kann;
Ich kann tanzen wie ein Edelmann!

Nummer eins
Nummer zwei
Nummer drei
Nummer vier
Nummer fünf
Nummer sechs …«

Aber dann konnten sie sich nicht mehr beherrschen, und sie endeten mit schallender Lautstärke, mit einem wahren Triumphschrei und dröhnendem Fußgestampfe – so laut, dass die Wände wackelten, die Fensterscheiben klirrten und es durch die ganze Schule hallte:

»Nummer sieben!«

Ja, das war Nummer sieben –

und damit ist die Geschichte zu Ende.

Nachwort

Franz van der Steg hatte geglaubt, er habe sich das Land von Torelore selbst ausgedacht – bis er im Buch von Ritter Grimbold darüber las. Es gibt jedoch noch eine weitere Geschichte, in der dieses Land erwähnt wird: in der mittelalterlichen französischen Liebesgeschichte »Aucassin et Nicolette«.

Tonke Dragt

Das Lied vom

SIEBENSPRUNG

Ein Kreisspiel

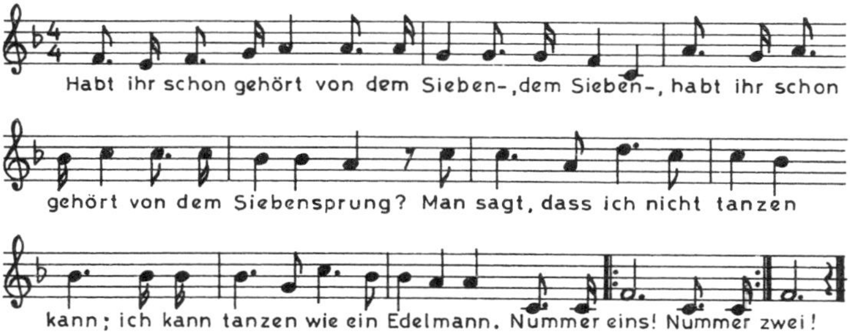

usw. bis Nummer sieben.

Die Kinder bilden einen Kreis und fassen sich bei den Händen. Sie singen das Lied und gehen im Takt dazu rund. Wenn die erste Strophe zu Ende ist, machen alle die Bewegung Nr. 1. Dann wird das Lied von neuem gesungen, während sich die Kinder wieder im Kreis drehen; danach folgt die Bewegung Nr. 2. Auf diese Art und Weise geht es weiter, bis alle Bewegungen ausgeführt sind.

Die Tanzbewegungen am Ende jeder Strophe:

1.) Mit dem linken Fuss einen Schritt vorwärts machen
2.) Mit dem rechten Fuss einen Schritt vorwärts machen
3.) Mit dem linken Knie niederknien
4.) Mit dem rechten Knie niederknien
5.) Den linken Ellenbogen vor das linke Knie auf den Boden stützen
6.) Den rechten Ellenbogen vor das rechte Knie auf den Boden stützen
7.) Den Kopf auf die Hände legen